삶은 다른 곳에

삶은 다른 곳에

밀란 쿤데라 전집

Milan Kundera   03   La vie est ailleurs

밀란 쿤데라 · 방미경 옮김

삶은 다른 곳에

민음사

LA VIE EST AILLEURS
by Milan Kundera

차례

1부   또는 시인이 태어나다

1부   또는 시인이 태어나다

1

시인의 어머니가 어디에서 시인이 잉태되었던 것일까 생각해 볼 때면 딱 세 가지 가능성이 고려 대상에 들어갔다. 어느 날 밤 공원 벤치, 아니면 어느 오후 시인의 아버지의 친구의 아파트, 혹은 어느 날 아침 프라하 근교의 한 낭만적인 장소.

시인의 아버지가 같은 질문을 하면 친구의 아파트에서 잉태되었다는 결론에 이르곤 했는데, 그날은 모든 일이 다 꼬였기 때문이다. 시인의 어머니가 시인의 아버지 친구네로 안 가겠다고 버텼는가 하면, 두 번에 걸쳐 싸웠다가 두 번 화해했고, 사랑을 나누는데 옆집에서 열쇠 소리가 나는 바람에 시인의 어머니가 겁에 질렸고, 둘은 하던 일을 멈추었고, 그러고 나서 다시 시작했다가 서로 잔뜩 신경이 곤두선 채로 일을 마쳤는데, 시인의 아버지는 그렇게 신경이 곤두섰던 탓에 시인이 잉태되었다고 여겼던 것이다.

반면에 시인의 어머니는 빌린 아파트에서 시인이 잉태되었다고는 단 한 순간도 인정하지 않았고 (그곳에는 독신자의 무질서가 범람하고 있었고 그녀는 낯선 사람의 잠옷이 널려 있는 침대의 시트를 역겹게 쳐다보았다.) 또한 공원 벤치에서는 매춘부들이나 하는 것이라 혐오스럽게 생각해서 영 마음 내키지 않은 채 아무 쾌감도 없이 응했으니, 거기에서 그가 잉태되었을 가능성 역시 거부했다. 그러니까 시인은 오로지 햇빛 가득했던 어느 여름날 아침, 프라하 사람들이 일요일이면 산책 나오곤 하는 계곡의 바위들 사이에 장엄하게 솟아 있던 커다란 바위 아래에서 잉태되었을 수밖에 없다고 그녀는 절대적으로 확신했다.

여러 가지 이유로 그 무대 배경은 시인의 잉태 장소로 합당하다. 정오의 태양으로 환히 밝혀 있으니 암흑이 아닌 빛의 무대이며 밤이 아닌 낮의 무대다. 그것은 활짝 열린 자연의 공간 한가운데 위치한 장소, 즉 비상과 날개를 위한 장소다. 또한 도시 끝자락의 건물들에서 그리 멀리 떨어져 있지 않으면서도 야생의 굴곡을 지닌 땅 여기저기 바위들이 솟아 있는 낭만적인 풍경이다. 시인의 어머니에게 이 모든 것은 당시 자신이 겪고 있던 것을 잘 드러내 말해 주는 하나의 이미지 같았다. 시인의 아버지에 대한 그녀의 위대한 사랑은 부모 삶의 단조로움과 질서정연함에 대한 낭만적 반항이 아니었던가? 부유한 상인의 딸인 그녀가 이제 막 학업을 마친 무일푼의 엔지니어를 선택함으로써 나타내 보이려 한 대담함과 이 길들지 않은 풍경 사이에는 어떤 은밀한 유사성이 있지 않았는가?

시인의 어머니는 그 시절 위대한 사랑을 체험하고 있었다.

바위 아래에서 보낸 그 아름다웠던 아침 이후 몇 주가 지나면 실망이 뒤따르게 되어 있었지만 말이다. 매달 생활을 흩트려 놓곤 하는 그 은밀한 불편한 일이 며칠 전부터 늦어지고 있다고 그녀가 기쁨에 들떠 연인에게 알렸을 때, 정말로 엔지니어는 불쾌하기 짝이 없도록 무관심하게 (실은 그렇게 꾸민 것 같고 실은 당황한 것으로 보인다.) 뭐 그저 별것 아닌 생체 사이클 이상일 텐데 틀림없이 본연의 좋은 리듬을 되찾을 거라고 단언했다. 어머니는 연인이 자신의 소망과 기쁨을 함께 나누길 거부한다고 생각했고, 상처 받았고, 의사가 임신이라고 선언한 날까지 그와 말도 하지 않았다. 시인의 아버지가 아무도 모르게 이 걱정거리를 덜어 줄 산부인과 의사를 하나 알고 있다고 말하자 어머니는 울음을 터뜨렸다.

반항의 감동적인 결말! 그녀는 처음에는 젊은 엔지니어의 이름으로 자기 부모들에 맞서 반항했다가 그다음에는 그에게 맞서 자기를 도와 달라고 부모에게 달려갔다. 그리고 부모는 그녀를 실망시키지 않았으니, 그들은 엔지니어를 찾아가 솔직하게 터놓고 말했고, 엔지니어는 도망칠 방도가 없음을 확실히 깨닫고 성대한 결혼식에 동의했으며, 나중에 자신의 건축 회사를 차릴 수 있게 해 준 상당한 액수의 지참금을 한마디 이의 없이 받아들인 다음, 신부가 태어난 날부터 부모와 살아온 집으로 트렁크 두 개에 다 들어가는 소박한 자기 재산을 옮겨 왔다.

하지만 엔지니어가 이렇듯 신속하게 항복했다고 해서, 시인의 어머니가 자신의 모험, 스스로 숭고하다고 여길 만큼 정신없이 뛰어들었던 그 모험이, 둘이 함께 나눈 위대한 사랑, 마땅히 자신의 것이라 믿었던 그 위대한 사랑이 아니라는 것을 알아채지 못하게 할 수는 없었다. 그녀의 아버지는 프라하에 잘되는 약국 두 개를 갖고 있었고, 그 집 딸인 그녀는 셈은 공평해야 한다는 도덕관념을 설파하곤 했으니, 사랑에 모든 것을 다 걸면서부터 (자기 부모와 그분들의 평화로운 가정을 배반할 태세까지 되어 있지 않았던가?) 그녀는 상대 또한 공동 계좌에 동일한 양의 감정을 투자해 줄 것을 원했던 것이다. 공정하지 못했던 것을 바로잡으려 기를 쓰면서 그녀는 애정의 공동 계좌에서 자신이 입금했던 것을 다시 인출해 내고자 했고, 결혼 후에는 남편에게 거만하고 준엄한 얼굴로 대했다.

시인의 어머니의 언니가 최근에 집을 떠난 터라 (결혼을 해서 프라하 중심가에 아파트를 얻었다.) 노상인과 부인은 일 층에 그대로 있고 엔지니어와 딸이 위층 방 세 개, 큰 방 두 개와 작은 방 하나를 쓰게 되었는데, 그곳의 배치는 젊은 신부의 아버지가 이십 년 전 이 집을 지을 때 선택해 놓은 그대로였다. 엔지니어는 위에 언급된 트렁크 두 개의 내용물 외에 가진 것이 전혀 없는 형편이었으니 이렇게 다 완비된 집 내부를 그냥 그대로 받아들이는 편이 마땅했는데, 그런데도 그는 방들을 좀 이렇게 저렇게 바꾸어 보자는 자잘한 제안들을 했다. 하지만 시인의 어머니는 자신을 산부인과 의사의 칼 아래로 보내려 했던 사람이, 자기 부모의 정신, 이십 년간 이어져 온 안락한 습관들과 사람과 집 사이의 친밀감, 안전하게 지낼 수 있었던 그 세월이 깃든 이 오래된 실내 배치를 감히 흩트려 놓을 엄두를 내다니 받아들일 수가 없었다.

　이번에도 역시 젊은 엔지니어는 싸워 보지도 않고 굴복하고는, 단 한 가지 소박한 항의만을 자신에게 허락했는데, 우리는 이것을 꼭 밝혀 놓고자 한다. 부부 침실에는 작은 탁자 하나가 있었다. 튼튼한 받침대가 무거운 회색 대리석 원판을 받치고 그 위에는 자그마한 나신의 남자 조각상이 놓여 있었다. 남자는 왼손에 든 리라를 둥그런 엉덩이에 걸쳐 놓고 오른손은 이제 막 손가락으로 현을 뜯은 참인 듯 비장한 몸짓으로 구부러져 있었다. 오른쪽 다리는 앞으로 곧게 내밀고 머리는 살짝 기울이고 눈은 하늘을 향해 있었다. 남자의 얼굴이 지극히 아름다웠다는 것, 머리는 굽슬굽슬 물결치고 있었다는 것, 이 석고상이 하얀색이어서 어딘가 부드럽고 여성적인 면, 또는 신의 세계에 속하는 처녀 같은 면이 보였다는 것도 덧붙이자. 신이라는 단어를 쓴 건 우연이 아니다. 조각상 받침대에 새겨진 바에 따르면 이 리라를 들고 있는 남자는 그리스 신 아폴론이다.

　하지만 시인의 어머니는 이 남자를 볼 때마다 화가 치밀지 않을 수 없었다. 수시로 그는 엉덩이 쪽이 보이도록 돌려 놓여 있었고, 엔지니어의 모자걸이로 쓰이든가 아니면 신발 한 짝이 그 섬세한 얼굴에 걸쳐져 있기도 하고, 또는 양말 한 짝이 씌워 있기까지 했으니, 그 냄새 나는 양말은 뮤즈의 수장에 대해 특히 가증스러운 모독이었던 것이다.

　시인의 어머니가 이 모든 것을 아주 못 견뎌 한 것은 유머감각이 빈약한 탓만은 아니었다. 그녀는 정말로 남편이 아폴론의 몸에 양말을 걸쳐 놓는 그 웃긴 짓을 통해 자기가 침묵으로

정중하게 감추고 있는 게 뭔지 그녀가 알게 하려는 것임을 분
명히 짐작했다. 즉 그는 그녀의 세상을 거부한다, 그리고 그녀
앞에 항복한 건 단지 아주 일시적인 것일 뿐이다 하는 사실을
알려 주려는 것이었다.

석고상은 이렇게 진정한 고대 신, 즉 인간 세상에 개입하고,
운명들을 휘저어 놓고, 음모를 꾸미고, 비밀을 폭로해 버리는
초자연적 존재가 되었다. 새색시는 그를 자신의 동맹자로 여
겼고 생각에 잠긴 듯한 그의 여성스러움은 그를 살아 있는 존
재로 만들었다. 그의 눈은 이따금 신기루 같은 무지갯빛을 띠
었고 입은 숨을 쉬는 것처럼 보였다. 그녀는 자신을 위해, 자
신 때문에 모욕을 받은 이 나신의 남자에게 매혹되었다. 그녀
는 그의 매혹적인 얼굴을 물끄러미 바라보곤 했고 배 속에서
자라고 있는 아이가 남편의 이 아름다운 적을 닮기를 바라기
시작했다. 그녀는 아이가 그를 닮기를 너무도 바란 나머지 아
이가 남편이 아닌 이 젊은이의 아이로 태어난다고 상상할 정
도까지 되어 버렸다. 그녀는 그가 마법을 행해 태아의 윤곽을
바꾸어 주길, 변형하고 변모시켜 주길 간청했다. 옛날에 위대
한 티치아노가 견습생이 망친 캔버스 위에 그림을 그렸을 때
처럼.

그녀는 성처녀 마리아, 인간 남자 생식자의 개입 없는 어머
니였으며 그리하여 아버지가 끼어들어 간섭하거나 혼란을 심
지 않는 모성애의 이상이 된 마리아를 본능적으로 모델로 삼
아, 자기 아이를 아폴론이라 이름 짓고 싶은 도발적 욕망을 느
꼈는데, 왜냐하면 이 이름은 그녀에게 인간 아버지를 가지지 않

은 자를 의미했기 때문이다. 하지만 그녀는 아들이 그렇게 거창한 이름을 가지고서는 힘들게 살게 되리라는 것을, 그리고 자신이나 그 아이나 사람들의 비웃음거리가 되리라는 것을 알았다. 그녀는 그래서 그 젊은 그리스 신에 부합하는 체코 이름을 모색하다가 야로밀(봄을 사랑하는 자 또는 봄에게 사랑받는 자를 의미)이라는 이름을 생각해 냈고 이 선택은 모든 이의 칭찬을 받았다.

게다가 그녀가 병원으로 실려 갔을 때는 마침 봄이었고 라일락이 활짝 피어 있었다. 거기에서 몇 시간의 진통 후 어린 시인은 그녀의 몸으로부터 이 세상의 더럽혀진 시트 위로 미끄러져 나왔다.

2

그다음 시인은 요람에 뉘여 그녀의 침대 곁에 놓였고 그녀는 감미로운 울음소리를 들었다. 그녀의 고통스러운 몸은 자긍심으로 가득 찼다. 그 몸이 느낀 이 자랑스러움을 시샘하지는 말자. 그 몸은 그만하면 잘생겼는데도 그때까지 그런 느낌을 거의 느껴 보지 못했다. 엉덩이는 확실히 좀 두드러지지 않는 편이긴 했고 다리가 좀 짧긴 했지만 대신 가슴은 놀랄 만큼 생기 넘쳤고 가는 머리카락(너무 가늘어서 머리 모양을 만들어 내기도 힘들었다.) 아래 보이는 얼굴은 눈부시지 않을진 몰라도 은은한 매력이 있었다.

엄마는 어릴 때부터 자기 언니, 춤을 추면 눈길을 확 끌고, 프라하에서 가장 좋은 디자이너의 옷을 해 입고, 테니스 라켓을 들고 다니고, 태어난 집에 등을 돌리며 멋진 남자들의 세상으로 쉽게 걸어 들어가던 그런 언니 옆에서 살았기 때문에 자신의 매력보다는 드러나지 않는 은은함을 훨씬 더 의식했다. 언니가 눈에 띄게 격정적이었던 탓에 엄마는 더욱 새침하게 조신해졌고, 언니와 반대로 나가기 위해 음악과 책의 감성적 진중함을 사랑하기를 익혔다.

물론 그녀가 엔지니어를 만나기 전에 다른 청년과 데이트를 했던 것은 사실이지만, 의대 학생이고 부모님 친구의 아들이었던 이 청년과의 관계는 그녀의 몸에 자신감을 많이 심어 주지 못했다. 한 시골집에서 그 청년이 그녀를 육체적 사랑에 입문시켰을 때, 그녀는 자신의 감정도 감각도 결코 커다란 사랑을 맛보지 못하리라고 서글프게 확신하며 바로 다음 날 그와 관계를 끊었다. 그러고는 당시 대학입학자격시험을 막 통과한 참이었기 때문에 그녀는 자기 인생의 의미를 일에서 찾고자 한다고 선언하고는 문학 전공으로 대학에 등록을 하기로 결심했다.(실용적인 사람이었던 아버지의 반대에도 불구하고.)

실망을 맛보았던 그녀의 몸이 대학 대형 강의실 긴 의자에 앉아 벌써 한 네다섯 달쯤을 보내고 났을 때, 거리에서 말을 걸어오는 대담한 젊은 엔지니어를 만나게 되었고, 세 번 만나고 나서 그녀는 그를 사로잡아 버렸다. 그리고 이번에는 몸이 (깜짝 놀라도록) 대단히 만족했기 때문에 영혼은 아주 신속하게 (이성적인 영혼이면 언제나 그렇게 하듯이) 대학 경력에 대한 야망을 잊어버렸고 바삐 서둘러 몸에 협력을 다하게 되었다. 엔지니어의 생각, 늘 즐겁고 근심 걱정 없는 무심함, 아무런 책임감도 느끼지 않는 매력적인 태도에 그녀는 기꺼이 동의했다. 이런 특성들이 자기 가족에게는 낯선 것임을 잘 알면서 그녀는 거기에 동화되고 싶어 했다. 그런 특성들과 만나자 서글프도록 소박한 자신의 몸이 의심하기를 멈추고 스스로도 놀랍도록 자기 자신을 즐기기 시작했기 때문이다.

그녀는 마침내 행복했던가? 아주 그렇지는 않았다. 그녀는 의심과 자신감 사이를 왔다 갔다 했다. 거울 앞에서 옷을 벗을 때면 그녀는 그의 눈으로 자신을 바라보며 어떨 때는 자기 몸이 자극적이라고 느끼고 어떨 때는 무미건조하다고 느끼곤 했다. 그녀는 자신의 몸을 타인의 시선에 내맡기고 있었으며 거기에는 커다란 불확실성이 있었다.

하지만 희망과 의심 사이에서 망설이긴 했어도 그녀는 이전의 너무 조숙했던 체념에서는 확실히 벗어났다. 언니의 테니스 라켓이 이제는 그녀를 풀 죽게 하지도 않았다. 그녀의 몸은 마침내 몸으로 살았고 그녀는 그렇게 사는 것이 아름답다는 것을 알게 되었다. 그녀는 이 새로운 삶이 속임수 약속이 아닌 다른 것이길, 오래 지속되는 진실이길 소망했다. 그녀는 엔지니어가 그녀를 대학의 긴 의자와 태어난 집에서 빼내 주길, 그리고 이 사랑의 모험을 인생의 모험으로 만들어 주길 소망했다. 그녀가 임신을 그렇게 열광적으로 받아들인 것은 바로 이 때문이다. 그녀는 자기 자신과 엔지니어 그리고 아이를 그려 보고 있었고, 그녀에게는 이 삼인조가 하늘의 별들에게까지 올라가 우주를 가득 채우는 것만 같았다.

앞 장에서 이미 설명했거니와 엄마는 곧 깨달았다. 사랑의 모험을 추구하던 남자는 인생의 모험을 두려워하고 그녀와 더불어 하늘의 별까지 올라가는 이인조 조각상으로 변하기를

조금도 바라지 않는다는 것을. 그러나 우리는 또한 안다. 이번
에는 애인의 냉담함이 내리눌러도 그녀의 자신감이 무너지지
않는다는 것을. 매우 중요한 무언가가 확실히 변했다. 얼마 전
까지도 연인의 눈이 마음대로 내려다보던 어머니의 몸은 이
제 자기 역사의 새로운 국면으로 들어선 참이었다. 그 몸은 타
인의 눈에 대한 몸이기를 그쳤고, 아직 눈을 가지지 않은 누군
가를 위한 몸이었다. 외부의 표면은 이제 그리 중요하지 않았
다. 몸은 내부 장기로, 아직 아무의 눈에도 보인 적 없는 다른
몸에 가닿고 있었다. 외부 세계의 눈들은 그러니까 비본질적
인 모양만을 포착할 수 있을 뿐이었고 엔지니어의 견해조차
몸의 그 위대한 운명에 전혀 영향을 미칠 수 없으므로 이제 아
무 상관이 없었다. 몸은 마침내 독립성에, 그리고 완전한 자율
성에 도달하게 되었다. 점점 불러 오고 보기 흉해져 가는 배는
이 몸에게는 끊임없이 커져 가는 자부심의 저장고였다.

출산 이후에 엄마의 몸은 새로운 시기로 들어갔다. 아들의
입이 자기 가슴을 찾아 젖을 빠는 것을 그녀가 처음으로 느꼈
을 때 감미로운 전율이 그녀의 가슴 한가운데서 폭발했고 온
몸 안으로 떨리는 빛살들을 퍼뜨렸다. 이것은 연인의 애무와
비슷하긴 했지만 거기엔 무언가가 더 있었다. 평온한 커다란
행복, 행복한 커다란 고요. 이것, 그녀는 이것을 전에는 전혀
겪어 보지 못했다. 연인이 그녀의 가슴에 입 맞출 때 그것은
나중에 여러 시간의 의심과 불신으로 대가를 치러야 하는 한
순간이었다. 그러나 이제 그녀는 자신의 가슴을 누르는 입이
그녀에게 확신할 수 있는 끊임없는 애착의 증거를 가져다준

다는 것을 알았다.

　그리고 다른 것이 또 있었다. 연인이 그녀의 벗은 몸을 만질 때 그녀는 언제나 부끄러움을 느끼곤 했다. 서로의 다가섬은 언제나 타자성을 넘어서는 것이었고 포옹의 순간은 그것이 단 한 순간이기 때문에만 황홀한 것이었다. 부끄러움은 결코 사라지지 않았고 사랑을 자극적으로 만들었지만 동시에 그녀는 몸이 완전히 내맡겨질까 봐 두려워서 자기 몸을 감시했다. 하지만 이번에는 부끄러움이 사라졌다. 완전히 소멸했다. 두 몸은 서로에게 완전히 열렸고 서로 아무것도 감출 것이 없었다.

　그녀는 결코 다른 몸에게 이렇게 스스로를 내맡긴 적이 없었고, 다른 몸이 이렇게 그녀에게 자신을 내맡긴 적도 없었다. 애인은 그녀의 배를 즐길 수 있었으나 결코 거기에서 살지는 못했고, 가슴을 만질 수는 있었으나 결코 거기에서 무엇을 먹을 수는 없었다. 아, 젖 먹이기! 그녀는 아직 이가 하나도 나지 않은 입의 물고기 같은 움직임을 사랑스럽게 들여다보면서 자기 아들이 자신의 젖과 동시에 자신의 생각들, 환상들, 꿈들을 마시고 있다고 상상했다.

　그것은 에덴의 상태였다. 몸은 온전히 몸일 수 있었고 포도나무 잎사귀 아래 숨을 필요가 없었다. 그들은 평온한 시간의 무한한 공간 속에 잠겨 있었다. 인식의 나무에서 사과를 따 먹기 전 아담과 이브처럼 함께 살고 있었다. 선과 악의 바깥에서 그들의 몸 안에 살았다. 그리고 그것만이 아니었다. 낙원에서 추함은 아름다움과 구별되지 않으므로, 그리하여 몸을 이루는 모든 것은 그들에게 추하지도 아름답지도 않고 다만 감미로울 뿐이었다. 잇몸도 감미롭고, 잘 기능하고 있는지 세심히 관찰되고 있는 내장들도 감미롭고, 이상하게 생긴 두상에 솟은 머리카락도 감미로웠다. 그녀는 아들의 트림과 쉬, 응가를 주의 깊게 살폈는데 그것은 아이의 건강에 주의를 기울이는 간호사 같은 정성만은 아니었다. 아니, 그녀는 그 조그만 몸의 모든 활동들을 열렬하게 돌보고 살폈다.

이건 아주 새로운 일이었는데, 왜냐하면 엄마는 어릴 때부터 동물성, 자신의 동물성이나 타인의 동물성에 대해 극단적으로 거부감을 느껴 왔기 때문이다. 그녀는 화장실 변기에 앉는 것도 품위가 떨어지는 일이라 여겼고 (어쨌든 그녀는 자기가 이 장소에 들어가는 것을 누가 보지 않도록 늘 주의를 기울였다.) 심지어 음식을 씹고 삼키는 일이 혐오스러워 보여서 사람들 앞에서 무얼 먹는 것도 창피하게 여긴 시기까지 있었다. 그런데 이제 아들의 동물성은 모든 추함 저 위로 높이 들어 올려져 그녀 자신의 몸을 정화하고 정당화해 주는 것 같아 보였다. 젖꼭지의 주름진 피부 위에 때로 젖이 한 방울 남아 있는 모습은 그녀에게 이슬방울만큼이나 시적으로 보였다. 가슴 한쪽을 잡고 살짝 눌러 그 마법의 방울을 들여다보는 일도 종종 있었다. 집게손가락에 살짝 받아 올려 맛을 보곤 했다. 그녀는 자기 아들을 먹이는 이 모유의 맛을 알고 싶은 거라고 생각했지만 그보다는 자기 몸의 맛을 알고 싶은 것이었다. 그리고 자기 젖이 아주 맛있어 보였기 때문에 이 맛은 그녀를 자신의 모든 체액, 다른 모든 분비액들과 화해하게 했다. 그녀는 자기 자신을 아주 맛있다고 여기기 시작했고 자신의 몸이 자연의 다른 모든 사물들, 나무나 수풀이나 물처럼 기분 좋고 자연스럽고 좋아 보이게 되었다.

불행히도 그녀는 자기 몸에 대해 너무도 행복했기 때문에 몸을 소홀히 했다. 어느 날 그녀는 너무 늦어 버렸다는 것, 희끗희끗 피부가 튼 자리와 주름진 살갗, 살에 딱 붙지 않고 대충 꿰맨 봉투처럼 보이는 살갗이 배에 남게 되리라는 것을 깨달았다. 그런데 이상하게도 그녀는 낙담하지 않았다. 주름진 배를 가지고도 엄마의 몸은 행복했다. 어렴풋한 윤곽으로밖에 아직 세상을 보지 못하는, 그리고 추함과 아름다움에 따라 몸을 구분하는 잔인한 세상이 존재한다는 것을 알지 못하는 (에덴의 눈이 아니었겠는가?) 그런 눈을 대하고 있는 몸이었기 때문이다.

아이에게는 이런 차이가 눈에 들어오지 않았던 반면 야로밀이 태어난 후 화해를 시도했던 남편의 눈에 그 차이는 너무도 잘 보일 따름이었다. 그들은 매우 긴 공백 이후 다시 사랑을 나누었다. 하지만 전과 같지 않았다. 그들은 조용하고 진부한 시간들을 택했고 어둠 속에서 조심스럽게 사랑을 나누었다. 엄마 쪽에서는 이게 확실히 편했다. 그녀는 자기 몸이 미워졌다는 것을 알았고, 아들이 주는 그 달콤한 내면의 평화를 너무 강하고 열정적인 애무 속에서 빨리 잃어버리게 될까 두려워했던 것이다.

절대, 절대, 그녀는 절대 잊지 않으리라. 남편이 자신에게 불확실함으로 가득한 쾌락을 주었고 아들은 행복으로 가득한 평온을 주었던 것을. 그래서 계속 그녀는 그에게서 위안을 구했다.(그는 벌써 기고, 걷고, 말을 했다.) 아이가 심하게 앓은 적이 있었는데 그녀는 열이 심해 경련이 이는 아이의 작은 몸 곁에서 꼼짝하지 않고 거의 눈 한 번 붙이지 않은 채 꼬박 열다섯 시간을 지켰다. 이 시간도 역시 그녀는 일종의 열광 상태에서 보냈다. 아이가 점차 나아 갈 즈음 그녀는 아들의 몸을 팔에 안고 죽은 자들의 왕국을 지나왔구나, 아이하고 함께 돌아왔구나 하고 생각했다. 함께 겪은 이런 시련 이후 이제 그 무엇도 자신들을 절대 갈라놓지 못하리라 생각하기도 했다.

양복이나 잠옷으로 싸인 남편의 몸, 드러내 보이지 않고 닫혀 있는 이 몸은 그녀에게서 멀어져 갔고 하루하루 친밀감을 잃어 갔지만 아들의 몸은 매순간 늘 그녀에게 의존했다. 이제 더 이상 젖을 먹이지 않은 것은 맞지만 그녀는 아들에게 화장실을 쓰는 법을 가르쳤고, 옷을 입히고 벗겼고, 머리 모양과 옷을 골라 주고, 사랑과 더불어 만들어 주는 음식들을 통해 교묘하게 매일 아이의 내장들과 접촉했다. 네 살이 되어 아이가 입맛을 잃기 시작하자 그녀는 아주 엄격함을 보였다. 그녀는 아이에게 먹도록 강요했는데, 처음으로 자신이 이 몸의 친구이기만 한 것이 아니라 지배자이기도 하다는 것을 느꼈다. 이 몸은 반항하고 저항하고 삼키기를 거부했으나 별수 없이 그렇게 해야 했다. 그녀는 묘하게 만족스럽게 이 헛된 저항과 항복, 억지로 삼킨 음식이 내려가는 것이 보이는 그 가느다란 목을 지켜보았다.

아, 아들의 몸, 그녀의 보금자리이자 그녀의 천국, 그녀의 왕국…….

3

그러면 아들의 영혼은? 그것은 그녀의 왕국이 아니었을까? 아니, 물론 그랬다. 야로밀이 처음으로 단어 하나를 발음했을 때 그리고 그 단어가 엄마였을 때 그녀는 미칠 듯이 행복했다. 아직은 단 하나의 유일한 개념으로 이루어진 아들의 두뇌에 오로지 자기만이 들어가 있다고, 그리고 이제 이 두뇌는 점점 자라나 가지를 치고 풍요로워질 테지만 그 뿌리에는 언제나 자신이 남아 있게 되리라고 그녀는 생각했다. 그러고는 아주 흐뭇하고 뿌듯한 마음으로 말의 용법을 습득하려는 아들의 모든 시도들을 면밀히 지켜보았고, 기억은 쉬 사라지고 인생은 길다는 것을 알았기에 석류빛 표지로 묶인 수첩을 하나 사서는 아들의 입에서 나오는 모든 것을 적어 넣었다.

그러니까 그녀의 일기를 보면 엄마라는 단어 다음에 곧 다른 단어들이 잇따르고, 아빠라는 말은 할머니, 할아버지, 멍멍이, 엉덩이, 우아우아, 쉬 같은 단어들 다음에 일곱 번째가 되서야 나타난다는 것을 확인하게 된다. 이 간단한 단어들 (일기에서 이 단어들에는 늘 짤막한 언급과 더불어 날짜가 적혀 있다.) 다음에는 최초로 문장을 말하려 했던 것이 보인다. 두 번째 생일 훨씬 전에 엄마는 좋아라고 발음했음을 우리는 알 수 있다. 몇 주후에 아이는 엄마 맴매할 거야라고 말했다. 엄마가 점심 전에는 산딸기 시럽을 못 준다고 하자 이런 말을 해서 아이는 엉덩이를 맞았고, 그러자 울면서 다른 엄마 할래라고 소리쳤다. 반면에 일주일 뒤 아이는 자기 엄마에게 우리 엄마가 제일 예뻐라고 말함으로써 커다란 기쁨을 주었다. 또 한번은 엄마, 엄마한테 사탕 뽀뽀 해 줄게라고 했는데, 이 말은 혀를 내밀어 엄마의 얼굴을 온통 핥아 준다는 의미였다.

몇 페이지를 넘기면 리듬감 있는 형태 덕분에 우리의 주목을 끄는 말이 나온다. 할아버지가 야로밀에게 작은 초콜릿 빵을 주기로 약속한 걸 깜빡 잊고 그냥 먹어 버렸는데 야로밀은 자기 걸 빼앗겼다고 느끼고서 매우 화를 냈고 할아버지 못됐어, 내 빵 훔쳤어라고 여러 번 되풀이했다. 어떤 의미에서 이 판결은 이미 인용된 엄마 맴매할 거야와 비슷했으나 이번에는 엉덩이를 맞지 않았는데, 왠고 하니 할아버지를 포함하여 모두 깔깔 웃었고 다음에도 가족끼리 재미있어 하며 그 말을 종종 다시 하곤 했던 것이니, 예리한 야로밀이 이를 놓쳤을 리가 없다. 그는 당시에 아마도 자기 성공의 이유를 알지 못했으리라. 하지만 우리는 안다. 엉덩이를 맞지 않아도 되게 그를 구했던 것은 바로 문장의 각운이었음을, 그리고 처음으로 그에게 시의 마술적 힘이 드러났던 것이 바로 이런 방식으로였음을.

다음 부분에는 운율을 맞춘 다른 문장들이 나오는데, 엄마가 덧붙인 논평을 보면 온 가족이 재미있어 하고 좋아했음을 분명히 알 수 있다. 그가 하녀 아네트를 집약적으로 묘사하는 글을 지은 것은 아마 이렇게 해서였을 것이다. 우리 하녀 아네트는 족제비 같아. 조금 뒤에는 우리는 숲으로, 마음은 기쁨으로 같은 구절이 나온다. 엄마는 야로밀이 이렇게 시를 쓰는 것이 아주 독창적인 재능을 타고나서이기도 하지만 자기가 무척이나 많이 읽어 준 동시들 영향 때문이라고 생각했다. 너무나 많이 읽어 준 나머지 야로밀이 체코어는 오로지 장단격으로만 이루어졌다고 생각하기 쉬웠을 정도였다. 하지만 이 점에 있어 우리는 어머니의 견해를 수정해야만 하는 것이, 재능과 문학적 모델보다 중요했던 것은 바로 할아버지였다. 할아버지는 검박하고 실용적인 정신의 소유자이자 시를 아주 혐오하는 사람으로서 최고로 바보 같은 이행시를 일부러 만들어 내서 손자에게 몰래 가르쳤던 것이다.

야로밀은 자신의 말이 매우 세심하게 기록되고 있음을 곧 알아차리고 그에 따라 행동하기 시작했다. 처음에는 의사 표현을 위해 말을 사용했지만 이제는 긍정, 감탄, 웃음을 불러일으키기 위해 말을 하게 되었다. 그는 자기 말이 다른 이에게 일으키게 될 효과를 미리 즐겼고, 원하던 반응을 얻지 못하는 일이 종종 생기자 자신에게 관심을 집중시키기 위해 무례한 표현들을 시도해 보기도 했다. 매번 성공은 아니었다. 한번은 아빠 엄마에게 둘 다 참 애송이야(이웃집 정원에서 애송이라는 말이

어떤 아이 입에서 나오는 것을 들은 적이 있는데 다른 애들이 모두 깔깔
대고 웃었던 기억이 난 것이다.)라고 했다가 아빠에게 따귀를 맞
았다.

그 이후로 그는 어른들이 자기 말에서 높이 평가하는 것, 어
른들이 승인하는 것, 용인하지 않는 것, 경악하는 것 등을 주
의 깊게 관찰했다. 이렇게 해서 그는 정원에 어머니와 함께 있
던 어느 날, 할머니가 처량하게 한탄할 때같이 우수에 젖은 문
장 하나를 내뱉을 수 있었다. 엄마, 인생은 잡초 같아요.

무슨 의미로 한 말인지 말하기는 어렵다. 다만 확실한 건 잡
초의 속성인 저 생명력 넘치는 무의미 혹은 무의미한 생명력
을 염두에 두고 있었던 것이 아니라, 삶은 슬프고 허망한 것이
라는 퍽 모호한 생각을 그저 표현하고 싶었을 따름이라는 사
실이다. 말하려던 것과 다른 말을 하긴 했으나 그가 한 말의
효과는 대단했다. 엄마는 입을 다물고 그의 머리를 쓰다듬고
젖은 눈으로 그의 눈을 들여다보았다. 야로밀은 벅찬 찬탄을
담은 이 시선에 너무 도취되어 그 눈길을 또 바라보고만 싶었
다. 어느 날 산책 중에 그는 돌멩이를 발길로 차고는 어머니에
게 말했다. 엄마, 방금 돌멩이를 발로 찼는데 너무 가엾어서 쓰다듬
어 주고 싶어요. 그러고는 정말로 몸을 숙여 그 돌멩이를 쓰다
듬어 주었다.

엄마는 아들이 단지 재능만 있는 것이 아니라 (다섯 살에 글
을 읽을 줄 알았으니) 특별한 감성을 지녔고 다른 아이들과 다르
다고 확신하게 되었다. 그녀는 이런 견해를 종종 할아버지 할
머니에게 말했고, 야로밀은 얌전히 앉아서 병정놀이를 하거

나 말을 타고 놀면서 지대한 관심을 가지고 주의 깊게 그 말을 새겨듣곤 했다. 그러고는 집에 오는 손님들의 눈을 뚫어져라 살피며 이 시선들이 자기를 특별하고 뛰어난 아이로, 아니 어쩌면 전혀 어린아이라고 할 수 없는 아이로 바라보고 있으리라 상상하며 황홀해하곤 했다.

여섯 번째 생일이 다가오고 몇 달 있으면 학교에 들어갈 무렵이 되자 식구들은 그가 방을 따로 쓰고 혼자 자야 한다고 했다. 세월이 그렇게 흘러가는 것이 엄마는 아쉬웠으나 받아들였다. 그녀와 남편은 아들에게 생일 선물로 이 층 세 번째 작은 방을 주고 침대 겸용 소파 하나와 아이 방에 알맞은 다른 가구들을 마련해 주기로 의견을 모았다. 작은 책꽂이 하나, 몸이 깨끗한지 잘 살피라고 거울 하나, 그리고 자그마한 책상 하나 등이 있었다.

아빠는 야로밀이 그린 그림들로 방을 장식하자고 하더니 사과나 정원을 그린 유치한 그림들을 즉시 액자에 넣기 시작했다. 엄마가 그에게 다가가 "당신한테 부탁이 있는데."라고 말한 것은 그때였다. 그가 그녀를 쳐다보자 수줍고도 힘찬 엄마의 목소리가 이렇게 이어졌다. "종이하고 색칠할 것 좀 줄래?" 그러고 나서 그녀는 자기 방 탁자로 가 앉아서 첫 번째 종이를 앞에 펼쳐 놓고 연필로 글자들을 한참 동안 그렸다. 마침내 그녀는 빨간색 물감을 붓에 묻혀서 맨 앞 철자들을 칠하기 시작했고 그다음 대문자 V를 칠했다. V 다음에는 i 자가 따라왔고 그 결과 이런 문구가 새겨졌다. 인생은 잡초 같아요. 그녀는 자기 작품을 살펴보고는 만족스러웠다. 글자들은 똑바르고 크기도 거의 고르게 되어 있었다. 그런데도 그녀는 종이 한 장을 더 집더니 다시 그 구절을 그려 넣고 이번에는 짙은 파랑으로 색칠을 하기 시작하는 것이었다. 자기 아들의 경구의 그 형언할 길 없는 서글픔에는 이 색깔이 훨씬 더 잘 어울리는 것 같아 보였기 때문이다.

그런 다음 그녀는 야로밀이 할아버지 못됐어, 내 빵 훔쳤어라고 했던 것을 떠올리고 흐뭇한 미소를 머금으며 (새빨간 색으로) 할아버진 분명해, 빵을 좋아해라고 쓰기 시작했다. 그다음 둘 다 참 애송이야라는 말도 기억이 나 슬그머니 미소를 지었지만 그냥 참았다. 하지만 우리는 숲으로 가네, 마음은 기쁨으로 춤추네 같은 말은 (초록색으로) 그려 넣었고, 그다음 아네트는 족제비 같아를 (보라색으로) 색칠했다.(사실 야로밀은 하녀 아네트라고 했지만 어머니는 하녀라는 단어가 좀 귀에 거슬린다고 생각했던 것이다.) 그러고 나서 그녀는 야로밀이 몸을 숙여 돌멩이를 어루만져 주었던 것을 떠올리고 잠시 생각에 잠겼다가 나는 돌멩이도 아프게 할 수 없을 것 같아라고 (하늘색으로) 쓰기 시작했다. 그리고 끝으로, 살짝 거북한 느낌이긴 했지만 그런 만큼 더 기쁘게 엄마, 엄마한테 사탕 뽀뽀 해 줄게라고 (주황색으로) 써넣고, 그다음 우리 엄마는 이 세상 엄마들 중에 제일 예뻐요라고 (황금색 글자로) 그려 넣었다.

생일 전날 야로밀의 부모는 몹시 흥분한 아이를 아래층 할머니 방으로 보내 자게 한 뒤 가구들을 옮기고 벽을 장식하기로 했다. 다음 날 아침 완전히 변신한 방으로 아이를 데려왔을 때 엄마는 안절부절못했는데, 야로밀은 그런 엄마를 안심시켜 줄 아무런 말도 하지 않았다. 그는 그저 멍한 채 아무 말도 하지 않았다. 그의 주된 관심은 책상으로 향했다.(하지만 그것도 힘없이 수줍게 표현했을 뿐이었다.) 그 책상은 초등학교 책상과 비슷하게 생긴 좀 이상한 가구였는데, (한쪽으로 경사져 있고 움직일 수 있으며, 아래 부분에 공책과 책을 넣게끔 공간이 마련되어 있는) 상판이 의자와 지지대 하나로 붙어 있었다.

"어, 저기, 어때? 마음에 안 들어?" 엄마가 초조하게 물었다.

"아니, 맘에 들어요." 아이가 대답했다.

"뭐가 제일 좋니?" 할머니와 같이 방 입구에서 이 장면, 그토록 오랫동안 기대해 왔던 이 장면을 바라보고 서 있던 할아버지가 물었다.

"책상." 아이가 말했다. 그는 자리에 앉아서 상판 뚜껑을 올렸다 내렸다 해 보았다.

"그리고 그림들은 어떠냐?" 액자에 넣은 그림들을 가리키며 아빠가 물었다.

아이는 고개를 들고 미소 지었다. "아는 그림이네요."

"그런데 이렇게 벽에 걸어 놓으니까 어때?"

작은 자기 책상에 여전히 앉은 채로 아이는 고개를 끄덕여 벽 위 그림들이 마음에 든다는 표시를 했다.

엄마는 가슴이 메었고 방에서 사라지고만 싶었다. 하지만 그녀는 그 자리에 있었고 액자에 넣어 벽에 걸린 문구들을 아무 말 없이 그냥 지나칠 수는 없었다. 그 침묵은 마치 어떤 선고처럼 느껴졌을 테니 말이다. 그래서 그녀는 말했다. "그리고 저 문구들 좀 봐."

아이는 고개를 숙였고 책상 속을 들여다보았다.

"있잖아, 난, 난 말이야, 네가 아기 때부터 학교 갈 때까지 어떻게 자랐는지 생각날 수 있게 해 주고 싶었거든. 넌 정말 똑똑한 꼬마였고 우리 모두에게 늘 기쁨이었으니까……." 이 말을 그녀는 마치 무슨 변명을 하듯 했고, 잔뜩 긴장을 한 탓에 같은 말을 여러 번 되풀이했다. 그러다가 결국 무슨 말을 해야 할지 모르게 되자 입을 다물었다.

하지만 그녀가 야로밀이 자신의 선물을 고마워하지 않는다고 생각한 건 오해였다. 그가 무슨 말을 해야 할지 몰랐던 건 사실이지만 만족스럽지 않았던 건 아니었다. 그는 자기 말에 늘 자부심을 가졌으며 허공에 대고 말하고 싶지 않았다. 이제 그 말들이 정성껏 다시 쓰여 갖가지 색으로 채색되어 작품처럼 걸려 있는 것을 보니 그는 뿌듯한 성취감, 심지어 너무도 크고 기대하지 않던 성취여서 뭐라 답해야 할지도 모르겠고 말문이 콱 막혀 버리는 그런 성취감을 느꼈던 것이다. 그는 자신이 대단한 말을 하는 아이라는 것을 알게 되었고, 그런 아이는 이런 순간에 무언가 대단한 말을 해야 한다는 건 알겠는데 다만 대단한 것이 아무것도 머리에 떠오르지 않아 고개를 푹 숙였던 것이다. 그러나 자신이 한 말들이 벽 위에 화석같이 고정된 채 자기 자신보다 더 지속적이고 위대하게 박혀 있는 모습을 곁눈질로 보았을 때 그는 황홀하게 도취되었다. 자기 자신으로 둘러싸인 느낌, 자신이 무한대인 느낌, 방 안을 가득 채우는 느낌, 집 전체를 온통 다 채우는 느낌이었다.

4

학교도 가기 전에 야로밀이 벌써 글을 읽고 쓸 줄 알았기 때문에 엄마는 바로 2학년에 넣어도 되겠다고 마음먹었다. 그녀가 교육청으로부터 특별 허가를 받아내 야로밀은 특별위원회 앞에서 시험을 친 후 자기보다 한 살 더 많은 학생들 반에 들어가게 되었다. 학교에서 모두가 그에 대해 감탄을 했기 때문에 교실은 그에게 그저 집의 그림자 같이만 보였다. 어느 어머니날에 학생들이 학교 축제 행사에서 자기들 작품을 발표한 적이 있었다. 야로밀은 마지막으로 단상에 올라 감동적인 작은 시 한 편을 낭송했는데 객석의 학부모들로부터 엄청난 박수를 이끌어냈다.

하지만 그는 박수를 치던 이 청중들 뒤에 그를 음험하게 살피고 있는 적대적인 또 다른 청중이 있음을 곧 깨닫게 되었다. 사람들로 붐비는 치과 대기실에서의 일이었다. 거기서 그는 대기 환자 중에서 같은 반 친구를 만났다. 그들은 창을 등지고 나란히 있었는데 야로밀은 한 나이 든 분이 자기들이 이야기하는 것을 인자한 미소를 띠고 듣고 있다는 것을 알아차렸다. 이 관심의 표시에 고무되어 그는 (질문을 못 듣는 사람이 없도록 약간 목소리를 높이며) 친구에게 만일 교육부 장관이라면 무얼 하겠는지 물었다. 친구가 무슨 말을 해야 할지 모르자 그는 자기 자신의 견해를 피력하기 시작했는데 이런 이야기는 그에게는 전혀 어렵지 않은 것이었으니, 왜냐하면 심심치 않게 자주 그런 이야기를 재미있게 해 주던 할아버지 말을 그저 따라 하기만 하면 되었기 때문이다. 그러니까 야로밀이 교육부 장관이라면 학교는 두 달만 다니고 열 달이 방학일 것이며, 선생님은 학생들 말을 잘 들어야 하고 제과점에 가서 학생들 간식을 가져와야 할 것이며, 또 여러 가지 놀라운 일들이 벌어질 터인데 그 세세한 것들을 야로밀은 낭랑하고 큰 목소리로 열심히 늘어놓았던 것이다.

얼마 후 진료실 문이 열리고 간호사가 나오며 환자를 배웅했다. 그러자 한 여자가 무릎에 놓인 책을 반쯤 다시 덮고 손가락을 읽다 멈춘 페이지에 끼운 채 간호사 쪽으로 고개를 돌려 거의 애원하는 목소리로 요구했다. "제발 부탁인데 저 아이한테 뭐라고 좀 해 줘요. 자기 좀 보라고, 얼마나 시끄러운지 정말 괴롭네요."

크리스마스가 지나고 나서 선생님은 반 아이들에게 무슨 선물을 받았는지 이야기해 보라고 했다. 야로밀은 쌓기 블록과 스키, 스케이트, 책 등을 열거해 나가다가 곧 아이들이 자기처럼 열심히 보고 있지 않다는 것을, 그리고 어떤 애들은 무관심해 보이기도 하고 게다가 적의를 품은 표정을 짓고 있다는 것을 알아차렸다. 그는 말하다가 멈추었고 다른 선물들은 말도 꺼내지 않았다.

아니다. 걱정 마시라. 가난한 애들이 미워하는 부잣집 아이 같은 수천 번 되풀이된 이야기를 또 하려는 것이 아니다. 야로밀 반에는 실제로 야로밀네보다 더 잘사는 집 아이들이 있었지만 다른 아이들하고 잘 지냈고 아무도 부자라고 그 아이들을 비난하지 않았다. 야로밀이 아이들 마음에 들지 않았던 것은 왜일까? 그러니까 아이들의 신경을 거스르는 무엇, 그를 다르게 만드는 무엇이 그에게 있었던 것일까?

그 말을 하기가 우리는 거의 망설여진다. 그건 부유함이 아니었다. 엄마의 사랑이었다. 이 사랑은 모든 것에 흔적을 남겼다. 그의 셔츠 위에, 머리 모양 위에, 그가 사용하는 단어 위에, 공책을 넣은 가방 위에, 집에서 심심할 때 읽는 책 위에 그것은 새겨져 있었다. 모든 것이 그를 위해 특별히 선택되고 마련되어 있었다. 알뜰한 할머니가 만들어 입힌 셔츠들은 왠지 모르게 남자아이 셔츠보다는 어딘가 여자아이들의 블라우스와 닮아 보였다. 그의 긴 머리는 눈을 덮지 않게 이마 위로 넘겨 어머니의 머리띠로 고정해야 했다. 비가 올 때면 엄마는 학교 앞에서 커다란 우산을 들고 그를 기다렸다. 그럴 때 다른 친구들은 신발을 벗어 들고 물웅덩이에서 철벅거리고 있었다.

어머니의 사랑은 아들의 이마 위에 친구들의 호감을 밀어내는 표지를 새겨 놓는 법이다. 사실 시간이 가면서 야로밀이 이 표지를 능숙하게 감추는 법을 터득하긴 했지만 처음 학교에 영예롭게 들어간 이후에도 그는 어려운 시기(일이 년가량)를 겪었다. 그때 열렬히 그를 비웃던 학교 친구들은 그저 심심풀이로 그를 여러 번 두들겨 패 주었다. 하지만 가장 나빴던 그 시기에도 그는 이후 평생 동안 고맙게 여기게 되는 몇몇 친구가 있었다. 그 이야기를 좀 해야겠다.

첫 번째 친구는 아버지였다. 아버지가 때로 축구공을 들고 나가면 (대학생 때 축구를 했었다.) 야로밀은 나무 두 그루 사이에 자리를 잡았다. 아버지가 그에게 공을 차면 야로밀은 자신이 골키퍼로 체코슬로바키아 국가대표 팀을 위해 공을 막는다고 상상하곤 했다.

두 번째 친구는 할아버지였다. 그는 야로밀을 자신의 가게 두 군데에 데리고 가곤 했다. 한 곳은 이미 사위가 혼자서 잘 이끌어 가고 있는 큰 약국이었고 다른 한 곳은 향수 가게로 젊은 여자가 판매원으로 있었는데, 그 여자는 상냥한 미소를 지으며 소년을 맞아 주곤 했고 온갖 향수 냄새를 맡아 보게 해 주어서 야로밀은 곧 냄새만 맡고도 여러 향수의 이름을 맞힐 수 있게 되었다. 그렇게 되자 그는 눈을 감고서 할아버지에게 자기가 맞히나 보게 향수병을 코에 대 보라고 했다. "넌 후각의 천재다."라고 할아버지는 칭찬을 하곤 했고 야로밀은 새로운 향수를 발명해 내는 사람이 되길 꿈꾸었다.

세 번째 친구는 알리크였다. 알리크는 얼마 전부터 그 집에 살던 자그마한 미친 개였다. 제멋대로 커서 말을 잘 듣지 않았지만 그 개 덕에 야로밀은 멋진 꿈을 꾸곤 했는데, 왜냐하면 그 개가 학교 복도나 교실에서 자기를 기다리다가 수업이 끝나면 집으로 함께 가는 충직한 친구, 너무도 충실해서 친구들 모두 그를 부러워하고 따라다니고 싶어 하게 만드는 그런 친구로 상상하곤 했기 때문이다.

개에 대해 몽상에 잠기는 것은 야로밀이 혼자 있을 때 탐닉하는 열정이 되었고 그러다 보니 심지어는 어떤 이상스러운 마니교 속으로 빠져들게까지 되었다. 개는 그에게 동물 세계의 선, 자연의 모든 미덕들의 총체를 나타내게 되었다. 그는 고양이에 대항하는 개들의 대전투(장군, 장교도 있고 장난감 양철 병정들과 놀며 익힌 온갖 전투의 책략들도 있는 전쟁)를 상상했는데, 사람이 늘 정의의 편이어야 하는 것과 마찬가지로 그는 늘 개들의 편이었다.

그리고 그는 연필과 종이를 가지고 아버지 서재에서 많은 시간을 보내곤 했기 때문에 개들은 또한 그가 그리는 그림의 주요 주제가 되었다. 개들이 장군이고 병사고 축구선수고 기사인 서사적 장면들이 한없이 이어졌다. 개들이 네발짐승의 자세로는 사람 역할을 맡을 수가 없자 야로밀은 인간의 몸을 한 모습으로 개를 그렸다. 그런 생각을 해내다니 얼마나 대단한가! 사람을 그리려고 하면 정말 어려웠다. 얼굴이 그려지지가 않았던 것이다. 하지만 코 맨 끝이 까만 점으로 된 개 얼굴의 기다란 형태는 기가 막히게 잘 그려 냈다. 그가 그렇게 늘 몽상을 하고 또 사람 얼굴을 잘 그리지 못했던 탓에 개 인간들이 사는 기묘한 세상, 간단히 빠르게 그릴 수 있고 축구 시합과 전쟁과 산적 이야기에 엮어 넣을 수 있는 인물들의 세상이 탄생했다.

네 번째 친구만이 자기 나이 또래 소년이었다. 같은 반 아이였는데 그 아이 아버지는 학교 수위로 학생들의 잘못을 교장에게 걸핏하면 일러바치는 키가 작고 얼굴색이 누런 사람이었다. 그러면 그 학생들은 반에서 왕따인 그의 아들에게 복수를 하곤 했다. 아이들이 하나씩 야로밀에게서 등을 돌리기 시작했을 때 이 수위 아들만이 유일하게 변치 않고 그를 찬미하는 숭배자로 남았고 그리하여 어느 날 교외의 그의 집으로 초대를 받기에 이르렀다. 집에서는 그 아이에게 점심도 주고 저녁도 주었으며 그는 야로밀과 집짓기 놀이도 하고 숙제도 같이 했다. 다음 일요일에는 야로밀의 아버지가 둘 다 축구시합에 데려갔다. 시합은 정말 근사했고, 선수 이름도 전부 다 알고 전문가처럼 경기에 대해 이야기해 주는 야로밀의 아버지도 너무나 근사했다. 어찌나 멋있었는지 수위 아들은 그에게서 눈도 떼지 못했고 야로밀은 그래서 아주 으쓱해질 수 있었다.

그 우정은 좀 우스운 구석이 있어 보이기는 했다. 야로밀은 늘 말끔한 차림인데 수위 아들은 옷 팔꿈치에 구멍이 나 있었고, 야로밀은 숙제를 깔끔하게 정리해서 제출하는데 수위 아들은 공부에는 영 소질이 없었으니 말이다. 그런데도 야로밀은 이 충직한 친구 옆에서는 마음이 편했는데 그건 수위 아들이 엄청나게 힘이 셌기 때문이다. 어느 겨울날 반 아이들이 그들을 공격한 적이 있었는데 그야말로 호적수를 만난 셈이었다. 야로밀은 숫자상 더 많은 적을 친구와 더불어 물리치고 승리한 것이 자랑스러웠다. 하지만 성공적인 방어의 영예가 공격의 영예와 비교될 수는 없는 것이었다.

그러던 어느 날, 교외의 공터를 거닐다가 그들은 하도 말끔하니 잘 씻기고 예쁘게 입혀서 꼭 무슨 어린이 모임 행사에 가는 것 같은 꼬마 하나와 마주쳤다. "마마보이 귀염둥이네!"라고 수위 아들이 말하며 길을 막아섰다. 그들은 꼬마를 놀리는 질문을 했고 아이가 겁에 질리는 것을 즐겼다. 그러다 마침내 아이가 용기를 내서 그들을 헤치고 지나가려 했다. 이 무엄한 접촉에 영혼 밑바닥까지 기분이 상한 야로밀이 "야, 너 감히 뭘 하는 거야! 맛 좀 볼래!" 하고 소리 질렀다. 수위 아들은 이 말을 신호로 알아듣고는 아이의 얼굴을 후려쳤다.

지성과 육체적 힘은 때로 놀라우리만큼 상호 보완적일 수 있다. 바이런이 권투선수 잭슨, 섬약한 주인에게 온갖 운동을 헌신적으로 훈련시켰던 그 권투선수에 대해 뜨거운 사랑을 느꼈던 것이 사실 아닌가? 야로밀은 "때리지 말고 그냥 잡고 있어!"라고 친구에게 말하고 쐐기풀을 꺾으러 갔다. 그런 다음 그들은 아이에게 옷을 벗게 하고는 발끝부터 머리까지 쐐기풀로 때렸다. 때리면서 야로밀은 말했다. "귀염둥이가 새우처럼 빨개진 걸 네 엄마가 보면 틀림없이 좋아하실 거야." 그러면서 그는 자신의 동지를 향한 뜨거운 우정의 감정이, 세상의 모든 귀염둥이들을 향한 뜨거운 증오의 감정이 웅장하게 휘몰아치는 것을 느꼈다.

5

그런데 정확히 무엇 때문에 야로밀은 여전히 외동아들로 남아 있었던 것일까? 엄마가 둘째 아이를 원하지 않았던 것일까?

전혀 그런 게 아니었다. 그녀는 처음 엄마가 되어 보낸 행복했던 몇 년을 너무나도 다시 가져 보고 싶었지만 남편은 언제나 수많은 이유를 대며 다른 아이의 출생을 뒤로 미루곤 했다. 사실 둘째 아이를 가지고 싶은 마음이 줄어들진 않았지만 그녀는 더 조르지는 못했다. 남편이 또 거절할까 두려웠고 그 거절이 자신에게 모욕이 될 것임을 잘 알고 있었기 때문이다.

그러나 아기를 가지고 싶다는 말을 못 하고 참을수록 더 그 생각이 났다. 마치 불법적이고 은밀하며, 그러니까 금지되어 있는 무언가를 생각하듯이 말이다. 그리고 남편이 자기에게 아이를 만들어 줄 수 있다는 생각을 하면 이제는 단지 아이 때

문에 그녀의 마음이 끌리기만 하는 게 아니라 어딘가 음탕하
게 야한 느낌이 일었다. 그녀는 속으로 남편에게 "이리 와, 딸
하나만 만들어 줘."라고 말하고는 했고 그러면 이 말이 아주
자극적으로 여겨졌다.

　부부가 친구네 집에 갔다가 좀 늦게 기분 좋은 상태로 집에
돌아온 어느 날 저녁, 야로밀의 아버지는 아내 곁에 누워 불을
끈 뒤 (결혼 이후 그는 시각이 아닌 촉각에 의해서만 욕망이 일게 되었
으므로 안 보이는 상태에서만 그녀를 안았음을 밝혀 두자.) 이불을 젖
히고 그녀와 결합했다. 이런 잠자리가 드물었고 포도주에 취
했기 때문에 그녀는 오래전부터 느끼지 못했던 황홀감에 빠
져 그에게 몸을 맡겼다. 함께 아이를 만들고 있다는 생각이 다
시 그녀의 머리를 가득 채웠고, 남편이 쾌락의 절정에 다가가
고 있음을 느끼자 그녀는 더 이상 자신을 통제 못 하고 도취
상태에서 그에게 소리 지르기 시작했다. 평소처럼 조심하지
말라고, 자기 몸에서 빠져나가지 말라고, 아이를 만들어 달라
고, 예쁜 딸을 만들어 달라고. 그러고는 어찌나 세게 부들부들
떨며 그를 꽉 끌어안았는지 그가 자기 아내의 소원이 이루어
지지 않을 것이라고 안심할 수 있기 위해서는 거칠게 몸을 떼
어 내야만 했다.

　잠시 후 그들이 침대에 지친 몸을 나란히 누였을 때 엄마는
그에게 다가가 그의 아이를 더 갖고 싶다고 귀에 속삭이기 시
작했다. 그녀가 끈질기게 아이를 계속 고집하려고 했던 것은
아니다. 그보다는 마치 변명처럼 왜 조금 아까 그토록 격렬하
고도 돌발적으로 (그리고 자신도 시인하지만 아마 좀 부적절하게)

엄마가 되고 싶은 욕망을 표시했는지 그에게 해명하고 싶었던 것이다. 이번에는 분명히 딸을 낳을 거라고, 야로밀이 자기를 닮은 것처럼 그 아이는 그의 모습을 닮을 거라고도 덧붙였다.

그러자 엔지니어는 (이것을 그녀에게 상기시킨 것은 결혼 이후 이번이 처음이었다.) 자기는 한 번도 그녀에게서 아이를 원한 적이 없다고, 첫째 아이 때는 어쩔 수 없이 양보할 수밖에 없었다고, 하지만 이제는 그녀가 양보할 차례라고, 둘째 아이가 자기를 닮길 그녀가 바란다는데 자기는 분명히 말하건대 결코 세상에 태어나지 않을 아이에게서 자기와 가장 닮은 모습을 찾으리라고 말했다.

그들은 나란히 누워 있었고 엄마는 더 이상 아무 말도 하지 않았으며, 잠시 후 울음을 터뜨렸고, 밤새 흐느껴 울었고, 그녀의 남편은 그녀를 건드리지도 않았고, 눈물의 파도 맨 끝자락에조차 스며들 수 없는 몇 마디 진정시키는 말을 겨우 내뱉었을 따름이다. 그녀는 마침내 모든 것을 깨달은 느낌이었다. 함께 살고 있는 이 남자는 한 번도 자신을 사랑한 적이 없음을.

그녀가 빠져 들어간 슬픔은 그때까지 그녀가 겪은 모든 서글픔 가운데 가장 깊은 것이었다. 다행스럽게도 남편이 주지 못한 위안을 다른 이가 주었다. 역사였다. 우리가 방금 이야기했던 그 밤이 지나고 삼 주 후에 남편은 징집 소환장을 받았고 트렁크를 꾸려 국경으로 떠났다. 전쟁은 일촉즉발의 위험에 처해 있어서 사람들은 방독면을 사들이고 지하에 방공호를 마련했다. 그리고 엄마는 조국의 불행을 마치 구원의 손길처럼 마주 잡아 그 불행을 비장하게 겪어 냈고, 아들과 더불어

기나긴 시간들을 보내며 여러 사건들을 생생하게 묘사해 주
곤 했다.

그 후 강대국들이 뮌헨에서 합의에 이르렀고 야로밀의 아
버지는 독일군에 점령된 작은 보루에서 돌아왔다. 그때부터
식구들은 모두 아래층 할아버지 방에 모여 매일 저녁마다 역
사가 굴러가는 여러 과정들에 대한 이야기를 했다. 역사는 아
주 최근까지도 잠들어 있다고 생각되었는데 (그런데 실은 자는
척하면서 틈을 노리고 있었는지도 모른다.) 이제 갑자기 은신처에
서 튀어나와 거대한 그림자로 나머지 모든 걸 다 가려 버리게
된 것이다. 오, 이 그림자의 보호를 받아 그녀는 얼마나 편안
했던가! 체코 사람들은 무리 지어 수데텐 산맥을 떠났고 보헤
미아는 완전히 무방비 상태로 껍질 벗긴 오렌지처럼 유럽 한
가운데에 남겨졌으며, 육 개월 후 새벽에 독일 탱크들이 프라
하 거리에 출몰하였고 이 시기에 엄마는 조국을 지키는 일이
금지된 한 군인 곁에 늘 있었으며 그가 자기를 한 번도 사랑한
적 없는 그 남자라는 것을 완전히 잊고 있었다.

그러나 격렬한 역사의 소용돌이 속에서도 일상의 삶은 머
지않아 그 그림자로부터 솟아나오는 법이어서, 부부의 침대
가 그 굉장한 통속성과 경악할 만한 집요함 속에서 모습을 드
러낸다. 야로밀의 아버지가 엄마의 가슴에 다시 손을 올려놓
았던 어느 날 저녁, 엄마는 자신을 이렇게 만지는 남자가 전에
자신을 능멸했던 남자와 같은 사람이라는 사실을 깨달았다.
그녀는 그 손을 물리치며 얼마 전에 그가 내뱉었던 그 거친 말
들을 슬며시 상기시켰다.

나쁜 마음으로 그런 건 아니었다. 그녀는 다만 나라들 간의 큰 사건들이 마음의 소소한 일들을 다 잊게 만들 수는 없다는 것을 그런 거부를 통해 알리고 싶었을 뿐이다. 남편에게 어제의 자기 말을 오늘 고칠 기회를 주고, 모욕했던 여인을 오늘 다독여 줄 기회를 주고 싶었던 것이었다. 그녀는 국가의 비극이 그를 좀 더 섬세하게 만들어 주었다고 믿었으며 또 그가 살그머니 한 번 쓰다듬어 주기만 해도 그것을 후회의 표시로, 그들 사랑의 새로운 장이 열리는 시작의 표시로 감사하게 받아들일 준비가 되어 있었다. 그러나 아아! 아내가 가슴에서 손을 밀쳐 내자 남편은 다른 쪽으로 돌아눕더니 금세 잠이 들어 버리고 말았다.

프라하의 대학생들이 대규모 시위를 벌인 이후 독일인들은 체코 대학교들을 폐쇄했고, 엄마는 남편이 다시 이불 아래로 손을 넣어 가슴에 얹어 주길 헛되이 기다렸다. 할아버지는 향수 가게의 그 예쁜 판매원이 십 년 전부터 돈을 빼돌려 왔다는 걸 알고 노발대발하다가 심장마비로 죽었다. 체코 대학생들은 가축 운반 차량에 실려 집단 수용소로 끌려갔고, 엄마는 의사를 찾아갔더니 신경이 아주 나쁜 상태라고 하며 어디 가서 휴식을 취해야겠다고 했다. 의사는 직접 어떤 펜션을 추천해 주었는데 강과 호수로 둘러싸인 자그마한 온천 휴양지 부근에 있는 곳이고, 여름이면 수영, 낚시, 뱃놀이를 좋아하는 수많은 관광객들이 몰려든다고 했다. 봄이 시작되고 있었고 그녀는 호숫가에서 조용히 거닌다는 생각에 매료되었다. 하지만 그다음에는 이젠 잊힌 채 가슴을 에는 여름의 추억으로 노천 카페에 떠돌고 있는 그 흥겨운 춤곡이 두려워졌다. 자기 자신의 향수가 두려워 그녀는 혼자서는 거기에 갈 수 없다고 마음 먹었다.

아, 물론, 누구랑 갈 건지 그녀는 바로 생각해 냈다. 남편이 가져다준 슬픔 탓에, 그리고 둘째 아이를 갖고 싶은 마음 때문에 그녀는 얼마 전부터 그를 거의 잊고 있었다. 얼마나 바보 같았는가, 그를 잊고 있음으로써 얼마나 자신을 아프게 했는가! 그녀는 뉘우치며 그를 내려다보았다. "야로밀, 넌 내 첫째 아이고 둘째 아이야." 그의 얼굴에 자신의 얼굴을 꼭 맞대며 그녀는 말했다. 그리고 말도 안 되는 소리를 죽 이어갔다. "넌 내 첫째 아이고 둘째고 셋째고 넷째고 다섯째고 여섯째고 열째고……." 그러고는 아이의 온 얼굴에 뽀뽀를 해 대는 것이었다.

6

회색 머리에 몸이 꼿꼿한 키 큰 여자 하나가 역으로 그들을 마중 나왔다. 한 건장한 농부가 트렁크 두 개를 들어 검은색 이륜마차가 대기하고 있는 역 앞으로 옮겼다. 그 사람이 마부 석에 앉고 마주 보게 놓인 좌석에 야로밀과 어머니와 키 큰 여자가 자리를 잡은 다음 소도시의 길들을 따라 어떤 광장까지 갔다. 광장 한쪽에는 르네상스식 아케이드가 늘어섰고 다른 쪽에는 철제 울타리가 둘러쳐져 있었는데, 그 울타리 뒤로는 정원이 펼쳐지고 정원 안에 담쟁이넝쿨로 뒤덮인 고성이 우뚝 솟아 있었다. 그러고 나서 그들은 강 쪽으로 내려갔다. 죽 늘어선 노란색 통나무집들, 다이빙대, 하얀 탁자와 의자들, 그 너머로 강을 따라 늘어선 포플러 나무들이 야로밀의 눈에 들어왔다. 그러나 마차는 벌써 강가에 드문드문 자리 잡은 집들 쪽으로 가고 있었다.

그중 어떤 집 앞에서 말이 멈추고 마부가 내려 트렁크 두 개
를 들었다. 야로밀과 그의 어머니는 그를 따라 정원을 거쳐 현
관을 지나고 계단을 올라 방으로 들어섰다. 침대 두 개가 부부
침대처럼 나란히 붙어 있고, 창 두 개 중 하나는 방문처럼 열
리는 창으로 발코니로 나 있어서 정원이 내려다보이고 그 너
머로 강도 내려다보였다. 엄마는 발코니 난간으로 다가가서
깊게 심호흡을 했다. "아! 하늘나라의 평화로구나!"라고 그녀
는 말하고 다시 깊이 숨을 들이쉬고 내쉬며 빨간색 작은 배 한
척이 나무 선교에 묶인 채 물결에 흔들리고 있는 강 쪽을 바라
보았다.

그날 아래층 작은 식당에서 저녁 식사를 하면서 그녀는 다
른 방에 묵는 노부부를 알게 되었고 그때부터 매일 저녁 그 작
은 식당에서는 가만가만 이야기 나누는 소리가 오래도록 이
어졌다. 모두가 야로밀을 좋아했고 엄마는 그가 하는 말들, 생
각들, 은근한 자랑들에 흐뭇하게 귀를 기울이곤 했다. 그렇다.
은근한 자랑. 야로밀은 치과 대기실에서의 그 부인을 절대 잊
지 않고 그 부인의 적대적인 시선을 피할 수 있을 안전한 방풍
막을 늘 찾을 것이었다. 물론 그는 여전히 감탄의 대상이 되기
를 갈망했지만 이제는 순진하고도 겸손하게 짤막한 몇 마디
를 해서 감탄을 이끌어내는 법을 터득했다.

평화로운 정원 속 그 집, 긴 항해를 꿈꾸게 하는 배가 정박
된 검푸른 강, 성채나 궁전 등이 나오는 책 속 귀부인을 닮은
그 키 큰 부인을 실어 가기 위해 가끔씩 집 앞에 와서 서곤 하
는 검은색 마차, 한 세기에서 다른 세기로, 어떤 꿈에서 다른

꿈으로, 어떤 책에서 다른 책으로 넘어가듯 마차에서 내리면 내려갈 수 있는 텅 빈 수영장, 검투를 벌일 때 기사들을 가려 주던 기둥이 죽 늘어선 좁다란 아케이드들이 있는 르네상스 광장, 이 모든 것이 야로밀이 홀린 듯 빠져 들어간 세상을 이루고 있었다.

개를 데리고 다니는 남자 역시 이 아름다운 세상에 들어 있었다. 처음 보았을 때 그는 강가에서 미동도 없이 강물을 바라보고 있었다. 가죽 코트 차림이었고 검은색 늑대 비슷한 개 한 마리가 그 곁에 앉아 있었다. 둘 다 미동도 없이 그렇게 꼼짝 않고 있어서 꼭 다른 세상에서 온 인물 같아 보였다. 그들은 같은 장소에서 그를 두 번째로 만났다. (여전히 가죽 코트를 입은) 그 남자가 나뭇가지를 앞으로 던지면 개가 물어 오곤 했다. 세 번째로 만났을 때 (포플러 나무와 강 등 동일한 배경이었다.) 남자는 엄마에게 짧은 인사를 건네고, 예리한 야로밀이 잘 포착한 바와 같이, 한참을 뒤돌아보곤 했다. 그런데 다음 날 아침 산책에서 돌아와 보니 집 앞에 그 검은색 늑대 비슷한 개가 앉아 있는 것이었다. 현관으로 들어서는데 안에서 이야기 소리가 들려왔고 그들은 남자 목소리가 바로 개 주인 것임을 알아차렸다. 너무 궁금해진 나머지 안으로 들어가지 않고 현관에 서서 주위를 둘러보며 몇 마디 말을 나누고 있는데 집주인인 그 키 큰 부인이 나타났다.

엄마는 개를 가리키며 "이 개 주인이 누군가요? 산책 때마다 만나게 되네요."라고 말했다. "이곳 고등학교 미술 선생님이세요." 엄마는 야로밀이 그림 그리기를 좋아하는데 전문가가 보면 뭐라 할지 좀 알고 싶다며 미술 선생님하고 말씀 좀 나눠 봤으면 좋겠다고 했다. 집주인은 그 남자를 엄마에게 소개했고 야로밀은 자기 스케치북을 가지러 방으로 달려가야 했다.

그리하여 집주인, 야로밀, 그림을 살펴보는 개 주인, 살펴보는 그림마다 주석을 다는 엄마, 이렇게 넷이 작은 거실에 모여 앉아 있었다. 엄마는 야로밀이 늘 말하길 자기가 관심 있는 건 정물이나 풍경이 아니라 동작을 그리는 거라고 하면서, 왜 등장인물이 늘 개 머리를 한 사람인지 도통 이해가 안 가긴 해도 하여간 그의 그림에는 정말로 어떤 생동감과 놀라운 움직임이 들어 있는 것 같다고 말했다. 그리고 야로밀이 사람 얼굴로 진짜 사람을 그린다면 이 별것 아닌 그림들이 어쩌면 어떤 가치를 가지게 될지도 모르겠지만 안타깝게도 그냥 이대로는 아이가 해 놓은 이 모든 게 어떤 의미가 있는 건지 없는 건지 말을 못 하겠다고 했다.

개 주인은 그림들을 흐뭇하게 살펴보더니 자기 마음을 끄는 게 바로 이 짐승의 머리와 사람 몸의 결합이라고 말했다. 왜냐하면 이런 환상적인 결합은 그저 우연히 떠오른 생각이 아니라 아이가 그린 대부분의 장면들이 보여 주듯이 어떤 강박적 이미지, 유년의 저 끝없이 깊은 곳에 뿌리 내린 어떤 것이기 때문이었다. 야로밀의 어머니는 자기 아들의 재능을 단지 그가 외부 세계의 재현에서 보여 주는 능숙함만으로 판단하기를 삼가야 했다. 그런 능숙함, 그런 건 아무나 획득할 수 있는 것이었다. 화가로서 (자신에게 교사직은 생계를 위해 할 수 없이 견뎌야 하는 고역일 뿐임을 이렇게 밝히는 것이었다.) 아이의 그림에서 자기의 관심을 끄는 것, 그것은 바로 아이가 종이 위에 표출해 놓은 저 너무도 독창적인 내면 세계였다.

엄마는 화가의 칭송을 경청하며 기뻐했으며, 키 큰 부인은 야로밀 앞에 장대한 미래가 놓여 있다며 머리를 쓰다듬어 주었고, 야로밀은 탁자 아래를 바라보며 그 모든 말을 기억에 새기고 있었다. 화가는 내년에 프라하에 있는 고등학교로 옮겨 가게 될 텐데 어머니가 아이의 다른 작업들을 가져와서 보여 주면 좋겠다고 말했다.

내면 세계! 이건 정말 대단한 말이어서 야로밀에게는 말할 수 없이 근사하게 들렸다. 그는 다섯 살 때 벌써 자신이 다른 아이와 다른 특별한 아이로 여겨졌던 것을 잊은 적이 없었다. 가방이나 셔츠를 가지고 자기를 놀려 대던 같은 반 친구들의 행동도 (때로는 힘들게) 자신이 특이함을 확인해 주는 것이었다. 하지만 지금까지 이런 특이성은 그에게 그저 막연하고 텅 빈 개념일 뿐이었다. 그건 그저 알 수 없는 희망이거나 이해할 수 없는 거부일 따름이었다. 그런데 이제 그것이 이름을 얻게 되었으니 바로 독창적인 내면 세계였던 것이다. 그리고 이런 명명은 아주 분명한 내용물을 찾게 되었으니 바로 개의 머리를 한 사람들을 그린 그림들이었다. 물론 야로밀은 단지 사람 얼굴을 못 그리는 바람에 그냥 어쩌다가 개 인간이라는 이 경탄할 만한 발견을 하게 되었다는 것을 잘 알았다. 그래서 그는 자신의 내면 세계의 독창성이 고된 노력의 결과가 아니라 자기 머릿속에 우연히 기계적으로 지나간 모든 것들에 의해 표현된 모양이라고 혼란스럽게 생각하게 되었다. 그냥 선물처럼 그렇게 자신에게 주어졌나 보다 하고.

그때부터 그는 자기 자신의 생각들을 훨씬 더 주의 깊게 주시하고 그 생각들에 스스로 감탄하게 되었다. 예를 들어 자기가 죽으면 자신이 살던 세상은 존재하기를 멈출 것이라는 생각이 떠오른다. 전에는 이런 생각이 떠오르면 그저 머릿속에서 번쩍했다가 지나가면 그만이었는데 이제 자기 내면의 독창성에 대해 알게 된 지금은 (예전에 수많은 생각들을 그냥 스쳐 지나가게 두었듯이) 그렇게 지나가게 두지 않고 즉시 붙잡아 관찰하고 모든 면을 자세히 검토했다. 그는 강을 따라 걸으며 간간히 두 눈을 감고서 자신이 눈을 감아도 강이 존재하는지 자문해 보았다. 확실히 다시 눈을 뜰 때마다 강은 전처럼 계속 흐르고 있긴 했지만, 놀라운 것은 그렇다고 그것이 자기가 보고 있지 않을 때도 실제로 강이 거기 있다는 증거라고 생각할 수가 없었다는 것이다. 이런 생각이 너무나도 재미있어서 그는 적어도 반나절을 그런 관찰을 하며 보내고는 엄마에게 그 이야기를 했다.

떠날 날이 다가올수록 그들은 이야기를 나누는 기쁨이 더욱 커져만 갔다. 이제 그들은 밤이 되고 난 후에도 단둘이 산책을 나갔고 물가의 벌레 먹은 나무 벤치에 앉아 손을 잡고 커다란 달이 어른거리는 물결을 바라보곤 했다. "얼마나 아름다우니." 하고 엄마가 한숨지으면 아이는 달빛이 내려 비친 물 위의 동그란 원을 바라보고 강물의 긴 여정을 꿈꾸었다. 그리고 엄마는 며칠 후면 다시 맞이하게 될 텅 빈 나날들 생각을 하고 "야로밀, 엄마 안에는 네가 도저히 이해하지 못할 슬픔이 있단다."라고 말했다. 그러고 나서 그녀는 아들의 두 눈을 보았고, 이 눈 속에 커다란 사랑이 있구나, 나를 이해해 주고 싶어 하는 열망이 깃들어 있구나 생각했다. 그녀는 무서웠다. 아이에게 여자로서의 근심을 털어놓을 수는 없는 일 아닌가! 하지만 동시에 이 이해심 가득한 눈은 마치 어떤 악덕처럼 그녀의 마음을 끌었다. 부부용 침대에 아이와 나란히 누워 엄마는 야로밀이 여섯 살 때까지 이렇게 곁에 누웠었고 그때 참 행복했었다는 것을 기억했다. 침대에 함께 누워 내가 행복을 느낀 유일한 남자가 얘구나 생각했다. 이런 생각에 처음엔 미소가 떠올랐지만 아들의 다정한 시선을 다시 보게 되자 그녀는 이 아이가 자기를 마음 아프게 만들었던 것들을 생각하지 않게 (그러니까 망각의 위안을 주는 것) 해 줄 수 있을 뿐만 아니라 자기 말을 마음을 다해 들어 줄 수 있다고 (그러니까 이해의 위로를 가져다주는 것) 생각했다. 그녀는 아이에게 말했다. "네가 알았으면 하는데, 엄마 인생에 사랑은 없단다." 그리고 한번은 이렇게 말하기까지 했다. "엄마로서 나는 행복해. 하지만 엄마가 오로지 엄마이기만 한 건 아니야. 여자이기도 한 거지."

그랬다. 다 맺지 못한 이 고백은 마치 어떤 죄악처럼 그녀를 유혹했고 자신도 그것을 알고 있었다. 어느 날 야로밀이 그녀에게 느닷없이 이렇게 말했다. "엄마, 나 그렇게 어리지 않아, 엄마를 이해할 수 있어요." 그녀는 거의 아연실색했다. 물론 아이는 정확한 건 전혀 몰랐고 그저 그 어떤 슬픔이든 엄마와 함께 나눌 수 있다는 것을 말하고 싶었을 뿐이지만, 그래도 아

이가 한 말은 의미심장했고 엄마는 마치 한순간 쫙 땅이 갈라
지며 펼쳐진 심연, 부정한 친밀함의 심연 그리고 금지된 이해
의 심연 속을 바라보듯 이 말을 들여다보았다.

7

그러면 야로밀의 내면 세계는 어떻게 계속 꽃피워 갔을까?

그리 찬란하지는 않았다. 초등학교에서는 너무도 쉽게 공부를 잘 해냈으나 고등학교에서는 훨씬 더 어려워졌고 내면 세계의 영예는 이 회색빛 풍경 속에서 사라져 갔다. 세상의 비참함과 폐허만을 보는 비관적인 책들에 관해 선생님이 이야기를 해 주자 삶은 잡초와 같다고 했던 경구가 부끄럽도록 진부하게 보였다. 야로밀은 언젠가 자기가 생각하고 느꼈던 것이 정말 자신에게 속하는 것인지 이제 전혀 확신할 수가 없었다. 마치 모든 생각들이 이 세상에 전부터 확실히 정해진 형태로 늘 있어 왔고 우리는 그저 공공 도서관에서 빌려 오듯 그걸 빌려 올 뿐인 것처럼. 하지만 그렇다면 그 자신은 누구란 말인가? 그는 이 자아를 자세히 들여다보고 연구했지만 자기 자신을 들여다보며 연구하고 있는 그 자신의 이미지 외에는 다른 아무것도 찾을 수가 없었다.

이 년 전에 처음으로 그 내면의 독창성 이야기를 했던 사람이 그리워진 것은 이렇게 해서였다. 그리고 그의 그림 실력이 겨우 중간 정도였기 때문에 (수채화를 그리면 매번 연필로 그린 스케치 선 밖으로 물이 번져 나갔다.) 엄마는 아들의 청을 들어줘도 되겠다고 생각했다. 화가의 주소를 찾아내고 개인 레슨을 부탁해서 성적표를 망치는 부족한 점을 보완해 줄 수 있겠다 싶었다.

그래서 어느 화창한 날, 야로밀은 화가의 아파트에 가게 되었다. 임대용 건물의 지붕 밑 방 두 개짜리 아파트였다. 첫 번째 방에는 커다란 책장이 있고, 다른 방에는 창문 대신 비스듬한 지붕에 큰 유리창이 하나 나 있고 완성되지 않은 그림들이 놓인 이젤들, 종이와 작은 물감 병들이 널린 긴 탁자, 벽에 걸린 이상한 검은 얼굴들이 보였는데 화가는 그게 흑인 마스크 복사본이라고 말했다. 개는(야로밀이 이미 알고 있는 그 개) 구석 소파에 누워 꼼짝하지 않고 방문객을 관찰하고 있었다.

화가는 그 긴 탁자에 야로밀을 앉히고 스케치북을 들춰 보기 시작했다. 그가 말했다. "다 똑같네. 이래 가지고는 아무것도 안 돼."

야로밀은 이건 바로 예전에 화가가 그렇게 마음에 들어 했던 개의 머리를 한 인물들이라고, 그리고 그를 위해 또 그 때문에 일부러 자기가 그려 온 그림이라고 대답하고 싶었지만 너무나도 실망하고 괴로워서 아무 말도 할 수 없었다. 화가는 야로밀 앞에 흰 종이 한 장을 내밀고 중국 잉크병을 열더니 붓을 쥐여 주었다. "자, 머릿속에 떠오르는 걸 그려. 너무 생각하지 말고 그냥 그려." 하지만 야로밀은 너무 겁이 나서 뭘 그려야 할지 도무지 떠오르지가 않았고, 화가가 재촉하자 머릿속이 하얘지며 그냥 형체도 없는 몸 위의 개 머리로 다시 돌아가고 말았다. 화가는 마음에 들어 하지 않았고 그래서 야로밀은 학교에서 그림을 그릴 때 늘 스케치 바깥으로 물감이 번지곤 하니 수채화 그리는 걸 배웠으면 좋겠다고 힘겹게 말했다.

"어머니가 벌써 말씀하셨다. 하지만 지금은 그런 건 그만 생각하고 개도 좀 잊어버려." 화가가 이렇게 말했다. 그러고는 야로밀 앞에 두꺼운 책 한 권을 내놓고, 채색된 바탕 위에 검은색 선 하나가 삐뚤빼뚤 그려져 야로밀의 머릿속에 다족류 벌레와 불가사리, 풍뎅이, 행성, 달 등의 이미지를 떠올리게 하는 페이지를 보여 주었다. 화가는 아이가 자신의 상상에 스스로를 맡기고 이와 비슷한 무언가를 그리기를 바랐다. "근데 제가 뭘 그려야 해요?" 아이가 이렇게 물었고 화가는 답했다. "선을 하나 그어 봐라. 네 맘에 드는 선을 그려. 그리고 화가의 역할은 사물의 모양을 그대로 그려 내는 게 아니라 종이 위에 자기 고유의 선들로 세상을 창조하는 일이라는 걸 기억해라." 그래서 야로밀은 자기 맘에 전혀 들지 않는 선들을 그었고 그렇게 몇 장을 그려 댄 다음 엄마가 시킨 대로 수표 한 장을 화가에게 건네고 집으로 돌아왔다.

화가를 찾아갔던 일은 그러니까 그가 기대했던 것과는 다른 식으로 진행돼서, 자신의 잃어버린 내면 세계를 다시 찾는 기회가 되기는커녕 그 반대가 되어 버렸다. 야로밀에게 유일하게 속했던 것, 개의 머리를 한 축구선수와 병사를 빼앗아 가 버린 것이다. 그런데도 엄마가 그림 수업이 재미있었냐고 묻자 그는 신이 나서 이야기를 했다. 진심이었다. 이 방문을 통해 자기 내면 세계와 대면하게 된 건 아니지만 아무나 다가갈 수 없으며 한꺼번에 여러 가지 특별한 체험을 하게 해 준 특별한 외부 세계를 볼 수 있었던 것이다. 거기 있던 이상한 그림들은 뭐가 뭔지 모르겠다 싶긴 했으나 부모 집 벽에 걸린 정물화나 풍경화들하고는 완전히 다르다고 하는 우월성(이것이 우월성임을 그는 즉시 알아차렸으니!)을 보여 주었다. 그리고 또 화가의 기괴한 생각들도 주워듣고 얼른 머리에 입력해 두었다. 예를 들어 부르주아라는 말이 욕이라는 걸 알게 되었다. 그림이 실제 삶과 같기를 바라고 자연을 모방하는 자는 부르주아다. 그런데 부르주아들은 오래전에 죽었는데 자신은 그것도 모르니(이런 생각이 무척 야로밀 마음에 들었다.) 부르주아를 비웃어도 된다.

그래서 그는 기꺼이 화가에게 갔고 예전에 개 머리를 한 인간 그림으로 칭찬을 받았듯 다시 인정받을 수 있길 열렬히 바랐다. 하지만 허사였다. 미로의 그림들을 변형한 듯 칠하고 그려 놓은 것들은 너무 의도적이었고 어린아이다운 매력이 전혀 없었다. 아프리카 가면들을 그린 것도 그저 어설프게 따라 한 것밖에 되지 않아 화가가 바란 대로 아이 고유의 상상력을 자극한 게 전혀 아니었다. 이렇게 야로밀은 벌써 여러 번 화가한테 갔는데 조금도 감탄의 말을 듣지 못한 것이 견딜 수가 없어서 어떤 결심을 했다. 여자의 나체를 그린 자신의 그 비밀

스케치북을 가져갔던 것이다.

그림을 그릴 때 그가 대부분 모델로 사용한 건 할아버지의 옛 서재에 있던 책들의 삽화에서 본 조각상 사진들이었다. 그러니까 앞의 몇 장은 19세기 우화에 나오는 것 같은 도도한 자세의 원숙하고 건장한 여자들이었다. 그다음 페이지에는 좀 더 흥미로운 것이 나왔다. 머리가 없는 한 여인. 아니, 없다기보다는 목 부분에서 종이가 잘려 꼭 머리가 베인 것 같은 느낌을 주었고 종이에는 아직도 상상의 도끼 자국이 남아 있는 듯했다. 종이의 잘린 자국은 야로밀의 주머니칼로 만든 것이었다. 마음에 드는 같은 반 친구가 있었는데 그는 나신을 보았으면 하는 헛된 욕망을 품은 채 그녀를 바라보곤 했다. 이 욕망을 이루기 위해 그는 사진을 하나 입수해서는 머리를 잘라 내 자기 그림의 잘린 부분에 갖다 맞추었다. 이 그림 이래로 다른 여자 몸들이 모두 동일한 상상의 도끼 자국과 더불어 머리가 잘려 있는 것은 바로 이 때문이었다. 어떤 여자들은 아주 기괴한 장면, 예를 들어 배뇨하는 모습을 드러내 보이며 몸을 웅크린 자세를 보여 주었다. 또 어떤 경우는 잔다르크처럼 불타오르는 장작더미 위에 있기도 했다. 역사 수업과 연관됐다고 설명할 수 있을 (또는 용서할 수 있을) 이런 형벌의 장면은 기나긴 연작의 출발을 고하는 것이었으니, 뾰족한 말뚝에 꿰인 머리 없는 여자, 다리가 절단된 머리 없는 여자, 팔이 잘려 나간 여자, 말하지 않는 것이 나을 여러 장면들 속의 여자 등등이 다른 스케치들에 등장했다.

이 그림들이 화가 마음에 들지 야로밀은 물론 자신이 없었다. 자기 그림들은 화가의 두꺼운 책에서 본 것이나 아틀리에의 이젤에 놓인 캔버스에서 본 것과도 전혀 닮지 않았다. 하지만 그는 자신의 비밀 스케치북 그림들 속에는 선생님이 하는 것과 비슷한 무언가가 있는 것 같았다. 금지된 것의 모습을 지니고 있었던 것이다. 집에 걸려 있는 그림들과 비교하면 아주 이상한 것이었다. 야로밀의 가족들과 자주 집에 오는 손님들로 구성된 심사위원들에게 평가해 보라고 한다면 화가의 이해할 수 없는 그림들과 마찬가지로 자신의 벌거벗은 여자 그림들이 불러일으키게 될 비난 또한 그 둘의 공통점이었다.

화가는 스케치북을 훑어보고는 아무 말도 하지 않고 야로밀에게 두꺼운 책 한 권을 내밀었다. 그는 떨어져 앉아 종이 위에 무언가를 그렸고, 야로밀은 그 책에서 엉덩이 한쪽이 너무 길어 그걸 지탱하느라 목발을 짚고 있는 한 벌거벗은 남자를 보았다. 책에는 알에서 꽃이 부화되는 모습도 나왔고, 개미로 뒤덮인 얼굴도 있었고, 손 하나가 바위로 변하는 남자도 보였다.

"살바도르 달리가 얼마나 그림을 잘 그리는지 보게 될 거다." 그에게 다가오면서 화가가 말했다. 그리고 자그마한 석고 나신상을 그의 앞에 놓았다. "우리는 그림 그리는 직업을 너무 무시했는데 그건 잘못이야. 세상을 근본적으로 변형하려면 그 전에 먼저 있는 그대로 세상을 알기부터 해야 하는 거야." 라고 화가는 말했고, 야로밀의 스케치북은 화가가 쓱쓱 비율을 수정하고 바꾼 여체들로 뒤덮이고 있었다.

8

여자는 자기 몸과 더불어 충분히 잘 지내지 못할 때 결국 몸이 원수처럼 보이게 된다. 엄마는 아들이 미술 수업을 하고 가져오는 이상한 낙서 같은 것들이 안 그래도 썩 탐탁지 않았는데 화가가 수정을 가한 여자 나체 그림들을 보고는 격렬한 거부감을 느꼈다. 그리고 며칠 후 그녀가 창가에서 정원을 내려다보는데 야로밀이 사다리를 붙들고 있고 하녀 마그다가 사다리 위에서 체리를 따려고 손을 위로 뻗치고 있는 사이 야로밀이 치마 속을 열심히 들여다보고 있는 게 보였다. 그녀는 벌거벗은 여자들의 엉덩이 한 대대가 사방에서 돌격해 들어오는 느낌이었고 이제 더 이상 참지 않겠다고 마음먹었다. 그날이 원래 야로밀이 미술 수업을 받는 날이었다. 엄마는 서둘러 옷을 입고 그보다 앞서 화가에게 갔다.

그녀는 아틀리에의 안락의자에 앉은 다음 말했다. "저는 뭐

얌전한 체하는 사람은 아니에요. 하지만 야로밀이 이제 위험한 나이에 접어들고 있다는 거 아시잖아요."

그녀는 화가에게 말하고 싶은 모든 것을 아주 세세하게 잘 준비해 두었는데 거의 남아 있는 게 없었다. 그 문장들을 준비한 건 자신의 친숙한 공간, 창문에서 내려다보이는 정원의 평화로운 녹음이 그녀의 생각마다 조용히 박수를 보내 주는 곳이었다. 그런데 이곳엔 녹음은 없고 이젤들 위에 이상한 그림들이 놓여 있는 데다가 소파 위에는 다리 사이에 머리를 묻은 개가 앉아 의심에 찬 스핑크스의 시선으로 그녀를 뚫어져라 쳐다보고 있었다.

화가는 엄마의 비판을 몇 마디로 반박하더니 이어서 말했다. 아이들의 그림 감각을 죽여 버리기나 하는 미술 수업에서 야로밀이 좋은 성적을 받는 일 같은 건 자기는 전혀 관심이 없다고 솔직히 고백해야겠다는 것이었다. 그녀 아들의 그림들 속에서 자기 관심을 끄는 건 독창적인, 거의 광적인 상상이라고 했다.

"이 묘한 일치를 잘 보세요. 몇 년 전에 제게 보여 주셨던 그림들은 개의 머리를 한 사람들이었지요. 아드님이 최근에 제게 보여 준 그림들은 여자 나체들인데 모두 머리가 없어요. 사람에게서 인간의 얼굴을 인정하길 거부하는 게, 사람에게서 인간의 본성을 인정하길 이토록 집요하게 거부하는 게 의미심장하다고 생각하지 않으십니까?"

엄마는 자기 아들이 사람의 인간 본성을 부정할 정도로까지 그렇게 비관적이지는 않은 것 같다고 반박해 보았다.

“물론이죠. 그 그림들이 비관주의적 사고의 결과인 건 분명 아닙니다. 예술은 이성 아닌 다른 원천에서 나오는 거죠. 개의 머리를 한 사람이나 머리가 없는 여자들을 그리겠다는 생각이 무엇 때문인지 어떻게인지 모르는 채 그냥 떠오른 거예요. 이상하긴 해도 터무니 없는 건 아닌 이 이미지들을 그에게 그리라고 시킨 건 무의식인 거죠. 아드님의 이런 시각과 매순간 우리 삶을 뒤흔드는 전쟁 사이에 어떤 숨은 연관이 있다는 느낌은 들지 않으십니까? 전쟁이 인간에게서 자신의 얼굴, 자신의 머리를 앗아 가지 않았습니까? 우리는 머리 없는 남자들이 머리 잘린 여자들의 일부만을 욕망할 수 있을 따름인 세상에서 살고 있지 않나요? 세상에 대한 사실적인 시각이라는 것이 가장 공허한 환상 아닌가요? 아드님의 어린애 같은 그림들이 훨씬 더 진짜 아닐까요?” 화가는 말했다.

그녀는 화가를 혼내러 여기에 왔는데 이제 마치 혼이 날까 무서운 여자아이처럼 겁을 먹고 있었다. 무슨 말을 해야 할지 몰랐고 그래서 입을 다물고 있었다.

화가는 의자에서 일어나 액자에 넣지 않은 그림들이 벽에 기대 놓여 있는 아틀리에 한 구석으로 갔다. 그는 하나를 집어 그림이 보이게 돌리고는 몇 걸음 떨어져서 쪼그리고 앉아 들여다보기 시작했다. “이리 와 보세요.” 그가 그녀에게 말했고, 그녀가 (순순히) 다가오자 엉덩이에 손을 얹고 자기에게 끌어당겨서 그들은 이제 나란히 쪼그려 앉은 모양이 되어, 엄마는 갈색과 붉은색이 묘하게 섞여 있는 풍경, 제대로 피어오르지 못한 불길, 어쩌면 피에서 나오는 연기 같기도 한 것으로 가득한, 황량한 잿더미 같은 풍경을 바라보았다. 그리고 이 풍경 속에는 물감 칼로 파 놓은 한 인물, 하얀 실로 만들어진 것 같고 (이 인물은 캔버스 색으로 이루어져 있었다.) 걷는다기보다 떠 있으며 거기 진짜 있다기보다 반투명하게 비치는 이상한 인물 하나가 있었다.

엄마는 이번에도 무슨 말을 해야 할지 몰랐지만 화가가 혼자 이야기를 계속했다. 그는 현대 미술의 환상을 훨씬 능가하는 전쟁의 환상, 잎마다 인체 조각들로 뒤덮인 나무, 손가락이 달리고 나뭇가지 위에서 내려다보는 눈이 달린 나무 등이 있는 끔찍한 이미지에 대해 이야기했다. 그리고 그는 전쟁과 사랑 외에는 아무것도 더 이상 자신의 관심을 끌지 않는다고 말했다. 엄마가 캔버스에서 본 그 인물처럼 전쟁의 피로 물든 세상 뒤에서 나타나는 사랑.(그녀도 또한 캔버스에서 전쟁터 같은 것을 보았고 하얀 선들이 어떤 인물 같다는 생각을 했기 때문에 대화가 시작되고 처음으로 그녀는 화가가 하는 말이 무슨 말인지 알아들을 수 있는 느낌이었다.) 그리고 화가는 그들이 처음 마주치고 이후에도 여러 번 만났던 강변길 이야기를 꺼내고 그때 그녀가 마치 수줍고 하얀 사랑의 몸처럼 불과 피의 안개로부터 그의 앞에 솟아났었다고 말했다.

그런 다음 그는 쪼그려 앉은 엄마의 얼굴을 자기에게로 돌리고 키스했다. 그는 그녀가 키스를 예상할 수 있기도 전에 키스했다. 사실 그건 이 만남 전체의 특징이기도 했다. 사건들이 느닷없이 그녀를 덮쳐서는 상상과 생각을 모두 앞질러 갔던 것이다. 생각해 볼 틈을 찾기도 전에 키스는 이미 벌어진 일이 되어 있었고, 이후에 무슨 부수적인 생각을 하든 이제는 이미 벌어지고 있는 일을 뒤바꿀 도리가 없었다. 일어나서는 안 되는 일이 일어나고 있다고 아주 잠깐 생각할 틈은 있었으니까. 하지만 그녀는 그것조차 완전히 확신이 서진 않았는데, 바로 그래서 이 논의의 여지가 있는 문제에 대한 답은 뒤로 미루고 지금의 일들을 있는 그대로 받아들이면서 이 순간의 일에 온 정신을 집중했다.

그녀는 화가의 혀가 자기 입안에 들어온 것을 느꼈고 자신의 혀가 겁을 먹은 데다 축 늘어져서 화가에게 꼭 젖은 걸레 같은 느낌을 줄 거라는 걸 한순간 퍼뜩 깨달았다. 그녀는 수치스러웠고, 그렇게 오래 키스를 안 했으니 혀가 걸레 같은 게 하나도 놀랄 일이 아니라고 거의 분노에 차서 생각했다. 그녀가 혀끝으로 화가의 혀에 서둘러 응답하자 그는 그녀를 번쩍 들어올려 소파로 데려가 (그들에게서 눈을 떼지 않던 개가 풀쩍 뛰어내려 문 근처에 가서 누웠다.) 내려놓고는 가슴을 어루만지기 시작했고 그녀는 만족감과 자부심을 느꼈다. 화가의 얼굴은 갈급한 욕정으로 가득 차고 젊어 보였으며 그녀는 자신도 그렇게 느껴졌던 게 얼마나 오래되었는지 생각했고 더 이상 그럴 수 없을 것 같아 두려웠으며 그래서 갈급한 욕정에 들뜬 젊은 여자로 행동하라고 스스로에게 명했고, 문득 (이번에도 사건은 그녀가 생각할 틈 없이 일어났다.) 태어나서 이 사람이 자신의 몸 안에 들어온 세 번째 남자라는 걸 깨달았다.

그리고 그녀는 자신이 이 남자를 원하는지 원하지 않는지도 전혀 모른다는 걸 깨달았고, 자기는 여전히 바보 같고 경험

없는 어린애라는 생각, 화가가 자기에게 키스하고 같이 자려
고 들 거라고 머릿속 어느 한 구석에서 잠시 의심이라도 했더
라면 지금 일어나고 있는 일은 절대 일어나지 않았으리라는
생각이 들었다. 이렇게 생각하자 이럴 수도 있다 싶고 위안이
되었다. 그렇다면 욕정 때문이 아니라 순진무구했기 때문에
간음을 하게 된 것이 되니까. 그리고 순진함에 생각이 미치자
자신을 영구적으로 순진한 반 – 성숙 상태 속에 놓아둔 남자
에 대해 즉각 분노가 치밀어 올랐고, 그러자 이 분노가 그녀의
생각들 위에 철의 장막 같은 것을 쳐서 그녀는 곧 자신의 헐떡
이는 숨소리 외에 아무것도 들리지 않게 되었고 자기가 무얼
하고 있는지 살피는 일을 포기했다.

얼마 후 그들의 숨결이 가라앉으며 그녀의 생각이 깨어났
고 그 생각에서 벗어나기 위해 그녀는 화가의 가슴에 머리를
얹었다. 그녀는 그가 머리카락을 쓰다듬도록 가만히 머리를
맡긴 채 마음을 진정시켜 주는 유화 물감 냄새를 들이마시며
누가 먼저 이 침묵을 깰 것인가 생각하고 있었다.

그건 그녀도 그도 아니고 초인종이었다. 화가가 일어나 재
빨리 바지 단추를 잠그고 말했다. "야로밀이야."

그녀는 너무나 겁이 났다.

"여기 가만히 있어." 그는 말하고 머리카락을 쓰다듬은 뒤
아틀리에를 나갔다.

그는 아이에게 문을 열어 주고 다른 방에 가서 앉혔다.

"아틀리에에 손님이 와 계시니까 오늘은 여기서 하자." 야로
밀은 자기 스케치북을 화가에게 내밀었고 화가는 야로밀이 집

에서 그려 온 것을 살펴보고는 그의 앞에 물감들을 놓고 종이 한 장과 붓을 건네주고 주제 하나를 알려 주며 그리라고 했다.

그러고 나서 그는 아틀리에로 돌아왔는데 엄마는 옷을 입고 집에 갈 준비를 마치고 있었다. "왜 아이를 들어오게 하셨어요? 왜 안 돌려보냈어요?" "그렇게 서둘러 나를 떠나고 싶어?" "미친 짓이에요." 그녀가 말하는데 화가는 다시 그녀를 품에 안았다. 이번에는 그녀는 저항도 안 하고 애무에 응하지도 않았다. 그녀는 그의 품 안에 영혼이 없는 몸처럼 안겨 있었다. 그러자 화가는 이 죽은 듯한 몸의 귀에 대고 속삭였다. "그래, 미친 짓이지. 사랑은 미쳤거나 아니면 사랑이 아닌 거야." 그는 소파에 그녀를 눕히고 키스하고 가슴을 어루만졌다.

그러고 나서 그는 옆방에 야로밀이 그린 것을 보러 갔다. 이번에 아이에게 준 주제는 손놀림을 연습시키기 위한 게 아니었다. 기억나는 최근 꿈의 한 장면을 그리는 것이었다. 이제 화가는 그 그림의 구성에 대해 한참 강론을 늘어놓고 있었다. 꿈에서 가장 아름다운 건 하루하루의 일상에서는 결코 서로 만나지지 않을 사람과 물체 들의 만남이라고 했다. 꿈속에선 침실 창으로 돛단배가 들어올 수 있고, 이십 년 전에 죽은 여자가 침대에 누워 있을 수 있고, 그런데 그 여자가 배에 타더니 배가 스르르 관으로 변하고 꽃이 만발한 강가를 따라 둥실둥실 떠가기 시작할 수도 있었다. 그는 로트레아몽을 인용했는데, 그 유명한 문장은 "수술대 위에 놓인 우산과 재봉틀의 만남" 속에 있는 아름다움에 관한 것이었다. 그런 다음 그는 말했다. "하지만 그 만남이 화가의 아틀리에에서의 한 여자와 소년의 만남보다 더 아름다운 건 아니지.”

야로밀은 선생님이 다른 날과 좀 다르고, 꿈과 시에 대해 말할 때 목소리에 열기를 띠고 있다는 걸 알아차렸다. 야로밀은 그게 좋기도 했고 자기가 그런 열정적 연설의 구실이 되었다는 것이 기뻤으며 특히 화가의 아틀리에에서 한 여자와 소년의 만남 운운한 선생님의 마지막 문장을 마음에 잘 새겼다. 아까 화가가 자기보고 첫 번째 방에 있자고 했을 때 야로밀은 아틀리에에 어떤 여자가, 게다가 보지도 못하게 하는 걸 보니 틀림없이 아무 여자가 아니라 특별한 어떤 여자가 있다는 걸 알아차렸다. 그러나 그는 이런 수수께끼를 밝혀내려 들기에는 아직 어른들의 세상과 너무 멀리 떨어져 있었다. 그보다 그는 마지막 문장 속에서 화가가 분명히 아주 중요하게 여기는 그 여자와 자기를, 야로밀을, 같은 선상에 놓았다는 것, 틀림없이 자기가 여기 와서 그 여자의 존재를 더 아름답고 귀하게 만들었다는 사실에 더 관심이 갔고, 그리하여 그는 자기가 화가에게 사랑받고 있다고, 화가의 삶에서 자신이 중요한 존재라고 결론 내리게 되었는데 그건 어쩌면 둘 사이의 신비롭고 깊은 유사성 때문인지도 몰랐다. 자기는 아직 어려서 그걸 분명하게 알 수 없어도 화가는 어른이고 현명하니까 잘 알 것이었다. 이런 생각이 들자 온몸에 고요한 황홀감이 가득 차올랐고 화가가 다른 주제 하나를 내 주자 그는 열광적으로 종이에 달려들었다.

화가는 아틀리에로 돌아가 눈물에 젖은 엄마를 보았다.

“제발 부탁이에요, 지금 가게 해 줘요!”

"가, 같이 가도 돼, 야로밀이 이제 금방 끝낼 거 거든."

"당신은 악마예요." 여전히 눈물을 흘리며 엄마가 말했고 화가는 그녀를 끌어안고 키스를 퍼부었다. 그러고는 옆방으로 돌아가 야로밀이 그려 놓은 걸 칭찬해 주고 (아, 야로밀은 이날 무척이나 행복했다!) 집으로 보냈다. 그러고 나서 아틀리에로 돌아와 물감으로 더러워진 낡은 소파 위에 비탄에 젖은 엄마를 눕히고 그녀의 생기 없는 입과 젖은 뺨에 키스를 하고 또다시 섹스를 했다.

9

엄마와 화가의 사랑은 첫 만남에 낙인찍힌 그 징조에서 절대 벗어날 수 없을 것이었다. 그건 그녀가 오래도록 두 눈을 꼭 감고 미리 그려 보고 꿈꾸었던 사랑이 아니었다. 뒤에서 갑자기 불쑥 튀어나온 예기치 않은 사랑이었다.

이 사랑은 그녀에게 자신이 언제나 사랑에 준비가 안 돼 있음을 끊임없이 상기시켰다. 그녀는 경험이 없었고 뭘 해야 할지 무슨 말을 해야 할지 몰랐다. 독특하고 요구가 많은 화가의 얼굴 앞에서 그녀는 무슨 말을 하거나 동작을 하기도 전에 미리 창피스러웠다. 그녀의 몸 또한 그만큼 준비되어 있지 못했다. 처음으로 그녀는 출산 이후 그렇게 몸을 소홀히 한 걸 쓰라리게 후회했고 거울에 비친 자신의 배, 서글프게 축 처진 이 주름진 피부를 보고 경악했다.

아! 자신의 몸과 영혼이 함께 손 잡고 조화롭게 늙어 갈 수 있는 사랑을 그녀는 늘 꿈꾸었으나(그렇다, 그녀가 눈을 감고 꿈처럼 바라보며 오래도록 그려 왔던 사랑은 그런 것이었다.) 이제 느닷없이 휘말려 들어간 이 어려운 만남 속에서 그녀는, 영혼은 괴롭도록 젊고 몸은 괴롭도록 나이 먹은 것을 발견했고, 자신을 추락시킬 것이 영혼의 젊음일지 몸의 노쇠일지 알지 못한 채 좁다란 널빤지 위를 위태로운 걸음으로 지나가는 것처럼 그렇게 이 모험 속을 나아가고 있었다.

화가는 그녀에게 엄청나게 신경을 써 주고 자기 그림과 생각의 세계로 들어오게 하려고 애썼다. 그녀는 기뻤다. 그들의 처음 만남이 단지 상황을 틈타 두 육체가 공모를 벌인 것과는 다른 것이었다는 증거라고 여겼던 것이다. 하지만 사랑이 영혼과 몸을 다 차지하게 되자 시간을 더 많이 잡아먹었다. 엄마는 (특히 할머니와 야로밀에게) 집 밖으로 자꾸 나가게 되는 핑계를 대기 위해 새 친구들을 만들어 내야 했다.

화가가 그림을 그릴 때 그녀가 옆에 앉아 있곤 했지만 그것만으로 충분하지 않았다. 그는 자기가 생각하는 그림이란 삶으로부터 경이로운 것을 이끌어내기 위한 여러 방법들 중 하나일 뿐이라고, 그리고 그 경이로운 어떤 것은 심지어 어린아이라 해도 놀다가 발견할 수도 있고 그 누구든 자기가 꿈꾼 걸 받아 적다가 발견할 수도 있다고 그녀에게 설명해 주었다. 화가는 엄마에게 종이 한 장과 물감을 주었다. 엄마는 종이 위에 물감을 찍어 놓고 입으로 불어야 했다. 선들이 종이 위에서 사방으로 달려 나가기 시작했고 종이는 색색의 그물망으로 뒤덮였다. 화가는 자기 서가의 유리창 뒤에 이 작품들을 진열해 놓고 손님들에게 과장되게 칭찬을 해 대곤 했다.

그녀가 아틀리에를 드나들고 얼마 안 있어 어느 날 그는 그녀가 돌아가려 할 때 책을 몇 권 내밀었다. 그녀는 나중에 집에 가서 그 책들을, 그것도 숨어서 읽어야 했는데 왜냐하면 야로밀이 이 책들이 어디서 났느냐고 묻는다든가 다른 식구가 같은 질문을 할까 봐 두려웠고, 또 그러면 이 책들은 척 보기만 해도 친지나 친척들 서가에서 볼 수 있는 책하고는 완전히 다르다는 걸 알아볼 수 있으니 만족스러운 답을 찾기가 어려울 것이기 때문이었다. 그래서 그녀는 장롱 서랍 속 브래지어와 잠옷 아래 책을 감춰 두었다가 혼자 있게 되면 꺼내 읽어야 했다. 금지된 걸 하고 있다는 느낌이 들고 그러다 들키면 어쩌나 겁이 나서 그녀는 읽고 있는 것에 집중하기가 어려웠는지도 모르겠는데 읽고 나서 별로 얻는 것도 없는 것 같았고 연이어 두세 번을 다시 읽어도 무슨 말인지 도통 이해할 수가 없었다.

그런 다음 그녀는 마치 질문을 받을까 겁먹은 여학생처럼 화가의 집에 가게 되곤 했다. 화가는 보자마자 책이 좋았느냐고 묻기부터 했고, 그녀는 그가 그렇다는 대답 이상의 것을 듣기 원한다는 것, 그에게 책은 대화의 출발점이라는 것, 책 속에 나오는 어떤 대목들의 주제에 대해 그는 마치 둘이 함께 옹호하는 진리와도 같이 의견 일치를 보길 원한다는 것을 알고 있었다. 엄마는 이 모든 것을 다 알고 있었지만 그렇다고 책에 뭐가 들어 있는지, 그렇게 중요한 게 무엇인지 알 수 있는 건 아니었다. 그래서 그녀는 잔머리 굴리는 학생처럼 핑계를 만들어 내서, 들키지 않으려고 숨어서 책들을 읽어야 하니 마음

먹은 대로 집중을 할 수가 없다고 한탄했다.

　화가는 이 변명을 인정하긴 했으나 교묘한 방도를 하나 찾아냈다. 다음 번 레슨 때 그는 야로밀에게 현대 미술의 흐름에 대해 말해 주고 책 몇 권을 건네주었고 아이는 기쁘게 그 책들을 받아 갔다. 야로밀의 책상에서 처음 그 책들을 보고서 그녀는 이 밀반입된 서적들이 자신에게 보내진 것임을 깨닫고 두려웠다. 그때까지만 해도 자신이 벌이는 이 연애 행각의 모든 짐을 자기 혼자 안고 있었으나 이제 (순결함의 상징인) 아들이 자기도 모르는 사이 불륜의 사랑을 위한 메신저가 되어 버린 것이었다. 그러나 어쩔 도리가 없었다. 책들은 아들의 책상에 놓여 있었고, 엄마는 당연히 엄마로서 살펴보아야 한다는 구실로 그 책들을 들춰 보는 수밖에 다른 방도가 없었다.

　어느 날 한번은 그녀가 화가에게 그가 빌려준 시들이 너무 불필요하게 모호하고 복잡한 것 같다고 과감하게 말해 보았다. 말을 내뱉고 당장 그녀는 후회했다. 화가는 아주 조금만 의견이 달라도 배신이라고 생각했기 때문이다. 그녀는 즉시 실수를 고치려고 무진 애를 썼다. 화가가 눈썹을 찡그리고 캔버스 쪽으로 돌아서자 그녀는 보이지 않게 블라우스와 브래지어를 벗었다. 그녀의 가슴은 예뻤고 자신도 그걸 알고 있었다. 이제 그녀는 자랑스럽게 (하지만 약간 남은 부끄러움이 없진 않은 채) 가슴을 내밀고 아틀리에를 가로질러 가 이젤에 놓인 캔버스에 반쯤 가려진 채 화가와 마주하고 섰다. 화가는 부루퉁한 채 캔버스에 붓을 가져갔고 여러 번 안 좋은 눈으로 그녀를 쳐다보았다. 그다음 그녀는 화가의 손에서 붓을 빼앗아 입에 물고는 이제껏 한 번도 아무에게도 해 본 적이 없는 말, 상스럽고 외설스러운 말을 내뱉었다. 그리고 그녀는 낮은 목소리로 여러 번, 화가의 분노가 사랑의 욕망으로 바뀌어 가는 게 보일 때까지 계속 그 말을 반복했다.

그렇다. 그녀는 이런 식으로 행동해 본 적이 없었고 그래서 온통 신경이 곤두서고 긴장했다. 하지만 그녀는 화가가 자신에게 자유롭고 놀라운 형태의 사랑 표현들을 요구하고 있다는 것, 자신이 모든 관습, 수줍음, 억제, 이 모든 것으로부터 벗어나 그와 함께 완전히 자유롭다고 느끼기를 바란다는 것을 그들이 가까워진 초기에 벌써 알아차렸다. 그는 그녀에게 이렇게 즐겨 말했다. "나는 아무것도 바라지 않아. 당신이 내게 당신의 자유를, 당신의 자유 전부를 주길 바랄 뿐!" 그리고 그는 매순간 이 자유를 확인하고 싶어 했다. 엄마는 속박되지 않는 이런 태도가 아마도 아름다운 어떤 것인 모양이라고 어느 정도 이해하기에 이르기는 했지만 그런 만큼 자기는 결코 그렇게 못할까 봐 더 두려웠다. 자신의 자유를 알기 위해 애쓰면 애쓸수록 이 자유는 점점 힘겨운 과제, 어떤 의무, 집에서 미리 준비해야 하는 (어떤 단어, 어떤 욕망, 어떤 몸짓으로 화가를 놀라게 하고 그에게 자신의 순발력을 보여 주어야 할지 고심해야 하는) 어떤 것이 되어 갔고, 그래서 그녀는 마치 무거운 짐을 짊어진 것처럼 자유가 반드시 필요하다는 요청을 짊어지고 허리가 휘었다.

"제일 나쁜 건 세상이 자유롭지 않은 게 아니라 인간이 자유가 뭔지 잊어버렸다는 거야."라고 화가는 그녀에게 말하곤 했는데 그녀는 이 말이 특히 자기 들으라고 일부러 하는 말인 것 같았다. 자신은 이 낡은 세계, 전적으로 철저히 다 던져 버려야 한다고 화가가 주장하는 이 낡은 세계에 그대로 다 속해 있으니. "우리가 세상을 바꿀 수 없다면 적어도 우리 자신의 삶만이라도 바꾸고 그 삶을 좀 자유롭게 살자고." 그는 말하곤 했다. "모든 삶이 유일하다면 결과도 그렇게 만들자니까. 새롭지 않은 건 다 던져 버리자고." "절대적으로 모던해야 해." 그녀에게 랭보를 인용해 주며 이렇게 말하기도 했다. 그리고 그녀는 그의 말에 대한 신뢰와 자기 자신에 대한 불신으로 가득 찬 채 그가 하는 말을 경건히 경청했다.

그녀는 화가가 자신에게 느끼는 사랑이 단지 오해로부터 기인했을 수도 있다는 생각이 들었고 그래서 정확히 무엇 때문에 자기를 사랑하는 거냐고 가끔 그에게 묻곤 했다. 그는 권투선수가 나비를 사랑하듯, 가수가 침묵을 사랑하듯, 불한당이 마을 여선생을 사랑하듯 그녀를 사랑하노라 답했다. 자신은 그녀를 도살업자가 송아지의 겁먹은 눈을 사랑하듯이 그리고 번개가 목가적인 지붕을 사랑하듯이 그렇게 사랑한다고 했다. 자신은 그녀를 사랑받는 여인, 어리석은 가정에서 빼내 온 여인으로서 사랑한다고 말했다.

그녀는 황홀함 속에서 그의 말에 귀 기울였고 일 분이라도 틈이 나면 곧장 그의 집으로 달려갔다. 그녀는 마치 말할 수 없이 아름다운 경치를 눈앞에 두고 있지만 너무도 기진맥진해서 그 아름다움을 감상할 수가 없는 관광객 같은 느낌이었다. 그녀는 자신의 사랑에서 아무런 기쁨도 얻지 못하지만 이 사랑이 위대하고 아름답다는 것 그리고 그걸 잃으면 안 된다는 것을 알고 있었다.

그러면 야로밀은? 그는 화가가 자기 서가의 책들을 빌려준다는 데 자부심을 느꼈고 (화가가 자기는 책을 아무에게도 빌려주지 않는데 이런 특혜를 받을 만한 사람은 너 하나뿐이라고 여러 번 말해주었다.) 시간이 많았기 때문에 책의 이런저런 대목에 멈추어서 오래도록 몽상에 잠기곤 했다. 현대 미술은 그 시기에 아직 부르주아 대중의 유산이 되지 않았고 어떤 종파의 황홀한 매력, 그러니까 아직 동아리나 집단의 낭만성을 꿈꾸는 나이인 아이가 아주 이해하기 쉬운 그런 매력이 있었다. 야로밀은 이 매력을 깊이 느꼈고, 나중에 내용을 물어보면 대답해야 하는 교과서처럼 처음부터 끝까지 읽는 엄마와는 완전히 다른 식으로 이 책들을 읽었다. 질문받을 위험이 없는 야로밀은 한 번도 화가의 책들을 정말로 읽은 적이 없었다. 그는 차라리 산보하듯이 책들을 구경했고 여기저기 뒤적이다가 어떤 페이지에서 한참 멈추어 있기도 하고 또 어떤 시 한 구절에 멈추어 그 시의 나머지 부분이 아무 감흥 없어도 상관하지 않고 한참씩 머물러 있곤 하는 것이었다. 하지만 이 단 한 줄의 시구나 산문의 한 대목이 그를 행복하게 만드는 데 충분했는데, 그건 단지 그 글의 아름다움 때문만이 아니라 무엇보다 그 글들이 어떤 입장권, 즉 다른 이들 눈에 안 띄는 것을 꿰뚫어볼 수 있는 선택된 자들의 왕국으로 들어가는 입장권 같은 구실을 했기 때문이다.

엄마는 아들이 단순한 메신저 역할에만 그치지 않고 자기에게 빌려준 것으로 보이지만 실은 그렇지 않은 이 책들을 흥미롭게 읽고 있다는 것을 알았다. 그래서 그녀는 아이와 함께 둘이 읽은 것에 대해 토론을 하기 시작했고 화가에게 감히 하지 못하는 질문들을 아이에게 했다. 그러다가 그녀는 자기 아들이 화가보다도 더 완강하고 고집스럽게 빌려 온 그 책들을 옹호한다는 것을 두려움에 몸을 떨며 확인하게 되었다.

엘뤼아르의 어떤 시집에서 자다, 한 눈에는 달을 담고 한 눈에는 해를 담고라는 구절에 그가 연필로 밑줄을 쳐 놓은 걸 그녀가 발견한 것은 이렇게 해서였다. "여기서 네가 아름답다고 생각한 건 뭐야? 왜 내가 한 눈에는 달을 담고 자야 하지? 모래 스타킹을 신은 돌의 다리. 스타킹이 어떻게 모래로 될 수 있어?" 야로밀은 자기 어머니가 단지 이 시를 비웃고 있을 뿐만 아니라 자기가 이걸 이해하기엔 아직 너무 어리다 믿는다고 생각했고 그래서 조심하지 않고 그냥 대답해 버렸다.

세상에, 열세 살 난 어린아이에게조차 대항하지 못하다니! 그날 화가네 집에 갔을 때 그녀는 외국 군대의 군복을 방금 입은 스파이 같은 정신 상태였다. 가면이 벗겨질까 무서웠다. 그녀의 행동은 순발력의 마지막 흔적까지 다 상실했고, 하는 말이나 행동이 모두 긴장으로 마비된 채 야유를 받을까 겁에 질려 대본을 읊는 아마추어 배우의 연기 같았다.

화가가 사진기의 매력을 발견하게 된 것이 그 무렵이었다. 그는 엄마에게 기이한 조합의 사물들로 구성된 정물, 잊히고 버려진 것들을 보여 주는 이상한 풍경 등 자기가 처음 찍은 사진들을 보여 주었다. 그리고 나서 그는 유리창의 밝은 빛 아래로 그녀를 데려가 사진을 찍기 시작했다. 처음에 그녀는 아무 말도 안 해도 되어 안도감 같은 것을 느꼈다. 그저 서 있고, 앉고, 미소 짓고, 화가가 지시하는 걸 듣고, 때로 얼굴에 대해 그가 찬사를 보내는 걸 듣기만 하면 되었다.

그러다가 화가의 눈에 갑자기 광채가 일었다. 그는 붓을 집어 검은 물감에 적시고는 엄마의 머리를 살짝 돌리고 얼굴에 사선 두 개를 그었다. "당신을 지웠어! 신의 작품을 내가 파괴한 거야!" 그는 소리 내 웃으며 코 위로 엇갈리게 큰 사선이 두 개 그어진 그녀의 얼굴을 찍어 댔다. 그런 다음 그는 그녀를 욕실로 데려가 얼굴을 씻기고 수건으로 닦아 주었다.

"이제 내가 다시 창조하기 위해 아까 당신을 지운 거야."라고 그는 말하고 다시 붓을 들어 그녀 위에 그림을 그리기 시작했다. 이번에는 옛 상형문자를 닮은 동그라미와 선들이었다. "얼굴-메시지, 얼굴 - 문자."라고 화가는 말했고 환하게 밝은 유리창으로 그녀를 데려가 다시 사진을 찍기 시작했다.

얼마 후 그는 그녀를 바닥에 누이고 머리 옆에 복제된 고대 석고상 하나를 놓더니 그녀의 얼굴에 그린 것과 똑같은 선을 긋고는 이 두 머리, 살아 있는 머리와 살아 있지 않은 머리를 찍었고, 그런 다음 그녀 얼굴의 선들을 지운 뒤 다른 선들을 그리고는 다시 그녀의 사진을 찍고 소파에 그녀를 누이며 옷을 벗기기 시작했는데, 엄마는 가슴과 다리에 그림을 그릴까 봐 겁이 나서 몸에다 그리면 안 된다는 걸 알게 하려고 웃으며 뭐라 하는 위험까지 감행했으나 (이렇게 웃으며 뭐라 하는 것조차 그녀에게는 용기가 필요했는데 자신의 농담이 목적을 달성하지 못하고 자신을 우스꽝스럽게 만들까 봐 늘 두려웠기 때문이다.) 화가는 그림 그리기에 지쳐서 그건 관두고 그녀를 안았고, 그러면서 동시에 마치 자기 자신의 피조물, 자신의 판타지, 자신의 형상인 한 여자에게 섹스를 해 주고 있다는 생각에 특별히 흥분되는 것처럼, 마치 자기가 방금 창조한 여자와 자고 있는 신이기라도 한 것처럼 그림들로 뒤덮인 그녀의 머리를 두 손에 잡았다.

그리고 그 순간 엄마가 그저 다름 아닌 화가의 발명품, 작품인 것은 정말 사실이었다. 그녀는 그걸 알고 있었고 견뎌 내기 위해 온 힘을 끌어 모았으며 자신이 화가의 파트너가 아니라는 것, 전혀 아니라는 것, 그리고 그의 기적적인 상대나 사랑받을 자격이 있는 존재가 아니라 단지 생명 없는 그림자, 시키는 대로 비추는 거울, 화가가 자기 욕망의 이미지를 투영한 피동적인 표면일 뿐이라는 것을 내보이지 않기 위해 총력을 기울였다. 그래서 실제로 그녀는 그 시련을 성공적으로 견뎌 냈으며 화가는 절정의 쾌감을 느끼고 기분 좋게 그녀 몸에서 빠져나갔다. 그러나 그런 다음 집으로 돌아오자 그녀는 엄청난 노역을 치른 느낌이었고 그날 저녁 잠이 들기 전에 눈물을 흘렸다.

그녀가 며칠 후 다시 아틀리에에 갔을 때 또 그림과 사진 촬영이 되풀이되었다. 이번에 화가는 그녀에게 가슴을 드러내라 하고는 그 아름다운 궁륭 위에 그림을 그리기 시작했다. 하지만 다 벗기를 원하자 그녀는 처음으로 연인에게 맞섰다.

그들이 온갖 사랑의 유희를 벌일 때 그녀가 자기 배를 감추기 위해 지금까지 화가에게 얼마나 노련하게, 얼마나 교묘하게 행동해 왔는지는 놀라울 정도다. 그녀는 이렇게 살짝 감춘 나체가 더 섹시한 거라며 스타킹 고정 벨트를 그대로 입고 있었던 적도 많았고 환한 곳에서보다 희미한 어둠 속에서 사랑을 나누게 만든 적도 많았으며 배를 만지려는 화가의 손을 살며시 잡아 가슴에 가져다 놓은 적도 많았다. 그리고 이 모든 술수가 다 고갈된 다음에는 부끄럽다는 핑계를 댔는데 이건 화가도 잘 알고 있었고 그가 아주 좋아하는 그녀의 성격이기도 했다.(자신에게 그녀는 하얀색의 현신이며 그녀를 처음 생각했을 때 나이프로 흰 선을 파서 작품을 만들어 그 생각을 표현했다고 그가 종종 그녀에게 말했던 것이 바로 이 때문이 아니던가.)

하지만 지금 그녀는 화가의 눈과 붓에 점령된 채 살아 있는 조각상처럼 아틀리에 한가운데 서 있어야 했다. 그녀는 저항했고, 그가 지금 시키는 일은 미친 짓이라고 처음 왔을 때처럼 말하자 그도 처음처럼, 그래, 사랑은 미친 짓이야라고 대답하곤 옷을 확 벗겨 버렸다.

그리하여 그녀는 아틀리에 한가운데 그렇게 서서 자기 배만 생각했다. 그녀는 시선을 아래로 내려 배를 보는 게 두려웠지만 거울 속에서 수도 없이 절망적으로 바라보았기에 아주 잘 아는 그 배가 그녀 앞에 있었다. 그녀는 자신이 다른 아무것도 아니라 오로지 배, 주름진 흉한 가죽인 것 같은 느낌이었고, 꼭 수술대 위에 놓인 어떤 여자, 아무 생각도 할 수가 없고 자신을 내맡긴 채 그저 이 모든 것은 일시적이다, 수술도 아픈 것도 곧 끝날 거다, 그때까지 할 수 있는 건 단 하나 견디는 거다라고 믿는 여자 같았다.

그리고 화가는 붓을 집어 검은색 물감을 묻혀서 그녀의 어깨, 배꼽, 두 다리에 바른 다음 몇 걸음 뒤로 물러나 사진기를 집어들었다. 그는 그녀를 욕실로 데려가 빈 욕조 안에 눕게 하고, 구멍이 송송 난 둥근 샤워 헤드가 달린 금속 호스를 뱀처럼 그녀 몸 위에 걸쳐 놓고는, 이 금속 뱀은 물이 아니라 죽음의 가스를 내뿜는 뱀이라고, 그리고 사랑의 육체 위에 전쟁의 육체가 누워 있는 것처럼 지금 그 뱀이 그녀 몸 위에 누워 있는 거라고 말했다. 그러고 나서 그는 그녀를 다시 일으켜 세워 다른 곳으로 데려가 다시 사진을 찍기 시작했는데, 그녀는 순순히 따라갔고 더 이상 배를 감추려고 애쓰지도 않았지만 끊임없이 눈앞에 배가 있었고 화가의 눈과 자기 배, 자기 배와 화가의 눈……이 보였다.

그리고 얼마 후 그가 온통 그림으로 뒤덮인 그녀를 양탄자 위에 눕히고 그 아름답고 차가운 고대의 두상 옆에서 섹스를 하기 시작했을 때 그녀는 더 이상 견디지 못하고 그의 품에서 흐느끼기 시작했으나 그는 이 흐느낌의 의미를 아마도 이해하지 못했을 터인데, 왜냐하면 그는 계속 일정하고 힘차게 강타하는 이 아름다운 움직임으로 변한 자신의 야성적인 매력에 대하여, 절정에 오른 쾌락과 행복으로부터 흐르는 눈물 외에 다른 응답은 있을 수 없다고 굳게 믿고 있었으니 말이다.

엄마는 자기가 왜 우는지 화가가 알아채지 못했다는 것을 알았고, 자신을 추스르며 눈물을 그쳤다. 그러나 집에 돌아왔을 때 그녀는 계단에서 현기증에 사로잡혀 넘어지고 무릎이 까졌다. 깜짝 놀란 할머니가 그녀를 방에 데려가 이마에 손을 엎어 보고 겨드랑이에 체온계를 끼워 주었다.

엄마는 열이 났다. 엄마는 신경쇠약에 걸렸다.

10

　며칠 후 영국에서 파견된 체코 공수부대원들이 보헤미아의 독일군 총독을 제거했다. 계엄령이 선포되고 총살된 자들의 명단이 길목마다 길게 나붙었다. 엄마는 몸져누워 있었고 의사가 매일 와서 엉덩이 주사를 놓고 갔다. 남편이 침대 머리맡에 와 앉아서 손을 잡고 한참 동안 그녀의 눈을 바라보았다. 그녀는 자신이 이렇게 신경쇠약에 걸리게 된 것을 남편은 끔찍한 역사적 사건들 때문이라 여긴다는 것을 알고서는 내가 이 사람을 속이는구나, 이렇게 잘해 주는데, 이 어려운 시기에 내 벗이 되어 주려 하는데라고 생각하며 부끄러웠다.

　마그다, 여러 해 전부터 집에 같이 살며 온갖 일을 다 하는 하녀 마그다로 말하자면, 굳건한 민주주의 전통을 존중하는 할머니가 말하길 자신은 마그다를 고용인이라기보다 한 식구로 여긴다고 했는데, 그 마그다가 어느 날 게슈타포에 체포된 약혼자 때문에 울면서 집에 돌아왔다. 그리고 며칠 후 그 약혼자 이름이 붉은색 통지서 위에 검은색 글씨로 쓰여 사망자 이름들 가운데 나타났고 마그다는 며칠간 휴가를 받았다.

돌아와서 그녀는 약혼자 부모가 유해를 담은 납골함도 받지 못했고 아들의 유해가 어디 있는지조차 영영 알지 못할 것이라고 말했다. 또다시 그녀는 울음을 터뜨렸고 그 이후로 거의 매일 울었다. 그녀는 대개 자기 방에서 흐느껴 울어서 울음소리가 벽 너머로 약하게 흘러나오곤 했지만 때로는 점심시간에 갑자기 울음을 터뜨리기도 했다. 그녀에게 그 불행한 일이 있고부터 우리 가족은 그녀를 점심 식탁에 같이 앉게 했는데 (전에는 그녀 혼자 부엌에서 식사를 했다.) 이런 특별한 배려가 그녀에게 하루하루 점심때마다 자신이 상중임을, 그리고 우리가 그녀를 가엾게 여기고 있음을 상기시켰고, 그러면 눈이 빨개지다가 눈꺼풀 아래 눈물이 한 방울 맺힌 후 소스를 친 크뇌델 위로 툭 떨어지곤 했다. 그녀는 머리를 숙이고 눈에 띄지 않기를 바랐지만 그럴수록 더 눈에 띄어서 늘 누군가는 위로의 말을 건네게 되고 그러면 그녀는 와락 울음을 터뜨렸다.

야로밀은 이 모든 것을 몹시 흥미진진한 공연인 양 관찰했다. 그는 눈물 한 방울이 저 아가씨의 눈에 고이려는구나 하는 생각, 아가씨가 부끄러워 슬픔을 누르려 애쓸 테지만 슬픔이 결국은 부끄러움을 이기고 눈물이 흐르게 놔두리라는 생각을 하며 속으로 즐겼다. 그는 그 얼굴을 뚫어지게 (금지된 일을 하고 있다는 느낌이 들었으므로 들키지는 않게) 바라보았고, 은근한 흥분이 온몸을 감싸는 느낌, 저 얼굴을 다정함으로 감싸 주고 싶고 어루만지고 위로해 주고 싶다는 욕망에 사로잡히는 느낌이 들었다. 그리고 저녁이 되어 혼자 있게 됐을 때 그는 그 얼굴을 어루만지며, 뭐라 달리 할 말이 없으니 그저 울지 마, 울지 마, 울지 마라고 말하는 상상을 했다.

엄마가 신경 치료를 끝내고 (그녀는 일주일간 집에서 수면을 취하는 치료를 받았다.) 머리가 계속 아프고 심장이 뛴다고 괴로워하면서도 다시 장을 보고 집안일도 하기 시작한 것이 거의 이 무렵이었다. 어느 날 그녀는 탁자에 앉아 편지를 쓰기 시작했다. 첫 번째 문장을 쓰자마자 그녀는 화가가 감상적이고 바보 같다고 여기리라는 것을 알았고 그런 판단이 두려웠다. 하지만 그녀는 곧 마음을 가다듬었다. 이건 답장을 받으려고 하는 것이 아니다, 그에게 하는 마지막 말이다라고 생각했고 그러자 용기가 생겨 계속해서 써 나갔다. 홀가분한 마음으로 (그리고 묘한 반항심으로) 그녀는 오로지 자기 자신이기만을 바라면서, 그를 만나기 전의 자신이기를 바라면서 편지를 써 내려갔다. 당신을 사랑했다, 당신과 함께 보낸 그 기적과도 같았던 시기를 절대 잊지 못할 것이다, 하지만 당신에게 진실을 말할 때가 왔다, 나는 당신이 상상하는 것과 다르다, 완전히 다르다, 나는 사실 그저 평범한 구식 여자일 뿐이다, 언젠가 아들의 순진한 두 눈을 바로 쳐다볼 수 없게 될까 두렵다라고 그녀는 썼다.

그러니까 그녀는 마침내 그에게 솔직하게 다 말하기로 결심했던 걸까? 아, 전혀 아니었다! 사랑의 행복이라 일컬은 것이 자기에겐 단지 고통스러운 노역일 뿐이었다는 걸 그녀는 그에게 말하지 않았고, 망가진 자기 배가 얼마나 수치스러웠는지도 말하지 않았으며, 또한 신경발작이 있었다는 것도, 무릎을 다쳤다는 것도, 일주일 내내 잠을 자야 했다는 것도 말하지 않았다. 그런 솔직함은 그녀 본성에 맞지 않았으므로, 그리고 그녀는 이제 마침내 다시 자기 자신으로 돌아가고자 했으므로, 그런데 솔직하지 않아야만 자기 자신일 수 있었으므로, 그래서 그녀는 그런 말들을 하지 않았다. 그에게 모든 것을 털어놓는다는 것, 그것은 터서 갈라진 자국 투성이 배를 다시 다 드러낸 채 벌거벗고 누워 있는 것과 같았기 때문이다. 아니, 그녀는 이제 더 이상 그에게 내면이건 겉모습이건 자신을 내보이고 싶지 않았고, 자신이 안전하게 숨을 수 있는 수줍음을 되찾고 싶었으며, 바로 그래서 그녀는 위선적이어야 하고 자식 이야기와 어머니로서의 성스러운 의무 이야기만을 할 필요가 있었다. 편지를 마칠 때쯤 돼서는 자기가 신경쇠약에 걸렸던 것이 배 때문이거나 화가의 생각들을 따라가느라 감내해야 했던 그 힘겨운 노역 때문이 아니라 자신의 위대한 모성애가 그 위대한 불륜의 사랑에 맞서 일어났기 때문이라고 자기 스스로 확신하게 되어 버렸다.

그리고 그 순간 그녀는 한없는 슬픔만을 느낀 것이 아니라 자신이 고귀하며 비극적이고 강인하다고 느꼈다. 며칠 전에 오로지 그녀를 아프게만 했던 슬픔은 이제 거창한 말들로 치장이 되고 나니 그녀의 마음을 편안하게 해 주는 행복으로 변했다. 그건 아름다운 슬픔이었고 그녀는 그 슬픔의 우수 어린 빛에 의해 자신이 환히 밝혀지는 것을 보았으며 자신이 슬프게 아름답다고 생각되었다.

이 얼마나 묘한 우연인가! 같은 시기에 하루 종일 마그다의 눈물 젖은 눈을 몰래 살피던 야로밀은 슬픔의 아름다움을 잘 알고 있었고 그 속에 완전히 푹 빠져 지냈다. 그는 화가가 빌려준 책을 다시 들춰 보고 엘뤼아르의 시들을 하염없이 읽고 또 읽었으며 그러다 "그녀는 자기 몸의 고요 속에 지니고 있었네/ 눈동자 빛깔 작은 눈송이를" 같은 시구절이나 "저 멀리 그대 눈동자가 잠기는 바다", "안녕 슬픔아/ 내 사랑하는 두 눈에 너는 새겨져 있구나" 같은 구절들을 보고는 황홀감에 사로잡혔다. 엘뤼아르는 마그다의 고요한 몸과 눈물의 바다에 잠긴 두 눈의 시인이 되었다. 그녀의 삶 전체가 단 한 줄 시구절의 마법 속에서 그에게 모습을 드러냈던 것이다. "슬픔 아름다운 얼굴." 그렇다 그건 마그다였다. "슬픔 아름다운 얼굴."

온 가족이 연극을 보러 간 어느 날 저녁 그는 그녀와 단둘이 집에 남아 있었다. 그는 집안의 습관들을 낱낱이 다 알고 있었는데, 그날은 토요일이고 그러니 마그다가 목욕을 할 것이었다. 부모님과 할머니는 극장에 가는 일을 일주일 전에 예약해 놓았기 때문에 그는 일을 사전에 준비할 시간이 있었다. 며칠 전에 그는 욕실 문 열쇠 구멍이 드러나도록 구멍 덮개를 들어올리고 그대로 잘 고정되어 있으라고 거기에다 물에 적신 빵 조각을 살짝 끼워 놓았다. 그다음 열쇠 구멍의 시야가 좁아지지 않게 하려고 열쇠를 빼냈다. 그는 열쇠를 잘 감추었다. 식구들에겐 문을 잠그는 습관이 없고 오직 마그다만 열쇠로 잠그곤 했기 때문에 아무도 열쇠가 없어진 걸 눈치채지 못했다.

집 안은 텅 비어 조용했고 야로밀은 가슴이 뛰었다. 위층 자기 방에서 그는 마치 누가 불쑥 나타나 뭐 하느냐고 묻기라도 할 것처럼 책을 펼쳐 놓고 있었는데 그렇다고 책을 읽고 있는 건 아니고 오로지 귀를 기울여 소리만 듣고 있었다. 마침내 배수관에서 물소리가 들려오고 그다음 욕조 바닥으로 떨어지는 물소리가 들렸다. 그는 계단 불을 끄고 살그머니 내려갔다. 운이 좋았다. 열쇠 구멍은 그대로 열린 채였고 눈을 갖다 대니 욕조에 몸을 기울인 마그다가 보였는데 벌써 옷을 벗고 가슴을 다 드러낸 채 팬티만 입고 있었다. 이제껏 한 번도 본 적 없는 것을 보고 있었으므로, 이제 곧 더 보게 될 것이므로, 그리고 아무도 그를 막지 않을 것이므로 그는 심장이 쿵쾅거렸다. 마그다는 다시 일어서더니 거울 앞으로 가 (그에게는 옆모습으로 보였다.) 잠시 자신을 들여다보고는 돌아서서 (정면으로 보였다.) 욕조 쪽으로 갔다. 그녀는 멈추어 서서 팬티를 벗어 던지고는 (여전히 정면으로 보였다.) 욕조로 들어갔다.

욕조에 있을 때 야로밀은 계속 열쇠 구멍으로 그녀를 관찰했지만 어깨까지 물에 잠겨 그녀는 다시 오로지 얼굴이 되어버렸다. 그 똑같은 얼굴, 친숙하고 슬픈 얼굴, 눈물의 바다에 잠긴 눈, 그러나 동시에 완전히 다른 얼굴. 이제 그가 벌거벗은 가슴, 배, 허벅지, 엉덩이를 (지금 그리고 앞으로 영원히) 머릿속에서 덧붙여야 하는 얼굴. 그것은 아무것도 걸치지 않은 몸으로 인해 밝혀진 얼굴이었다. 그 얼굴은 그에게 여전히 다정함을 불러일으켰지만 이 다정함은 전과 달랐다. 점점 더 거세게 뛰는 심장의 두근거림을 되울리고 있었기 때문이다.

그러다가 문득 그는 마그다가 자기 눈을 보고 있다는 걸 깨달았다. 그는 들켰을까 봐 겁이 났다. 그녀는 열쇠 구멍에 시선을 고정하고 있었고 살짝 미소 짓고 있었다.(좀 거북해하면서 동시에 상냥한 미소.) 그는 후닥닥 문에서 떨어졌다. 그녀가 봤을까 보지 않았을까? 여러 차례 시험을 해 봤는데 욕실 문 바깥쪽에서 들여다봐도 안에서는 보일 수가 없다는 걸 그는 분명히 알았다. 하지만 마그다의 시선과 미소를 어떻게 설명할 것인가? 아니면 마그다가 이쪽을 바라본 건 그냥 우연이었나, 그리고 미소를 지은 건 그저 야로밀이 자신을 볼 수도 있다는 생각이 들어 그런 걸까? 하여간 마그다의 눈과 마주친 바람에 너무나 당황해서 그는 더 이상 문 가까이 갈 엄두도 내지 못했다.

그러나 잠시 후 좀 진정이 되자 그는 지금까지 보고 겪은 모든 것을 넘어서는 어떤 생각이 떠올랐다. 욕실 문은 잠겨 있지 않았고 마그다가 그에게 목욕을 할 거라고 말한 것도 아니었다. 그러니까 아무것도 모르는 척하고 아무렇지도 않게 욕실로 들어가도 되는 것이다. 또다시 가슴이 뛰었다. 문가에서 놀란 표정으로 멈추고는 나 그냥 빗 좀 가지러 왔는데라고 말하는 자신을 그는 벌써 상상하고 있었다. 완전히 알몸인 마그다, 그 순간 말문이 막혀 버린 마그다 앞을 지나간다. 그녀의 아름다운 얼굴에 부끄러움이 어린다. 점심시간에 갑작스레 걷잡을 수 없이 눈물이 쏟아질 때처럼. 그리고 그는, 야로밀은, 빗이 놓인 세면대까지 욕조를 따라 걸어간다. 그리고 빗을 집어 들고 욕조 앞에 멈추고 마그다에게, 초록빛으로 아른거리는 목욕물 아래 보이는 그녀 몸 위로 몸을 숙인다. 그리고 다시 부끄러워하는 그 얼굴을 바라본다. 그렇게 부끄러움이 어린 그 얼굴을 어루만지고…… 그러나 상상이 거기까지 이르렀을 때 그는 아무것도 더 이상 보이지 않는, 그리고 더 상상할 수 없는 희미한 안개에 또다시 휩싸였다.

자기 등장을 아주 자연스럽게 보이게 하려고 그는 살그머니 방으로 올라갔다가 계단을 쾅쾅 밟으며 다시 내려왔다. 그는 자신이 떨고 있음을 의식했고, 태연하고 자연스러운 목소리로 나 그냥 빗 좀 가지러 왔는데라고 발음할 힘이 없을까 봐 두려웠다. 그래도 하여간 그는 내려가서 욕실 문 앞에 거의 도달했는데 심장이 너무 세게 뛰기 시작하여 숨쉬기조차 힘든 그때, "야로밀, 나 목욕해. 들어오지 마!"라는 소리가 들렸다. 그는 대답했다. "응, 안 가. 나 부엌에 가는 거야." 그는 반대 방향으로 복도를 가로질러 부엌으로 들어가 뭘 방금 집어 든 것처럼 문을 열었다 닫고는 계단을 다시 올라갔다.

그런데 일단 방에 돌아가자 마그다가 한 말이 당황스럽기는 했어도 그렇게 대번에 항복해 버릴 필요는 전혀 없었다는 생각이 들었다. 괜찮아, 마그다, 그냥 빗 가지러 온 거야 하고 말하고 들어가기만 하면 되었던 것이다. 마그다는 분명 뭐라 하지 않았을 거니까. 마그다는 그를 좋아했고 그는 그녀에게 잘해 주었다. 그는 다시 그 장면을 상상하기 시작했다. 욕실에 있다. 마그다는 자기 앞 욕조에 알몸으로 누워 있다. 그녀는 이리 오지 마, 얼른 저리 가라고 말한다. 하지만 그녀는 아무것도 할 수 없다. 그녀는 방어하지 못한다. 약혼자의 죽음 앞에서처럼 똑같이 무력하다. 왜냐하면 그녀는 욕조 안에 갇혀 있고, 자기는 그녀의 얼굴을, 커다란 두 눈을…… 내려다보고 있으니까.

다만 기회는 돌이킬 도리 없이 사라져 버렸고 욕조에서 저 먼 배수구로 빠져나가는 물소리만 희미하게 들려올 뿐이었다. 이 찬란한 기회를 돌이킬 수 없다는 것이 그의 마음을 갈가리 찢어 놓았다. 마그다와 단둘이 집에서 저녁을 보낼 기회가 그리 빨리 오지 못하리라는 걸 알았고, 또 그런 기회가 생긴다 해도 이미 한참 전에 열쇠가 제자리에 돌아가 있을 것이며, 마그다가 열쇠로 문을 단단히 잠글 것이라는 걸 알고 있었다. 그는 침대에 누워 절망에 잠겼다. 하지만 잃어버린 기회보다 그를 더 괴롭게 한 건 자신의 소심함, 유약함이었고, 또 바보같이 가슴이 쿵쾅거려 기민하게 머리를 쓰지 못하고 모든 걸 망쳐 버렸다는 생각 때문에 느껴지는 절망이었다. 그는 자기 자신에 대해 격렬한 혐오감을 느꼈다.

그런데 이 혐오감을 어찌할 것인가? 혐오감은 슬픔과는 완전히 다른 것이다. 정반대이기까지 하다. 누가 야로밀에게 나쁘게 굴면 그는 자기 방에 틀어박혀 울곤 했다. 하지만 그건 행복한 눈물, 거의 감미로운 눈물, 사랑의 눈물과 같은 것이고, 그 눈물을 통해 야로밀이 (자신의 영혼 속으로 들어가 응시하는 가운데) 야로밀을 가엾어 하고 위로해 주는 것이었다. 반면에 이 갑작스러운 혐오감은 야로밀에게 자신이 얼마나 우스꽝스러운지를 다 폭로해 버려서 자신의 영혼에서 멀리 떨어져 등을 돌려야 하게 되어 버렸으니! 이 혐오감은 다른 의미 없이 분명하고 모욕과 같이 간결했다. 따귀처럼. 도망치는 수밖에 피할 도리가 없었다.

그런데 내가 이토록 작디작음을 문득 깨닫게 되면 거기에서 벗어나기 위해 우리는 어디로 도망을 치는가? 위를 향한 도피만이 밑으로 낮아지는 것에서 벗어나게 해 주지 않겠는가! 그리하여 그는 책상에 앉아 그 작은 책(화가가 다른 누구에게도 빌려주지 않는다고 했던 그 소중한 책)을 펼치고 제일 좋아하는 시들에 집중하려고 온 힘을 기울였다. 그리하여 또다시 모든 것이 거기에 있었으니, 저 멀리 그대 눈동자가 잠기는 바다가 있고, 또다시 눈앞에 마그다가 보이고, 그렇다, 그녀 몸의 고요 속에 깃든 눈송이를 포함하여 거기 모든 게 있었고, 닫힌 창을 넘어 강물 소리가 방으로 들어오듯 찰랑이는 물소리가 시 속으로 들어왔다. 야로밀은 나른한 욕망이 온몸을 사로잡는 느낌이 들었고 책을 덮었다. 그는 종이 한 장과 연필을 꺼내 엘뤼아르, 네즈발, 비에블,* 데스노스 식으로 자기가 직접 글을 쓰기 시작하여, 운율도 각운도 없이 짧은 시행들을 하나씩 써 내려갔다. 이건 그가 읽은 시들의 변주였지만 이 변주 속에는 그가 조금 전 겪은 것이 들어 있었고, 녹아내려 물로 변하는 슬픔이 있었으며, 수면이 올라가고 또 올라가 내 눈까지 차오르는 초록빛 물이, 몸이, 슬픈 몸, 내가 쫓아가는, 한없는 물을 가로질러 내가 쫓아가는 물속에 잠긴 몸이 있었다.

그는 이 구절을 큰 소리로, 선율적이고 비장한 목소리로 여러 번 읽으며 열광했다. 이 시의 근원에는 욕조 안의 마그다가 있고 욕실 문에 얼굴을 바싹 갖다 댄 자신이 있었다. 그러니까

---

* (원주) Nezval, Bieble, 체코의 초현실주의 대시인.

그는 자기 체험의 울타리 바깥에 있는 것이 아니라 분명히 그 위에 있었다. 자기 자신에 대해 그가 느낀 혐오감은 저 아래 있는 것이었다. 저 아래에서 그는 두려움에 질려 손이 축축해지고 숨이 가빠지는 것을 느꼈다. 하지만 여기, 이 위에서, 시 속에서 그는 자신의 초라함과 아주 멀리 떨어진 저 위에 있었다. 열쇠 구멍과 자신이 비겁하게 굴었던 사건은 이제 그가 딛고 뛰어오르는 발판일 뿐이었다. 그는 이제 더 이상 방금 겪은 것에 종속되지 않았고 그가 방금 겪은 것이 그가 쓴 것에 종속되어 있었다.

다음 날 그는 할머니의 타자기를 가져다가 특별한 종이에 그 시를 옮겨 적었고, 그러자 그 시는 큰 소리로 낭송할 때보다 더욱더 아름다워 보였는데, 왜냐하면 단순한 단어의 연속이기를 그치고 이제 그 시는 하나의 사물이 되었기 때문이다. 그 시의 자율성은 더 확실해졌다. 보통 말들은 발음되자마자 사라지게 되어 있고 소통의 순간의 쓸모 외 다른 목적을 지니지 않는다. 그것은 사물들에 예속되어 있고 사물들을 지칭할 뿐이다. 그런데 이 말들 자체가 사물이 되었고 그 무엇에도 종속되지 않게 된 것이다. 이 말들은 이제 즉각적인 소통과 빠른 소멸이 예정된 것이 아니라 오랜 지속이 예정되었다.

야로밀이 전날 밤 겪은 일이 시 속에 표현된 것은 분명 사실이지만 동시에 이 경험은 서서히, 씨앗이 과일 속에서 죽듯, 그렇게 죽어 갔다. 나는 물속에 있고 내 심장의 박동은 수면에 동그라미를 만드네. 이 구절은 욕실 문 앞에서 떨고 있는 사춘기 소년의 모습을 보여 주긴 하지만 동시에 여기서 그의 윤곽은 서서히 자취를 감춘다. 이 구절은 그를 넘어서고 초월한다. 또 다른 구절 하나는 아, 내 물속의 사랑인데, 야로밀은 이 물속의 사랑이 마그다임을 알고 있었으나 또한 이 단어들 뒤에 마그다가 숨어 있음을 아무도 알아보지 못하리라는 것, 거기에서 그녀는 사라져 보이지 않고 파묻혀 버렸다는 것도 알았다. 그가 쓴 시는 현실 그 자체와 똑같이 그렇게 절대적으로 자율적이며 독립적이고 식별 불가능했다. 그 누구와 합의해서가 아니라 그냥 단지 존재할 뿐인 현실 그 자체처럼. 시의 이런 자율성은 야로밀에게 근사한 도피처, 꿈꿔 왔던 두 번째 삶의 가능성을 가져다주었다. 그는 이것이 얼마나 아름다운 일이란 말인가 하고는 바로 다음 날부터 또 다른 시들을 더 써 보았고 점차 이 일에 완전히 골몰하게 되었다.

11

이제 그녀는 자리에서 일어나 회복기 환자처럼 집 안에서
는 왔다 갔다 움직이게 되었지만 기분이 좋은 상태는 아니었
다. 그녀는 화가의 사랑을 물리쳤으나 그 대가로 남편의 사랑
이 돌아온 것은 아니었다. 야로밀의 아버지는 집에 있는 일이
아주 드물었다. 나중에는 그가 늦은 밤에 들어오는 데 모두 익
숙해졌고, 빈번한 출장으로 며칠씩 집을 비우게 될 거라 수시
로 알려 오는 데에도 익숙해졌다. 하지만 이번에 그는 아무 말
도 없이 밤에 집에 들어오지 않았고 엄마는 아무 연락도 받지
못했다.

야로밀은 아버지를 보는 일이 너무 드물어서 아버지가 집
에 없다는 것도 알아채지 못하고 자기 방에서 시 생각을 하고
있었다. 시가 시이기 위해서는 다른 이에게 읽혀야 한다. 그
래야만 비로소 시가 단지 암호화된 일기에 그치는 것이 아닌

다른 것이 되고, 시를 쓴 사람과 독립적으로 자기 고유의 삶을 살 수 있다는 증거를 가지게 되는 것이다. 그는 처음에 화가에게 보일까 생각했지만 그 시들이 자신에게 너무나 중요했기 때문에 그렇게 엄격한 심판에게 맡길 수는 없었다. 시들을 보고 자기만큼 똑같이 열광할 사람이 필요했는데 그는 이 최초의 독자, 자기 시에 미리 예정된 이 최초의 독자가 누구인지 금세 깨달았다. 그는 그 사람이 집 안에서 슬픈 눈으로, 고통스러운 목소리로, 마치 자기 시를 맞이하러 오듯이 그렇게 움직이는 것을 보았다. 그러니까 그는 벅찬 감동에 휩싸인 채, 타자기로 정성껏 친 시 여러 편을 엄마에게 건네주고 얼른 자기 방으로 달려가 숨어서 엄마가 시를 다 읽고 부르기를 기다렸다.

그녀는 읽었고 울었다. 그녀는 자신이 왜 우는지 몰랐을지도 모르나 그것을 짐작하기란 어렵지 않다. 그녀에게서는 네 가지 종류의 눈물이 흘러나왔다.

우선 그녀는 야로밀의 시들과 화가가 자기에게 빌려주었던 시들 사이의 유사성에 깜짝 놀랐고, 그래서 눈물이 솟아나왔다. 잃어버린 사랑의 눈물.

그다음, 그녀는 아들의 시에서 어렴풋한 슬픔을 느꼈고, 남편이 아무 말 없이 이틀째 집을 비우고 있음을 기억했고, 그래서 굴욕의 눈물을 쏟았다.

하지만 곧 그녀의 눈에서 흐르는 것은 위안의 눈물이 되었으니, 그것은 그토록 엄마를 믿으며 벅찬 마음으로 자기 시들을 보여 주러 달려온 아들이 그녀의 모든 상처 위에 향유를 부어 주었기 때문이다.

그리고 마지막으로, 그 시들을 여러 번 다시 읽고 나서 그녀는 감탄의 눈물을 쏟았다. 왜냐하면 야로밀의 시들을 그녀는 이해할 수 없었는데, 그 속엔 자기가 이해할 수 있는 것보다 더 많은 것이 들어 있다고, 그러니까 자기는 신동의 어머니라고 생각하게 되었기 때문이다.

그런 다음 그녀는 그를 불렀다. 하지만 아이가 자기 앞에 오자 그녀는 화가가 빌려준 책에 대해 질문을 할 때 같았다. 그의 시에 대해 무슨 말을 해야 할지 몰랐다. 그녀는 기대로 가득 찬 채 고개를 숙이고 있는 아이를 바라보다 그저 꼭 끌어안고 입맞춤하는 것밖에 할 수가 없었다. 야로밀은 긴장으로 완전히 얼어 있다가 어머니의 어깨 위에 머리를 감출 수 있어서 좋았다. 그리고 엄마는 아이의 가녀린 몸을 품 안에 느끼며 자신을 짓누르는 화가의 유령을 멀리 떨쳐내게 되었고 다시 용기를 내어 말을 꺼냈다. 하지만 울먹이는 목소리를 가라앉힐 수도 없었고 두 눈에 글썽이는 눈물을 감출 수도 없었는데 야로밀에게는 그녀의 말보다 이것이 더 중요했다. 이 떨림과 울먹임은 그에게 자신의 시들이 지닌 힘, 실제적이고 물리적인 힘을 보증하는 성스러운 증거였던 것이다.

밤이 오고 있었으나 아버지는 돌아오지 않았고, 엄마는 야로밀의 얼굴이 남편도 화가도 비교될 수 없는 부드러운 아름다움을 지녔다고 생각했다. 그리고 이렇게 엉뚱하게 떠오른 생각이 어찌나 집요한지 그녀는 거기서 벗어나질 못했다. 그녀는 아들에게 이야기를 시작했다. 임신 중에 아폴론 상을 바라보며 빌곤 했다고. "그러니까 봐라, 이 아폴론처럼 넌 정말 아름답잖아. 넌 아폴론을 닮았어. 어머니가 임신 중에 생각한 게 아이한테 꼭 남는다고들 하지. 그건 정말 미신이 아니야. 네게 시인의 재능이 있는 건 그에게서 물려받은 거란다."

그러고 나서 그녀는 아이에게 말했다. 문학은 언제나 자신의 커다란 사랑의 대상이었다고, 대학에 간 것도 문학을 공부하기 위해서였다고, 그리고 결혼만 안 했으면 (그녀는 임신이라 말하지 않았다.) 그 소명에 완전히 헌신했을 거라고. 그런데 이제 야로밀이 시인임을 (그렇다, 그녀는 그에게 처음으로 이 위대한 명칭을 붙여 준 사람이었다.) 발견하니, 이건 그녀에게 분명히 아주 놀라운 일이지만 또한 동시에 오래전부터 기다려 온 일이라고.

그날 그들은 오래도록 이야기를 나눴고 그렇게 하여 어머니와 아들, 낙심한 이 두 연인은 서로에게서 위안을 얻었다.

2부   또는 자비에

1

이제 다 끝나 가는 쉬는 시간 소리가 건물 안에서 들려왔다. 늙은 수학 선생이 교실에 들어와 칠판에 숫자들을 써 놓고 애들을 잡을 것이었다. 길 잃은 파리가 윙윙대는 소리만이 선생의 질문과 학생의 대답 사이 그 광활한 거리를 메우리라……. 그러나 그때면 그는 벌써 멀어져 있으리라!

전쟁이 끝난 지 일 년이었다. 봄이었고 햇살이 밝았다. 그는 블타바 강까지 거리를 걸어 내려가 강둑을 따라 거닐었다. 다섯 시간 죽 늘어선 수업이 저 멀리 있었고 그를 학교와 연결하는 건 단지 공책과 교과서가 든 작은 밤색 책가방밖에 없었다.

그는 카를 다리에 이르렀다. 강물 위로 다리 양쪽에 늘어선 조각상들이 그를 보고 맞은편 강쪽으로 건너가라고 인도했다. 학교에 안 갈 때마다 (그는 너무도 자주 마음대로 학교를 빼먹었다.) 그는 거의 늘 카를 다리에 이끌려 이 다리를 건너곤 했다. 이번에도 다리를 건너려는 참이고, 그리고 이번에도 강변의 오래된 노란색 집 앞으로 교각이 넘어가는 그 장소에서 멈추게 될 것이었다. 삼 층의 창문은 거의 다리 난간과 같은 높이에 몇 걸음밖에 떨어져 있지 않았다. 그는 그 창문(늘 닫혀 있었다.)을 바라보길 좋아했다. 그리고 저 창 뒤에 과연 누가 살고 있을까 생각하곤 했다.

그날, (아마도 특별히 햇살이 좋은 날이어서) 처음으로 창문이 열려 있었다. 새 한 마리가 든 새장 하나가 옆쪽에 걸려 있었다. 그는 멈추어 서서 우아하게 나선형으로 꼬인 작은 흰 양철 새장을 들여다보았다. 잠시 후 그는 어둑한 방 안에서 실루엣 하나를 발견했다. 등만 보였으나 그는 여자라는 걸 알아봤고, 그녀가 돌아서서 얼굴을 보여 주길 바랐다.

그 실루엣은 움직이긴 했는데 반대 방향이었다. 그녀는 어둠 속으로 사라졌다. 창은 열려 있었고 그는 그것이 자신을 부르는 거라고, 자신을 향한 말없는 비밀 신호라고 굳게 믿어 버렸다.

그는 저항할 수가 없었다. 그는 난간 위로 뛰어올랐다. 창문과 다리 사이는 허공이고 저 밑으로 포석이 깔린 길이 있었다. 책가방이 걸리적거렸다. 그는 열린 창문으로 어둑한 방 안에 가방을 던져 넣고 풀쩍 뛰어올랐다.

2

자비에가 팔을 쭉 뻗어 방금 뛰어넘은 높은 직사각형 창문의 안쪽 틀을 붙들고 서니 그의 키로 창틀이 가득 찼다. 그는 방을 살폈다. 구석에서 시작하여 (항상 먼 데 있는 것부터 살피기 시작하는 사람들처럼) 그다음은 문, 그리고 가운데가 불룩한 모양에 왼쪽이 벽에 붙여 놓인 장롱을 살펴보았다. 오른쪽에는 모양을 내 세공한 다리가 달린 나무 침대가 있었고, 방 한가운데에는 편물 식탁보로 덮인 원탁에 꽃병 하나가 놓여 있었다. 그리고 끝으로 자기 발치에서 그는 싸구려 카펫의 가장자리 술 장식 위에 책가방이 놓여 있는 걸 발견했다.

그가 가방을 발견하고 집으려고 뛰어내리려는 순간에 어둑한 방 저쪽에서 문이 열리고 그 여자가 나타났다. 곧바로 그의 모습이 그녀의 눈에 들어왔다. 마치 안은 밤이고 밖은 낮인 것처럼 방은 정말 어둠 속에 묻혀 있었고 직사각형 창은 환히 밝혀 있었다. 여자 쪽에서는 창틀에 서 있는 남자가 황금빛 빛을 배경으로 한 검은 실루엣으로 보였다. 그는 낮과 밤 사이의 남자였다.

여자가 햇빛에 눈이 부셔 남자의 얼굴 윤곽을 분간하지 못한 반면 자비에는 그보다 조금 유리했다. 그의 눈은 벌써 어둠에 익숙해져서 적어도 여자의 가녀리고 부드러운 윤곽이 눈에 들어왔으며, 너무도 창백하여 가장 깊은 어둠 속에서조차 빛을 낼 것만 같은 얼굴에 우수가 깃들었음을 알아볼 수 있었다. 그녀는 문간에 그대로 서서 그를 보았다. 그녀는 자신의 두려움을 큰 소리로 표현할 만큼 순발력 있지도 않았고 그에게 무슨 말을 건넬 수 있을 만큼 침착하지도 못했다.

희미한 윤곽을 서로 한참 바라본 후에야 자비에가 "제 책가방이 여기 있어요."라고 말을 꺼냈다.

"책가방요?" 그녀는 이렇게 물었고, 마치 자비에의 말소리가 멍한 상태에서 그녀를 꺼내 준 것처럼 아까 열고 들어온 문을 닫았다.

자비에는 창문턱에 웅크리고 자기 아래 가방이 놓인 장소를 손으로 가리켰다. "저기 굉장히 중요한 것들이 들어 있어요. 수학 공책, 과학 교과서, 국어 숙제를 한 공책도요. 봄이 왔다는 주제로 바로 지난번에 쓴 작문도 그 안에 있거든요. 그 작문 되게 힘들었는데 내 머리에서 다 빠져나가 버리게 하고 싶지 않아요."

여자가 방 안으로 몇 걸음 옮기니 이제 더 환한 데서 그녀가 보였다. 첫인상이 맞았다. 가녀린 부드러움과 우수. 혼란에 빠진 얼굴 속의 커다랗고 불안정한 두 눈을 보자 그는 다른 단어 하나가 머리에 떠올랐다. 두려움. 느닷없이 그가 나타나서 생긴 두려움이 아니라 그 여자의 얼굴에 깃들어 있던 오랜 두려움, 움직임 없는 커다란 두 눈의 형태로, 창백함의 형태로, 계속해서 사죄를 하는 듯한 몸짓들의 형태로 깃든 두려움이었다.

그런데 이 여자가 정말 사죄를 해 오지 않는가! "죄송해요. 하지만 어떻게 해서 댁의 책가방이 우리 집에 들어왔는지 알 수가 없네요. 조금 아까 청소를 했는데 우리 게 아닌 건 아무것도 못 봤거든요."

"아, 근데 너무나 기쁘게도 제 가방이 여기 있네요." 창문틀에 웅크린 자비에가 카펫 쪽을 손가락으로 가리키며 말했다.

"찾으셔서 저도 기뻐요." 여자는 말하고 미소 지었다.

그들은 이제 마주 보고 서 있었고, 그 사이에는 편물 식탁보를 씌운 탁자와 고무를 입힌 종이꽃으로 채운 꽃병만이 있었다.

"네, 못 찾았으면 괴로울 뻔했어요. 국어 선생님이 저를 싫어하는 데다 공책을 잃어버리면 낙제할 위험도 있거든요." 자비에가 말했다.

여자의 얼굴이 동정을 나타냈다. 그녀의 눈이 갑자기 너무도 커져서 자비에에게는 다른 건 보이지도 않았다. 마치 얼굴의 나머지 부분과 몸은 눈의 부속물일 뿐인 것처럼, 눈이라는 보석을 담은 상자에 지나지 않은 것처럼. 그는 여자의 얼굴에서 다른 부분들이 어떻게 생겼는지 몸의 비율이 어떤지도 몰랐고 모든 것이 망막 가장자리에 그냥 머물러 있었다. 이 여자

에 대한 인상은 실은 밤색 빛이 나머지 몸 전부를 다 잠기게
만드는 그 커다란 눈이 그에게 만든 인상이었다.

그러니까 자비에가 탁자를 돌아 앞으로 나아간 건 그녀의
눈을 향해서였다. "저는 나이 든 유급생이죠." 여자의 어깨를
(이 어깨는 꼭 가슴처럼 말랑했다.) 잡으며 그가 말했다. "정말 일
년 뒤에 다시 같은 교실에 있게 되는 것, 같은 의자에 다시 앉
게 되는 것보다 더 서글픈 일은 없어요."

그러고 나서 그는 갈색 눈이 그를 향해 올라오는 것을 보았
고 행복의 파도가 그를 휩쌌다. 자비에는 지금 손을 아래로 내
려 가슴과 배와 그가 원하는 모든 걸 만질 수 있다는 것을 알
았다. 이 여자 안에 주인으로 깃들어 사는 두려움이 그의 팔
안에 그녀를 유순히 맡겨 놓고 있었기 때문이다. 하지만 그는
아무것도 하지 않았다. 그는 이 여자가 위험에 처했으며, 자신
이 그녀 곁에 있어 줘야 한다는 감미로운 느낌이 자신에게 퍼
져 감을 느꼈다. "전 당신을 여기 혼자 둘 수 없어요!"

"남편이에요! 가세요!" 여자가 불안해하며 빌었다.

"아니, 당신과 함께 있을 거예요! 난 비겁한 놈이 아니에
요!" 자비에가 말했다. 그사이 발소리가 분명하게 계단에서
울려 오고 있었다.

여자는 자비에를 창 쪽으로 밀려고 했지만 그는 위험이 이
여자를 위협하고 있는 순간에 그녀를 저버릴 권리가 자기에
게 없음을 알고 있었다. 집 안쪽 구석에서 문 열리는 소리가
들렸고, 마지막 순간에 자비에는 바닥에 푹 엎드려 침대 밑으
로 굴러 들어갔다.

3

널빤지 다섯 개가 찢어진 매트리스를 받치고 있는 천장과 바닥 사이의 공간은 관 속 공간보다 별로 넓지 않았다. 하지만 관하고는 다르게 그 공간에는 향기가 있었고 (짚 향이 좋았다.) 매우 소리가 잘 울렸으며 (바닥이 발걸음 소리를 전부 분명히 전해 주고 있었다.) 눈앞에 떠오르는 것으로 가득했다. (바로 위에 자기가 저버릴 수 없는 여자의 얼굴, 짙은 색 매트리스 천 위에 어린 그 얼굴, 천을 비집고 빠져나온 짚 세 가닥이 관통한 그 얼굴이 보였다.)

그에게 들리는 걸음 소리는 육중했고, 그가 머리를 돌리자 방을 걸어오는 부츠가 바닥 위에 보였다. 그리고 여자의 목소리가 들렸는데 그는 어떤 막연한, 하지만 가슴이 에이는, 회한의 감정이 느껴지는 것을 막을 수 없었다. 이 목소리는 좀 전에 자비에에게 말을 건넬 때 그랬던 것과 똑같이 우수에 차 있으면서 동시에 무서움에 떨고 있고 또한 매혹적이었던 것이다. 그러나 자비에는 이성적이었고 이렇게 느닷없이 불쑥 일어난 질투를 잘 자제했다. 그는 이 여자가 위험에 처했으며 자기가 가진 것, 즉 자신의 얼굴과 슬픔으로 자신을 방어하고 있음을 깨달았다.

잠시 후 남자 목소리가 들렸는데 그는 이 목소리가 바닥을 딛는 검은 부츠와 닮았다고 생각했다. 그다음 이러지 마요, 이러지 마요, 이러지 마요 하는 여자의 말이 들리고, 두 사람의 발소리가 이리저리 비틀거리며 그가 숨어 있는 곳으로 다가오는 소리가 들리더니 그다음 그의 머리 위 천장이 더 아래로 내려와 그의 얼굴에 거의 닿게 되었다.

그리고 다시 한 번 여자가 이러지 마요, 이러지 마요, 이러지 마요, 지금은 안 돼요, 제발, 지금은 안 돼요라고 말하는 소리가 들렸고, 그의 눈 10센티미터 앞에, 두꺼운 매트리스 천 위에 그녀의 얼굴 모습이 떠올랐고, 그는 이 얼굴이 그에게 자신의 굴욕을 털어놓고 있는 것이라 생각했다.

그는 관 속에서 일어나 이 여자를 구하고 싶었지만 자신에게 그럴 권리가 없음을 알고 있었다. 그런데 여자의 얼굴은 그의 얼굴에 너무도 가까이 있었고, 그를 내려다보고 있었고, 애원하고 있었고, 마치 화살 세 개가 날아와 그를 관통하는 것처럼 세 가닥 짚이 얼굴에 곤두서 있었다. 그러다가 자비에 위의 천장이 규칙적으로 움직이기 시작했는데, 그러자 여자의 얼굴을 관통하고 있던 세 가닥 짚이 그 박자에 맞춰 자비에의 코를 스치며 간질였고, 그래서 갑자기 재채기를 하게 만들었다.

움직임이 뚝 멈췄다. 침대는 정지했고, 숨소리조차 들리지 않았고, 자비에도 얼어붙었다. 잠시 후 "뭐였지?" 하는 소리가 들렸다. "아무 소리도 안 들렸는데요, 여보."라고 여자의 목소리가 답했다. 그러고 나서 또 잠시 아무 말도 없다가 남자 목소리가 물었다. "그런데 이 책가방은 누구 거야?" 그런 다음 쾅쾅 울리는 발걸음 소리가 온 방을 울리고 바닥을 돌아다니는 부츠가 보였다.

저런, 저 친구 부츠를 신고 침대에 있었잖아라고 자비에는 생각했고 분노했다. 이제 자신이 나서야 한다는 걸 깨달았다. 그는 방에서 무슨 일이 벌어지는지 보려고 팔꿈치로 바닥을 딛고 침대 밑에서 머리를 내밀었다.

"여기 누굴 데려다 놓은 거야? 누굴 숨겨 놨어?" 남자 목소리가 고함쳤고, 자비에는 검은색 부츠 위로 곤색 승마복 바지와 곤색 경찰복 셔츠를 보았다. 남자는 방을 샅샅이 훑어보며 탐색하고는 깊숙하니 정부가 숨어 있을 수 있겠다 싶은 옷장으로 돌진했다.

이때 자비에가 고양이처럼 소리 없이, 표범처럼 유연하게 침대 밑에서 튀어나왔다. 경찰복 남자는 옷으로 가득한 옷장을 열고 안을 뒤지기 시작했다. 그러나 자비에는 벌써 거기 가 있었고, 남자가 거기 숨은 정부를 찾으려고 다시 옷가지로 가득한 어둑한 옷장 속으로 손을 뻗었을 때 자비에가 그의 목덜미를 잡아 옷장 안으로 휙 처넣었다. 그는 문을 닫고, 열쇠를 돌리고, 열쇠를 빼고, 주머니에 넣고, 여자를 향해 돌아섰다.

4

그는 커다란 갈색 눈 앞에 있었고, 등 뒤 옷장 속에서 쾅쾅
두드리는 소리가 들려왔는데, 그런 쿵쾅 소리나 고함 소리는
옷장의 옷들 때문에 다 죽어 들어 무슨 말인지 하나도 알아들
을 수 없이 그저 소란스럽기만 했다.

그는 커다란 눈 옆에 앉았고, 두 손으로 어깨를 잡았고, 그
때서야, 손에 맨살이 닿고서야, 여자가 얇은 속치마 하나만 입
고 있고 그 아래 말랑말랑하고 부드러운 가슴이 있다는 것을
깨달았다.

옷장 속에서는 쾅쾅 두드리는 소리가 멈추지 않았고, 자비
에는 지금 여자의 어깨를 양손으로 잡고서 그녀의 얼굴 윤곽
을, 두 눈의 바다와 같은 광막함 속으로 자취를 감춰 버리는
그 윤곽을 잘 파악해 보려고 애쓰고 있었다. 그는 그녀에게 무
서워하지 말라고 말했고 옷장이 잘 잠겨 있다는 걸 증명하려

고 열쇠를 보여 줬고, 그녀 남편의 감옥은 떡갈나무로 되어 있으며 죄수는 문을 열 수도 없고 감옥을 부술 수도 없다는 것을 상기시켰다. 그런 다음 그는 그녀에게 키스하기 시작했는데 (그의 손은 여전히 그녀의 말랑한 맨어깨에 놓여 있었고, 이 어깨는 너무나도 한없이 육감적이어서 그는 마치 현기증이 이는데 버틸 힘이 없는 것처럼 손을 스스르 아래로 내려 가슴을 만지게 될까 봐 두려웠다.) 이 얼굴에 입술을 대면 자신이 광막한 바다에 빠지게 되리라 생각했다.

그녀의 목소리가 들렸다. "우리는 어떻게 할 건가요?"

그는 그녀의 어깨를 어루만지며 아무것도 신경 쓰지 말라고, 우리는 지금 여기 잘 있지 않느냐고, 자기는 그 어떤 때보다 행복하다고, 옷장에서 쾅쾅거리는 소리가 자기는 레코드판에서 나오는 폭풍우 소리나 도시 저 멀리에서 개집에 묶인 개가 짖는 소리보다도 걱정되지 않는다고 말했다.

자신이 상황을 주도하고 있음을 그녀에게 보여 주기 위해 그는 일어나서 방을 조사하기 시작했다. 그러다가 탁자에 놓인 곤봉을 보더니 그는 소리 내 웃었다. 그는 그 곤봉을 집어 들고 옷장으로 가서 안에서 쾅쾅 치는 소리에 화답하여 옷장 문을 여러 번 내리쳤다.

"우린 어떻게 할 건데요?" 여자가 다시 물었고 자비에는 그녀에게 대답했다.

"떠날 거예요."

"저 사람은요?"

"사람은 아무것도 안 먹고도 이삼 주는 살 수 있어요. 내년에 우리가 여기 돌아오면 옷장 안에 경찰복에 부츠 신은 해골이 있을걸요." 그리고 그는 시끄러운 옷장으로 다가가 곤봉으로 한 번 치고 소리 내 웃더니 그녀가 자기와 함께 웃기를 바라며 여자를 쳐다보았다.

하지만 여자는 웃지 않았고 이렇게 물었다.

"어디로 가나요?"

자비에는 그녀에게 어디로 가는지 이야기해 주었다. 그녀는 이 방에 있으면 자신은 집에 있는 것인데 자비에가 자신을 데려가려는 곳에는 자기 옷장도 없고 새장 속 새도 없다고 말했다. 자비에는 자기 집이란 옷장이나 새장 속 새가 아니라 사랑하는 존재가 있는 곳이라고 답했다. 그리고 나서 그는 또 그녀에게 말했다. 자기는 집이 없다고, 아니 달리 말하자면 자신의 집은 자신의 걸음 속에, 자신이 가는 길 속에, 여행 속에 있다고. 자기 집은 미지의 수평선이 열리는 곳에 있다고. 자기는 어떤 꿈에서 다른 꿈으로, 어떤 풍경에서 다른 풍경으로 옮겨감으로써만 살 수 있다고, 그리고 똑같은 배경에 오래 머물게 된다면, 그녀의 남편이 옷장에서 이 주일 이상 보내면 못 살게 되는 것과 마찬가지로 자신도 죽을 것이라고.

이 말을 하면서 두 사람 모두 옷장이 잠잠해진 것을 문득 깨달았다. 이 침묵이 너무나 확연히 도드라져서 두 사람을 깨어나게 했다. 그건 폭풍 후의 순간 같았다. 카나리아가 새장에서 목청껏 노래했고 창문에는 저물어 가는 태양의 노란빛이 어렸다. 그건 여행으로의 초대처럼 아름다웠다. 커다란 용서처럼 아름다웠다. 한 경찰의 죽음처럼 아름다웠다.

이번에는 여자가 자비에의 얼굴을 쓰다듬었는데 그녀가 그에게 손을 댄 것은 처음이었다. 그녀는 그에게 말했다.

"그래. 우린 떠날 거야. 당신이 원하는 곳으로 갈 거야. 잠깐만. 필요한 거 몇 가지만 좀 챙기게."

그녀는 다시 한 번 그를 어루만지고, 그에게 미소 짓고, 문으로 걸어갔다. 그는 갑작스러운 평화로 가득 찬 눈으로 그녀를 바라보았다. 그는 그녀의 걸음, 사람의 몸으로 변한 물의 걸음 같은, 부드럽고 물 흐르는 듯한 걸음을 바라보았다.

그러고 나서 그는 침대에 앉았고 기분이 황홀하게 좋았다. 옷장은 남자가 안에서 잠이 들었든지 목을 맸든지 한 것처럼 조용했다. 그 침묵은 블타바 강물 소리와, 너무 멀어서 숲의 목소리 같은 도시의 먼 외침 소리와 더불어 창을 통해 방으로 들어오는 공간으로 가득 차 있었다.

자비에는 다시 자신이 여행으로 충만함을 느꼈다. 그리고 여행을 떠나기 전의 순간, 내일의 수평선이 우리를 찾아와 약속을 말해 주는 순간보다 더 아름다운 것은 없다. 자비에는 구겨진 이불 위에 누워 있었고 모든 것이 말할 수 없이 근사한 일치 속에 녹아드는 것 같았다. 부드러운 침대는 여인 같았고 그 여자는 물 같았으며 창밖의 강물은 흐르는 침상 같았으니.

잠시 후 다시 문이 열리는 것이 보이고 여자가 들어왔다. 그녀는 푸른색 원피스를 입고 있었다. 물처럼 푸른, 그가 내일 뛰어들 수평선처럼 푸른, 그가 천천히 그러나 물리치지 못하고 스르르 빠져드는 잠처럼 푸른 원피스.

그렇다. 자비에는 잠이 들었다.

5

자비에는 깨어서 생활할 힘을 잠에서 길어 내기 위해 자는 것이 아니다. 그렇다. 일 년에 삼백예순다섯 번 완수되는 이 깨어있음 – 잠이라는 시계추의 단조로운 움직임을 그는 모른다.

잠은 그에게 삶의 반대가 아니다. 잠은 그에게 삶이고 삶은 꿈이다. 그는 어떤 삶에서 다른 삶으로 옮겨 가듯 이 꿈에서 저 꿈으로 옮겨 간다.

밤이다. 어두운 밤. 하지만 위에서 내려오는 여기 이 빛나는 원이 있다. 가로등에서 퍼지는 불빛이다. 어둠을 도려낸 이 동그라미들 속에서 펑펑 내리는 눈이 보인다.

그는 나지막한 건물 문으로 달려 들어가 재빨리 홀을 통과해 차창을 밝히고 곧 출발할 기차가 대기하는 플랫폼으로 갔다. 전등을 든 노인이 기차를 따라 걸어 나오며 객차 문들을 닫았다. 그는 날렵히 기차에 올랐고, 노인은 전등을 올렸고,

느린 나팔 소리가 반대편에서 들렸고, 기차가 움직이기 시작
했다.

6

그는 기차 승강대에 멈추어 헐떡이는 숨을 가라앉히려고 숨을 깊이 들이쉬었다. 이번에도 또 그는 마지막 순간에 아슬아슬하게 도착했는데 이렇게 마지막 순간에 도착하는 것이 그의 자랑거리였다. 다른 사람들은 모두 미리 정해진 계획에 맞추어 제시간에 도착했고 그래서 그들의 전 생애가, 마치 선생님이 불러주는 텍스트를 옮겨 적는 것처럼 아무 놀라운 일 없이 지나갔다. 기차 객실의 미리 정해진 자리에 앉아 이미 알고 있는 말들을 나누는 그들, 앞으로 일주일을 보내게 될 산장에 대해 말하고 있는 그들, 학교에서 미리 익힌 시간표 이야기를 하고 있는 그들을 그는 머릿속에 떠올려 보았다. 그 시간표는 무조건 외워 조금의 실수도 없이 따를 수 있도록 학교에서 미리 숙지시킨 것이었다.

하지만 자비에는 준비 없이, 아슬아슬하게, 갑작스러운 충동에 이끌려, 예기치 않은 결정에 의해 여기 온 것이었다. 그는 이제 객차 승차대에 서서 생각했다. 무엇이 대체 자신으로 하여금 지루한 아이들, 이로 들끓는 수염을 기른 대머리 선생들과 함께 이 학교 여행에 따라오게 만들었는지.

그는 객차를 가로질러 걸어갔다. 남학생들은 복도에 서서 성에가 얼어붙은 차창에 입김을 불고는 동그란 구멍에 눈을 가져다 댔다. 다른 아이들은 머리 위 그물 선반에 스키를 엇갈리게 기대 놓고 객실 긴 의자에 누워 빈둥거리고 있었다. 다른 곳에서 아이들은 카드놀이를 하기도 했고, 또 다른 객실에서는 아주 단순한 멜로디에 끊임없이 수만 번 카나리아가 죽었네, 카나리아가 죽었네, 카나리아가 죽었네……라고 가사가 반복되는 아이들 노래를 계속해서 끝없이 불러 대고 있었다.

그는 이 객실 문 앞에 멈추어 서서 안을 들여다보았다. 거기에는 상급반 남학생 세 명과 자신과 같은 반인 금발 소녀가 옆에 있었는데, 그 소녀는 마치 잘못하다 들켜 겁이 난 것처럼 그를 보고는 얼굴을 붉혔으나 아무 말도 하지는 않았고 그 커다란 눈으로 자비에를 뚫어져라 쳐다보면서 계속 입을 열어 노래했다. 카나리아가 죽었네, 카나리아가 죽었네, 카나리아가……

자비에는 금발 소녀에게서 멀어져 다른 객실 앞을 지나갔다. 또 다른 학생들 노래와 떠들썩한 농담 소리들이 들려왔고, 그다음 그는 제복 차림의 검표원이 맞은편에서 걸어와 객실마다에서 멈추고 차표를 보여 달라는 것을 보았다. 제복이 그를 속이지는 못했다. 모자챙 아래를 보니 늙은 라틴어 선생인

데 이 사람과 마주치면 안 된다는 것을 그는 곧 깨달았다. 우선 차표가 없었고, 또 라틴어 수업에 간 지가 아주 오래되었기 때문이다.(얼마나 됐는지는 생각나지 않았다.)

자비에는 라틴어 선생이 객실 안으로 머리를 집어넣는 순간을 이용하여 재빨리 그 뒤를 지나 세면실과 화장실, 두 개의 문이 있는 곳까지 갔다. 세면실 문을 열었더니 오십 대인 엄격한 국어 선생과 항상 첫째 줄에 앉는, 그리고 자비에가 학교 수업에 참여하는 날이면 무지하게 그를 경멸하는 동급생 하나가 다정하게 껴안고 있는 것이 보였다. 그를 보고 놀란 연인이 황급히 떨어져서 세면대로 후딱 몸을 숙였다. 그들은 수도꼭지에서 가느다랗게 흘러나오는 물에 대고 열심히 손을 비벼 댔다.

자비에는 그들을 방해하고 싶지 않아 다시 객차 사이 통로로 나왔다. 거기에서 같은 반인 그 금발 여학생과 마주쳤는데 그녀는 커다란 푸른 눈으로 그를 뚫어지게 쳐다보았다. 그녀의 입술은 이제 움직이지 않았고, 자비에가 끝없이 이어지리라 생각했던 그 카나리아 노래의 후렴을 이제는 부르지 않았다. 아! 끝없이 이어지는 노래가 있다고 여기다니 얼마나 순진한가! 그는 속으로 말했다. 이 지상의 모든 것이 태초부터 배반인 것인데 마치 그렇지 않은 것처럼!

이런 생각을 굳게 다지며 그는 금발 여학생의 눈을 들여다보았고, 일시적인 것을 영원한 것으로 여기게 만드는 속임수 놀이에 동참해서는 안 된다는 것, 사랑이라 불리는 이 속임수 놀이에 가담해서는 안 된다는 것을 알았다. 그러므로 그는 등

을 돌려 작은 세면실로 다시 들어갔는데 그 뚱뚱한 국어 선생
이 또 자비에의 같은 반 학생 엉덩이에 두 손을 올려 끌어안고
버티고 서 있었다.

"아, 안 돼요. 제발, 또 손 씻으려 들지는 마세요. 이제 내가
씻을 차례라고요." 자비에는 이렇게 말하고 그들을 슬쩍 지나
쳐 수도꼭지를 틀고 세면대에 몸을 숙였다. 이렇게 해서 자기
도 좀 혼자 있고, 뒤에서 쩔쩔매고 있는 두 연인에게도 틈을
주려는 것이었다. 국어 선생이 "옆으로 가자."라고 강하게 속
삭이는 소리가 들려왔고, 그다음 문이 딸깍하는 소리, 옆 화장
실로 들어가는 두 사람의 발소리가 들렸다. 혼자가 되자 그는
편안하게 벽에 기대어 사랑이 얼마나 초라한가 하는 생각에
달콤하게 빠져들어 갔다. 이런 생각 저 뒤편에서 무언가 애원
하는 듯한 푸른색 커다란 두 눈이 빛나고 있었다.

잠시 후 기차가 멈추고 나팔 소리가 울리자 아이들의 시끌 벅적한 소리, 기차 출입문들이 열리는 금속성 소리, 발소리 등 이 들렸다. 자비에는 은신처에서 나와 플랫폼에 몰려드는 다른 학생들과 합류했다. 그리고 잠시 후, 산 위로 커다란 달과 빛나는 눈이 보였다. 그들은 낮처럼 환한 밤 속으로 걸어 나갔다. 십자가 대신 스키가 마치 성스러운 장식물처럼, 맹세를 하는 두 손가락의 상징처럼 솟아 있는 긴 행렬이었다.

그 기나긴 행렬을 자비에가 따라가는데 맹세의 상징인 스키를 혼자만 안 가지고 있었기 때문에 주머니에 손을 넣고 있었다. 그는 그렇게 걷고 있었고 벌써 좀 지친 학생들이 하는 이야기들을 듣고 있었다. 그러다가 몸을 돌렸는데 작고 여린 그 금발 여학생이 뒤에서 걸어오고 있는 것이 보였다. 그녀가 비틀거리다가 스키 무게에 눌려 눈 속에 푹 빠지자 늙은 수학 선생이 그 여학생 스키를 들어서 자기 스키와 함께 어깨에 메고는 다른 팔로 그녀를 잡아 부축해 주는 것이 보였다. 그리고 이것은, 이 가엾은 젊음을 가엾게 여기는 이 가엾은 노쇠는 서글픈 장면이었다. 이 장면을 바라보며 그는 기분이 좋았다.

얼마 후, 처음에는 멀리서, 그러다가 점점 더 가까이 음악 소리가 그들에게 들려왔다. 그들은 학생들 전체가 머물 산장들로 둘러싸인 식당 하나를 보았다. 그런데 자비에는 방을 예약해 놓지 않았고 스키를 내려놓을 필요조차 없었고 옷을 갈아입을 필요도 없었다. 그래서 그는 곧장 그 바의 홀 안으로 들어갔는데 거기에는 춤추는 플로어, 오케스트라가 있었고 테이블에 손님 몇이 앉아 있었다. 들어가자마자 곧 그는 석류 빛 스웨터와 스키 바지를 입은 여자를 눈여겨보았다. 남자들이 맥주잔을 앞에 놓고 그녀 곁에 앉아 있었지만 자비에는 이 여자가 우아하고 자존심 강하며 그 남자들을 지루해하고 있다는 것을 알아보았다. 그는 다가가서 그녀에게 춤을 청했다.

홀에서 춤을 추는 건 그들뿐이었는데, 자비에는 여자의 목이 근사하게 시들었음을, 눈가에 근사하게 주름이 잡혔음을, 근사하게 깊은 두 주름이 입 주위에 패었음을 보았고, 그래서 그는 이토록 오랜 인생의 세월을 자기 품에 안고 있다는 것이, 고등학생인 자기가 이미 거의 다 완성된 인생 전체를 품에 안고 있을 수 있다는 것이 행복했다. 그는 그녀와 춤을 추는 것이 자랑스러웠고 금발 여자아이가 이제 곧 들어와 자기를 보게 될 수도 있다고, 자기가 그녀보다 얼마나 더 우월한지 보게 될 수도 있다고 생각했다. 마치 춤추고 있는 여자의 나이가 높은 산인 것처럼, 그리고 어리디어린 그 사춘기 여자아이가 그 산 아래 보잘것없는 풀잎같이 나 있는 것처럼.

그리고 정말 그렇게 됐다. 남학생들과, 스키 바지를 치마로 갈아입은 여학생들로 홀이 꽉 차기 시작하더니 모두들 빈 테이블에 가 앉았고, 이제 새로운 관중이 석류빛 옷을 입은 여자와 춤을 추는 자비에를 둘러싸고 있었다. 그는 금발 여자아이가 한 테이블에 앉아 있는 것을 알아보았고 흐뭇했다. 그녀는 다른 아이들보다 훨씬 공들여서 옷을 차려입고 있었다. 이런 지저분한 카페에는 전혀 어울리지 않는 예쁜 원피스, 더 가녀리고 더 연약해 보이게 하는 하늘하늘한 흰색 원피스를 입고 있었다. 자비에는 그녀가 자기를 위해 그 옷을 입었음을 알았고, 그녀를 놓쳐서는 안 된다고, 오늘 밤을 그녀를 위해 그녀와 함께 보내야 한다고 굳게 결심했다.

8

그는 석류빛 스웨터의 여자에게 이제 춤을 그만 추고 싶다고, 맥주잔을 앞에 놓고 그들을 훑어보고 있는 저 술꾼들이 역겹다고 말했다. 여자는 웃으며 동의했다. 그리고 아직 춤이 끝나지 않았고 플로어에 그들뿐이었지만 춤을 멈추고 (홀 전체가 그들이 춤을 멈추는 것을 볼 수 있었다.) 손을 잡고 플로어를 나와 테이블들을 지나쳐 바깥의 눈 덮인 고원으로 나갔다.

공기는 차가웠고 자비에는 하얀 원피스를 입은 그 병약하고 가녀린 소녀가 곧 추운 바깥으로 그들을 따라 나오리라 생각했다. 그는 석류빛 여자의 팔을 잡고 반짝반짝 빛나는 고원으로 더 멀리 이끌고 갔는데, 자신이 전설 속의 쥐를 잡는 사람이고 옆의 여자는 자기가 부는 피리라고 생각했다.

얼마 후 식당 문이 열리고 금발 소녀가 나왔다. 그녀는 조금 전보다 더 가녀리게 보였고 하얀 원피스는 눈과 섞여 버렸으며 꼭 눈 속을 걷는 눈 같았다. 자비에는 석류빛 스웨터의 여인, 따뜻하게 입고 근사하게 나이 든 이 여인을 끌어안았고, 키스했고, 스웨터 아래 손을 넣었고, 그들을 바라보며 괴로워하고 있는 눈처럼 하얀 소녀를 곁눈으로 살폈다.

잠시 후 그는 이 늙은 여인을 눈 위에 눕히고는 위에 올라탔고, 아까부터 시간이 한참 지났다는 것, 소녀의 옷은 아주 얇다는 것, 종아리와 무릎이 다 얼고 허벅지까지 냉기가 올라가 성기와 배에 닿을 정도까지 그녀를 어루만지고 있다는 것을 알았다. 그들은 몸을 일으켰고 늙은 여인은 자기 방이 있는 산장으로 그를 데려갔다.

방은 일층이었고 창문이 눈 덮인 땅에서 1미터 높이에 있어서 자비에는 몇 걸음 떨어져 그를 보고 있는 금발 소녀를 창 너머로 볼 수 있었다. 머릿속이 이 소녀 모습으로 가득 차 있는데 자비에 또한 소녀를 창밖에 그냥 버려두고 싶지 않았고, 그래서 불을 켜고 (늙은 여인은 불을 켜야겠다는 이런 요구를 관능적인 웃음으로 치하했다.) 여자의 팔을 잡아 창가로 이끌었고, 창 앞에서 그녀를 껴안고 털이 포근한 스웨터(늙은 몸을 위한 아주 따뜻한 스웨터)를 들어올렸고, 완전히 얼어 버렸을 소녀, 몸에 감각도 없고 이제 오직 영혼일 뿐일 정도로 얼어붙은 소녀, 얼어붙은 몸속에서 겨우 둥둥 떠다니는 슬프고 괴로운 영혼일 뿐인 소녀, 몸이 얼마나 얼었는지 아무 느낌도 없고 이미 감각도 다 잃어버렸으며, 떠다니는 영혼을 위한 죽은 겉껍데기일 따름인데, 그 영혼은 자비에가 한없이 사랑하는 영혼, 아, 그렇지! 그가 한없이 사랑하는 영혼, 이 소녀를 그는 생각했다.

　그러나 이토록 한없는 사랑을 누가 견딜 수 있을 것인가!
자비에는 손에서 힘이 빠져나가는 것을, 늙은 여인의 가슴이
다 드러나도록 포근한 스웨터를 위로 들어올릴 힘조차 없음
을, 몸이 너무나 무거워지는 것을 느꼈고 침대에 앉았다. 그가
얼마나 기분이 좋았는지, 얼마나 만족스럽고 행복했는지 다
말하기는 어렵다. 사람이 극도로 만족스러우면 마치 상을 받
듯이 잠이 온다. 자비에는 미소 지었고, 깊은 잠 속으로, 얼어
붙은 두 눈, 얼어붙은 두 달이 빛나는 감미롭고 아름다운 밤
속으로 스르르 빠져들었다.

9

자비에는 때가 탄 긴 실처럼 탄생에서 죽음까지 이어지는 단일한 삶을 살지는 않았다. 그는 자신의 삶을 사는 것이 아니라 삶을 잤다. 이 삶―잠 속에서 그는 이 꿈에서 저 꿈으로 건너뛰어 다녔다. 그는 꿈꾸었고, 꿈꾸면서 잠들었고 그리고 또 다른 꿈을 꿨는데, 그래서 그의 꿈은 마치 상자 안에 다른 상자가 들어가고 그 안에 또 다른 상자, 그 안에 또 다른 상자가 들어가는 식으로 계속 이어지는 상자 같았다.

예를 들어 요즘 그는 잠을 자고 있는데 카를 다리 옆의 그 집에 있기도 하고 동시에 산장에 있기도 하다. 이 두 잠은 마치 오래 울리는 두 오르간 음처럼 울린다. 그리고 이제 세 번째 음이 여기에 또 합쳐지게 된다.

그는 서서 바라보고 있다. 거리는 텅 비어서 누가 나타나더라도 어떤 그림자가 길목이나 문 안으로 사라지는 것이 고작이다. 그 역시 눈에 띄고 싶지가 않다. 그는 외곽의 작은 길들로 접어들고 도시 반대편에서 총성이 울려온다.

마침내 그는 어떤 집으로 들어가 계단을 내려가기 시작했다. 지하에 문이 여러 개 있었다. 어떤 문이 맞는 문인가 잠시 찾아보다가 그는 문을 두드렸다. 처음에는 세 번, 그다음 잠시 쉬었다가 한 번, 그리고 다시 잠시 쉬었다가 또 세 번.

10

문이 열리고 푸른색 작업복 차림의 젊은 남자가 그에게 들어오라고 했다. 그들은 옷걸이에 걸린 옷들이며 구석마다 벽에 기대어 놓인 총들이며 온갖 잡동사니로 어수선한 방들을 여러 개 지나 긴 복도를 통해 (그들은 그 건물 반경에서 멀리 있는 모양이었다.) 마침내 지하의 작은 방에 들어가게 되었는데 거기에는 스무 명쯤 되는 남자들이 있었다.

그는 빈 의자에 앉아 거기 있는 사람들을 살펴보았다. 몇 명은 아는 이들이었다. 세 사람이 문 가까이 놓인 탁자에 앉아 있었다. 그중 모자를 쓴 남자가 이야기를 하고 있는 중이었다. 그는 모든 것이 결정될 임박한 비밀 날짜 이야기를 하고 있었다. 이날을 위해 모든 것이 계획대로 준비되어야 했다. 전단지, 신문, 라디오, 우편, 전보, 무기 등. 그러고 나서 그는 각자 이날의 성공을 위해 자기에게 맡겨진 임무들을 수행했는지 물었다. 그는 자비에에게도 질문을 했는데 리스트를 가져왔느냐고 물었다.

끔찍한 순간이었다. 들키지 않도록 확실히 하려고 자비에는 오래전부터 국어 공책 마지막 페이지에 그 리스트를 옮겨 적어 놓았다. 그 공책은 다른 공책이나 교과서 들과 함께 자기 책가방에 들어 있었다. 그런데 그 책가방이 어디에 있단 말인가? 지금 없지 않은가!

모자 쓴 남자가 다시 질문을 했다.

세상에, 책가방이 어디 있을까? 자비에는 열심히 생각했고, 기억 저 깊은 구석에서 희미하고 아스라한 생각 하나가, 행복으로 가득한 몹시 감미로운 숨결 하나가 떠올랐다. 그는 스쳐 가는 이 기억을 붙잡고 싶었으나 그럴 시간이 없었다. 모든 얼굴이 그를 향해 있었고 그가 대답하기를 기다리고 있었기 때문이다. 그는 리스트가 없다고 털어놓을 수밖에 없었다.

그가 동지의 일원으로서 함께하고 있는 사람들의 얼굴이 딱딱하게 굳었고, 모자 쓴 남자는 만약 적이 그 리스트를 손에 넣는다면 그들의 모든 희망이 걸린 그날이 완전히 망가지는 것이며 그러면 그날은 그저 다른 모든 날들과 똑같은 날, 즉 아무것도 없이 텅 빈 날짜, 죽은 날짜가 될 것이라고 그에게 얼음장같이 차갑게 말했다.

그런데 자비에는 거기에 대답할 틈이 없었다. 문이 살며시 열리고 어떤 남자 하나가 나타나 휘파람을 불었다. 비상 신호였다. 모자 쓴 남자가 첫 명령을 내리기도 전에 자비에가 나서서 "제가 먼저 나가게 해 주세요."라고 말했다. 그들을 기다리고 있는 거리가 위험한 상황이며 첫 번째로 나가는 사람은 목숨이 위험하다는 것을 알고 있었기 때문이다.

자비에는 자기가 리스트를 잊어버렸고 자신의 과오를 씻어야 한다는 것을 알고 있었다. 하지만 그를 위험한 상황에 나서게 한 건 단지 죄책감 때문만은 아니었다. 그는 삶을 반쪽짜리 삶으로 만들고 사람을 반쪽짜리 사람으로 만드는 비루함을 혐오했다. 그는 저울의 양쪽 접시 한쪽에는 자기 삶을 놓고 다른 쪽에는 죽음을 놓고자 했다. 그는 자신의 모든 행동이, 즉 자기 인생의 매일, 매시간, 매순간이 죽음이라는 최고의 기준에 의거해 측정되길 바랐다. 그렇기 때문에 그는 행렬 선두에 서기를, 심연 위에 놓인 줄을 타기를, 머리에 총탄의 후광을 지니기를, 그리하여 모든 이들의 눈에 위대해지고 죽음이 무한하듯 무한해지기를 바랐던 것이다.

모자 쓴 남자는 이해하겠다는 듯한 빛이 어린 차갑고 엄격한 눈으로 그를 바라보았다. "그럼, 가라." 그는 그에게 말했다.

11

그는 철문을 통과해 좁은 안마당에 나가 섰다. 날은 어두웠고 멀리서 총성이 들리고 있었으며 눈을 들자 지붕 위로 탐조등 빛줄기들이 떠다니는 것이 보였다. 맞은편에 좁다란 철제 사다리 하나가 오 층 건물 지붕까지 놓여 있었다. 그는 거기에 발을 딛고 빠르게 오르기 시작했다. 다른 사람들도 그를 따라 마당으로 달려나와 벽에 바짝 붙어 섰다. 그들은 그가 지붕에 올라가 길이 트여 있다는 신호를 보내 주길 기다렸다.

지붕에 오르자 그들은 조심스럽게 기어가기 시작했는데 여전히 자비에가 선두였다. 그는 목숨을 걸었고 다른 이들을 보호하고 있었다. 그는 주의 깊게 전진하고, 살금살금 가만히 전진하고, 고양이처럼 전진했으며, 어둠 속을 꿰뚫어보고 있었다. 그는 어떤 지점에서 멈추고는 모자 쓴 남자를 불러 저 아래 그들 아래에서 짤막한 무기를 들고 달리며 어둠 속을 탐색하고 있는 시커먼 형체들을 가리켰다. "우리를 계속 인도해라." 그가 자비에에게 말했다.

그래서 자비에는 지붕에서 지붕으로 건너뛰고, 짧은 철제 사다리들을 기어오르고, 끊임없이 집과 지붕 언저리와 거리의 대포들을 쓿고 다니는 성가신 탐조등 불빛을 피하기 위해 굴뚝 뒤로 몸을 숨기면서 앞으로 나아갔다.

그것은 한 무리 새 떼로 변한 말 없는 남자들이 매복한 적들을 피하기 위해 하늘을 지나고 함정을 피하기 위해 지붕 날개 위에서 도시를 가로지르는 아름다운 여행이었다. 아름답고 긴 여행이었다. 하지만 벌써 너무 길게 이어진 여행이어서 자비에는 피로를 느끼기 시작했다. 감각을 어지럽히고 정신을 환각으로 가득 채우는 그런 피로였다. 그는 어디서 장송행진곡이, 브라스밴드가 무덤에서 연주하는 쇼팽의 저 유명한 장송행진곡이 들리는 것 같았다.

그는 걸음을 늦추지 않았고 정신을 차리고 환각을 쫓아내려고 안간힘을 썼다. 소용없었다. 임박한 그의 종말을 알리기 위해서인 듯, 다가올 죽음의 검은 베일을 이 투쟁의 순간에 박아놓기 위해서인 듯 여전히 음악이 들려오고 있었다.

그런데 무엇 때문에 그는 이 환각에 그렇게 강하게 저항하는 것일까? 그는 위대한 죽음 탓에 이 지붕 위의 질주가 오래도록 기억될 대단한 전진이 되기를 원하지 않았던가? 그의 귀에 전조처럼 들려오는 이 장송곡은 그의 용기를 가장 아름답게 동반해 주는 것이 아니겠는가? 그의 전투는 또한 그의 장례이며 그의 장례가 곧 전투라는 것, 삶과 죽음이 또한 찬란하게 결합되어 있다는 것은 숭고하지 아니한가?

아니, 자비에를 두렵게 한 것은 죽음이 자신을 알리러 오는 것이 아니라, 그보다는 자기 자신의 감각을 더 이상 믿을 수 없게 되는 것, 이제 흘러가는 장송곡의 곡조가 귀를 막아 버려 (동지들의 안전이 그에게 달려 있는데!) 적의 음험한 함정을 더 이상 간파할 수 없게 되는 것이었다.

하지만 정말 환각이 그렇게까지 진짜 같아서 쇼팽의 장송 행진곡의 잘못된 박자 하나하나와 트롬본의 실수까지 다 들릴 수가 있는 것일까?

12

눈을 뜨니 흠집이 난 옷장 하나와 자기가 누워 있는 침대가 놓인 방이 보였다. 그는 옷을 다 입은 채 자서 다시 갈아입을 필요가 없다는 걸 알고 마음이 편했다. 침대 발치에 던져 놓은 신발만 신으면 되었다.

그런데 이렇게 진짜 같은 브라스밴드의 서글픈 곡조는 어디서 들려오는 것일까?

그는 창가로 갔다. 몇 걸음 떨어진 곳에서, 눈이 벌써 거의 다 녹은 풍경 속에서, 검은 옷을 입은 남자와 여자 한 무리가 그에게 등을 돌리고 꼼짝하지 않고 서 있었다. 그 사람들은 주위 풍경과 마찬가지로 침통하고 슬퍼 보였다. 하얗게 빛나던 눈은 없고 이제 축축한 땅 위에 넝마 조각과 더러운 리본 같은 얼룩만 남아 있었다.

그는 창문을 열고 밖으로 몸을 내밀었다. 이제 상황을 더 잘 이해할 수 있었다. 검은 옷을 입은 사람들이 관이 놓인 구덩이 주위에 모여 있었다. 구덩이의 다른 쪽에는 또 다른 검은 옷을 입은 사람들이 금관악기를 입에 대고 있었고 그 앞에 작은 악보대가 놓여 있어서 연주자들의 시선이 그리로 향해 있었다. 그들은 쇼팽의 장송행진곡을 연주하고 있었다.

창문은 땅에서 겨우 1미터 높이에 있었다. 자비에는 창을 넘어가 장례를 치르고 있는 무리에 다가갔다. 이때 건장한 농부 두 명이 관 아래로 밧줄을 넣어 관을 들어올렸다가 천천히 내려놓았다. 검은 옷을 입은 사람들 속에 있던 한 나이 든 남자와 여자가 울음을 터뜨렸고 다른 사람들이 그들의 팔을 잡으며 위로했다.

그다음 관이 구덩이 바닥에 놓였고 검은 옷을 입은 사람들은 하나씩 다가가 관 위로 흙을 한 줌씩 던졌다. 자비에는 마지막으로 다가가 관 위로 몸을 기울이고 눈 조각이 섞인 흙 한 덩어리를 쥐어 구덩이 속으로 던졌다.

그들 중 자비에만 아무도 모르는 사람이었고 자비에만 모든 정황을 다 아는 사람이었다. 오직 그 혼자만 왜 그리고 어떻게 금발 소녀가 죽었는지 알고 있었고 그 혼자만 얼음의 손길이 그녀의 종아리에 놓였다가 그다음 그녀의 몸을 따라 배와 가슴까지 올라갔다는 것을 알고 있었으며 그 혼자만 누가 그녀 죽음의 원인인지 알고 있었다. 그 혼자만 왜 그녀가 여기에 묻히고 싶어 했는지 알고 있었으니, 그것은 그녀가 가장 고통 받은 곳이 여기였고 사랑이 자신을 배반하고 떠나가는 것을 보았던 탓에 죽기를 원했던 곳이 여기였기 때문이다.

그 혼자만 모든 것을 다 알았다. 다른 사람들은 아무것도 모르는 관객처럼 또는 아무것도 모르는 피해자처럼 거기에 서 있었다. 그는 저 멀리 산이 있는 풍경을 배경으로 그들을 보았고, 그들은 죽은 소녀가 광대한 대지로 사라졌듯이 저 광막한 먼 곳으로 사라졌다고, 그리고 (모든 것을 다 아는) 자기 자신은 이 습기 찬 먼 풍경보다도 더 광대하다고, 그래서 살아남은 자들, 죽은 소녀, 삽을 들고 있는 무덤 파는 사람들, 들판, 산, 이 모두가 그의 속으로 들어와 그의 속으로 사라졌다고 생각했다.

이 풍경과 살아남은 자들의 슬픔과 금발 소녀의 죽음이 그의 안에 가득 들어와 깃들었고, 그는 마치 자기 안에서 나무가 자라듯 그 모든 것이 자신을 가득 채우는 느낌이었다. 그는 자신이 자라난 느낌이 들었고 실제 자기 자신이 이제 가장 한 배우나 변장한 사람, 겸손의 가면으로만 보였다. 그리고 그가 죽은 소녀의 부모에게로 다가가 (아버지의 얼굴은 금발 소녀의 모습을 떠올리게 했다. 울어서 얼굴이 빨개져 있었다.) 조의를 표한 것은 이런 자신의 가면을 쓰고서였다. 그들은 그에게 무심히 손을 내밀었고 그가 맞잡은 손은 힘없이 약하고 초라하게 느껴졌다.

그러고 나서 그는 참으로 오래도록 잠들었던 산장의 벽에 오래 기대서서, 장례에 참석했다가 작은 무리로 나뉘어 천천히 습기 찬 저 먼 곳으로 사라져 가는 사람들을 눈으로 좇았다. 문득 누군가 그를 어루만지는 것이 느껴졌는데, 아, 그랬다, 얼굴에 어떤 손길이 느껴졌다. 그는 이 손길의 의미가 무엇인지 안다고 확신했고 감사하게 받아들였다. 그것은 용서

의 손길이었다. 소녀가 그에게 자기는 그를 사랑하기를 그만
두지 않았으며 사랑은 무덤 저 너머에서도 지속된다는 것을
알려 주고 있음을 그는 알았다.

13

그것은 꿈과 꿈 사이를 가로지르는 추락이었다.

가장 아름다운 순간, 그것은 꿈이 아직 지속되면서 다른 꿈 하나가 솟아나기 시작하고 그가 그 속에서 깨어나는 때이다.

산이 있는 풍경 속에 꼼짝하지 않고 서 있는 동안 그를 어루만진 이 손길은 이제 그가 곧 다시 떨어지게 될 다른 꿈의 여인에게 속하는 것이었지만 자비에는 아직 그것을 모르고, 지금으로서는 이 손은 단지 그 자체로만 존재할 뿐이다. 그것은 텅 빈 공간의 기적 같은 손이다. 두 모험 사이, 두 삶 사이에 놓인 손. 몸으로도 머리로도 망쳐지지 않은 손.

몸 없는 이 손이 어루만지는 손길이 가능한 한 오래 지속되기를!

14

그다음 그는 누군가 어루만지는 손길만이 아니라 자기 가슴을 누르는 말랑하고 커다란 가슴의 접촉을 느꼈고, 갈색 머리 여인의 얼굴을 알아보았고, 그녀의 목소리를 들었다. "일어나! 제발 좀 일어나!"

그의 몸 아래에는 구겨진 침대 시트가 있었고 주위를 둘러보니 커다란 옷장이 놓인 회색빛 도는 방이었다. 자비에는 자신이 카를 다리의 그 집에 있다는 것이 기억났다.

"아직 더 자고 싶어 한다는 거 알지만 할 수 없이 깨워야 했어. 난 무서워." 잘못을 빌고 싶어 하는 것처럼 여자가 말했다.

"뭐가 무서운데?"

"세상에, 아무것도 모르네. 들어 봐!"

자비에는 입을 다물고 매우 집중하여 귀를 기울였다. 멀리에서 총성이 들렸다.

그는 침대에서 펄쩍 뛰어 일어나 창가로 달려갔다. 푸른색 작업복을 입은 남자들이 무리를 지어 어깨에 경기관총을 메고 카를 다리를 건너고 있었다.

그것은 여러 개의 벽 너머로 찾아가는 기억 같았다. 자비에는 다리에서 보초를 서고 있는 이 무장한 남자들 무리가 무엇을 의미하는지 잘 알았지만, 기억해 낼 수 없는 무언가가, 지금 내려다보고 있는 것에 대한 자기 자신의 태도를 분명하게 설명해 줄 수 있을 무언가가 있었다. 그는 이 장면 속에서 자신이 어떤 역할을 맡고 있으며 자신이 거기 없다면 그건 무슨 오류 탓이라는 것, 자기가 마치 어떤 장면 속에 들어가길 잊어버린 배우 같고, 그래서 그 작품이 그 없이 기이하게 훼손된 채 공연되고 있다는 것을 알고 있었다. 그러다 갑자기 퍼뜩 기억이 떠올랐다.

그리고 기억이 떠오른 순간에 그는 방을 둘러보고 안도의 숨을 내쉬었다. 책가방이 여전히 거기에, 방 한구석 벽에 기대 놓인 채 그대로 있었다. 아무도 가져 가지 않은 것이다. 그는 후다닥 달려가 책가방을 열어 보았다. 수학 공책, 국어 공책, 자연과학 교과서, 모두 있었다. 그는 국어 공책을 집어 뒤페이지부터 열어 보고 다시 한 번 안심했다. 모자 쓴 남자가 요구했던 리스트가 또박또박 작은 글씨로 공들여 쓰여 있었고, 그래서 자비에는 앞쪽에 봄이 왔다는 주제로 작문을 해 놓은 학생 공책에 이 중요한 문서를 숨겨 놓을 생각을 해냈던 것에 스스로 흐뭇해했다.

"거기서 뭘 찾는 거야?"

"아무것도 아니야." 자비에가 말했다.

"난 당신이 필요해. 당신 도움이 필요해. 무슨 일이 일어나고 있는지 잘 알잖아. 집집마다 다 들이닥쳐서 사람들을 잡아가고 총살하고 있어."

"아무것도 겁내지 마. 저들은 아무도 총살할 수 없어!" 그는 웃으며 말했다.

"어떻게 알아?" 여자가 항의했다.

그가 어떻게 알 수 있느냐고? 그는 너무도 잘 알았다. 혁명의 첫째 날 처형되어야 할 모든 민중의 적의 리스트가 그의 공책에 있었던 것이다. 정말로 처형은 시행될 수 없었다. 그건 그렇고 그에게 이 아름다운 여인의 불안은 별로 안중에 없었다. 그는 총성을 듣고 다리 위에서 보초를 서고 있는 남자들을 보면서 투쟁의 동지들과 더불어 열정적으로 준비했던 이날이 마침내 왔는데 그동안 자기는 잠만 자고 있었다고 생각했다. 자신은 다른 곳에, 다른 방에, 다른 꿈 속에 있었다.

그는 떠나고 싶었고 푸른색 작업복을 입은 저 남자들과 당장 합류하고 싶었으며 자기 혼자 지니고 있는 그 리스트, 이것 없이는 누구를 체포하고 총살해야 할지 모르므로 혁명이 장님이 되어 버리는 그 리스트를 그들에게 건네주고 싶었다. 하지만 곧 그는 그것이 불가능하다고 생각했다. 그는 오늘의 암호도 모르고 오래전부터 배신자로 여겨졌으며 아무도 자기를 믿지 않을 것이었기 때문이다. 그는 다른 삶 속에 있었고 다른 모험 속에 있었으므로 자신이 더 이상 존재하지 않는 다른 삶을 지금 이쪽의 삶에서 구해 내기란 불가능한 일이었다.

"왜 그래?" 여자가 불안해하며 자꾸 물었다.

그리고 자비에는 잃어버린 저 삶을 구할 수 없다면 지금 살고 있는 이 삶을 위대하게 만들어야 한다고 생각했다. 그는 고귀한 모습의 이 아름다운 여자를 향해 돌아섰고, 삶이 있는 곳은 저기, 바깥, 창 너머 저쪽, 저기, 종달새 지저귀는 소리를 닮은 총탄 터지는 소리가 들려오는 곳이므로 그녀를 버려야 한다는 것을 깨달았다.

"어디로 가려는 거야?" 여자가 소리쳤다.

자비에는 미소 지으며 창문을 가리켰다.

"나를 데려간다고 약속했잖아!"

"오래전에 그랬지."

"나를 배신하고 싶어?"

그녀는 그 앞에 무릎을 꿇고 다리를 끌어안았다.

그는 그녀를 바라보며 그녀가 아름답다고 생각했고 그녀를 떠나기 힘들다고 생각했다. 그러나 세상은, 창 너머의 세상은 훨씬 더 아름다웠다. 그리고 그가 그 세상을 위해 사랑하는 여자를 버린다면 저버린 사랑의 모든 가치가 더해져 세상은 그에게 훨씬 더 귀해질 것이다.

"당신은 아름답지만 난 당신을 배신해야 해." 그는 그녀를 뿌리치고 창을 향해 걸어갔다.

3부   또는 시인, 수음을 하다

1

야로밀이 엄마에게 자기 시를 보여 주던 날, 그녀는 남편을 기다렸으나 허사였고 다음 날도 그다음 날도 역시 마찬가지였다.

대신에 그녀는 게슈타포로부터 남편이 체포되었다는 공식 통지서를 받았다. 전쟁 끝 무렵에 다시 그녀는 그가 수용소에서 사망했다는 공식 통지서를 받았다.

그녀의 결혼 생활에는 기쁨이 없었으나 미망인 생활은 고귀하고 영광스러웠다. 그녀는 그들이 처음 만났던 시절의 커다란 남편 사진을 찾아내서 황금빛 테두리 액자에 끼워 벽에 걸어 놓았다.

얼마 지나지 않아 프라하 사람들의 커다란 환희 속에 전쟁이 끝나고 독일군들이 보헤미아에서 철수했으며, 엄마는 포기가 지닌 엄격한 아름다움을 높이 사는 삶을 시작했다. 아버지에게 물려받은 돈이 바닥나자 그녀는 하녀를 내보내야 했고, 알리크가 죽자 다른 개를 사기를 거부했고, 나중에는 일자리를 구해야만 했다.

다른 변화도 일어났다. 그녀의 언니가 막 결혼한 아들에게 프라하 중심에 있는 자기 아파트를 주고 남편과 막내아들과 함께 부모님 집 일 층으로 이사를 하겠다고 마음먹은 것이었다. 할머니는 미망인과 같은 층의 방에 자리를 잡았다.

볼테르가 볼트를 발명한 물리학자라고 단언하는 것을 들은 이후로 엄마는 형부를 무시해 왔다. 언니 가족은 소란스러웠고 투박하고 거친 오락거리들에 신나게 탐닉했다. 일 층 방들에서 울려오는 즐거운 삶은 위층에 펼쳐진 우울의 나라와 머나먼 국경으로 분리되어 있었다.

그런데도 엄마는 이 시기에 이전보다 더 꼿꼿했다. 마치 머리 위에 (포도 바구니를 이고 다닌 달마티아 여자들처럼) 보이지 않는 남편의 유골함을 이고 다니는 것 같았다.

2

욕실에는 향수병과 화장품 튜브들이 거울 아래 선반에 놓여 있었지만 엄마는 피부 미용을 위해 그것을 사용하는 일이 거의 없다. 그녀가 종종 그것들을 물끄러미 바라보곤 하는 것은 그 물건들이 돌아가신 아버지 생각이 나게 하고, 약국(그녀가 몹시 싫어하는 형부가 오래전부터 이 약국을 소유하고 있었다.)도 떠오르게 하고, 걱정 없이 이 집에서 살았던 오랜 세월도 떠오르게 하기 때문이다.

이제 다 저물어 가는 태양의 향수 어린 빛줄기가 부모님과 남편과 함께 살았던 지난날을 비추고 있다. 향수와 같은 이 빛이 그녀의 마음을 찢는다. 그녀는 지금은 사라져 버린 아름다운 그 세월이 얼마나 귀한 것이었는지 너무 늦게야 알게 되었다는 것을 깨닫고 자신이 나쁜 아내였음을 자책한다. 남편은 크나큰 위험에 처해 노심초사하면서도 그녀를 걱정시키지 않으려고 단 한 마디도 하지 않았고, 지금까지도 그녀는 무엇 때문에 그가 잡혀갔는지, 어떤 레지스탕스 운동에 가담했었는지, 무슨 역할을 했었는지 모른다. 그녀는 아무것도 모르고, 그것이 바로 자신에게 부과된 치욕스러운 형벌, 편협한 아내였던 데 대한 형벌이자 남편의 태도를 무관심의 증표로만 여겼던 데 대한 형벌이라고 생각한다. 그가 가장 커다란 위험에 처했을 때 자신이 바람을 피웠다는 생각을 하면 그녀는 거의 자신을 경멸한다.

지금 그녀는 거울을 보며 자신의 얼굴이 여전히 젊다는 데에 깜짝 놀란다. 마치 시간이 깜빡 잊고 자기 목 위를 그대로 놔둔 것이 실수이고 부당하다는 듯이, 그녀는 자기 얼굴이 필요 없을 정도로 젊기까지 한 것 같다. 그녀는 사람들이 길에서 자기와 야로밀을 보고 남매로 여겼다는 것을 최근에 알게 되었다. 그녀는 우습다고 생각한다. 하지만 어쨌든 기분은 좋았다. 그날 이래로 아들과 극장이나 음악회에 같이 가는 일은 그녀에게 더욱 커다란 즐거움이 되었다.

어쨌든 다른 무엇이 그녀에게 남아 있었겠는가?

할머니는 기억과 건강을 잃었고 집에서 나가지 않은 채 야로밀의 양말을 깁거나 딸의 옷을 다렸다. 그녀는 회한과 추억으로 가득했고 온갖 걱정을 다 하며 식구들을 살폈다. 할머니는 자기 주변에 사랑이 넘치는 우수 어린 분위기를 자아냈고 집에서 야로밀을 둘러싼 여성적인 환경(미망인이 둘인 환경)을 더 여성적으로 만들었다.

3

야로밀의 방 벽은 이제 어릴 때 쓴 문장들(엄마는 아쉬워하며 장 속에 정리해 넣었다.)이 아니라 잡지에서 오려 도화지에 붙인 입체파나 초현실주의 화가들의 그림 스무 점으로 장식되어 있었다. 그중에는 전화 수화기를 벽에 붙여 놓은 것도 볼 수 있었는데 줄은 중간에 끊겨 있었다.(야로밀은 전에 집에 전화 수리공이 왔을 때 전화기에서 떼어 낸 수화기를 보고서, 그것이 일상의 배경에서 분리되자 마술적 느낌을 자아내는 오브제이며 마땅히 초현실주의적 오브제라고 불릴 수 있는 그런 종류의 것이라고 생각했다.) 하지만 그가 가장 많은 시간을 들여 들여다본 대상은 벽에 걸린 거울 속에 있었다. 자신의 얼굴보다 더 그가 세심하게 연구한 것은 아무것도 없었고, 그를 그만큼 괴롭힌 것도 (끈질긴 노력의 대가이긴 했지만) 그만큼 희망을 쏟아부은 것도 없었다.

그 얼굴은 엄마의 얼굴과 닮았지만 야로밀은 남자여서 섬

세한 이목구비가 더 두드러졌다. 예쁜 코는 아주 섬세했고 조
그마한 턱은 약간 안으로 들어가 있었다. 이 턱이 그에게 큰
근심거리였다. 그는 쇼펜하우어의 유명한 명상록에서, 안으
로 들어간 턱은 특별히 혐오스러운 특징이며 그것은 바로 앞
으로 돌출된 턱에 의해 인간이 원숭이와 구별되기 때문이라
고 한 것을 읽은 적이 있었다. 그런데 그 이후 릴케의 사진을
보게 되었는데, 릴케 역시 턱이 안으로 들어가 있었다는 것을
확인했고 그것이 그에게 아주 귀한 위안을 가져다주었다. 그
는 오래도록 거울을 바라보곤 했고 원숭이와 릴케 사이의 그
어마어마한 공간 속에서 절망적으로 허우적거렸다.

사실 그의 턱은 아주 살짝 들어간 정도일 뿐이었고 그의 어
머니는 아들의 얼굴에 어린애 얼굴 같은 매력이 있다고 생각
했는데 정말 그랬다. 하지만 바로 이것이 턱보다 훨씬 더 야로
밀을 괴롭히는 것이었다. 섬세한 윤곽이 그를 몇 살은 더 어려
보이게 만들었고, 반 친구들은 그보다 한 살이 더 많았으니 그
는 더 두드러지게 어려 보이고 그에 대해 뭐라 반박할 여지도
없었으며, 매일 그것과 관련된 이야기를 수차례 듣곤 해서 한
순간도 그 사실을 잊을 도리가 없었다.

아! 그런 얼굴을 지녔다는 것은 얼마나 무거운 짐이란 말인
가! 이 얼마나 힘겨운가, 이토록 섬세한 이목구비와 윤곽을 지
녔다는 것은!

(야로밀은 때로 끔찍한 꿈을 꿨다. 지극히 가벼운 물체, 찻잔이나 숟
가락, 깃털 같은 것을 들어 올려야 하는데 도저히 안 되고 물체가 가벼울
수록 자신이 약해지는 꿈, 물체의 가벼움 아래 짓눌려 버리는 꿈들이었다.

이 꿈들은 악몽이었고 온몸이 땀에 흠뻑 젖어 깨어나곤 했다. 이 꿈들은 섬세하게 뜬 레이스 같은 윤곽의 연약한 얼굴, 들어내서 던져 버리려 아무리 애를 써도 되지 않는 연약한 얼굴을 주제로 하고 있었던 듯하다.)

4

시인들이 태어난 집에서는 여자들이 군림한다. 트라클의 누이, 예세닌이나 마야콥스키의 누이들, 블로크의 아주머니들, 횔덜린의 할머니, 레르몬토프의 할머니, 푸시킨의 유모, 그리고 물론 어머니들, 아버지는 그림자로 물러나 희미해지게 만드는 시인들의 어머니들이 있다. 와일드 부인, 릴케 부인은 여자아이처럼 아들의 옷을 입혔다. 아이가 괴롭게 거울을 바라본다면 당신은 이상하다고 생각하겠는가? 이르지 오르텐*은 일기에 남자가 되어야 할 때다라고 썼다. 이 시인은 평생 자기 얼굴에서 어느 부분에 남성다움이 있는지 모색하게 된다.

아주 오래 거울을 들여다보다 보면 그래도 야로밀은 딱딱한 시선이라든가 엄격한 입 모양같이 자기가 원하는 것을 찾

---

* (원주) Jiri Orten, 체코의 시인. 1941년 스물두 살의 나이에 사망.

아낼 수 있었다. 하지만 그러려면 어떤 미소를 지어야, 아니 그보다는 입을 비죽거려야 했는데 그렇게 하면 윗입술이 격렬하게 일그러졌다. 그는 또한 얼굴을 다르게 보이게 해 줄 머리 모양을 모색했다. 거칠고 덥수룩하게 헝클어진 머리 모양을 하려고 이마 위로 머리를 넘겨 올려 보았다. 그러나 엄마가 무엇보다 가장 좋아해서 메달 속에 한 가닥을 넣고 다닐 정도인 그의 머리카락은 괴롭게도 그가 상상할 수 있는 최악의 것이었다. 갓 태어난 병아리 솜털처럼 노란 데다가 민들레 홀씨만큼이나 가늘었다. 거기에 무슨 형태를 주는 것은 불가능했다. 엄마는 종종 그의 머리를 쓰다듬으며 천사의 머리카락이라고 말하곤 했다. 하지만 야로밀은 천사가 너무나 싫고 악마가 좋았다. 그는 머리를 검은색으로 염색하고 싶었지만 차마 그러지는 못했다. 머리를 염색한다는 것이 벌써 금발이라는 것보다 더 여자같이 만드는 것이기 때문이었다. 최소한 그는 머리를 아주 길게 기르고 마구 헝클어지게 내버려 두었다.

그는 기회가 있을 때마다 빠짐없이 자기 모습을 점검하고 수정했다. 가게를 지날 때면 반드시 진열창에 재빨리 눈길을 던졌다. 그러나 외양에 신경을 쓰면 쓸수록 자기 모습이 어떤지 더 깨닫게 되고 더욱더 한심하고 괴롭게 보였다. 예를 들면 이러했다.

학교에서 돌아오는 길이다. 거리에는 아무도 없는데 저 멀리 앞에서 어떤 여자가 다가오는 것이 보인다. 두 사람은 어쩔 도리 없이 가까워진다. 야로밀은 이 여자가 아름답다는 것을 보았기 때문에 자기 얼굴 생각을 한다. 그는 입술 위에 자신의 그 거친 남자 같은 노련한 미소를 갖다 붙여 보려 하지만 잘 안 되는 느낌이다. 그는 점점 더 자기 얼굴, 어린애들처럼 여자 같아서 여자들에게 우습게 보이는 얼굴을 생각하게 되고, 뻣뻣해지고 돌처럼 굳어지다가 마침내 (이런, 세상에!) 새빨갛게 되는 이 한심한 어린애 얼굴로 완전히 현신해 버리고 만다. 그러므로 그는 그 여자가 자기에게 눈길을 던지는 위험을 최대한 피하기 위해 걸음을 재촉한다. 얼굴이 빨개지는 순간에 예쁜 여자에게 들키면 그런 치욕을 견딜 수 없을 테니!

5

　거울 앞에서 보내는 시간들은 늘 그를 절망의 바닥에 닿게 했다. 그러나 다행히 그를 하늘의 별로 데려다주는 또 하나의 거울이 있었다. 하늘로 들어 올려 주는 그 거울, 그것은 그의 시였다. 그는 자신이 아직 쓰지 않은 시를 그리워했고 이미 쓴 시들은 마치 여자를 기억하듯 감미롭게 추억했다. 그는 그 시들을 쓴 작가이기만 한 것이 아니라 그것의 이론가이고 역사가였다. 그는 자신이 쓴 것에 대해 논평을 쓰고 작품을 여러 시기로 나누어 각각의 시기에 이름을 부여했는데, 그렇게 이삼 년을 하자 나중에는 자신의 작품 세계를 마치 사료 편찬관이 정리할 만한 역사적 전개 과정처럼 여기게 되었다.

　거기에는 위안이 있었다. 이 아래 세상, 일상의 삶을 살고, 학교에 가고, 어머니, 할머니와 점심을 먹는 여기에서는 단조로운 공허가 펼쳐져 있지만 저 위, 자신의 시 속에서 그는 풋말들을 세우고, 설명을 새긴 이정표들을 박아 놓았다. 그곳에서 시간은 서로 구분되고 달랐다. 그는 어떤 시의 시기에서 다른 시기로 건너갔고, (곁눈으로 흘깃 저 아래 세상을, 아무 일도 없이 끔찍하게 정체된 그곳을 바라보면서) 자신의 상상에 예기치 않던 지평선이 열리는 새로운 시기의 도래를 벅찬 황홀감 속에서 자신에게 알릴 수 있었다.

그리고 또 그는 별 볼일 없는 자신의 외모(또한 삶)에도 불구하고 자신에겐 어떤 특별한 풍요로움이 있다는 굳건하고 든든한 확신을 가질 수도 있었다. 다른 말로 하면, 선택된 존재라는 확신이 있었던 것이다.

이 말에서 좀 멈추어 생각해 보자.

야로밀은 계속 화가를 찾아가긴 했지만 엄마가 좋아하지 않아서 자주 가지는 않았다. 그림은 그만둔 지 오래였으나 어느 날 그는 용기를 내서 자기 시를 그에게 보여 주었고 그때부터는 그에게 모두 다 가져갔다. 화가는 아주 뜨거운 관심을 보이며 그 시들을 읽었고, 가지고 있다가 친구들에게 보여 주는 일도 있었다. 예전에 야로밀의 그림에 대해 아주 회의적인 태도를 보였던 이 화가는 야로밀에게 여전히 확고부동한 권위를 지니고 있었기 때문에 그는 말할 수 없이 기뻤다. 그는 (세브르 박물관에 백금으로 된 미터 원기가 보관되어 있는 것처럼) 예술적 가치를 측정할 수 있게 해 주는 (조예 깊은 이들의 의식에 잘 보존되어 있는) 어떤 객관적인 기준이 존재한다고, 그리고 화가는 그 기준을 알고 있다고 굳게 믿었다.

그렇기는 하지만 무언가 좀 거슬리는 것도 있었다. 야로밀은 화가가 자기 시들 중에서 어떤 것을 높이 평가하고 어떤 것을 싫어하는지 전혀 판별할 수가 없었던 것이다. 그는 야로밀이 서둘러 쓴 시를 아주 칭찬하는 때도 있었고 또 어떤 때는 야로밀이 아주 많이 애착을 품은 시를 부루퉁하게 툭 밀쳐 버리기도 했다. 이것을 어떻게 설명할 것인가? 야로밀 자신이 자기가 쓴 것의 가치를 이해하지 못한다면 그는 (예전에 전적으로 우연하게 발견했던 개 - 인간의 세계로 화가를 매료시켰던 것과 마찬가지로) 그저 기계적으로 우연히, 자기도 모르게 어쩌다가 그냥, 그러니까 아무런 재능도 없이 좋은 시들을 만들어 낸 것이라 결론지어야만 하지 않겠는가?

화가는 이 주제를 다루게 되었던 어느 날 그에게 말했다.

"물론이지. 너는 아마도 네가 시에다 쓴 환상적인 이미지가 네 생각에서 나온 거라고 생각할 테지? 절대 아니야. 그건 그냥 너한테 툭 떨어진 거야. 네가 기대도 안 했는데 말이야. 그 이미지의 주인은 네가 아니라 네 안에 있는 누군가, 네 안에서 네 시를 쓰는 누군가인 거지. 네 시를 쓰고 있는 그 누군가, 그것은 우리 모두를 관통하는 강력한 무의식의 흐름이야. 우리 모두에게 다 있는 그 무의식의 흐름이 너를 자기 악기로 선택했다면 그건 네 재능은 아닌 거지."

화가는 겸손을 가르치겠다는 생각으로 이런 말을 했겠지만 이 말을 듣자 즉각 야로밀은 자부심을 더 키워 줄 빛이 반짝하는 것을 보았다. 좋다. 내 시의 이미지들을 창조해 낸 사람이 내가 아니라고 하자. 하지만 바로 내 손을 조각가의 손으로 선택한 것은 신비로운 무엇이다. 그러니까 재능보다 더 커다란 그 무엇에 대해 자부심을 가질 수 있는 것이다. 선택된 자라는 자부심을 가져도 되는 것이다.

뿐만 아니라 그는 작은 온천장의 주인 여자가 했던 말, 이 아이 앞에는 장대한 미래가 놓여 있다고 했던 말을 절대 잊은 적이 없었다. 그는 예언을 믿듯 그 말을 믿었다. 미래, 그것은 미지의 머나먼 곳, 막연한 혁명의 이미지와 (화가는 반드시 혁명이 일어난다고 종종 말하곤 했다.) 유랑하는 시인들의 모호한 자유의 이미지가 한데 섞이는 머나먼 곳이었다. 그는 자신의 영광으로 그 미래를 가득 채울 것임을 알고 있었고, 그래서 마음을 괴롭히는 온갖 불확실한 의혹들 곁에 (자율적이고 자유로운) 굳건한 믿음 하나가 자리 잡고 깃들 수 있었다.

6

아, 야로밀이 방에 틀어박혀 오로지 자신의 거울 두 개만 번
갈아 바라보며 지낸 저 끝없는 오후의 황량한 나날들!

어떻게 이럴 수 있는가? 젊은 시절이 인생에서 가장 풍요로
운 시기라고들 하지 않는가! 그런데 왜 이렇듯 아무것도 없는
무일 뿐인가? 이렇듯 생명의 기운이 다 흩어져 버린 것 같은
느낌은 어디서 오는가? 이 공허는 어디에서 오는가?

이 말은 실패라는 말만큼 언짢은 말이었다. 그 앞에서 (적어
도 집에서, 이 공허의 중심에서는) 말해서는 안 되는 다른 단어들
이 또 있었다. 예를 들어 사랑이라는 단어나 여자라는 단어 같
은 것. 아래층에 사는 세 사람을 그는 얼마나 혐오했는지 모른
다. 아래층에서는 종종 밤늦도록 손님들이 남아 술 취한 목소
리들이 들려왔으며, 그중에는 날카로운 여자 목소리들도 있
어서 이불 속에 웅크린 채 잠들지 못하는 야로밀의 영혼을 갈

갈이 찢어 놓곤 했다. 그의 사촌은 두 살밖에 많지 않았지만 이 두 살은 마치 피레네 산맥처럼 그들 둘 사이를 이백 년 거리로 갈라놓으며 버티고 있었다. 대학생인 사촌은 (부모가 동조하는 미소를 지어 주는 가운데) 집으로 예쁜 여자들을 데리고 왔고 어딘가 야로밀을 무시하고 있었다. 이모부는 집에 별로 없었지만 (물려받은 가게들에 할 일이 무척 많았다.) 이모의 목소리는 온 집 안에 쩌렁쩌렁 울렸다. 그녀는 야로밀을 마주칠 때마다 매번 야, 여자애들하고 잘돼 가나? 하고 판에 박힌 질문을 하곤 했다. 안됐다는 듯 재미있어 하며 이렇게 물어 오면 자신의 비참함이 적나라하게 드러나 버렸기 때문에 야로밀은 그녀의 얼굴에 침을 뱉고 싶었다. 여자와 만나는 일이 전혀 없어서가 아니라, 너무 드물어서 하늘의 별처럼 드문드문 떨어져 있기 때문이었다. 여자라는 단어는 그의 귀에 향수나 실패라는 단어만큼 서글프게 울렸다.

그의 시간은 여자를 만나는 일에는 거의 할애되지 않았던 반면 만남에 대한 기다림으로 가득 채워졌는데, 그것은 단지 앞으로 일어날 일을 상상해 보는 것만이 아니라 그에 대한 준비이고 연구였다. 야로밀은 데이트에서 성공하려면 거북한 침묵에 빠지지 않고 말을 잘 이끌어 가야 하는 것이 핵심이라고 굳게 믿었다. 여자 친구와의 데이트, 그것은 무엇보다 대화의 기술이었다. 그래서 그는 따로 공책을 하나 마련해서 대화에 사용할 만한 이야기들을 적어 넣었다. 우스운 이야기 같은 건 그 이야기를 하는 사람에 대한 개인적인 무언가를 드러내지 못하므로 쓰지 않았다. 그는 자기 자신에게 일어났던 일들을 기록했다. 그런데 그에게는 아무 일도 일어나지 않았기 때문에 상상을 했다. 여기에서 그는 좋은 취향을 보여 주었다. 그가 지어낸,(또는 어떤 책에서 읽었거나 들은 적이 있어서 기억해 낸) 자신이 주인공인 그 이야기들은 영웅적인 분위기로 그를 묘사하지 않고 다만 그를 정체와 공허의 세계에서 행동과 모험의 세계로 아주 살짝, 거의 눈에 띄지 않게 옮겨 놓기만 했을 뿐이었던 것이다.

그는 또한 여러 시의 대목들,(그리고 말이 나왔으니 밝혀 두자면, 자기가 좋아하는 시들이 아니라) 시인이 여성의 아름다움에 대해 말하는 대목들, 그리고 그 순간 막 떠오른 재치 있는 응답처럼 보일 수 있는 대목들을 적었다. 예를 들어 그는 이런 시를 공책에 적어 놓았다. 그대 얼굴로 삼색기를 만들 수 있으리, 눈, 입, 머리카락……. 물론 아가씨에게는 이런 시구절에서 운율의 기교는 빼고 문득 떠오른 자연스러운 생각인 양, 재치 있는 찬사인 양 말해야 하는 것이었다. 네 얼굴 꼭 삼색기 같아. 눈이며 입, 머리카락이. 내가 인정할 수 있는 유일한 깃발이야.

데이트 내내 야로밀은 미리 준비한 자기 문장들을 생각하고, 자기 목소리가 자연스럽게 들리지 않으면 어쩌나, 자기가 하는 말이 미리 수업 내용을 외워 둔 것같이 보이면 어쩌나, 어조가 어설픈 아마추어 같으면 어쩌나 두려워한다. 그래서 그는 준비한 문장을 말하지 못하는데, 그 말들에 온통 집중한 나머지 다른 말도 전혀 하지 못한다. 데이트는 괴로운 침묵 속에 지나간다. 야로밀은 여자의 시선에서 빈정거림을 간파하고는 얼른 그녀와 헤어져 돌아오며 패배감을 느낀다.

집으로 돌아와 그는 책상에 앉아 격노하며 빠르게, 증오에 가득 차서 쓴다. 네 눈에서 시선이 흐른다 오줌처럼/ 네 멍청한 생각에 질겁한 참새들을 나는 총으로 쏘노라/ 네 다리 사이에는 수많은 두꺼비 떼가 튀어 오르는 늪이 있으니…….

그는 계속해서 쓰고 또 쓴 다음, 근사하게 악마적인 환상을 품은 그 글을 여러 번 거듭 만족스럽게 읽는다.

나는 시인이다, 나는 위대한 시인이다, 이렇게 되뇌고 그는 일기에 그 생각을 적는다. 나는 위대한 시인이다, 내겐 악마적 상상력이 있다, 나는 다른 이들이 느끼지 못하는 것을 느낀다…….

그러는 사이 엄마도 집에 돌아와 자기 방으로 들어가고…….

야로밀은 거울로 다가가 어린애 같은 자기 얼굴을 오래 들여다보고, 혐오한다. 자기 얼굴을 너무도 오래 들여다보다 보니 나중에는 그래도 거기에서 뭔가 특별한 존재, 선택된 존재의 빛이 반짝하는 것이 보인다.

그리고 옆방에서 엄마는 황금빛 테두리 액자에 든 남편 사진을 벽에서 떼 내기 위해 발돋움을 한다.

7

그녀는 전쟁이 일어나기 한참 전부터 남편이 어떤 젊은 유대인 여자와 관계를 맺고 있었다는 사실을 알게 되었다. 독일군이 보헤미아를 점령하고 유대인들이 거리에서 외투에 불명예스러운 노란별을 달고 다녀야 하게 되었을 때 그는 그 여자를 저버리지 않고 계속 만났고 최선을 다해 도왔다.

그 후 그 여자는 테레진의 게토로 강제 이주되었는데 그는 미친 짓을 했다. 체코 경찰의 도움으로 그는 경계가 삼엄한 그 도시로 몰래 들어가 몇 분간 애인을 만나는 데 성공했던 것이다. 이 성공에 매료되어 그는 두 번째로 거기에 갔고 체포되었다. 애인과 마찬가지로 그는 다시는 돌아오지 못했다.

엄마가 머리 위에 이고 다니던 보이지 않는 유골함은 남편의 사진과 더불어 옷장 뒤에 처박혔다. 그녀는 더 이상 머리를 꼿꼿이 들고 다닐 필요가 없었고, 대단한 도덕적 우월함 같은

것도 다 다른 이들이 가져 버렸기 때문에 이제 머리를 다시 들
어 올릴 그 무엇도 더 가지지 못했다.

그녀에게 모든 이야기를 다 해 준, 남편 애인의 친척인 유대
인 할머니의 목소리가 아직도 그녀 귀에 울렸다. "내가 이제껏
본 중에 가장 용감한 남자였지요." 또 이런 말도 했다. "나 혼
자 세상에 남았어요. 우리 가족 모두가 집단수용소에서 죽었
지요."

그 유대인 할머니는 자신이 겪은 고통의 커다란 영예 속에
마주 앉아 있었던 반면에 엄마가 이 순간 느끼는 고통에는 아
무런 영예도 없었다. 그녀는 이 고통으로 인해 비참하게 자신
이 구부러지는 것을 느꼈다.

8

오, 당신 아련히 연기 피어오르는 건초 더미여

아마도 당신은 그녀의 심장을 담배 피우는 듯

그는 이렇게 쓰며 들판에 묻힌 한 소녀의 시신을 떠올렸다. 그의 시에는 죽음이 자주 등장했다. 하지만 엄마가 (그녀는 그가 쓰는 모든 시의 첫 번째 독자였다.) 이것을 삶의 비극성에 매료된 아들의 조숙함 때문이라 생각하는 것은 오해였다.

야로밀의 시에 나타난 죽음은 실제 죽음과는 거의 공통된 것이 없었다. 죽음은 노쇠의 균열을 통해 사람 속으로 침투해 들어가기 시작할 때 실제적인 것이 된다. 그런데 야로밀에게 죽음은 무한히 먼 것이었다. 그것은 추상적이었다. 그에게 죽음은 현실이 아니라 꿈이었다.

하지만 그는 이 꿈속에서 무엇을 찾고 있었던 것일까?

그는 광대함을 찾고 있었다. 그의 삶은 절망적일 정도로 작았고 그를 둘러싼 것들은 보잘것없고 희미했다. 그런데 죽음은 절대적이다. 그것은 나누어질 수 없고 흐려질 수 없다.

여자의 실재는 보잘것없었으나 (그저 몇 번 쓰다듬어 본 것과 의미 없는 수많은 말들뿐) 여자의 절대적인 부재는 무한히 장엄했다. 들판에 묻힌 소녀를 상상하며 그는 불현듯 고통의 고귀함과 사랑의 위대함을 발견했다.

하지만 그가 죽음에 대한 꿈에서 찾으려 한 것은 단지 절대성만이 아니라 행복이기도 했다.

그는 흙 속으로 서서히 녹아드는 육신을 꿈꾸었고, 육신이 오래오래 황홀하게 흙으로 변해 가는 이 사랑의 행위를 숭고하다 생각했다.

세상은 끊임없이 그를 상처 입혔다. 여자들 앞에서 얼굴이 붉어졌고, 부끄러웠고, 어디에서나 조롱당하는 느낌이었다. 죽음에 대한 그의 꿈들 속에서 그는 침묵을 발견했고 거기에는 느리고 조용하고 행복한 삶이 있었다. 그렇다. 야로밀이 상상한 그런 죽음은 삶이 진행되는 죽음이었다. 그 죽음은 인간이 그 자체로 하나의 세상이기 때문에 또한 어머니 배 속의 둥근 아치가 보호막 같은 둥근 천장처럼 위에 솟아 있기 때문에 세상으로 들어갈 필요가 없는 그 시기와 묘하게 닮아 있었다.

한없는 행복을 닮은 이런 죽음 속에서 그는 사랑하는 여인과 합일하고자 열망했다. 어떤 시에서 연인들은 상감 장식처럼 서로의 속으로 파고들어 결국 하나의 존재, 움직일 수 없어서 서서히 광물로 변하여 시간의 시련을 겪지 않은 채 영원히 지속되는 그런 존재가 될 정도로 서로 꼭 끌어안고 있었다.

　또 다른 시에서 그는 너무나도 오래도록 곁에 있은 나머지 이끼로 온통 뒤덮이고 그러다 결국 이끼로 바뀌어 버린 두 연인을 상상했다. 그러다가 누군가 그 위에 우연히 발을 디디고, (이끼가 꽃피는 시기였다.) 그리하여 그들은 형언할 길 없이 행복하게, 마치 하늘로 날아오르는 것만이 행복할 수 있는 것처럼, 공중으로 솟아올랐다.

9

　당신은 역사란 이미 일어난 일이므로 완전히 끝나고 움직일 수 없는 것이라고 생각하는가? 그렇지 않다. 역사의 옷은 날실과 씨실이 차이 나는 타프타 천으로 만들어져 있고, 그래서 우리가 돌아볼 때마다 매번 다른 색깔로 보이는 것이다. 얼마 전까지만 해도 그녀는 화가 때문에 남편을 배신했다고 자책했는데 이제 그녀는 남편 때문에 자신의 유일한 사랑을 배신했다고 머리카락을 집어 뜯고 있다.

　그녀는 얼마나 비겁했던가! 그녀의 엔지니어는 위대한 낭만적 사랑을 하고 있었는데 그녀는 하루하루 삶의 부스러기만 받은 하녀였던 것이다. 또한 그녀는 너무도 겁이 나고 후회도 많았던 탓에 화가와의 연애를 제대로 즐기고 느낄 틈도 없이 휩쓸려 버렸다. 이제 그녀는 알 수 있었다. 삶이 자신의 마음에 선사한 단 한 번의 커다란 기회를 물리쳤던 것이다.

그녀는 광적으로 집요하게 화가를 생각하기 시작했다. 주목할 만한 것은 그녀의 기억이 둘이 함께 지냈던 프라하의 아틀리에가 아니라 강이 흐르고 작은 배가 있고 르네상스식 아케이드가 있던 작은 온천장의 파스텔풍 풍경 속에 그를 되살려 놓았다는 점이다. 그녀 마음의 천국, 그것을 그녀는 사랑이 아직 채 태어나지 않고 단지 막 잉태되었던 평화로운 휴양의 나날들 속에서 찾은 것이다. 그녀는 화가를 찾아가 거기로 다시 돌아가자고, 그들의 사랑을 다시 엮어 가 보자고, 이 파스텔풍 배경 속에서, 자유롭게, 즐겁게, 아무 속박 없이 다시 사랑하자고 청하고 싶었다.

어느 날 그녀는 계단을 올라 그의 아파트 문 앞까지 갔다. 하지만 안에서 여자 목소리가 들려와 초인종을 누르지 않았다.

그다음 그녀는 그의 모습이 보일 때까지 그 집 앞을 서성이며 맴돌았다. 그는 늘 그랬듯이 가죽 코트 차림이었고 아주 젊은 여자와 팔짱을 끼고서 그 여자를 전차 정류장까지 배웅하고 있었다. 집으로 돌아오는 그를 향해 그녀는 맞은편에서 다가갔다. 그는 그녀를 알아보고 깜짝 놀란 듯 인사했다. 그녀도 이 예기치 않은 만남에 놀란 척했다. 그는 올라오라고 했다. 그녀는 몹시 가슴이 뛰기 시작했다. 살짝 스치기만 해도 자신이 그의 품 안에 무너지리라는 것을 그녀는 알고 있었다.

그는 그녀에게 포도주를 권하고 새 그림들을 보여 주었다. 그는 그녀에게 마치 과거에게 미소 짓듯 우정 어린 미소를 지었다. 그는 단 한 번도 그녀에게 손을 대지 않았고 전차 정류장까지 바래다주었다.

10

쉬는 시간에 아이들이 모두 칠판으로 몰려들었던 어느 날 그는 마침내 때가 왔다고 생각했다. 그는 혼자 자기 자리에 앉아 있던 같은 반 소녀에게 눈에 띄지 않게 다가갔다. 그는 오래전부터 그녀가 마음에 들었고 둘이서 종종 한참씩 시선을 교환하곤 했다. 그는 그녀 옆에 앉았다. 잠시 후 늘 장난꾸러기인 아이들이 그들을 보고는 이때다 하고 장난을 벌일 기회를 잡았다. 그들은 깔깔거리며 교실을 나가 열쇠로 문을 잠가 버렸다.

친구들이 우르르 몰려 있을 때는 자연스럽고 편했는데 그 소녀와 교실에 단둘이 되자 그는 조명이 환한 무대 위에 있는 것 같은 느낌이었다. 그는 재치 있는 말로 그런 어색함을 숨기려 해 보았다.(미리 준비한 문장들 외 다른 말을 하는 법을 마침내 터득했던 것이다.) 그는 친구들이 하는 짓은 최악인 행동의 본보기라고 말했다. 그것은 그 행동을 행한 사람들에게는 불리하고 (그들은 이제 호기심을 충족하지 못한 채 복도에서 기다려야 했다.) 그 행동이 표적으로 했던 사람들에게는 유리하게 되었으니 말이다.(이들은 바라던 대로 단둘이 있게 되었다.) 소녀도 그렇다고 하면서 이 기회를 잘 활용해야 한다고 말했다. 입맞춤의 분위기가 공중에 감돌았다. 소녀에게 몸을 기울이기만 하면 되었다. 그런데 그녀의 입술은 도저히 닿을 수 없게 멀었다. 그는 말을 하고 또 하고 계속했고 키스는 하지 않았다.

종이 울렸다. 곧 선생님이 와서 문 앞에 모인 아이들에게 교실 문을 열게 하리라는 것을 의미했다. 이 생각에 그들은 흥분되었다. 야로밀은 친구들에게 복수할 최선의 방법은 자신들이 키스한 것을 그들이 부러워하게 만드는 것이라고 말했다. 그는 소녀의 입술을 손가락으로 스치듯 만지며 (어디서 이런 대담함이 나왔을까?) 아주 진하게 화장한 입술로 키스를 하면 분명 자기 얼굴에 뚜렷한 자국을 남길 거라고 말했다. 소녀는 또 그렇다고 하고, 키스를 하지 않으면 참 아쉬울 거라고 말했는데 이 말을 하는 사이 선생님의 화난 목소리가 문 뒤에서 들려왔다.

야로밀은 선생님도 아이들도 자기 뺨 위의 키스 자국을 보지 못하는 건 아쉬운 일이라고 하며 소녀에게로 다시 한 번 몸을 기울이려 했지만 또다시 그녀의 입술은 에베레스트 산만큼이나 도저히 닿을 수 없을 것 같아 보였다.

"그래. 애들이 우리를 부러워해야 해." 소녀는 이렇게 말하고 가방에서 립스틱과 손수건을 꺼내더니 손수건을 빨갛게

칠해서 야로밀의 얼굴에 문질렀다.

　문이 열리고 몹시 화가 난 선생님이 교실로 성큼 들어왔고 그 뒤로 아이들이 몰려 들어왔다. 야로밀과 소녀는 선생님이 교실에 들어오면 학생들이 자리에서 일어서야 하듯이 일어섰다. 그들은 줄지어 놓인 빈자리들 한가운데, 근사한 빨간색 자국으로 뒤덮인 야로밀의 얼굴을 뚫어져라 바라보는 구경꾼들 무리를 마주하고 단둘이 서 있었다. 그리고 그는 자랑스럽고 행복하게 모든 이의 눈길에 자신을 그렇게 내보이고 있었다.

　사무실 동료 하나가 그녀에게 자꾸 다가왔다. 그는 결혼한 남자였는데 그녀에게 집으로 초대해 달라고 조르고 있었다.

　그녀는 자신의 성적인 자유를 야로밀이 어떻게 받아들일지 알고 싶었다. 그녀는 신중하게 그리고 암시적으로, 전쟁 중에 남편을 잃고 새로운 삶을 시작하기에는 어려움을 느끼는 다른 여자들 이야기를 꺼내 보았다.

　"새로운 삶이라니 그게 무슨 뜻이에요? 다른 남자하고 사는 것 말이에요?" 야로밀은 짜증을 내며 이렇게 답했다.

　"그래, 물론 그것도 이 질문의 한 측면이긴 하지. 삶은 계속 이어진단다, 야로밀. 삶이 요구하는 것들이 있는데……."

　죽은 영웅에 대한 여인의 정절은 야로밀이 지닌 성스러운 신화 가운데 하나였다. 그것은 그에게 사랑의 절대성이 단지 시인이 만들어 낸 것이 아니라 정말 존재하는 것이며 삶을 살

만한 것이 되게 한다고 확실히 믿을 수 있게 해 주었다.

"위대한 사랑을 한 여자가 어떻게 다른 남자하고 침대에 척 누워 있을 수가 있어요?" 정절을 지키지 않는 미망인들에 대해 분노하며 그가 소리쳤다. "고문당하고 살해당한 남자의 모습을 다 기억하면서 어떻게 그 여자들은 다른 사람을 그냥 만지기라도 할 수가 있어요? 도대체 어떻게 그 여자들은 희생자를 또 괴롭히고 두 번 죽게 만들 수 있느냐고요?"

과거는 서로 다른 날실과 씨실의 타프타 천 옷을 입고 있다. 엄마는 그 괜찮은 동료를 물리쳤고, 그리고 그녀의 과거는 또다시 새로운 모습으로 그녀에게 나타났다.

남편 때문에 그녀가 화가를 배신한 것은 사실이 아니기 때문이다. 그녀는 야로밀 때문에, 그를 위해 가정의 평화를 지키고 싶었기 때문에 화가를 버리지 않았는가! 오늘날까지도 자신의 알몸을 생각하면 괴로움에 휩싸이는데, 자기 배가 이렇게 흉한 것은 야로밀 때문이다. 또한 무슨 일이 있어도 끝끝내 아이를 낳겠다고 우겨서 남편의 사랑을 잃은 것도 그 때문이 아닌가!

처음부터 그는 그녀에게서 늘 모든 것을 앗아간다.

12

한번은 (이제 그는 여러 번 진짜 키스를 해 보았다.) 무용 수업에서 알게 된 어떤 소녀와 슈트로모브카 공원의 한적한 오솔길을 거닐고 있었다. 얼마 전부터 대화가 끊기고 침묵 속에 그들의 발걸음 소리만 울려왔는데, 함께 걷는 그 발걸음 소리는 그들이 아직 분명히 무언지 의식하지 못하고 있던 것을 문득 깨닫게 해 주었으니, 즉 우리는 함께 거닐고 있다, 함께 거닌다는 건 아마도 서로 좋아하는 것이리라 하는 것이었다. 침묵 속에 울리는 발소리가 그들이 그렇다는 것을 알리고 있었으며, 그들의 발걸음은 점점 더 느려져 마침내는 소녀가 야로밀의 어깨에 머리를 얹게 되었다.

그것은 말할 수 없이 아름다웠으나 그 아름다움을 음미하기도 전에 야로밀은 자신이 흥분한 것을, 그것도 완전히 겉으로 드러나게 흥분한 것을 느꼈다. 그는 겁이 났다. 그는 오로지 이렇게 가시적으로 드러난 성적 흥분의 증거가 최대한 신속히 사라지기만을 바랐으나 그 생각을 하면 할수록 소원은 더 이루어지지 않았다. 그는 소녀가 고개를 숙여 자기 몸의 이 망할 짓을 보면 어쩌나 하는 생각에 공포에 질렸다. 그는 그녀의 시선을 위로 끌어올리려 애를 쓰고 나뭇잎과 구름 속 새들에 대해 이야기했다.

산책은 행복으로 가득했으나 (여자가 어깨에 머리를 기대 온 것은 처음이었고 그는 이 몸짓 속에서 삶의 끝까지 지속될 애정의 징표를 보았다.) 동시에 수치심으로 가득했다. 그는 자기 몸이 그렇게 때에 맞지 않은 경솔함을 다시 보이게 될까 두려웠다. 오래 생각한 끝에 그는 길고 넓은 리본을 어머니의 옷장에서 꺼내 두었다가 다음번 데이트에 나가기 전에 혹시 흥분하면 나타날 수 있는 증표가 다리에 꼭 묶여 있도록 바지 속에 그 리본을 묶어 놓았다.

13

우리는 야로밀이 이제껏 겪은 가장 큰 행복이란 바로 어깨에 그 소녀의 머리가 놓이는 것을 느낀 것이었음을 보여 주기 위하여 여남은 일화 중 이 일화를 선택했다.

그에게 소녀의 머리는 몸보다 더 많은 의미가 있었다. 몸에 관해 그는 거의 아무것도 몰랐지만 (예쁜 다리란 정확히 무엇인가? 예쁜 엉덩이란 어떻게 생긴 것인가?) 얼굴에 대해서는 잘 알았고 그가 보기에는 얼굴만이 여인의 아름다움을 결정짓는 것이었다.

그가 몸에 무관심했다고 말하려는 것은 아니다. 여자의 알몸을 생각하면 그는 현기증이 일었다. 하지만 이 미묘한 차이를 꼼꼼히 살펴보자.

그는 여자의 벗은 몸을 욕망하지 않았다. 벗은 몸으로 인해 빛나는 얼굴을 욕망했다.

그는 여자의 몸을 소유하기를 욕망하지 않았다. 여자의 얼굴을 가지고 싶었고 이 얼굴이 사랑의 증거로 그에게 몸을 선사하기를 바랐다.

이 몸은 그의 경험의 한계 너머에 있었고, 바로 그랬기 때문에 그는 거기에 수많은 시를 바쳤던 것이다. 그 시절 그의 시에서 여자의 성기가 언급되지 않은 것이 몇 번이나 되었던가? 하지만 시의 마술(무경험의 마술)의 기적적 효과에 의하여 야로밀은 이 생식과 성교의 기관을 몽환적 오브제와 유희적 몽상의 테마로 만들어 놓았다.

예를 들어 그의 어떤 시에는 여자 몸의 중앙에서 똑딱거리는 작은 시계라는 말이 나온다.

다른 시에서는 소녀의 성기 이야기를 하면서 보이지 않는 존재들의 집으로 표현하기도 했다.

또 다른 데서 그는 구멍의 이미지에 사로잡혀 있는데, 자신이 아이들 구슬이고 그 구멍으로 한참 동안 떨어져 내려가 마침내는 추락 그 자체, 여자의 몸 안으로 한없이 떨어져 내려가는 추락이 될 정도였다.

또 어떤 시에서는 그 소녀의 다리가 두 강으로 변하여 하나의 물줄기로 합류했다. 그는 이 합류 지점에 성경에 나오는 산처럼 자기가 세인 산이라고 이름 붙인 신비로운 산이 있다고 상상했다.

다른 곳에서는 또 풍경 한가운데서 자전거를 타고 지친 채 오래도록 방랑하는 사람(자전거 타는 사람(vélocipédiste)이라는 이 단어는 그에게 황혼(crépuscule)처럼 아름답게 들렸다.)이 나왔다. 이 풍경은 그 소녀의 몸이고, 그가 잠들고 싶어 하는 두 건 초 더미는 그녀의 가슴이다.

여자의 몸, 한 번도 본 적 없는 미지의, 비현실적인 그 몸, 냄새도 검은 점도 작은 결점도 병도 없는 몸, 상상의 몸, 그의 몽상의 놀이터인 몸 위에서 방랑한다는 것, 그것은 너무나도 아름다웠다.

아이들에게 옛날이야기를 들려주는 어조로 여자의 가슴과 배 이야기를 한다는 것은 너무도 근사했다. 그렇다. 야로밀은 달콤한 사랑의 나라, 즉 가공된 유년이라는 나라에서 살고 있었다. 실제 유년 시절은 전혀 천국 같지 않으며 그리 달콤하지도 않기 때문에 우리는 가공된 유년이라고 하는 것이다.

달콤한 사랑이란 우리가 성인으로 넘어가는 문턱에서, 그리고 아이였을 때는 알지 못했던 유년의 좋은 점들을 깨달으며 가슴 아파하는 나이가 될 때, 그때 태어난다.

달콤한 사랑, 이것은 성인의 나이가 우리에게 불러일으키는 공포다.

달콤한 사랑, 이것은 다른 사람이 어린아이로 다뤄지는 인공적인 공간을 만들어 내고자 하는 시도다.

달콤한 사랑, 이것은 또한 사랑에 따르는 육체 요소들에 대한 공포이기도 하다. 이것은 사랑을 어른들의 세상(사랑은 기만적이고 억압적이며, 육신과 책임으로 무겁게 짓눌려 있는 세상)에서 빼내어 여인을 어린아이로 간주하고자 하는 시도다.

그녀 혀의 심장이 부드럽게 뛰네라고 그는 어떤 시에 썼다. 그는 그녀 혀, 새끼손가락, 가슴, 배꼽이 들리지 않는 목소리로

서로 이야기하는 자율적인 존재들이라고 생각했다. 그는 그
소녀의 몸이 수천의 존재들로 이루어졌고 그 몸을 사랑한다
는 것은 그 존재들의 이야기를 듣는 것이며 그녀의 두 가슴이
비밀스러운 언어로 서로 말하는 것을 듣는 일이라 생각했다.

14

과거가 그녀의 마음을 괴롭혔다. 그러나 오래도록 지난날을 되돌아보던 어느 날 그녀는 갓 태어난 야로밀과 보냈던 한 조각 천국의 땅을 발견했고 자신의 판단을 수정해야 했다. 야로밀이 그녀에게서 모든 것을 다 앗아 갔다는 것은 사실이 아니었다. 오히려 반대로 그는 어느 누구보다 그녀에게 많은 것을 가져다주었다. 그는 거짓으로 더럽혀지지 않은 한 조각 삶을 그녀에게 주었다. 집단수용소에서 살아 돌아온 그 어떤 유대인 여자도 그녀에게 이 행복이 위선과 공허만을 감추고 있는 것이라 주장할 수 없을 것이었다. 이 한 조각 천국, 이것이 그녀의 유일한 진실이었다.

그리고 (마치 만화경을 회전시키는 것 같은) 과거는 그녀에게 다른 모습으로 새롭게 나타났다. 야로밀은 그녀에게서 소중한 것을 앗아 간 것이 결코 아니라 오직 오류와 거짓에 지나지 않았던 것의 금박 가면을 벗겨 내 주었을 따름이다. 아직 태어나지도 않았을 때 벌써 그는 그녀에게 남편이 자신을 사랑하지 않는다는 것을 발견할 수 있도록 도와주었으며, 십삼 년 후에는 또 다른 슬픔만을 안겨 줄 뿐이었던 정신 나간 애정 행각으로부터도 그녀를 구해 주었던 것이다.

그녀는 어린 야로밀과 함께했던 경험이 그들에게는 성스러운 약속이자 협약이라 생각했다. 하지만 그녀는 점점 아들이 이 협약을 어기고 있다는 것을 깨달았다. 그녀가 무슨 말을 해도 귀담아 듣지 않는 것이 보이고, 그녀에게 털어놓고 싶지 않은 생각들로 머릿속이 꽉 찬 것 같았다. 그녀 앞에서 그가 부끄러움을 탄다는 것, 심신의 소소한 비밀들을 꼭꼭 숨겨 두려하기 시작했다는 것, 그녀가 보지 못하도록 베일을 쓰고 있다는 것 등을 확인하게 되었다.

이 때문에 그녀는 괴로워했고 마음이 상했다. 그가 어릴 때 그들이 함께 작성한 그 협약에는 그녀 앞에서 그가 언제나 모든 것을 털어놓을 것이며 부끄러워하지 않을 것이라 씌어 있지 않았던가?

그녀는 그들이 함께 체험한 이 진실이 언제나 지속되기를 바랐다. 그가 어렸을 때처럼 그녀는 매일 아침 그에게 무엇을 입을지 지시했고 속옷을 골라 줌으로써 하루 종일 그의 옷 속에 존재했다. 그가 이런 것을 불편해한다는 것을 느끼고는 일부러 속옷에 묻은 조그만 얼룩 같은 것을 가지고 혼을 내면서 복수를 했다. 그녀는 방에서 그가 옷을 입고 벗을 때, 엄마에게 불손하게도 창피해하는 것을 벌하기 위해 일부러 더 방을 나가지 않고 고소해하며 머물러 있었다.

"야로밀, 이리 와 봐라." 손님들이 온 어느 날 그녀는 그에게 말했다.

"세상에 이게 무슨 꼴이니!" 공들여 헝클어 놓은 그의 머리를 보고 그녀가 화를 냈다. 그녀는 손님들과 대화를 멈추지도 않은 채 빗을 가져와서는 두 손으로 그의 머리를 잡고 빗겨 주기 시작했다. 그리고 악마적 상상력을 지닌, 릴케를 닮은 이 위대한 시인은 얼굴이 홍당무가 된 채 분노로 활활 타며 얌전히 앉아 머리를 빗기도록 가만히 있었다. 그는 (몇 년 동안 오래 갈고닦은) 자신의 잔인한 미소를 띠고 굳은 얼굴을 하는 것, 그 하나만을 할 수 있을 뿐이었다.

엄마는 자기가 손질한 머리를 보려고 몇 발짝 물러났다가 손님들을 돌아보며 말했다. "세상에, 얘가 왜 이렇게 못되게 얼굴을 찌푸리고 있는지 좀 알려 주실래요!"

그리고 야로밀은 언제나 근본적으로 세상을 변화시키려는 자들 쪽에 있으리라 맹세했다.

15

그가 그들이 모인 곳에 도착했을 때는 벌써 토론이 한창 열기를 띠고 있었다. 발전이란 무엇인가 그리고 발전이 존재하느냐 하는 문제였다. 주위를 둘러보니 학교 친구가 불러서 가게 된 이 청년 마르크스주의자 동아리는 프라하의 모든 고등학교에서 볼 수 있는 똑같은 고등학생들로 구성되어 있었다. 국어 선생님이 수업에서 시도했던 토론 시간보다 훨씬 집중도가 높긴 한 것 같았지만 여기에도 여전히 소란을 피우는 사람들이 있었다. 그중 하나는 손에 백합 한 송이를 들고 수도 없이 냄새를 맡아 대서 다른 사람들이 킬킬거리게 만들었고, <u>그러다가</u> 결국은 이 회합이 열리는 집 주인인 갈색 머리 남자가 꽃을 압수해 버리고 말았다.

<u>그러다가</u> 잠시 후 그는 귀가 솔깃해졌는데, 참석자 하나가 예술의 발전에 대해서는 이야기할 수가 없다고 주장했기 때

문이다. 그는 셰익스피어가 현대 극작가들보다 하위에 있다
고 말할 수는 없다고 설명했다. 야로밀은 토론에 끼어들고 싶
은 마음이 굴뚝같았지만 낯선 사람들 앞에서 말을 꺼내기가
주저되었다. 그는 자기 얼굴이 빨갛게 되고 긴장해서 두 손을
이리저리 움직이는 것을 모든 사람이 바라보는 것이 두려웠
다. 그런데도 그는 이 소모임에 너무나도 끼고 싶었고, 발언을
하지 않고는 그럴 수 없으리라는 것을 알고 있었다.

자신에게 용기를 주기 위해서 그는 화가와 한 번도 의심해
본 적 없는 그의 커다란 권위를 생각했고, 자신이 그의 친구이
자 제자라는 생각을 하며 마음을 진정시켰다. 이런 생각을 하
자 그는 토론에 끼어들 힘이 생겨서 아틀리에에 갔을 때 들었
던 이야기들을 따라 했다. 그가 자기 생각이 아닌 이야기를 하
고 있다는 사실보다 더 주목할 만한 것은 그 이야기를 자신의
목소리로 말하고 있지 않다는 사실이었다. 그는 자기 입에서
나오는 목소리가 화가의 목소리 같은 데다가 이 목소리가 자
기 손도 이끌어 허공에 화가의 몸짓을 그리기 시작했다는 것
을 알고는 자기 자신마저 깜짝 놀랐다.

그는 예술에서 일어난 발전은 반박의 여지가 없다고 말했
다. 현대 예술의 경향들은 한 세기가 흘러가는 동안 완전한 전
복이 일어났음을 의미한다는 것이었다. 이 경향들은 예술이
정치적 철학적 이념들을 전파해야 하며 현실을 모방해야 한다
는 의무로부터 벗어나게 해 주었으며 바로 이 현대 예술과 더
불어 진정한 예술사가 시작된다고까지 말할 수 있다고 했다.

이때 참석자 몇이 끼어들려고 했지만 야로밀은 그들에게

발언을 하도록 허락하지 않았다. 처음에 그는 자신의 입을 통해 화가가 자기 말과 가락으로 이야기하는 것을 듣는 것이 언짢았는데 조금 지나자 이렇게 빌려다 쓰는 것이 마음도 편안하게 해 주고 보호막도 되어 주었다. 그는 마치 방패 뒤에 숨듯이 가면 뒤에 숨었다. 그래서 그는 이제 수줍어하거나 어색해하지 않았다. 그는 자기가 하는 말이 방 안에 낭랑히 울리는 것에 흐뭇해하며 말을 계속 이어갔다.

그는 인류가 지금까지 역사 이전 단계를 살아왔으며 진정한 역사는 궁핍의 영역에서 자유의 영역으로 넘어가는 프롤레타리아 혁명과 더불어 비로소 시작될 것이라 말한 마르크스의 사상을 언급했다. 예술사에서 이 결정적 단계에 상응하는 것, 그것은 앙드레 브르통과 다른 초현실주의자들이 자동 기술법을 발견하고 그와 더불어 인간 무의식의 기적과 같은 보물을 발견한 때라고 했다. 이러한 발견이 러시아에서의 사회주의 혁명과 거의 동시에 일어났다는 것은 대단히 의미심장한데, 왜냐하면 상상력의 해방이란 인류에게 경제적 착취의 폐지와 똑같이 자유의 왕국을 향한 도약을 의미하는 것이기 때문이었다.

이때 그 갈색 머리 남자가 토론에 끼어들었다. 그는 야로밀이 발전의 원칙을 옹호하는 것은 긍정하겠으나 초현실주의를 프롤레타리아 혁명과 같은 차원에 놓는 것은 문제가 있다고 했다. 그는 오히려 현대 예술은 퇴폐적 예술이며 예술에서 프롤레타리아 혁명과 상응하는 것은 사회주의 리얼리즘이라고 의견을 피력했다. 우리의 모델이 되어야 할 사람은 앙드레 브르통이 아니라 체코 사회주의 시의 창시자인 이르지 볼케르*라는 것이었다. 야로밀이 이런 관념에 맞닥뜨린 것은 처음이 아니고 화가가 이미 그에게 이에 대해 말해 주며 비웃은 적이 있었다. 화가를 이어받아 이번에는 야로밀이 냉소적인 어조를 시도하면서 사회주의 리얼리즘은 예술에 아무것도 새로운 것을 가져다준 것이 없으며 낡아 빠진 부르주아적 키치와 구분할 수 없이 닮았다고 말했다. 이에 대해 갈색 머리 남자는 오로지 새로운 세상을 위해 투쟁하는 것을 돕는 예술만이 현대적인 것인데 초현실주의는 대중이 이해하지 못하기 때문에 그에 해당하지 않는다고 답변했다.

갈색 머리 남자는 목소리를 높이지 않고 매력적으로 자기 논지를 개진했으며 그래서 야로밀이 자신에게 집중된 시선에 취하여 조금 부자연스럽게 빈정거리는 투로 말했을 때에도 토론이 싸움으로 변질되지 않았다. 그리고 또 아무도 최종적인 판단은 내리지 않았고 다른 사람들이 말을 이어가게 되었으며 야로밀이 옹호하던 생각은 곧 새로운 토론 주제들에 묻혀 버렸다.

하지만 발전이 존재하는가 아닌가, 초현실주의가 부르주아적인가 혁명적인가 하는 것이 그렇게 중요했을까? 야로밀이 옳은가 다른 이들이 옳은가 하는 것이 그리 중요했을까? 중요한 것, 그것은 그가 그들과 관계를 맺었다는 것이었다. 그는 그들과 논쟁을 벌였지만 그들을 향해 뜨거운 공감을 느꼈다.

---

* (원주) Jiři Wolker, 1924년 스물네 살에 사망한 체코 시인.

그는 심지어 그들이 하는 말을 듣지도 않고 오로지 한 가지 생각, 행복하다는 생각만을 하고 있었다. 그는 이제 단지 자기 엄마의 아들이거나 자기 반의 학생이기만 한 것이 아니라 바로 자기 자신일 수 있는 사회를 발견한 것이었다. 그리고 그는 사람은 오로지 전적으로 타인들 가운데 있음으로써만 전적으로 자기 자신일 수 있는 것이라고 생각했다.

얼마 후 갈색 머리 남자가 일어서자 모든 사람들은 자신들의 지도자인 그에게 해야 할 일이 있으므로 이제 모두들 자리에서 일어나 문으로 나가야 한다는 것을 깨달았다. 그는 먼저 그 일에 대해 언급을 했었는데 무언가 중요하고 대단한 어떤 일이라는 인상을 주는 모호한 투로 말했다. 그런데 그들이 문 앞 현관에 나갔을 때 안경을 낀 한 여학생이 야로밀에게 다가왔다. 회합 내내 야로밀은 그녀가 있는지도 몰랐다는 점을 즉시 밝혀 두자. 그녀에겐 눈에 띄는 점도 없고 평범한 편이었다. 못생기지는 않았고 단지 좀 가꾸지 않은 모습이었다. 화장기도 없었고 매끄러운 머리카락은 이마가 드러나게 뒤로 넘겨 전혀 두드러지지 않는 머리 모양이었으며 벗고 다닐 수는 없으니 그저 걸친 듯한 옷차림이었다.

"아까 이야기한 것 무척 흥미로웠어요. 같이 더 토론해 보고 싶은데……" 그녀가 그에게 말했다.

16

갈색 머리 남자네 집에서 멀지 않은 곳에 공원이 하나 있었다. 그들은 흥분해서 이야기를 나누며 그곳으로 갔다. 야로밀은 그녀가 대학생이며 (이 소식은 그의 마음을 자부심으로 가득 차게 했다.) 두 살이나 위라는 것을 알게 되었다. 그들은 공원의 구부러진 오솔길을 따라 걸으며 그 여학생이 학구적인 무슨 이야기를 하면 야로밀도 그렇게 했고, 자신들이 무엇을 신봉하는지, 무슨 생각을 하는지, 어떤 사람인지 (여학생은 과학도 쪽이고 야로밀은 문학도 쪽이었다.) 다 밝히느라 바빴다. 그들은 존경하는 위대한 이름들을 죽 열거했는데, 여학생은 야로밀의 그 대담한 견해가 무척 흥미로웠다고 여러 번 말했다. 그녀는 잠시 입을 다물고 가만히 있더니 그를 에페보스라고 불렀다. 그랬다. 그가 아까 방에 들어왔을 때 그녀는 아름다운 고대 그리스의 청년을 보는 듯했다고……

야로밀은 이 단어가 무얼 의미하는지 정확히 알지 못했지
만, 그 뜻이 무엇이든 이 단어로, 게다가 그리스어인 이 단어
로 지칭되는 것이 근사하다 생각했다. 그리고 그는 에페보스
라는 이 단어가 젊은이에게 적용되는 것이며, 그것이 지칭하
는 젊음이란 자신이 지금까지 겪어 온 서투르고 굴욕적인 그
런 것이 아니라 힘찬 젊음, 찬미받을 만한 젊음일 것이라 짐작
했다. 에페보스라는 단어를 말할 때 그 여대생은 그가 아직 어
리다는 것을 염두에 두기는 했지만 동시에 그를 서투르고 어
색한 모습으로부터 해방시켰고 미성숙한 나이를 더 우월한
특징으로 만들어 놓았다. 그것은 너무나도 그를 힘이 나게 해
줘서, 여섯 번째 공원을 돌면서 야로밀은 처음부터 생각했지
만 용기가 없어 결단을 못 한 행동을 감행했으니, 여대생의 팔
을 잡은 것이었다.

그가 그녀의 팔을 잡았다고 하는 것은 정확하지 않다. 그
보다는 그녀 팔 밑으로 손을 살그머니 밀어 넣었다고 하는 것
이 더 나을 것이다. 그는 마치 그 여학생이 눈치채지 못하기를
바라듯이 아주 조심스럽게 살그머니 손을 넣었다. 그녀는 정
말로 이런 몸짓에 전혀 반응을 보이지 않았고 그래서 야로밀
의 손은 주인이 거기다 집어넣고 잊어버려 자꾸 흘러내리려
고 하는 가방이나 짐 같은 낯선 물건처럼 그녀의 몸에 엉거주
춤 얹혀 있었다. 하지만 곧 손에 닿은 팔이 그 손의 존재를 깨
달았다는 것이 느껴졌다. 그리고 여학생의 다리 움직임이 살
짝 느려졌다는 것을 그의 발걸음이 감지하게 되었다. 그는 이
렇게 걸음이 느려지는 것이 무엇인지 알고 있었고 돌이킬 수

없는 무언가가 다가오고 있음을 깨달았다. 보통 돌이킬 수 없는 무언가가 막 일어나려는 찰나가 되면 사람들은 사건의 진행을 (이에 대해 자신이 하여간 최소한의 힘이라도 가지고 있음을 증명하기 위해서) 더 가속시키는 법이다. 내내 가만히 있던 야로밀의 손이 갑자기 깨어나 여학생의 팔을 누른 것은 바로 이렇게 해서다. 그녀는 걸음을 멈추었고 야로밀의 얼굴을 향해 안경 쓴 눈을 들어 올리더니 책가방을 땅에 툭 떨어뜨렸다.

야로밀은 엄청 놀랐다. 우선, 황홀감에 빠져 있어서 그는 지금 떨어뜨린 책가방을 그녀가 들고 있었는지조차 알지 못했는데 가방이 마치 천상의 메시지처럼 무대에 등장했던 것이다. 그리고 그는 그녀가 학교에서 곧바로 그 마르크스주의 회합에 왔고 가방에는 아마 복사한 대학 강의 노트들과 두꺼운 전공 서적들이 들어 있으리라 생각했으며 그로 인해 더욱더 황홀한 도취에 빠지게 되었다. 그녀가 손을 비워 그를 잡기 위해 대학이라는 것 전체를 통째로 바닥에 던져 버렸으니 말이다.

가방이 떨어진 순간은 정말 너무나도 비장했기에 그들은 찬란한 황홀 속에서 키스를 나누었다. 그들은 아주 오래도록 키스를 했고 키스가 마침내 끝나 이제 어떻게 해야 할지 모르게 되었을 때 그녀는 그를 향해 다시 안경 쓴 눈을 들어 올리며 혼란스럽고 불안한 목소리로 말했다.

"아마 내가 다른 여자들과 똑같은 애라고 생각할 테지. 하지만 난 네가 나를 다른 여자들과 똑같다고 상상하지 않았으면 좋겠어."

이 말은 가방이 떨어진 것보다 어쩌면 더욱더 비장했을 것이고, 야로밀은 지금 앞에 있는 여자가 자신을 사랑하고 있음을, 처음 본 순간부터 자신을, 기적적으로 그리고 자기는 그 이유도 모른 채, 사랑하게 되었다는 것을 놀라움 속에 깨달았다. 그리고 그는 그녀가 다른 여자들 이야기를 하고 있다는 것을, 마치 그가 벌써 많은 경험을 한 남자고 그래서 그를 사랑하는 여자는 슬픔을 느낄 수밖에 없는 것처럼 생각하고 있다는 것을 (나중에 자세히 공들여 다시 읽을 수 있도록 머릿속에) 얼른 기록해 두었다.

그는 그녀가 다른 여자들과 비슷하다고 절대 생각하지 않는다고 대답했다. 여학생은 책가방을 집어 들었고 (이제 야로밀은 가방에 더 주목할 수 있었는데 그건 정말로 무겁고 두툼했으며 책으로 가득 채워져 있었다.) 이제 그들은 일곱 번째로 공원을 돌기 시작했다. 그들이 다시 멈추어 키스를 하는데 갑자기 강렬한 원뿔형 불빛이 그들을 감쌌다. 맞은편에 경찰 둘이 서서 신분증을 요구했다. 연인은 당황하며 신분증을 찾았다. 그들은 아마 매춘을 단속하는 일을 맡았거나 아니면 긴 업무 시간 중에 심심풀이나 좀 하고 싶어 하는 경찰관들에게 떨리는 손으로 신분증을 내밀었다. 어쨌든 그들은 두 젊은이에게 잊을 수 없는 경험을 만들어 주었다. 남은 저녁나절 내내 (야로밀은 여학생을 문 앞까지 바래다주었다.) 그들은 편견과 도덕, 경찰, 구세대, 바보 같은 법규, 싹 쓸어버려 마땅한 세상의 부패 등에 의해 핍박받은 사랑에 대해 이야기를 나누었다.

17

아름다운 날이었고 아름다운 저녁이었다. 그러나 야로밀이 귀가했을 때는 벌써 자정이었고 엄마는 집 안의 이 방 저 방을 초조하게 서성이고 있었다.

"너 때문에 얼마나 걱정했는지 아니! 어디 갔었어? 넌 엄마 생각은 조금도 안 하니!"

야로밀의 머릿속은 아직도 그 엄청난 하루로 온통 꽉 차 있어서 아까 마르크스주의 회합에서 썼던 어조로 그녀에게 답하기 시작했다. 그는 화가의 자신만만한 목소리를 따라했다.

엄마는 즉시 이 목소리를 알아차렸다. 잃어버린 자기 연인의 목소리가 나오고 있는 아들의 얼굴을 보았다. 그녀는 자기에게 속하지 않는 어떤 얼굴을 보고 있었다. 아들이 자기 앞에 두 가지 부정의 이미지로 서 있었고 그것을 그녀는 참을 수 없었다.

"네가 날 죽이는구나! 네가 날 죽여!" 그녀는 발작적으로 소리를 지르고 옆방으로 달려 들어갔다.

야로밀은 너무 놀라서 그 자리에 멍하니 못 박힌 듯 서 있었고 무언가 커다란 잘못을 저질렀다는 느낌이 들었다.

(오, 애야, 넌 결코 그 느낌에서 벗어날 수 없을 거란다. 넌 잘못했어, 넌 잘못했어! 네가 집에서 나올 때마다 너는 네 등 뒤에서 돌아오라고 울부짖는 비난의 눈길을 느낄 것이다. 너는 긴 줄에 매인 개처럼 세상으로 나갈 거야. 그래서 네가 멀리 갔을 때조차 너는 언제나 네 목덜미에 목줄의 감각을 느낄 거란다. 그리고 네가 여자들과 시간을 보낼 때조차, 그녀들의 침대에 함께 있을 때조차 네 목에는 긴 줄이 매달려 있을 것이며, 저 멀리 어딘가에서 네 어머니가 그 줄 끝을 당기고 있을 것이며, 그 줄이 까딱까딱 움직이는 진동에서 네가 탐닉하고 있는 음란한 동작을 느낄 거란다!)

"엄마, 제발 화내지 마. 엄마, 제발 용서해 줘요!" 그는 두려움에 떨며 그녀의 침대 옆에 무릎을 꿇고 앉아 눈물 젖은 그녀의 두 뺨을 어루만진다.

(샤를 보들레르여, 그대가 마흔 살이 되어도 그대는 여전히 어머니를 무서워하리라!)

그리고 엄마는 최대한 오래 그의 손길을 느끼려고 용서를 미루고 있다.

(이것은 자비에에게 결코 일어날 수 없었던 일이었는데, 왜냐하면 자비에에게는 어머니도 아버지도 없었으며 부모가 없다는 것은 자유의 첫 번째 조건이기 때문이다.

하지만 올바로 이해하기 바란다. 그건 부모를 잃는다는 문제가 아니다. 제라르 드 네르발의 어머니는 그가 신생아일 때 죽었지만 그는 평생 동안, 말할 수 없이 아름다운 어머니의 두 눈, 최면에 빠지게 하는 듯한 그 눈길 아래에서 살았다.

자유는 부모가 거부되거나 땅에 묻히는 데서 시작되는 것이 아니라 부모가 없는 데서 시작된다. 즉 이런 것이다.

우리가 누구로부터인지 모른 채 세상에 오는 데에서.

우리가 숲에 던져진 알로부터 세상에 오는 데에서.

우리가 하늘에 의해 땅으로 내뱉어져 조금의 고마운 마음도 없이 세상에 발을 딛게 되는 데에서.)

19

야로밀과 여대생이 사랑하게 된 첫 주에 그는 그 자신으로
세상에 다시 태어났다. 그는 자신이 에페보스이며 잘생겼고
똑똑하고 독창적이라는 것을 알게 되었다. 그는 안경 낀 여학
생이 자신을 사랑하며 혹시나 언젠가 버림받을까 두려워하고
있음을 알게 되었다.(그녀는 그날 저녁 자기 집 앞에서 헤어지고서
그가 가벼운 걸음으로 떠나가는 것을 바라보고 있었을 때, 그의 진짜 모
습, 멀어져 가고, 달아나 버리고, 사라지는 한 남자의 모습을 보고 있는
느낌이 들었다고 말했다.) 그는 마침내 자신이 그토록 오랫동안
두 거울 속에서 찾아 헤매던 자신의 이미지를 발견해 낸 것이
었다.

첫 주에 그들은 매일 만났다. 온 도시를 돌아다니며 기나긴
밤 산책을 네 번 했고, 극장에 한 번 갔고 (부스 좌석에서 키스만
하고 공연은 신경도 쓰지 않았다.) 영화관에 두 번 갔다. 일곱째 날

그들은 다시 산책을 나갔다. 날씨가 몹시 추웠는데 야로밀은 얇은 겉옷만 입고 있었고 (엄마가 억지로 입으라고 했던 회색 모직 조끼는 은퇴한 시골 노인에게나 더 어울리는 것 같아 보였기 때문에) 셔츠와 재킷 사이에 조끼도 입지 않은 상태에다 (안경 낀 여학생이 만난 지 둘째 날 벌써, 손질이 안 되는 그의 머리카락, 그가 전에 혐오했던 그 머리카락도 그 자신만큼이나 똑같이 길들지 않는 성격이라고 하면서 찬사를 보냈기 때문에) 모자도 쓰지 않았으며, 긴 양말은 고무줄이 헐거워져 계속 종아리에서 흘러내리고 신발 속으로 말려 들어갔기 때문에 발에는 짧은 회색 양말과 단화만 신고 있었다.(우아하고 세련된 차림 같은 것은 전혀 몰랐기 때문에 바지와 색깔이 맞지 않는다는 사실은 알지도 못했다.)

그들은 7시가 땡 칠 때 만나서 교외로 나가 밟으면 뽀드득 소리가 나는 공터의 눈길을 오래 거닐며 때로 걸음을 멈추고 키스를 할 수 있었다. 야로밀은 아가씨의 몸이 아무런 저항 없이 순응하는 것에 황홀하게 매혹되었다. 이제까지 그가 여자의 몸에 접근하는 일은 여러 단계를 하나하나 밟아 나가야 하는 기나긴 여정과 같았다. 여자애가 입맞춤을 허락하는 데는 시간이 필요했고 가슴에 손을 얹을 수 있으려면 또 시간이 필요했으며 엉덩이에 손을 댈 수 있게 되면 그는 벌써 아주 멀리 간 것으로 믿었다. 그 이상은 한 번도 가 본 적이 없었으니. 그런데 이번에는 첫 순간부터 예기치 않던 어떤 일이 일어났다. 아가씨는 완전히 그에게 몸을 맡긴 채 조금의 저항도 없이 무엇을 해도 되는 상태로 그의 품에 안겨 있었고, 그는 원하는 곳 어디든 만질 수 있었던 것이다. 그는 이를 커다란 사랑의 증표라 여기긴 했지만 그러면서도 동시에 이 갑작스러운 자유를 어찌해야 좋을지 몰라 좀 당황하기도 했다.

그리고 그날 (일곱째 날) 그 아가씨는 부모님이 종종 집을 비우시는데 야로밀을 자기 집으로 초대할 수 있으면 기쁘겠다고 마음을 밝혔다. 이 말이 폭탄처럼 터져 나오고 난 다음 긴 침묵이 흘렀다. 빈집에서 둘이 함께 있게 되는 것이 무엇을 의미하는지 둘 다 알고 있었다.(이 안경 낀 아가씨가 야로밀의 품 안에 있을 때 그 무엇도 거절하지 않는다는 점을 상기하자.) 그들은 아무 말 없이 한참 입을 다물고 있었는데 나중에 아가씨가 아무렇지도 않은 목소리로 말했다.

"난 사랑에는 어중간한 건 없다고 생각해. 사랑할 때는 서로에게 모든 걸 다 줘야 하는 거야."

야로밀에게도 사랑은 모든 걸 의미하는 것이었으므로 그는 온 마음을 다하여 이 선언에 동의했다. 하지만 무슨 말을 해야 할지 알 수가 없었다. 답을 대신하여 그는 그녀에게 다가가서 (지금은 밤이고 따라서 자기 시선에 담긴 비장함이 눈에 띄지 않으리라는 점을 생각 못 하고) 비장한 시선으로 그녀를 응시하고는 와락 끌어안고 뜨겁게 키스를 하기 시작했다.

십오 분쯤이 지나고 나서 아가씨는 다시 입을 열고 그가 자기 집에 초대하는 첫 번째 남자라고 말했다. 자기에겐 남자 동료들이 많긴 하지만 단지 동료일 뿐이라고 했다. 그래서 그들도 나중에는 거기에 익숙해졌고 농담으로 자기에게 돌 같은 처녀라는 별명을 붙여 주었다고 했다.

야로밀은 이 아가씨의 첫 번째 연인이 된다는 것을 알고 무척 기뻤지만 동시에 덜컥 겁이 나기도 했다. 사랑의 행위에 대해 이미 들은 이야기도 많았고 또 처녀와의 동침이 보통 상당히 힘든 일로 여겨진다는 것도 알았다. 그래서 그는 아가씨가 무어라 말을 많이 하는데 이야기를 따라갈 수도 없었다. 그는 지금 여기에 있지 않았기 때문이었다. 머릿속에서 그는 (인류의 역사 이전과 역사에 대한 마르크스의 저 유명한 사상이 끊임없이 그에게 영감을 주었으니) 이제 자기 삶의 진정한 역사가 시작될 그 위대한 약속의 날의 쾌락과 고통을 체험하고 있었다.

그들은 말을 많이 하지 않고 아주 오래도록 이 거리 저 거리를 거닐었다. 밤이 깊어 갈수록 날은 더 추워져서 야로밀은 제대로 갖춰 입지 않은 몸이 온통 얼어붙는 느낌이었다. 그가 어디 가서 좀 앉자고 했지만 시내 중심가와 너무 멀리 떨어진 곳이어서 인근에 카페가 하나도 없었다. 그리하여 그가 뼛속까지 다 얼어붙은 채 집에 돌아왔을 때 (산책이 끝날 무렵에는 이가 부딪치는 소리가 그녀에게 들리지 않도록 애를 써야 했다.) 그리고 다음 날 아침 자리에서 잠에서 깼을 때는 목이 아파 왔다. 엄마가 체온을 쟀고 열이 있다고 했다.

20

야로밀의 몸은 침대에 누워 앓고 있었지만 영혼은 대망의 그날을 미리 겪고 있었다. 그날에 대한 그의 생각은 한편으로는 추상적 행복, 다른 한편으로는 구체적 걱정들로 구성되어 있었다. 왜냐하면 야로밀은 세세한 모든 세부 사항에 있어서 여자와 잔다는 사실이 정확히 무엇을 의미하는지 전혀 머릿속에 떠올려 볼 수가 없었기 때문이다. 그는 단지 그것은 준비와 능숙함과 지식을 요한다는 것만을 알고 있을 뿐이었다. 그는 육체적 사랑 뒤에는 임신이라는 위협적인 유령이 인상을 쓰고 있다는 것을 알고 있었고 또 (친구들 사이에서 수도 없이 등장하는 이야기 주제여서) 그 위험을 예방할 수 있다는 것도 알고 있었다. 이 야만의 시대에 남자들은 (전투에 앞서 기사들이 갑옷을 입듯이) 사랑의 도구에다가 투명한 양말을 씌웠다. 이론적으로 야로밀은 이 모든 것에 대해 완전하게 모두 알고 있었다.

하지만 이 양말을 어디서 구할 것인가? 야로밀은 부끄러움을 극복하고 약국에 들어가 그것을 사는 일을 절대 하지 못할 것이었다. 그리고 또 아가씨에게 들키지 않고 그것을 정확히 언제 씌운단 말인가? 양말은 그에게 우스꽝스럽게 보였고, 그것이 있다는 것을 아가씨가 알게 된다는 생각만 해도 견딜 수가 없었다. 집에서 미리 씌울 수 있을까? 아니면 아가씨 앞에서 완전히 벌거벗을 때까지 기다려야 하는 것인가?

이런 것들이 해답이 없는 질문들이었다. 야로밀은 (연습용) 견본 양말이 하나도 없어서 어떻게든 하여간 하나 구해서 씌우는 연습을 하기로 작정했다. 그는 신속함과 숙련된 솜씨가 이 분야에 있어서 결정적 역할을 한다고, 그리고 연습 없이 그것을 획득할 수는 없다고 생각했다.

그런데 다른 것들이 또한 그의 마음을 괴롭혔다. 정확히 사랑의 행위란 무엇인가? 그 순간에 무엇을 느끼는 것일까? 몸에 무슨 일이 일어나는 것일까? 쾌감이 너무도 커서 사람들은 소리를 내지르고 완전히 자제력을 잃는다는 말인가? 그런데 그렇게 소리를 내지르면 좀 우스꽝스러워 보일 수도 있지 않을까? 그리고 정확히 얼마 동안이나 하는 것일까? 아, 세상에, 그런데 준비도 없이 이런 일을 하려고 들 수 있다는 말인가?

그때까지 야로밀은 수음을 알지 못했다. 그 행위를 그는 진정한 남자라면 스스로 금해야 할 수치스러운 짓이라 여겼다. 자신은 수음이 아니라 위대한 사랑을 할 운명이라고 생각했던 것이다. 하나 어떤 준비도 없이 어떻게 위대한 사랑에 다가가겠는가? 야로밀은 수음이 불가피한 준비라는 것을 깨닫고 그것에 대해 원칙상 적대감을 느끼는 것을 그만두었다. 그것은 육체적 사랑의 비참한 대용품이 아니라 거기에 도달하기 위해 필요한 한 단계였다. 그것은 결여의 고백이 아니라 풍요에 도달하기 위해 딛고 올라야 하는 단계였던 것이다.

바로 이렇게 해서 그는 (38.2도의 열과 더불어) 사랑의 행위를 모방하는 첫 경험을 하게 되었는데, 그것이 극도로 짧았고 또 전혀 쾌락의 괴성을 내지르게 하지 않았다는 데에 깜짝 놀랐다. 그리하여 그는 실망하면서 동시에 안심했다. 그다음 며칠 동안 여러 번 실험을 계속했는데 새로운 것은 전혀 없었다. 하지만 그는 자신이 이렇게 해서 점점 단련될 것이며 사랑하는 그 여자를 두려움 없이 마주할 수 있게 될 것이라 생각했다.

사흘째 그가 목에 습포를 대고 누워 있는데 아침 일찍 할머니가 방으로 뛰어 들어오며 말했다.

"야로밀! 아래층에 지금 난리가 났다."

"무슨 일인데요?" 그가 물었다.

할머니는 아래층 이모네 식구가 라디오를 듣고 있는데 혁명이 일어났다고 말해 주었다. 야로밀은 뛰듯이 일어나 옆방으로 달려갔다. 그는 라디오를 켜고 클레멘트 고트발트의 목소리를 들었다.

그는 최근에 (우리가 조금 전 설명했듯이 더 심각한 걱정들이 있었으므로 그 문제에 그리 관심은 없었지만) 공산주의자가 아닌 각료들이 공산주의자인 고트발트 대통령에게 사임하라고 위협하고 있다는 이야기를 들은 적이 있었기 때문에 곧 어떻게 된 일인지 알아차렸다. 그리하여 이제 고트발트의 목소리가 옛 시가 광장에 모인 군중에게 정부의 공산당을 몰아내려 하고 민중이 사회주의로 행진하는 것을 막으려 한 반역자들을 고발하는 것이 들려왔다. 고트발트는 민중에게 각료들의 해임을 요구하고 수락하도록, 공산당의 지휘 아래 모든 곳에 새로운 혁명적 권력 조직들을 구성하도록 촉구했다.

낡은 라디오에서는 고트발트의 말과, 야로밀을 뜨겁게 흥분시키고 열광에 빠지게 하는 민중의 함성이 섞여 나오고 있었다. 그는 잠옷 차림에 목에는 수건을 두르고 할머니 방에서 고래고래 소리를 질렀다. "드디어! 이렇게 되어야 했어! 드디어!"

할머니는 야로밀의 열광이 합당한 것인지 썩 확신이 서지 않았다. "정말 잘된 거라고 생각하니?" 할머니가 걱정스럽게 물었다. "그럼. 할머니. 잘된 거예요. 엄청 잘된 거죠." 그는 할머니의 두 팔을 잡았다. 그러더니 초조하게 방을 서성이기 시작했다. 그는 생각했다. 프라하의 옛 광장에 모인 이 군중은 몇백 년을 오래도록 빛날 별처럼 그렇게 찬란히 빛날 이날을 하늘에 쏘아 올렸다. 그런데 그 군중과 함께 거리에 있지 못하고 집에서 할머니와 이렇게 위대한 날을 보내고 있다는 것은 정말 딱한 일이다. 하지만 이런 생각을 미처 다 마칠 겨를도 없이 문이 열리고 화가 나서 얼굴이 벌게진 이모부가 들어와 고함을 쳐댔다. "저기 말하는 거 들리죠? 저런 사기꾼 새끼들! 저 사기꾼 새끼들! 이건 무장 폭동이야!"

야로밀은 자신이 늘 혐오해 왔던 이모부, 그의 아내나 우쭐대는 그들의 아들과 마찬가지로 늘 혐오해 온 그 이모부를 바라보았고, 마침내 그를 이길 수 있는 순간이 찾아왔다고 생각했다. 그들은 마주보고 있었다. 이모부 등 뒤에는 문이 있고 야로밀 뒤에는 라디오가 있어서 그는 10만 군중과 연대해 있다고 느꼈으며 이제 이 10만 군중이 한 사람에게 말하듯이 이모부에게 말했다.

"무장 폭동이 아니에요. 혁명이죠."

"혁명 좋아하고 자빠졌네. 군대에 경찰에 게다가 큰 권력까지 업고 있는데 혁명을 누가 못 하냐." 이모부가 말했다.

마치 멍청한 어린애에게 말하듯이 자신만만한 목소리로 이모부가 말하는 것을 듣자 증오가 그의 머리끝까지 치솟았다.

"그 군대와 경찰은 불한당 몇 놈이 예전처럼 민중을 억압하는 것을 막고자 하는 겁니다."

"야, 이 바보 같은 녀석아, 공산주의자들이 이미 권력의 대부분을 쥐고 있다가 그걸 전부 다 가지려고 무장 폭동을 일으킨 거야. 내가 예전부터 너 멍청한 놈이라는 거 알고 있었지." 이모부가 말했다.

"저는 예전부터 이모부가 착취자라는 거, 노동 계급이 결국 당신 목을 비틀리라는 걸 알고 있었지요."

야로밀은 화가 치솟은 가운데, 그러니까 요컨대 생각해 보지 않고 이 문장을 내뱉었다. 그런데 이 문장은 우리가 잠시 생각해 볼 필요가 있다. 그는 방금 공산주의 신문에서 종종 볼 수 있거나 공산주의 웅변가들의 입에서 들을 수 있는 단어들, 하지만 지금까지는 모든 판에 박힌 문장들이 그렇듯이 그에게 역겨움을 주는 편이었던 그런 단어들을 사용했다. 그는 자신이 무엇보다 우선 시인이며 따라서 혁명 연설을 하더라도 자기 고유 언어를 포기하기를 원치 않는다고 늘 생각했다.
그런데 지금 그는, 노동 계급이 네 목을 비틀리라고 말했던
것이다.

그렇다. 이상한 일이다. 흥분한 상태에서 (그러니까 개인이
있는 그대로 행동하는 순간, 그리고 그 개인의 자아가 있는 그대로 드
러나는 순간에) 야로밀은 자신의 언어를 포기하고 누군가 다른
이의 매개체가 될지도 모르는 쪽을 택했다. 그리고 그냥 그렇
게 행동했을 뿐만 아니라 강렬한 만족감을 느끼며 그렇게 했
다. 그는 머리가 천 개인 군중의 일원이 된 느낌, 행진하고 있
는 군중이라는 머리가 천 개인 용 머리들 중 하나가 된 느낌이
었는데 그것은 굉장했다. 그는 갑자기 자신이 강하다는 느낌
이 들었고, 어제까지만 해도 그 앞에서 수줍게 얼굴을 붉혔는
데 이제 그 사람을 드러내 놓고 비웃을 수 있다고 느꼈다. 그
리고 그가 내뱉은 말(노동 계급이 네 목을 비틀리라.)의 투박한 단
순성이 그에게 기쁨의 원천이 되었다면 그것은 바로 그 문장
이 그를 아주 멋지게 단순한 사람들, 말의 미묘한 차이를 비웃
고, 늘 도발적이도록 단순하기 마련인 본질에만 신경을 쓰면
되는 것이 바로 지혜의 전부라고 하는 그런 사람들 편에 놓아
주었기 때문이다.

야로밀은 (잠옷 차림에 목에 수건을 두르고) 등 바로 뒤에서 우
레와 같은 박수 소리를 울리는 라디오 앞에 두 다리를 벌리고
서 있었고, 이 함성이 자신에게로 들어와 자기를 커다랗게 만
들어 주는 것 같았으며, 마치 흔들리지 않는 나무처럼, 껄껄
웃는 바위처럼 자신이 이모부 앞에 마주하고 솟아 있는 느낌

이었다.

그런데 이모부, 볼테르를 볼트를 발명한 사람이라고 생각했던 그 이모부가 그에게 다가오더니 따귀를 올려붙였다.

야로밀은 뺨이 얼얼하게 아팠다. 그는 자신이 모욕을 당한 것을 알았고, 나무나 바위처럼 자신이 크고 강하다고 느꼈으므로 (수천의 목소리가 등 뒤, 라디오에서 계속 울려오고 있었다.) 이모부에게 달려들어 자신도 따귀를 때리려 했다. 그러나 그 결심을 하는 데 그래도 잠깐의 시간은 필요했기 때문에 이모부에겐 뒤로 돌아 나가 버릴 시간이 있었다.

야로밀은 소리쳤다.

"내가 갚아 줄 거야! 나쁜 새끼! 갚아 줄 거라고!"하며 야로밀은 방문을 향했다. 하지만 할머니가 잠옷 소매를 붙들고 제발 진정하라고 애원했고 그래서 야로밀은 나쁜 새끼, 나쁜 새끼, 나쁜 새끼만 반복하다가 결국 자기 침대, 아까 한 시간 남짓 전에 상상의 연인을 버려두고 왔던 그 침대로 돌아가 누웠다. 그는 이제 더 이상 그녀 생각을 할 수가 없었다. 눈앞에 이모부만 보였고 따귀를 얻어맞은 것이 계속 느껴졌으며, 신속하고 남자답게 행동하지 못했다고 되뇌면서 끊임없이 자책을 해 댔다. 너무도 쓰라리게 자책을 한 나머지 눈물이 흐르기 시작했고 나중에는 분노의 눈물로 베개를 푹 적시게 되었다.

오후 늦게 엄마가 돌아와, 아주 존경받던 사무실 책임자가 벌써 해고되었고 공산주의자가 아닌 사람들은 모두들 체포될까 겁내고 있다고 두려움에 떨며 이야기했다.

야로밀은 침대에서 팔꿈치를 괴고 몸을 일으켜 열정적으로 말하기 시작했다. 지금 일어나고 있는 일은 혁명이며, 혁명은 아주 짧은 기간이고 그동안에는 앞으로 폭력이 완전히 금지될 사회의 도래를 앞당기기 위해 폭력에 의지할 수밖에 없는 것이라고 엄마에게 설명했다. 엄마는 이해해야만 했다.

그녀 또한 토론에 온 마음을 다 기울였지만 야로밀은 매번 모든 반박을 다 물리쳐 냈다. 그는 부자들의 지배는 어리석은 것이며 모든 기업가들과 장사꾼들의 사회도 마찬가지라고 하면서, 엄마 자신이 가족 속에서 바로 그런 사람들의 희생자라는 것을 생각해 보라고 재치 있게 말했다. 그는 엄마에게 이모의 뻔뻔함과 이모부의 무식함을 상기시켰다.

그녀가 흔들리기 시작하자 야로밀은 자기 논지의 성공에 기뻤다. 몇 시간 전에 뺨을 맞은 것을 설욕한 느낌이었다. 하지만 그 생각만 해도 다시 화가 솟았고 그래서 이렇게 말했다.

"저기, 엄마, 나도 말이에요, 공산당에 입당할 거야."

그는 엄마의 눈에서 반대의 뜻을 읽었지만 끝까지 고집했다. 더 일찍 가입하지 못한 것이 부끄러우며, 단지 자기 성장 환경의 부담스러운 유산만이 이미 오래전부터 함께하던 동지들과 자기를 떨어뜨려 놓고 있었노라고 말했다.

"여기서 태어난 것이, 그리고 내가 네 어머니라는 것이 유감이라는 거야?"

엄마는 감정이 상한 듯한 어조로 말했고 야로밀은 즉시 그녀가 잘못 받아들인 거라고 말해야 했다. 그가 생각하기에 엄마는, 그녀 자체는, 그녀의 언니나 형부나 부자들의 세계와 근본적으로 아무런 공통점도 없다고 했다.

그러나 엄마는 그에게 말했다.

"엄마를 사랑한다면 그러지 마! 네 이모부가 벌써 사는 걸 지옥같이 만들어 놓은 거 알잖니. 네가 공산당에 가입하면 정말 견딜 수 없어질 거야. 제발 정신 차리고 잘 생각해 봐."

목이 메는 슬픔이 야로밀을 감쌌다. 이모부에게 뺨 맞은 것을 되갚아 주는 대신 또다시 두 번째 뺨을 맞은 것이었다. 그는 다른 쪽으로 돌아누워 엄마가 방을 나가도록 내버려두었다. 그리고 울기 시작했다.

21

시각은 6시였고 여대생이 흰 앞치마를 두르고 그를 맞아 아주 깨끗한 부엌으로 안내했다. 저녁 식사는 전혀 대단할 것 없이 그저 스크램블 에그와 조각 낸 소시지였지만 (어머니나 할머니 외에) 한 여자가 야로밀을 위해 차려 준 첫 번째 저녁이었고 그래서 야로밀은 안주인의 시중을 받는 남자로서의 긍지를 가지고 음식을 먹었다.

그런 다음 그들은 옆방으로 갔다. 거기에는 마호가니 원탁이 하나 있었는데 편물 탁자보가 덮여 있고 그 위에 탁자보를 눌러 놓기 위한 것인 양 육중한 크리스털 꽃병이 놓여 있었다. 벽들은 흉측한 그림들로 장식되어 있었고 한쪽 구석 소파에 수없이 많은 쿠션이 쌓여 있었다. 이 밤을 위해 모든 것이 미리 꾸며지고 정해져 있었으며 이제 그들에게는 폭신한 베개의 파도 속으로 뛰어드는 일만 남아 있었다. 그런데 이상하게도 여대생은 원탁 앞 딱딱한 의자에 앉았고 그래서 그도 그녀 앞에 마주 앉았다. 그리고 그 딱딱한 의자에 앉아 이런저런 일들에 대해 오래오래 이야기를 나누다가 야로밀은 목이 조여 오는 것을 느꼈다.

그는 11시까지 집에 들어가야 하는 것을 의식하고 있었다. 사실 밖에서 밤을 보내도록 허락해 달라고 엄마에게 요청하긴 했지만 (반 친구들이 파티를 한다고 핑계를 댔다.) 너무 강력한 반대에 부딪혀 더 조를 엄두를 내지 못했고, 그래서 저녁 6시와 11시 사이의 다섯 시간이 자신의 첫 번째 사랑의 밤을 위해 충분한 시간이 되기를 바라야만 했다.

그런데 여대생은 여전히 이야기만 하고 또 하고 있었고 다섯 시간의 간격은 빠르게 줄어들고 있었다. 그녀는 자기 가족 이야기, 예전에 불행한 사랑 때문에 자살을 기도했던 오빠 이야기 등을 했다. "그건 내게 깊은 흔적을 남겼어. 난 다른 여자들하고 같을 수가 없어. 사랑을 가볍게 여길 수가 없는 거야." 그녀는 말했다. 야로밀은 이것은 자기에게 약속된 육체적 사랑이 매우 진중한 어떤 것임을 뜻한다는 말이라는 것을 느꼈다. 그래서 그는 의자에서 일어나 아가씨에게 다가가 몸을 숙이고 심각한 목소리로 말했다. "이해해. 그럼. 이해해." 그러고 나서 그는 의자에서 그녀를 일으켜 소파로 데리고 가서 앉혔다.

그런 다음 그들은 키스하고 쓰다듬고 어루만졌다. 한참을 그러다가 야로밀은 이제 아마 여자의 옷을 벗길 때이리라는 생각이 들었지만 그런 일을 한 번도 해 본 적이 없었기 때문에 어떻게 시작해야 할지를 몰랐다. 우선 그는 불을 꺼야 할지 말아야 할지 알 수가 없었다. 이런 상황에 대해서 들었던 모든 말들에 따르면 불을 꺼야 했다. 게다가 상의 주머니에는 투명한 양말이 든 봉투가 들어 있었는데, 결정적인 순간에 그것을 살며시 몰래 씌우려면 어둠이 반드시 필요했다. 하지만 그는 애무를 하다가 중간에 벌떡 일어나 전기 스위치 쪽으로 걸어갈 엄두를 낼 수가 없었는데, 자기는 손님이고 스위치를 끄는 것은 오히려 집주인 쪽 일이므로 그런 행동은 좀 상황에 어긋나 보였던 것이다.(그가 가정교육을 잘 받고 자랐다는 점을 잊지 말자.) 결국 그는 머뭇머뭇 수줍어하며 질문을 꺼냈다.

"저기 불을 꺼야 하지 않을까?"

그러나 아가씨는 대답했다.

"아니, 아니, 그러지 마."

야로밀은 이것이 아가씨가 어둠을 원하지 않으며 따라서 사랑을 하지 않겠다는 것을 의미하는 것인지 아니면 사랑을 하기를 원하지만 어둠 속에서는 아니라는 것을 의미하는 것인지 의문이었다. 물론 그는 그녀에게 물어볼 수 있었으나 자기가 생각하고 있는 것을 큰 소리로 말한다는 것이 창피했다.

잠시 후 그는 11시까지 집에 들어가야 한다는 것이 떠올라서 소심함을 극복하기 위해 애를 썼다. 그는 자기 생애 최초의 여자 옷 단추를 풀었다. 하얀 블라우스 단추였는데 그는 아가씨가 무슨 말을 할지 두려움 속에 기다리며 그것을 풀었다. 그녀는 아무 말도 하지 않았다. 그래서 그는 계속 단추를 풀었고, 블라우스 밑단을 치마에서 끄집어냈고, 그다음 완전히 벗겨 냈다.

그녀는 이제 치마와 브래지어 차림으로 쿠션들 위에 누워 있었는데, 참으로 이상하게도 조금 전까지만 해도 야로밀에게 격렬하게 키스를 하더니 그가 블라우스를 벗긴 다음에는 갑자기 마비가 된 것 같았다. 그녀는 꼼짝도 하지 않았다. 그녀는 총구를 향해 가슴을 내민 사형수처럼 상체를 살짝 앞으로 내밀고 있었다.

이제 그는 단 하나만 하면 되었으니 계속 옷을 벗기는 것이었다. 그는 치마 옆에서 지퍼를 찾아 열었다. 이 순진한 친구는 치마를 허리에 고정하는 고리가 있다는 것은 생각도 못 하고 치마를 엉덩이 아래로 끌어내리려고 무진 애를 썼지만 허사였다. 아가씨는 보이지 않는 총살 집행 부대에 대고 상반신을 내밀고서 그가 겪고 있는 어려움은 눈치도 못 채고 있었다.

아, 야로밀이 힘겹게 보낸 약 십오 분의 그 시간에 대해서는 침묵하기로 하자. 그는 마침내 아가씨를 완전히 벗기는 데 성공했다. 아주 오래도록 기대해 왔던 그 예정된 순간을 기다리며 그녀가 쿠션 위에 얌전히 누워 있는 것을 보면서 그는 이제 자기가 옷을 벗는 일만 남았음을 깨달았다. 그런데 불빛이 너무 환해서 야로밀은 옷을 벗기가 부끄러웠다. 그때 이 상황을 구해 줄 생각이 하나 떠올랐다. 아까 거실 옆에 침실(일 인용 침대 두 개가 나란히 놓인 구식 침실) 하나가 있는 것을 보았는데 거기에는 불이 켜져 있지 않았다. 거기에서라면 어둠 속에서 옷을 벗을 수도 있고 이불 속에 몸을 가릴 수도 있을 것 같았다.

"침실로 가지 않을래?" 그가 소심하게 물었다.

“침실에? 왜? 침실이 왜 필요한데?” 아가씨는 소리 내어 웃으며 말했다.

그녀가 왜 웃었는지 말하기는 어렵다. 그것은 그저 그냥 나온 웃음, 당황한, 생각 없이 나온 웃음이었다. 하지만 야로밀은 상처를 입었다. 마치 침실로 가자고 한 것이 자기가 얼마나 한심하게 경험이 없는지 다 드러내 버린 것처럼 바보 같은 소리를 한 것 같아 두려웠다. 그는 몹시 당황했다. 낯선 집에, 끄지도 못하는 적나라한 불빛 아래, 자기를 비웃던 낯선 여자와 함께 있는 것이었다.

그는 곧 그들이 그날 밤 사랑을 하지 못하리라는 것을 알았다. 그는 기분이 상하는 것을 느끼고 아무 말 없이 소파에 앉았다. 아쉬웠지만 동시에 안심이 되기도 했다. 이제 불을 꺼야 하나 말아야 하나, 옷을 벗으려면 어떻게 해야 하나 고심하지 않아도 되었다. 그리고 이렇게 된 것이 자기 잘못이 아닌 것이 좋았다. 그녀가 그렇게 바보같이 웃을 필요는 없었지 않은가!

“왜 그래?” 그녀가 물었다.

“아니야.” 야로밀이 말했다. 그는 기분이 상한 이유를 아가씨에게 설명하면 더 우습게 보이리라는 것을 알았다. 그래서 그는 감정을 억제하려고 애썼고, 그녀를 소파에서 일으키고는 드러내 놓고 찬찬히 살펴보기 시작했다.(그는 이 상황을 지배하고 싶었고, 관찰하는 자가 관찰당하는 자를 지배한다고 생각했다.) 그러고 나서 그는 그녀에게 말했다. “아름다워.”

지금까지 소파에서 꼼짝하지 않고 기다리던 그녀가 몸을 일으키더니 갑자기 몸이 무엇에서 풀려난 것 같았다. 그녀는 다시 말이 많아졌고 자신감 넘쳐 보였다. 남자에게 관찰당하고 있다는 것이 그녀를 조금도 거북하게 하지 않았고 (어쩌면 그녀는 관찰당하는 자가 관찰하는 자를 지배한다고 생각하는지도 몰랐다.) 그에게 이렇게 물었다.

"내가 옷을 벗고 있는 게 아름다워 입고 있는 게 아름다워?"

모든 남자가 살면서 언젠가 만나게 되는, 그리고 교육 기관에서 이에 대해 젊은이들을 교육해야 할 그런 고전적인 여자들의 질문이 몇 개 있다. 하지만 야로밀은 우리 모두와 마찬가지로 나쁜 학교들을 다녔고 무어라 답해야 할지 알지 못했다. 그는 아가씨가 듣고 싶어 하는 답이 뭔지 짐작해 보려고 애썼지만 당황스러울 뿐이었다. 대부분의 시간은 사람들 속에서 옷을 입고 지내므로 옷을 입고 있는 쪽이 더 아름답다는 말을 듣는 것이 아가씨는 더 기분 좋을지도 모른다. 하지만 나신이 몸의 진실이므로 완전히 벗고 있는 것이 더 예쁘다고 말해도 야로밀은 그녀를 마찬가지로 기분 좋게 해 줄 수 있을 것이다.

"벗고 있으나 입고 있으나 다 아름다워." 그는 이렇게 말했으나 여대생은 이 대답에 전혀 만족하지 않았다. 그녀는 방 안을 경중거리고 다니며 젊은 남자의 시선에 자신을 드러냈고 말을 돌리지 말고 바로 답하라고 재촉했다. "내가 어떻게 하고 있는 게 더 네 마음에 드는지 알고 싶어."

질문이 이렇게 더 분명해지자 그는 답하기가 더 쉬워졌다. 다른 이들은 그녀가 옷을 입은 것만 알고 있으니, 좀 전에는 벗은 것보다 입은 것이 덜 아름답다고 말하면 눈치 없는 답이 되리라 생각했다. 그런데 지금은 그녀가 그의 개인적인 의견을 묻고 있으므로 그는 개인적으로 그녀가 벗고 있는 것이 더 좋다고 과감하게 답할 수 있었고, 이는 그가 그녀를 있는 그대로, 그녀 자체를 사랑한다는 것을, 그녀에게 그저 덧붙어 있을 뿐인 것에는 신경 쓰지 않는다는 것을 보여 줄 것이었다.

여대생은 벗은 것이 아름답다는 말을 듣고서 매우 호의적으로 반응했으므로 잘못 판단하지 않았다는 것이 완연히 명백했다. 그녀는 그가 떠날 때까지 옷을 다시 입지 않았고, 키스를 많이 해 주었고, 떠날 때가 되자 (11시 십오 분 전, 엄마가 좋아할 것이었다.) 문간에서 그의 귀에 대고 속삭였다. "오늘 넌 나를 사랑한다는 걸 보여 줬어. 넌 정말 좋은 아이야. 나를 진짜 사랑해. 그래. 이게 더 나아. 그 순간은 좀 더 뒤로 미뤄 두자."

22

이 무렵에 그는 장시 한 편을 쓰기 시작했다. 문득 자신이 늙었음을 깨닫는 한 남자가 나오는 이야기 – 시였다. 이제 더 이상 운명이 자신의 정거장을 세우지 않는 지점에 있음을 깨닫는 남자. 자신이 버림받고 잊혔음을 깨닫는 남자. 그의 주위에는

사람들이 석회로 벽을 희게 바르고 가구를 들어내고
방을 전부 바꿔 놓고 있다

그래서 그는 서둘러 집을 나가 자기 삶에서 가장 강렬한 순간을 살았던 곳으로 돌아간다.

집 뒤 삼 층 왼쪽 맨 구석의 문

깜깜한 어둠 속 보이지 않는 명함 위의 이름과 함께
"스무 해 전부터 흘러간 시간 나를 받아들여 주오!"

오랜 고독의 세월 탓에 그 무엇에도 관심 없이 무기력에 깊
이 잠겨 있던 한 늙은 여인이 몸을 일으켜 문을 열어 준다. 어
서, 어서, 그녀는 조금이라도 붉은빛이 돌게 하려고 핏기 없는
입술을 깨문다. 어서, 예전 몸짓으로, 그녀는 감지 않은 성긴
머리카락을 매만져 보고, 벽에 걸린 옛 연인들의 사진을 그에
게 감추려고 어색하게 손짓을 한다. 그러나 잠시 후 그녀는 이
방에 좋은 기운이 감돈다는 것을, 외양은 아무 상관없다는 것
을 느낀다. 그녀는 말한다.

"이십 년 그리고 그대는 돌아왔네
내가 마지막으로 만나게 될 최후의 중요한 것으로
나는 아무것도 볼 가망이 없네
그대 어깨 너머로 앞날을 찾아보려 해도."

그렇다. 이 방은 기분이 좋다. 더 이상 아무것도, 주름도, 허
술한 옷차림도, 누렇게 된 이도, 성긴 머리카락도, 창백한 입
술도, 축 처진 배도, 그 무엇도 중요하지 않다.

굳은 믿음 굳은 믿음 나는 이제 움직이지 않으며 준비되어
있다
굳은 믿음 그대 곁에서 아름다움은 아무것도 아닌 것 그대

곁에서 젊음은 아무것도 아닌 것

그리고 그는 피곤한 발걸음으로 방 안을 돌아다니며 (탁자
에 새겨진 모르는 이들의 지문들을 장갑으로 지운다.) 그녀가 연인들
을, 수많은 연인들을 가졌었음을 안다. 그들은

    그녀 피부의 빛을 모두 앗아 갔네
    어둠 속에서조차 그녀는 이제 아름답지 않네
    손에 닳아 낡은 아무 가치 없는 동전

그리고 오래된 노래 하나가 그의 머릿속에 맴도는데, 잊힌
노래, 아, 이런, 그 노래가 어떻게 되더라?

    너는 멀어져 가네, 너는 멀어져 가네 모래 침대 위에
    네 모습도 지워져 가네
    너는 멀어져 가네, 너는 멀어져 가네 그리고 네게서 남은 건
    중심뿐 오로지 너의 중심뿐

그리고 그녀는 그를 위해 더 이상 그 어떤 젊은 것도 지니지
못했음을 안다. 그러나

    지금 나를 엄습하는 이 약해지는 순간들
    나의 피로 나의 노쇠 너무도 중요하고 너무도 순수한 이 과
    정은

오직 그대에게만 속하는 것

그들의 주름진 육신은 감정에 북받치며 마주 닿고, 그는 그
녀에게 "꼬마 아가씨."라고 말하고, 그녀는 그에게 "내 아기."
라고 말하고, 그들은 함께 눈물 흘린다.

그리고 그들 사이엔 매개물이 없네
단어 하나 몸짓 하나 몸을 숨길 그 무엇 하나
두 사람의 비참을 감출 그 무엇 하나

그들이 입에 가득 붙들고 있는 것, 서로에게서 탐하듯 마시
고 있는 것, 그것은 바로 서로의 비참이다. 그들은 서로의 비
참한 육신을 어루만지고, 상대의 살갗 아래에서 살며시 부르
릉거리는 죽음의 기계 소리를 벌써 듣고 있다. 그리고 그들은
이제 서로에게 영원히, 완전히 바쳐졌음을 안다. 그리고 이것
이 자신들의 마지막 사랑이며, 또한 마지막 사랑은 가장 커다
란 사랑이므로 이것이 자신들의 가장 커다란 사랑임을. 남자
는 생각한다.

출구 없는 사랑이다 문 같은 사랑이다

그리고 여자는 생각한다.

여기 죽음의 시간은 어쩌면 멀리 있는지도 모르나 얼마나 비

슷한지 이미 아주 가까이 있네

　소파에 깊숙이 파묻힌 우리 둘과 너무나도 비슷하게 그렇게
가까이

　이제 목표는 도달됐고 우리 다리는 너무도 행복하여 한 발짝
도 더 걸으려 하지 않네

　또한 손은 너무도 확실히 알아 더 이상 단 한 번의 애무조차
하려 하지 않네

　우리 입속 침이 이슬방울로 변하기를 기다리는 일밖에 남지
않았네

엄마는 이 이상한 시를 읽고 다른 때와 마찬가지로, 자기 나
이와 이렇게 동떨어진 나이를 이해할 수 있는 아들의 조숙함
에 깜짝 놀랐다. 그녀는 시에 나오는 인물들이 실제적인 노쇠
의 심리와 전혀 상관이 없다는 것을 알아채지 못했다.

그렇다. 이 시는 전혀 늙은 남자와 늙은 여자의 이야기가 아
니다. 누가 야로밀에게 이 시의 인물들이 몇 살이냐고 물었다
면 아마 마흔에서 여든 살 사이라고 답했을 것이다. 그는 늙는
다는 것에 대해 전혀 몰랐고 그에게는 멀고도 추상적인 개념
이었다. 그가 노년에 대해 알고 있는 모든 것은 성년기가 이미
과거에 속하는 삶의 시기라는 것뿐이었다. 운명이 이미 완결
된 삶의 시기, 미래라 불리는 이 끔찍한 미지의 것을 더 이상
두려워할 필요가 없는 삶의 시기, 사랑을 만나면 그것이 최후
이고 확실한 것인 삶의 시기.

왜냐하면 야로밀은 온통 불안으로 가득 차 있었기 때문이

다. 그는 마치 가시밭길을 걷는 것처럼 젊은 여자의 벗은 몸을 향해 다가갔다. 그는 그 몸을 갈망했으나 또한 두려워했다. 바로 그렇기 때문에 달콤한 사랑에 대한 시 속에서 그는 어린아이의 상상의 세계 속으로 도피처를 찾아 몸의 물질성을 피했던 것이다. 그는 몸의 실재성을 없애고 여자의 성기를 자동 장난감으로 상상했다. 이번에는 반대쪽, 즉 노년 쪽에서 도피처를 찾았다. 몸이 더 이상 위험하고 도도하지 않은 곳. 몸이 비참하고 가엾은 곳. 시든 몸의 비참이 젊은 몸, 이제 자기도 늙게 될 젊은 몸의 오만과 그럭저럭 그를 화해시켜 주는 그곳.

그의 시에는 자연히 일어나는 보기 싫은 모습들로 가득하다. 야로밀은 누렇게 변한 이도 잊지 않았고 눈가의 눈곱도, 축 늘어진 배도 잊지 않았다. 하지만 이렇게 적나라하게 세세한 것들을 드러낸 저 뒤편에는 사랑을 영원한 것으로, 무너뜨릴 수 없는 것으로, 어머니의 품과 대치할 수 있는 것으로, 중심 오로지 중심일 뿐인 것으로, 육체의 힘, 사자들이 사는 미지의 영토처럼 그의 앞에 광활하게 펼쳐진 그 믿을 수 없는 육체의 힘을 넘어설 수 있는 것으로 제한하고자 하는 그런 가슴 뭉클한 욕망이 자리하고 있었다.

그는 달콤한 사랑의 인위적인 유년에 대한 시를 썼고, 비현실적인 죽음에 대한 시를 썼으며, 비현실적인 노년에 대한 시를 썼다. 이것은 세 푸른 깃발, 그 아래에서 그가 성인 여자의 무지막지하게 현실적인 몸을 향해 두려움에 떨며 나아가는 깃발이었다.

23

그녀가 집에 왔을 때 (엄마와 할머니는 이틀간 프라하에 없었다.) 그는 서서히 어둠이 내리고 있어도 불을 켜지 않으려고 주의를 기울였다. 그들은 저녁식사를 마치고 야로밀의 방에 있었다. 10시쯤 돼서 (이 시간은 엄마가 보통 그를 잠자리에 들게 하는 시간이었다.) 그는 자연스럽게 잘 발음할 수 있도록 미리 수차례 머릿속에서 연습해 놓은 그 문장을 말했다. "우리 자러 갈까?"

그녀는 그러자고 했고 야로밀은 침대보를 걷었다. 그렇다. 모든 것이 그가 예상했던 대로 진행되었고 모든 것이 어려움 없이 흘러갔다. 아가씨는 한쪽 구석에서 옷을 벗었고 야로밀은 (훨씬 더 재빠르게) 다른 쪽 구석에서 옷을 벗었다. 그는 즉시 잠옷을 입고 (주머니에는 그 양말이 든 봉투를 잘 넣어 두었다.) 그다음 얼른 이불 안으로 들어가 (그는 잠옷이 자기에게 어울리지 않

고 또 너무 커서 자신을 작아 보이게 만든다는 것을 알았다.) 아무것
도 걸치지 않은 아가씨가 완전한 나신으로 (아! 어둠 속에서 그
녀는 지난번보다 더욱더 아름다워 보였다.) 자기 옆에 다가와 눕는
것을 바라보았다.

그녀는 그에게 바싹 다가와 격렬하게 키스하기 시작했다.
잠시 후 야로밀은 지금이 그 봉투를 열어야 할 바로 그 시점이
라고 생각했다. 그래서 그는 주머니에 손을 넣고 몰래 그것을
꺼내려고 했다. "거기 뭐가 있어?" 아가씨가 물었다. "아무것
도 아니야."라고 대답하고 그는 봉투를 집으려던 손을 얼른 여
대생의 가슴에 올려놓았다. 그러고 나서 그는 잠깐 실례한다
고 말하고 욕실에 가서 혼자 은밀하게 준비를 갖추어야만 하
겠다고 생각했다. 그런데 그런 생각을 하는 동안 (아가씨는 키
스를 멈추지 않고 있었다.) 그는 처음에 몸에 확연히 드러나게 느
꼈던 흥분이 사라져 버렸다는 것을 알았다. 그러자 그는 이런
상황에서는 봉투를 열어 봐야 아무 소용이 없으리라는 것을
알았으므로 새로운 곤경에 빠졌다. 그래서 그는 사라져 버린
흥분이 다시 돌아오기를 조마조마하게 기다리면서 아가씨를
열정적으로 애무해 보았다. 하지만 소용없었다. 온 신경을 다
기울여 자기 몸을 바라보자 몸은 공포에 사로잡힌 것 같았다.
공포가 커질수록 몸은 줄어들었다.

애무와 키스는 더 이상 쾌감도 만족도 주지 못했다. 그것은
그저 하나의 방패막이, 그 뒤에서 이 소년이 속을 끓이고 자기
몸에게 제발 말을 들으라고 간절히 애원하는 방패막이일 따
름이었다. 끊임없는 애무와 포옹이 이어졌고 그것은 끝나지

않는 고문, 완전한 침묵 속의 고문이었으니, 야로밀은 무슨 말을 해야 할지 알지 못했고 무슨 말을 하건 자신의 수치심을 드러나게만 할 뿐이라고 느꼈기 때문이다. 아가씨 또한 이 수치심을, 정확히 이것이 야로밀 것인지 자기 것인지는 알지 못했어도 눈치채기 시작했기 때문에 그녀 역시 아무 말 없이 입을 다물고 있었다. 어쨌든 그녀가 예상하지 못한, 명명하기 두려운 어떤 일이 일어나고 있었다.

그러나 얼마 후 애무와 키스로 이루어진 이 끔찍한 무언극의 강도가 점점 약해지고 더 이상 계속할 힘이 없다고 느껴졌을 때 둘은 각자 베개에 머리를 누이고 잠을 청하려고 애를 썼다. 그들이 정말 잤는지 또 언제 잠이 들었는지 말하기는 어려우나, 정말 잠이 든 것은 아니라 하더라도 둘 다 자는 척했고 그렇게 하여 자신을 숨기고 서로에게서 도망칠 수 있었다.

다음 날 아침 잠자리에서 일어났을 때 야로밀은 여대생의 몸을 보기가 겁났다. 그 몸은 고통스럽게 아름다워 보였고 그가 가지지 못하는 만큼 더 아름다워 보였다. 그들은 부엌으로 가서 아침 식사를 준비했고 자연스럽게 이야기를 나누려고 애를 썼다.

그러나 얼마 후 여대생이 말했다. "넌 나를 사랑하지 않아."

야로밀은 절대 그런 것이 아니라고 말하려 했으나 그녀는 그의 말을 막았다. "아니. 날 설득하려고 애쓸 필요 없어. 너도 어쩔 수가 없었던 거야. 어젯밤에 봤잖아. 넌 나를 사랑하지 않아. 너 자신이 확인했잖아, 어젯밤에, 날 그다지 사랑하지 않는다는 거."

처음에 야로밀은 아가씨에게 어젯밤 일어난 일은 자신의 사랑의 크기와는 아무 상관이 없다고 설명하려 했지만 그러다가 말았다. 그녀가 한 말이 자신의 굴욕을 감춰 주는 예기치 않은 기회를 제공했던 것이다. 자기 몸에 결함이 있다는 생각을 수긍하기보다는 그녀를 사랑하지 않는다는 비난을 받아들이는 편이 천배는 더 쉬웠다. 그래서 그는 아무 대답도 하지 않고 머리를 숙였다. 그리고 아가씨가 또 똑같은 비난을 하자 그는 일부러 모호하고 불확실한 어조로 말했다. "아니야, 사랑하는데……." "넌 거짓말하고 있어. 다른 사람, 사랑하는 사람이 있는 거야." 그녀가 말했다.

이것, 이것은 더 좋았다. 야로밀은 마치 이런 비난에 일리가 있음을 인정하는 것처럼 머리를 기울이며 서글프게 어깨를 으쓱했다.

"진정한 사랑이 아니라면 아무 의미도 없어." 침울한 목소리로 아가씨가 말했다. "난 이런 걸 가볍게 여길 수 없다고 미리 알려 줬잖아. 내가 너한테 어떤 다른 사람을 대신한다는 생각은 견딜 수가 없어."

그가 겪은 지난밤은 잔인했고 야로밀에게는 단 하나의 출구밖에 없었다. 즉 그 밤을 다시 시작해서 자신의 실패를 지워 버리는 것. 그러니 그는 이렇게 대답할 수밖에 없었다. "아니야, 잘못 생각하는 거야. 널 사랑해. 무지무지 사랑해. 하지만 숨긴 게 있어. 다른 여자가 있다는 거 맞아. 그 여자는 나를 사랑했는데 내가 많이 아프게 했어. 지금 나를 그림자처럼 짓누르는데 나는 맞서서 어떻게 할 수가 없어. 제발 날 이해해 줘.

이것 때문에 날 다시 안 본다고 하면 잘못된 거야. 난 너만, 너만 사랑하니까."

"다시 안 본다고 하지는 않았어. 다만 다른 여자가 있다는 생각, 그게 그림자라도, 그런 생각은 견딜 수가 없다는 거지. 너도 날 좀 이해해 줘. 나한테 사랑은 절대적인 거야. 사랑에 있어서 나한테 타협이란 없어."

야로밀은 안경 쓴 여학생의 얼굴을 바라보며 그녀를 잃을지도 모른다는 생각에 가슴이 저려 왔다. 그녀는 이토록 가까이 있고 자기를 이해해 줄 수 있을 것만 같았다. 하지만 그래도 그는 그녀에게 털어놓을 수도 없고 그러고 싶지도 않았으며, 숙명의 그림자가 드리우고 쓰라린 상처를 지녀 동정을 받아야 할 남자로 여겨지게 해야만 했다. 그는 답했다.

"절대적인 사랑이란 무엇보다 우선 상대를 이해해 줄 수 있는 것이고, 그 사람이 지닌 모든 것과 함께, 그림자까지도 함께 그 사람을 사랑할 수 있다는 것을 의미하는 게 아닌가?"

말이 아주 멋지게 되었고, 여대생은 이 말에 대해 곰곰이 생각하는 듯했다. 어쩌면 완전히 다 끝난 것은 아닐지 모른다고 야로밀은 생각했다.

24

그는 자기 시를 그녀에게 한 번도 보여 주지 않았다. 전위적
인 어떤 잡지에 그의 시들을 발표하게 해 주겠다고 화가가 약
속한 적이 있어서 그는 활자의 힘을 더해 여학생을 감동시키리
라 기대했다. 하지만 이제는 시들이 속히 그에게 구원을 가져
다주어야만 했다. 여학생이 그 시들을 다 읽고 나면 (그가 가장
기대한 것은 늙은 연인들에 대해 쓴 시였다.) 그녀가 자신을 이해하
고 감동하리라 확신했다. 착각이었다. 그녀는 자신의 어린 남
자 친구에게 비판적 의견을 말해 주어야 한다고 생각했고 아주
짧막하게 몇 마디 하고 말아서 그를 얼어붙게 만들었다.

그가 열광적으로 찬미해 마지않던 그 찬란한 거울, 그 속에
서 처음으로 자기 자신을 발견했던 그 거울은 어떻게 되었는
가? 모든 거울이 그에게 채 자라지 못해서 한심하게 보기 흉
한 모습만을 비춰 주었고 그것은 견딜 수 없었다. 그때 한 유

명한 시인의 이름이 떠올랐다. 유럽 전위 예술의 후광을 이마에 드리우고 프라하의 온갖 소문을 몰고 다니는 시인이었다. 그는 그 시인을 잘 알지도 못하고 한 번도 본 적도 없었지만, 평범한 한 신자가 교회의 고위 성직자를 향해 느낄 법한 맹목적인 신뢰를 그에 대해 느꼈다. 그는 공손하고 애절한 편지와 함께 자기 시들을 그에게 보냈다. 그 후 그는 우정과 감탄이 어린 답장을 꿈꾸었고, 여대생과 만나는 일이 점점 드물어지고 (그녀는 시험 날짜가 다가오고 있어서 시간이 없다고 했다.) 서글퍼지는 데 대해 상처를 가라앉히는 향유 같은 역할을 했다.

그리하여 그는 어떤 여자건 여자와 나누는 모든 대화가 어려움을 야기하고 집에서 미리 대비를 해야 했던 (하긴 그리 멀지도 않은) 그 시기로 되돌아왔다. 또다시 그는 모든 만남을 며칠 전에 미리 해 보고 여대생과 가상의 대화를 나누며 긴긴 밤들을 보내곤 했다. 표현되지 않은 이런 독백 속에서 그 여자, 야로밀의 방에서 아침 식사 때 여대생이 의심을 표했던 그 여자의 존재가 점점 더 분명하게 (하지만 또 신비롭게) 나타나게 되었다. 그 여자는 야로밀이 사연 많은 과거를 지닌 것처럼 빛나게 해 주었고 질투 어린 관심을 불러일으켰으며 그의 육신의 실패에 좋은 구실이 되어 주었다.

불행히도 그 여자는 표현되지 않은 이 독백 속에서만 나타났고, 야로밀과 여대생의 실제 대화에서는 눈에 띄지 않게 곧 자취를 감추어 버렸다. 여대생은 처음에 느닷없이 그 여자의 존재를 언급했던 것처럼 별안간 관심이 싹 사라졌다. 얼마나 실망스러웠던지! 야로밀이 슬쩍 던지는 작은 암시들, 아주 공들여 계산된 말실수, 다른 여자를 생각하고 있다고 믿게끔 의도된 갑작스러운 침묵, 이 모든 것들이 조금의 반응도 불러일으키지 못하고 지나갔다.

반면에 그녀는 그에게 학교 이야기를 길게 (그리고 안타깝게도 매우 즐겁게) 해 주었으며 어찌나 생생하게 자기 동료들을 묘사했는지 그는 자기 자신보다 그들이 훨씬 더 실제적으로 느껴졌다. 그들 둘은 다시 서로 알기 전의 상태, 학구적인 대화를 나누는 수줍은 소년과 돌 같은 처녀로 되돌아갔다. 다만 이따금 (야로밀은 이런 순간들을 한없이 사랑했고 그냥 흘려보내지 않았다.) 그녀는 갑자기 말을 하지 않거나 느닷없이 어떤 말, 서글프고 향수 어린 어떤 말을 하곤 했는데, 야로밀이 거기에 자기 나름대로 무슨 말을 이어 가려 해 보았지만 허사였다. 이 아가씨의 슬픔은 자기 내면으로 향해 있고 야로밀의 슬픔과 조우하길 원치 않았기 때문이다.

이 슬픔의 근원은 무엇이었을까? 누가 알겠는가? 어쩌면 그녀는 사라져 가는 것이 보이는 사랑을 아쉬워했는지도 모른다. 혹은 자신이 욕망하는 어떤 다른 사람을 생각하고 있었는지도 모른다. 누가 알겠는가? 어느 날, 이런 슬픔의 순간이 너무도 강렬하여 (그들은 극장에서 나와 어둡고 고요한 길을 거닐고 있었다.) 그녀가 그의 어깨에 머리를 기댔다.

오, 세상에! 이건 그가 아는 것이 아닌가! 무용 수업의 그 소녀와 슈트로모브카 공원을 거닐었던 그날 저녁 그가 해 보았던 것 아닌가! 그날 저녁 그를 흥분시켰던 이런 동작은 그에게 동일한 효과를 일으켰으니, 그는 흥분했던 것이다! 그는 무

한히 그리고 공공연하게 흥분했다! 하지만 이번에는 부끄럽
지 않았고 그 반대로, 정반대로, 자기가 발기한 것을 아가씨가
알아차려 주길 간절히 바랐다.

그러나 아가씨는 그의 어깨에 슬프게 머리를 기댄 채 안경
너머로 어디를 보는지 알 수 없었다.

그리고 야로밀의 흥분은 위풍당당하게, 자랑스럽게, 오래
오래, 눈에 드러나게 계속 이어졌으며, 그는 그것이 눈에 띄
고 멋지다고 여겨지길 얼마나 애타게 바랐던가! 그는 아가씨
의 손을 잡아 자기 몸에 갖다 대고 싶었지만 그저 생각뿐, 말
도 안 되고 할 수도 없는 일같이 보였다. 그러면 걸음을 멈추
고 키스를 하면 아가씨가 자기 몸의 흥분을 감지할 수 있지 않
을까 그는 생각했다.

하지만 걸음이 점점 느려지자 그가 멈추어 서서 키스하려
한다는 것을 알아차리고 그녀는 말했다.

“아냐, 이대로 있고 싶어. 이대로 있고 싶어……."

이 말을 어찌나 슬프게 했는지 야로밀은 그대로 따를 수밖
에 없었다. 그리고 다리 사이의 그것, 그것은 그에게 꼭 적 같
고, 어릿광대 같고, 춤추며 그를 비웃는 익살꾼 같았다. 어깨
에는 다른 사람의 슬픈 머리를 얹고, 다리 사이에는 자신을 비
웃는 낯선 어릿광대를 데리고 그는 걷고 있었다.

25

화가네 집에 불쑥 나타난 것을 보면 그는 슬픔과 위안에 대한 목마름이 (그 유명한 시인은 여전히 답이 없었다.) 그 어떤 파격적인 행동도 정당화해 준다고 생각했던 모양이다. 현관에 들어서는데 벌써 사람들 목소리가 들려오자 그는 손님들이 와 있다는 것을 알아채고는 얼른 인사를 건네고 돌아 나가려고 했다. 그런데 화가는 아주 반가워하며 그를 아틀리에로 데리고 들어가 남자 셋 여자 둘인 손님들에게 소개했다.

낯선 사람 다섯이 자신을 바라보자 야로밀은 얼굴이 화끈거렸지만 동시에 기분이 우쭐해지기도 했다. 화가가 그를, 아주 뛰어난 시를 쓰는 사람이라고 하고 또 손님들이 벌써 들어서 알고 있는 것처럼 소개했던 것이다. 흐뭇한 느낌이었다. 안락의자에 앉아 주위를 둘러보며 그는 그곳에 있는 두 여인이 자신의 여대생보다 더 예쁘다는 것을 확인하고 매우 기분이 좋았다. 그 여인들은 얼마나 자연스럽고도 우아하게 다리를 꼬고, 재떨이에 담뱃재를 떨고, 전문 용어와 음란한 단어 들을 섞어 묘하게 말을 하던지! 야로밀은 안경 낀 아가씨의 우렁찬 목소리가 귀에 와 닿을 수 없는 저 높은 아름다운 정상으로 엘리베이터가 자신을 데려가고 있는 느낌이었다.

여자 중 하나가 그를 향해 몸을 돌리고는 어떤 시를 쓰는지 상냥하게 물었다. "그냥 시요."라고 하고 그는 거북해하며 어깨를 으쓱했다. "아주 훌륭한 시지."라고 화가가 덧붙였고 야로밀은 고개를 숙였다. 다른 여자가 그를 바라보며 낮은 목소리로 말했다. "저 친구가 지금 우리하고 있으니 팡탱라투르의 그림 속에 베를렌과 친구들하고 같이 있는 랭보 생각이 나네요. 남자들 속에 있는 어린아이. 열여덟 살에도 랭보는 열세 살로 보였대요. 그런데 당신, 당신이 꼭 어린아이 같은 분위기예요." 그녀는 야로밀 쪽으로 몸을 돌려 이렇게 말했다.

(우리는 지적하지 않을 수 없다. 랭보의 스승 이장바르의 누이들, 저 유명한 이 잡는 여인들이, 랭보가 오랜 방랑에서 돌아와 그 집에 갔을 때 그를 씻기고 이를 잡아 주며 다정하게 그를 돌보아 주었던 것처럼 이 여인도 똑같이 야로밀에게 그런 잔인한 다정함을 보여 주었다는 것을.)

"더 이상 어린아이도 아니고 그렇다고 아직 남자도 아닌 행운을 이 친구는 갖고 있지. 하긴 오래가진 않겠지만." 화가가 말했다.

"사춘기는 가장 시적인 나이죠." 첫 번째 여자가 말했다.

"아직 덜 자라고 불완전한 이 사춘기 소년이 얼마나 성숙하고 완벽하게 시를 쓸 수 있는지 알면 깜짝 놀랄걸!" 화가가 미소를 띠며 말했다.

"맞아." 남자들 중 하나가 그렇다고 했는데, 그럼으로써 그가 야로밀의 시를 잘 알며 화가의 찬사를 인정한다는 것을 드러냈다.

"시 발표는 안 하나요?" 저음의 여자가 야로밀에게 물었다.

"긍정적인 영웅들과 스탈린 흉상들의 시대는 그의 시에 그렇게 우호적이지 않을 거야." 화가가 말했다.

긍정적 영웅들 이야기가 나오자 다시 야로밀이 오기 전에 하고 있던 이야기로 화제가 이어졌다. 야로밀은 이런 문제에 익숙했고 토론에 쉽게 참여할 수 있었지만 그들이 하는 이야기가 하나도 귀에 들리지 않았다. 그의 머리에는 열세 살로 보인다, 어린아이다, 사춘기 소년이다라고 반복되는 메아리가 울리고 있었다. 분명 여기 있는 사람 중 누구도 자기를 기분 나쁘게 하려는 것이 아니고 또 화가가 정말 진심으로 자기 시를 좋아한다는 것을 알고 있었지만 그것은 상황을 더 악화할 따름이었다. 이 순간 시는 그에게 중요하지 않았다. 시가 성숙한 게 아니라 자기 자신이 성숙해질 수 있다면 얼마든지 시를 포기할 것이었다. 딱 한 번 여자랑 잘 수만 있다면 시는 몽땅 내줄 수 있었다.

열띤 토론이 벌어졌고 야로밀은 일어서 나가고 싶었다. 하지만 가슴이 너무나 조여 와서 가 보겠다는 말조차 입 밖으로 내놓을 수가 없었다. 그는 자기 목소리를 듣는 것이 두려웠다. 목소리가 덜덜 떨리기 시작하거나 괴상한 소리가 나와 또 한 번 만천하에 자신의 어린애 같은 미숙함이 드러날까 두려웠다. 그는 자기 모습이 아예 지워졌으면 싶었고, 발끝으로 살살 걸어 나가 멀리 사라지고 싶었으며, 오래도록 잠들었다가 십 년 뒤에, 자기 얼굴이 나이 들어 남자다운 주름으로 뒤덮여 있을 때 깨어나고 싶었다.

저음의 여자가 다시 그에게 몸을 돌리며 물었다.

"왜 그렇게 말이 없어요?"

그는 (전혀 듣고 있지 않았지만) 말하기보다 듣는 것을 좋아한다고 더듬거리며 답하고는 생각했다. 여대생이 자기에게 내렸던 그 판결에서 벗어날 수가 없다고, 그리고 그 선언이, 낙인처럼 찍혀 있는 숫총각 딱지를 떠올리게 함으로써 (그를 척 보기만 해도 아직 여자를 가져 보지 못했다는 것을 모두가 다 아니 기막히지 않은가!) 다시 한 번 확인되었다고.

그리고 모두들 자기를 바라보고 있다는 것을 알고 있었으므로 그는 가혹하도록 자신의 얼굴을 의식하고 있었는데, 자기 얼굴에 드러난 것이 어머니의 미소라는 것을 느끼고는 거의 경악할 지경이었다. 그는 확실하게 이 미소를, 섬세하고 씁쓸한 이 미소를 인식했고, 입술에 이 미소가 달라붙어 있는 것이 느껴졌는데 그것을 떼어 버릴 수가 없었다. 엄마가 얼굴에 딱 붙어 있는 느낌, 고치가 애벌레를 감싸듯, 애벌레 자신이 자기 모습을 가질 권리는 인정하고자 하지 않은 채, 엄마가 자기를 휘감고 있는 느낌이었다.

그렇게 그는 엄마의 마스크를 덮어쓰고 그곳에, 어른들 사이에 앉아 있었다. 엄마는 그를 품에 꼭 끌어안고 이 세계, 그가 속하고 싶어 하는 이 세계에서 그를 멀리 떨어뜨려 놓기 위해 자기 품으로 끌어당기고 있었다. 그가 바라는 이 세계는 그에게 온화하게 대하면서도 아직은 그 속에 자기 자리를 지니지 못한 사람 대하듯 했다. 이런 상황이 정말 너무도 견딜 수가 없어서 야로밀은 머리를 흔들어 어머니의 마스크를 떨어내려고 온 힘을 다 그러모았다. 그리고 토론 내용을 잘 들으려고 애썼다.

토론은 당시 모든 예술가 사이에서 논쟁의 대상이 되었던 문제에 관한 것이었다. 보헤미아에서 현대 예술은 공산주의 혁명과 궤를 같이 한다고 주장해 왔다. 그런데 막상 혁명이 일어나자 모두가 다 이해할 수 있는 민중 리얼리즘에 무조건 동참한다는 방침이 선포되었고 현대 예술은 부르주아적 퇴폐의 끔찍한 표현이라며 거부되었다.

"이게 우리의 딜레마야. 현대 예술을 저버리느냐 아니면 혁명을 저버리느냐. 우리는 현대 예술과 더불어 성장해 왔고, 혁명은 우리 것이라고 주장해 왔는데 말이지." 손님 중 하나가 말했다.

"질문이 잘못됐어. 학술적인 예술을 무덤에서 부활시키고 국가 원수 흉상을 수천 개 만들어 내는 혁명은 단지 현대 예술만 저버린 게 아니라 우선 무엇보다 자기 자신을 배반한 거야. 이 혁명은 세상을 변화시키지 않아. 그 반대지. 역사의 가장 반동적인 정신, 광신적인 정신, 규율, 독단, 관습에 대한 믿음, 이런 정신들을 지키려는 거야. 우리에게 딜레마는 없어. 우리가 진정한 혁명가라면 우린 이런 혁명의 반역을 받아들일 수 없지." 화가가 말했다.

야로밀은 화가의 생각이 어떤 논리로 진행되는지 잘 알고 있었고 전혀 어렵지 않게 그런 생각을 개진할 수 있었을 테지만 여기에서 감동적인 제자의 역할, 사람들이 칭찬해 마지않을 유순한 소년의 역할을 연기하는 것이 역겨웠다. 반항하고 싶은 욕망에 사로잡혀 그는 화가를 향해 몸을 돌리며 말했다.

"선생님은 절대적으로 모던해야 한다고 늘 랭보를 인용하시죠. 저도 전적으로 동의해요. 하지만 절대적으로 모던한 것, 그건 우리가 오십 년 동안 예견했던 것이 아니라 우리에게 충격을 주고 우리를 놀라게 만드는 것이에요. 절대적으로 모던하다는 것, 그건 이미 사반세기 동안 지속되고 있는 초현실주의가 아니라 우리 눈앞에 지금 일어나고 있는 이 혁명이라고요. 선생님이 그걸 이해 못 한다는 사실 자체가 아주 간단히 그것이 새로운 것임을 보여 주는 증거인 거죠."

그들은 그의 말을 잘랐다. "현대 예술은 부르주아지와 그 세계에 맞서는 운동이었어."

"그래요. 하지만 그 예술이 현시대의 세상을 거부하는 데 있어서 진정으로 논리적이었다면 자기 자신의 소멸을 예상했어야 해요. 혁명이 일어나 이제 완전히 새로운 예술, 자신을 닮은 예술을 창조할 것이라는 걸 알았어야죠.(그리고 그걸 원하기까지 했어야 해요.)" 야로밀이 말했다.

"그러니까 당신은 보들레르의 시에 말뚝을 박고 현대 문학 전체가 금지되고 국립박물관의 입체파 그림들을 후닥닥 지하 창고에 처넣어도 된다는 건가요?" 저음의 여자가 말했다.

"혁명은 폭력 행위죠. 그건 잘 알려진 사실이에요. 그리고 늙은이들을 무대에서 싹 쓸어 내야 한다는 걸 잘 알고 있는 게 바로 초현실주의인데 다만 자기도 거기에 속한다는 건 짐작도 못 한 거죠.” 야로밀이 말했다.

굴욕감 때문에 화가 나서 그는, 스스로도 의식했지만, 정확하고 매몰차게 자기 생각을 말했다. 그런데 말을 시작하자마자 당황스러운 것이 있었다. 자기 목소리에서 독특하고 권위적인 화가의 어조가 느껴지고 자신의 오른손이 공중에 화가 특유의 손짓을 그려 내고 있는 것을 어찌할 도리가 없었던 것이다. 그것은 사실 화가와 화가가 나누는, 남자인 화가와 어린 아이인 화가가 나누는, 화가와 화가 자신에게 맞서는 반항의 그림자가 벌이는 기이한 토론이었다. 야로밀은 그것을 인식했고 그래서 더욱더 굴욕감을 느꼈다. 그래서 그는 화가의 몸짓과 목소리가 자신을 이렇게 옭아매는 데 대해 복수하기 위해 점점 더 혹독한 표현들을 사용했다.

두 번에 걸쳐 화가는 꽤 긴 설명으로 야로밀에게 답했지만 그다음에는 입을 다물었다. 그는 굳은 표정으로 엄하게 그를 바라보기만 했고 야로밀은 이제 이 아틀리에에 다시는 발을 들여놓을 수 없으리라는 것을 알았다. 모두가 입을 다물고 있다가 저음의 그 여자가 말했다.(하지만 이번에는 이가 있는 랭보의 머리에 이장바르의 누이가 다정하게 몸을 기울이고 있듯 그렇게 다정히 말하는 것이 아니라 놀라워하며 서글프게 그에게서 멀어지는 것 같았다.)

“당신 시를 본 적은 없지만 내가 들은 바에 의하면 당신이 그렇게 열렬히 옹호한 이 체제에서는 그 시들이 빛을 보기는 어렵겠네요.”

야로밀은 나이 든 두 사람과 그들의 마지막 사랑에 대해 쓴 자신의 마지막 시가 떠올랐다. 자신이 너무나도 사랑하는 이 시가 낙관적 구호와 선전 선동의 시들이 득세한 이 시대에는 절대 출판되지 못하리라는 것을, 지금 그 시를 부인함으로써 자신의 유일한 재산, 그것이 없다면 자신은 완전히 혼자가 되어 버릴 재산을 부인하고 있다는 것을 그는 깨달았다.

하지만 시보다 더 귀한 다른 것이 있었다. 그가 아직 지니지 못한 것, 저 멀리 있는 것, 그가 갈망하는 것, 그것은 남자다움이었다. 행동과 용기를 통해서만 거기에 다가갈 수 있음을 그는 알고 있었다. 그리고 이 용기란 것이, 버림받는 것에 대한 용기, 모든 것으로부터, 사랑하는 여자, 화가, 심지어 자신의 시에게서도 버림받는 데 대한 용기를 의미하는 것이라면, 그래, 좋다, 그는 이 용기를 가지고 싶었다. 그래서 그는 이렇게 말했다.

“예. 저는 혁명이 이런 시들을 필요로 하지 않는다는 걸 알고 있어요. 아쉽죠. 그 시들을 사랑하니까요. 하지만 제가 아쉬워한다고 해서 그 시들이 쓸데없는 것이라는 사실을 반박할 수 있는 건 불행히도 아니지요.”

또다시 침묵이 흐르고 얼마 후 남자 중 하나가 “끔찍하군.”이라고 말했다. 그 사람은 등에 한기가 느껴지는 것처럼 정말로 몸을 부르르 떨었다. 야로밀은 자신의 말이 여기 있는 모든 사람에게 공포를 불러일으키고 있음을 느꼈다. 그들은 그를 바라보며 자신들이 사랑했던 모든 것, 존재 이유였던 모든 것이 사라져 버리는 소멸의 현신을 보고 있었던 것이다.

그것은 슬펐으나 또한 아름다웠다. 야로밀은 한순간 어린
아이 같은 느낌을 잊었다.

26

엄마는 야로밀이 말없이 책상에 가져다 놓는 시들을 읽었고 그 행간에서 아들의 삶을 읽어 보려 했다. 이 시들이 좀 분명한 말로 이야기를 한다면 좋았을 것을! 사실대로 이야기하고 있는 것이 하나도 없었다. 온통 수수께끼와 암시로 가득했다. 엄마는 아들의 머리가 여자들로 꽉 차 있다는 것은 알았지만 그가 여자들과 무엇을 하고 있는지는 전혀 알지 못했다.

그리하여 그녀는 결국 야로밀의 책상 서랍을 뒤져 일기장을 찾았다. 그녀는 바닥에 무릎을 꿇고 앉아 두근거리는 가슴으로 일기장을 훑어보았다. 내용은 간략했지만 그녀는 아들이 사랑에 빠졌다는 결론을 내릴 수 있었다. 그가 대상을 대문자 머리글자로만 지칭해 놓아서 그 여자가 실제로 누구인지 엄마는 알 도리가 없었다. 그 대신 그들이 며칠에 첫 키스를 나누었는지, 언제 그가 처음으로 그녀의 가슴을 만졌고 언제 처음 엉덩이를 만졌는지는 아주 열심히 세세하게 기록해 놓아서 엄마는 반감이 일었다.

잠시 후 한 날짜가 나왔는데 빨간색으로 새겨지고 수많은 감탄부호로 장식되어 있었다. 날짜 옆에는 이렇게 씌어 있었다. 내일! 내일이다! 아, 야로밀, 이 친구야, 오랜 세월이 흐르고 대머리 노인이 되어 네가 이 글을 읽게 될 때 기억해라. 네 인생의 진정한 역사가 시작된 날이 바로 이날임을!

그녀는 얼른 기억을 더듬어 그날이 바로 자신이 할머니와 함께 프라하를 떠나 있었던 날임을 떠올렸다. 집에 돌아왔을 때 욕실에서 자신의 귀한 향수병 뚜껑이 하나 열려 있었던 것도 기억해 냈다. 그래서 향수병 가지고 무얼 했느냐고 야로밀에게 물었더니 그가 머뭇거리며 "가지고 놀다가⋯⋯."라고 답했다. 오, 그녀는 얼마나 바보 같았는가! 야로밀이 어릴 때 향수 발명가가 되고 싶어 했던 기억이 나서 가슴이 뭉클해졌으니. 그녀는 그저 이렇게만 말했다.

"그러고 놀기엔 네가 좀 큰 것 같지 않니?"

하지만 이제 모든 것이 분명했다. 욕실에 여자가, 야로밀이 그날 밤을 함께 보낸 여자가 있었고 그 여자와 더불어 야로밀이 동정을 잃었던 것이다.

그녀는 아들의 나신을 상상했다. 그 몸 옆에 있는 여자의 나신을 상상하고, 그 여자의 몸에 자신의 향수가 뿌려져 있으며 그 몸의 냄새가 자신의 체취와 똑같다는 것을 상상했다. 역겨움이 확 밀려왔다. 다시 일기장을 들여다보니 감탄부호들이 찍힌 그 날짜 이후로는 더 이상 쓰인 것이 없었다. 흥, 이렇게 한번 같이 자고 나면 남자에게는 언제나 모든 게 끝이지, 그녀는 씁쓸하게 이렇게 생각했고 아들이 비열해 보였다.

며칠간 그녀는 아들을 피했다. 그러다가 얼마 후 그녀는 그가 수척해지고 얼굴이 창백하다는 것을 알아차렸다. 섹스를 너무 해서 그렇다고 그녀는 믿어 의심치 않았다.

며칠이 지난 후 그녀는 아들이 그렇게 쇠약해진 모습에 피로만 깃든 것이 아니라 서글픔도 어려 있음을 깨달았다. 그래서 좀 마음이 누그러져 희망을 되찾았다. 애인들은 상처를 주고 어머니들은 위안을 주지 하고 그녀는 생각했다. 애인은 수없이 많지만 어머니는 단 하나야라고 생각했다. 그를 위해 싸워야 해, 그를 위해 싸워야 해라고 되뇌었다. 그리고 그 순간부터 그녀는 경계를 게을리 하지 않고 새끼를 감싸는 암호랑이처럼 그의 주위를 맴돌기 시작했다.

27

그 무렵 그는 성공적으로 대학입학자격시험에 합격했다. 그는 무척 서운해하며 팔 년간 학교에 같이 다닌 친구들과 헤어졌고, 공식적으로 인정된 성인기가 자기 앞에 사막처럼 펼쳐진 느낌이었다. 그러던 어느 날 그는 (우연히, 그러니까 갈색 머리 남자네 집 회합 때 봐서 안면이 있던 한 청년을 만나게 돼서) 안경 낀 여대생이 학교 친구와 사랑에 빠졌다는 것을 알게 되었다.

그는 다시 그녀와 만났다. 그녀는 며칠 후에 휴가를 떠난다고 말했다. 그는 그녀의 주소를 적었다. 그는 자기가 알게 된 사실을 말하지 않았다. 그 말을 했다가 결별을 앞당길까 두려웠다. 그는 다른 사람이 있으면서도 그녀가 자기를 아직 완전히 버리지는 않은 것이 기뻤다. 그녀가 이따금 키스를 하도록 허락해 주고 적어도 자신을 친구처럼은 대해 주는 것이 기뻤다. 그녀에 대한 애착이 너무나 커서 그는 자존심 같은 건 모조리 포기할 태세였다. 자기 앞에 펼쳐진 사막 속에서 그녀는 단 하나의 살아 있는 존재였다. 가까스로 겨우 숨이 붙어 있는 그들의 사랑이 되살아날 수도 있으리라는 희망을 그는 꽉 움켜쥐고 있었다.

숨 막히는 긴 터널 같은 불타는 여름을 남기고 여대생은 떠났다. (눈물 젖은 호소의) 편지 한 통이 이 터널 속에 떨어져 아무런 메아리도 없이 사라져 갔다. 야로밀은 자기 방 벽에 걸린 전화 수화기를 생각했다. 아, 이 수화기는 문득 어떤 의미를 띄게 되었다. 선이 끊긴 수화기, 답장 없는 편지, 들어 주지 않는 누군가와의 대화…….

그리고 하늘하늘한 원피스를 입은 여인들이 거리를 미끄러져 갔고, 유행하는 곡조들이 열린 창문으로 흘러나왔고, 전차는 수건과 수영복이 든 가방을 지닌 사람들로 넘쳐났고, 남쪽을 향해, 숲을 향해 유람선이 블타바 강을 따라 내려갔다.

야로밀은 버려졌고 오로지 엄마의 눈만이 그를 주시하며 충실하게 곁에 머물러 있었다. 하지만 자신이 버림받았음을 아무도 모르고 눈에 띄지도 않아야 하는데 이 눈길에 다 드러나 버릴 수도 있다는 것이 그는 참을 수 없었다. 어머니의 시선도 질문도 견딜 수가 없었다. 그는 집을 피했으며 밤늦게 돌아와 곧바로 침대에 들었다.

그는 수음 아닌 위대한 사랑을 위해 태어났다는 점을 우리는 앞에서 말한 바 있다. 그렇지만 그는 그 몇 주일 동안 마치 그토록 비루하고 치욕스러운 행위를 통해 스스로를 벌하고자 하는 것처럼 필사적으로 미친듯이 수음에 매달렸다. 그러고 나면 하루 종일 머리가 아팠지만, 이 고통이 그에게 하늘하늘한 원피스를 입은 여인들의 아름다움을 가려 주고 뻔뻔스럽게 관능적인 유행가 곡조를 둔화해 주었기 때문에 머리가 아픈 것이 오히려 다행이었다. 그렇게 그는 달콤한 마비 상태에 빠진 채 끝없이 광막한 하루를 좀 더 쉽게 건너갈 수 있었다.

그리고 그는 여대생의 편지를 받지 못했다. 적어도 다른 편지라도, 그냥 아무 편지라도 하나 받았더라면! 그저 누군가가 그의 공허 속으로 들어와 주었더라면! 오, 그의 시를 받은 그 유명 시인이 마침내 그에게 몇 마디 써 보내 주었더라면! 오, 그가 몇 마디 따뜻한 말을 해 주었더라면!(그렇다. 우리는 그가 남자로 여겨질 수만 있다면 자기 시 전부를 몽땅 내주었을 거라고 말했다. 하지만 또한 이 말도 덧붙여야 한다. 어차피 남자로 여겨지지 않는다면 단 하나 그에게 작은 위안이 될 수 있는 것은 적어도 시인으로는 여겨진다는 사실이라는 점을.)

그는 다시 한 번 그 유명 시인의 주목을 끌고 싶었다. 하지만 편지로가 아니라 시적 향취가 담긴 행위를 통해서. 어느 날 그는 날카로운 칼을 하나 지니고 집을 나섰다. 그는 오랫동안 공중전화 부스 주위를 돌다가 근처에 아무도 없는 것이 확실할 때 안으로 들어가 수화기 선을 잘랐다. 그렇게 하루에 하나씩 수화기를 잘라 내는 데 성공했고 스무 날이 지나자 (아가씨로부터도 시인으로부터도 여전히 편지는 없었다.) 선이 잘린 수화기 스무 개가 생겼다. 그는 그것을 상자에 넣어 종이와 줄로 포장하여 소포를 만들고 유명 시인의 이름과 주소를 적고 보내는 사람 이름도 적어 넣었다. 아주 뿌듯한 마음으로 그는 이 소포를 들고 우체국에 갔다.

우체국 창구를 떠나려는데 누가 그의 어깨를 툭 쳤다. 돌아보니 공립학교 시절의 옛 친구, 학교 수위 아저씨의 아들인 그 동창이었다. 무척 반가웠다.(아무 일도 일어나지 않던 그 텅 빈 공허 속에서는 아주 미미한 사건이라도 대환영이었던 것이니!) 그는 감지덕지하며 이야기를 나눴고, 동창이 우체국 근처에 산다는 것을 알고는 자기를 초대하라고 거의 강요하다시피 했다.

수위 아들은 이제 부모와 학교에서 같이 살지 않고 자기 원룸을 갖고 있었다. "아내가 지금 집에 없어." 야로밀과 함께 들어가며 그가 말했다. 야로밀은 친구가 결혼을 했으리라곤 짐작도 못했었다. "응. 벌써 일 년 됐어."라고 수위 아들이 말했는데 어찌나 자신감 넘치고 자연스럽게 말하는지 야로밀은 부러운 감정을 느꼈다.

그러고 나서 그들은 원룸 안에 앉았는데 야로밀은 벽에 붙여 놓은 작은 침대에 갓난아기가 뉘어 있는 것을 발견했다. 그는 이 친구는 한 아이의 아버지인데 나는 겨우 수음이나 하는 놈이구나 하고 생각했다.

수위 아들은 장에서 술병을 꺼내 잔 두 개를 채웠고, 야로밀은 엄마가 수도 없이 질문을 퍼부어 댈 테니 자기 방에는 이렇게 술병은 둘 수도 없다고 생각했다.

"너 무슨 일을 해?" 야로밀이 물었다.

"경찰에 있어." 수위 아들이 말했다. 야로밀은 박자에 맞춰 함성을 지르는 군중의 소리를 전해 주는 라디오 앞에서 목에 습포를 감고 보냈던 그날을 떠올렸다. 경찰이 공산당의 가장 굳건한 버팀목이었으니 동창은 틀림없이 그 며칠간 포효하는 군중의 곁에 있었을 터인데 야로밀은 할머니와 함께 집에 있었다.

그랬다. 수위 아들은 정말로 그 며칠을 거리에서 보냈고 그 것에 대해 자랑스럽게 그러나 신중하게 이야기를 했다. 그러자 야로밀은 자신들이 동일한 신념으로 엮여 있음을 친구가 알게 해야 한다고 생각했다. 그는 갈색 머리 남자네 집에서 열렸던 회합들에 대해 그에게 이야기했다.

"그 유대인 놈?" 수위 아들이 시들하게 말했다. "그 친구 조심해. 이상한 놈이야."

수위 아들은 늘 그를 벗어났고 늘 그보다 한 단계 위에 있었다. 그래서 야로밀은 그와 같은 수준으로 올라가고 싶었다. 그는 슬픈 목소리로 말했다.

"너 알고 있는지 모르겠는데, 우리 아버지 수용소에서 돌아가셨어. 그때부터 난 이 세상을 근본적으로 변화시켜야 한다는 걸 알게 되었어. 그리고 내 자리가 어디인지도 알고 있지."

수위 아들은 마침내 이해하는 것 같아 보였고 그의 말을 받아들였다. 그러고 나서 한참 대화를 나누다가 자신들의 미래에 대한 이야기가 나오게 되었는데 야로밀이 불쑥 "난 정치를 할 거야."라고 선언했다. 이 말을 하고 그는 자기도 깜짝 놀랐다. 말이 생각을 앞지른 것 같았다. 자기를 위해 그리고 자기 대신에, 말이 자신의 미래를 결정하는 것 같았다.

"뭐, 우리 어머니는 내가 예술사나 프랑스어 같은 그런 걸 공부하길 바라시지만 난 관심 없어. 그런 건 삶이 아니지. 진짜 삶, 그건 네가 하고 있는 그런 거야.”

그리고 수위 아들의 집을 나설 때 그는 방금 결정적인 깨달음을 체험한 것이라고 생각했다. 몇 시간 전만 해도 그는 우체국에서 수화기가 스무 개 든 소포를 부치고 있었고, 그것이 그가 유명 시인에게 응답을 해 달라고 청하는 아주 멋진 호소라고 믿어 의심치 않았다. 그렇게 해서 그에게 몇 마디 말을 헛되이 기다린 것을 알려 주고, 그의 목소리를 듣기를 갈망한 것을 알려 주는 거라고.

하지만 그 직후 옛 동창과 나눈 대화가 (이것은 우연이 아니라고 그는 확신했다.) 자신의 시적인 행위에 정반대의 의미를 주게 되었다. 즉 그것은 선물이나 간곡한 호소가 더 이상 아니었다. 전혀 아니었다. 그는 그 시인에게 자신의 모든 헛된 기다림을 의기양양하게 되갚아 준 것이었다. 선이 끊긴 수화기들은 그가 바쳤던 충성의 참수된 머리들이었으며, 야로밀은 마치 십자군 병사들의 잘린 머리를 기독교도 적장에게 보냈던 저 옛날 튀르크 술탄처럼 그 시인에게 빈정거리듯 그것을 보냈던 것이다.

이제 그는 모든 것을 이해했다. 자신의 삶 전체가, 버려진 공중전화 부스 안에서 아무 데도 전화 걸 수 없는 수화기를 마주하고 그저 하염없이 서 있는 기나긴 기다림일 뿐이었다는 것을. 이제 그의 앞에는 하나의 출구밖에 없었다. 버려진 전화 부스에서 나오는 것, 빨리 거기에서 나오는 것.

28

"무슨 일 있니, 야로밀?" 연민 어린 이런 따뜻한 질문에 그의 눈에 눈물이 고여 왔다. 그는 피할 방도가 없었고 엄마는 계속 말을 이었다. "어쨌든 넌 내 자식이야. 난 널 속속들이 다 알아. 네가 나한테 아무것도 털어놓지 않아도 난 너에 대해 모두 다 알지."

야로밀은 눈길을 돌렸고 창피함을 느꼈다. 그래도 엄마가 계속 말했다. "엄마라고 생각하지 말고 그냥 나이가 더 많은 친구라고 생각해. 나한테 털어놓으면 마음이 가벼워질 거야. 네가 마음을 끓이고 있다는 거 알아." 그리고 그녀는 다정하게 덧붙였다. "그리고 그게 여자 때문이라는 것도 알아."

"네, 엄마. 전 슬퍼요." 야로밀은 시인했다. 서로의 마음을 이해하는 이 따스한 분위기가 그를 감싸안았기 때문에, 그리고 그가 거기에서 빠져나올 수가 없었기 때문이다. "하지만 말하기가 힘들어서……."

"이해해. 그리고 그게 무슨 말이든 지금 당장 하라는 게 아니라 그냥 나는 네가 원할 때 나한테 모두 말해도 된다는 걸 알았으면 하는 거야. 있잖아. 지금 날씨가 엄청 좋단다. 친구들하고 유람선 타고 소풍하기로 했는데 너도 데려갈게. 너 기분전환 좀 해야 해."

이런 제안이 별로 야로밀의 마음을 끌지는 못했지만 당장 둘러댈 핑곗거리도 없었다. 또한 그는 너무 맥이 빠지고 슬퍼서 자기 의사를 표시할 기운도 없었으며, 그래서 어떻게 하다보니 아주머니 네 명과 함께 유람선 갑판 위에 있게 되었다.

아주머니들은 모두 그의 어머니와 동년배여서 야로밀은 그들에게 이상적인 대화 주제를 제공해 주었다. 그들은 그가 벌써 대학입학자격시험을 통과했다는 것을 알고 엄청나게 놀랐다. 그들은 그가 엄마와 닮았다고 했다. 또 그가 정치학 전공으로 대학에 가기로 결정했다는 데에 놀라워했으며 (그런 공부는 이렇게 섬세한 청년에게 맞지 않을 거라고 여겼다.) 당연히 그에게 여자 친구가 있느냐고 물으며 재미있어 했다. 야로밀은 속으로 그들이 혐오스러웠지만 엄마가 기분 좋아하는 것을 보며 엄마 때문에 온순하게 미소를 지었다.

잠시 후 유람선이 정박했고, 아주머니들과 청년은 반쯤 벌거벗은 사람들로 뒤덮인 강변에 내려서서 일광욕할 장소를 찾았다. 두 사람만 수영복을 가져왔고 세 번째 아주머니는 팬티와 브래지어 차림으로 뚱뚱한 하얀 몸을 다 드러내 놓았으며 (속옷 바람으로 있는 것에 조금도 부끄러워하지 않았는데 어쩌면 추한 자기 몸이 자기를 얌전하게 가려 준다고 느꼈는지도 모른다.) 엄마는 얼굴만 햇볕에 태우겠다고 하면서 눈을 가늘게 뜨고 태양을 향해 얼굴을 돌렸다. 그러더니 네 사람 모두, 우리 청년이 옷을 벗고 일광욕을 하고 수영을 해야 한다고 주장했다. 게다가 엄마는 미리 그 생각을 하고 야로밀의 수영복을 챙겨 온 것이었다.

인근 카페에서 이곳까지 유행가 곡조가 들려와 충족되지 못한 나른한 욕망으로 야로밀을 가득 채웠다. 햇볕에 그은 아가씨와 청년들이 수영복 차림으로 근처를 지나다녔고 야로밀은 자신이 그들의 주목 대상이라는 느낌이 들었다. 그는 불길 속에 있는 것처럼 그들의 시선 속에 감싸였다. 그는 이 나이 든 네 아주머니와 동행이라는 것을 아무도 보지 못하게 필사적으로 노력했다. 하지만 아주머니들은 왁자지껄하게 그를 둘러쌌고 끊임없이 떠들어 대는 머리 넷에 몸은 하나인 어머니처럼 굴었다. 그들은 그에게 수영을 하러 가라고 자꾸 권했다.

그는 안 하겠다고 했다. "옷을 갈아입을 데도 없잖아요."

"바보같이, 아무도 너 안 쳐다봐. 수건 하나만 두르고 하면 되잖아." 분홍색 팬티와 브래지어 차림의 뚱뚱한 아주머니가 제안했다.

"얘는 부끄러움을 많이 타." 엄마가 웃으며 말하자 다른 아주머니들도 같이 웃었다.

"부끄러움 타는 건 존중해 줘야지. 이리 와라. 수건으로 가리고 갈아입으면 아무도 못 볼 거야." 엄마가 말했다. 그녀는 커다란 흰 수건을 들고 팔을 벌려 병풍처럼 강변에 있는 시선들로부터 그를 보호해 주었다.

그가 뒷걸음쳐 물러서자 엄마는 수건을 들고 그를 따라 다가왔다. 그는 뒤로 더 물러서고 엄마는 또 따라와서 마치 날개가 하얀 커다란 새가 사냥감이 도망치는 것을 추격하는 것 같았다.

야로밀은 뒷걸음치고 또 뒷걸음치다가 갑자기 획 돌아서 달아났다.

아주머니들은 놀라서 그를 바라보았고 엄마는 여전히 흰 수건을 양팔로 잡고 있었으며 그는 벌거벗은 젊은 육체들 사이로 달아나 그들의 시선이 닿지 않는 곳으로 사라졌다.

4부   또는 시인은 달린다

4부   또는 시인은 달린다

1

시인이 어머니의 품을 떨치고 나와 도망가는 순간이 오게 마련이다.

얼마 전까지만 해도 그는 두 줄로 얌전히 걷고 있었다. 선두에 누이 이자벨과 비탈리가 걷고, 그는 그 뒤에 동생 프레데리크와 함께였으며, 맨 뒤에 어머니가 대장처럼 자식들을 몰아가며 매주 그렇게 샤를빌을 활보했다.

열세 살이 되자 그는 처음으로 어머니 품에서 도망쳤다. 파리에서 그는 경찰에 체포되었다가 스승 이장바르와 그의 누이들(그렇다. 그에게 몸을 숙이고 머리에서 이를 잡아 주던 여인들)이 몇 주간 머물 곳을 제공해 주었고, 얼마 후 어머니가 나타나 두 차례 따귀를 후려치고 차가운 품에 그를 다시 가두었다.

하지만 아르튀르 랭보는 다시 그리고 언제나 달아났다. 목줄을 두른 채 그는 달아났고, 바로 그렇게 달리면서 시를 썼다.

2

1870년, 샤를빌에서의 일이었다. 프랑스와 프로이센 전쟁의 대포 소리가 멀리서 들려왔다. 전투의 소리들이 시인들의 마음을 묘하게 매혹했기에 그 시기는 도망치는 데 특별히 좋은 상황이었다.

굽은 다리에 작달막한 몸집의 그는 경기병 제복을 껴입고 있었다. 레르몬토프는 열여덟 살에 할머니에게서, 그 과도한 할머니의 사랑에서 벗어나기 위해 군인이 되었다. 그는 시인의 영혼의 열쇠인 펜을 세상의 문을 여는 열쇠인 권총과 바꿔버렸다. 누군가의 가슴에 총알을 하나 박는다면 그것은 마치 우리 자신이 그 가슴속으로 들어가는 것과 같기 때문이다. 그리고 상대의 가슴, 그것은 바로 세상이다.

어머니의 품을 뿌리치고 나온 그 순간부터 야로밀은 도망치기를 멈추지 않았으며, 그의 발걸음에도 역시 어딘가 전장

의 대포 소리를 닮은 무언가가 섞여 있다. 그것은 수류탄 터지
는 소리라기보다는 정치적 변혁의 함성에 가깝다. 이 시대에
군인이란 장식품일 뿐 정치가가 군인의 자리를 차지하고 있
다. 야로밀은 이제 시는 더 이상 쓰지 않고 대신 정치학 강의
들을 열심히 듣는다.

3

혁명과 젊음은 한 쌍을 이룬다. 혁명이 어른들에게 무엇을 약속해 줄 수 있겠는가? 어떤 이들은 가진 것을 잃고 어떤 이들은 혜택을 얻는다. 하지만 그 혜택이란 것들이 별것이 못 되는 게, 인생의 초라한 후반에만 상관 있을 뿐인 데다가 좋은 것과 더불어 불확실성도 가져다주고, 진이 빠지게 일을 해야 하게 하며, 오랜 습관들을 다 뒤흔들어 놓는다.

젊음엔 좋은 점이 더 많다. 젊은이들은 죄의식에 짓눌려 있지도 않으며 혁명은 그들을 온전히 보호해 줄 수 있다. 불확실성 속으로 곤두박질치는 것이 바로 아버지의 세계이므로 혁명기의 불확실성은 젊은이들에게는 혜택이다. 오! 어른들 세계의 성벽이 무너져 내리는 시기에 성인기로 들어간다는 것은 얼마나 근사한 일인가!

1948년 혁명 이후 몇 년간 체코의 고등교육 기관에서 공산주의자인 교수는 소수였다. 혁명은 대학을 확실히 장악하기 위해 학생들에게 힘을 실어 줘야만 했다. 야로밀은 대학 청년 연맹에서 투쟁했고 시험 평가 교수들의 심의에 배석했다. 그러고 나서 그는 어떤 교수가 시험 중에 어떻게 행동했으며 어떤 질문을 했고 어떤 의견을 옹호했는지 알리는 보고서를 학교의 정치위원회에 올렸다. 시험을 치르는 것은 실상 학생이라기보다 오히려 교수였던 셈이다.

4

그러나 위원회에 보고서를 제출할 때면 야로밀 역시 시험을 치르게 되었다. 그는 엄격한 젊은 당원들의 질문에 답해야 했고 그들의 마음에 들게 말하고 싶었다. 그러니까 이런 식이었다. 젊은이들의 교육에서 타협은 범죄다. 지난 시대의 사상을 가진 선생들을 학교에 두어서는 안 된다. 미래는 새로울 것이며 그렇지 않으면 미래는 없으리라. 또한 하루아침에 생각을 바꾼 선생들도 역시 신뢰할 수 없다. 미래는 순수할 것이며 그렇지 못하면 오점 투성이 미래가 되리라.

야로밀이 이제 엄격한 투쟁가가 되어 어른들의 운명에 영향을 미치는 보고서를 쓰게 된 지금, 우리는 아직도 그가 도망 중이라고 할 수 있을까? 오히려 그는 이제 목표에 도달한 듯한 인상을 주지 않는가?

전혀 아니다.

그의 어머니는 그가 여섯 살일 때 동급생보다 한 살 더 어리
게 만들어 놓았다. 그는 언제나 한 살이 더 적었다. 부르주아
적 견해를 가진 교수에 관해 보고를 할 때 그가 생각하는 것은
그 교수가 아니다. 그는 불안하게 젊은이들 눈을 들여다보며
거기에서 자신의 이미지를 관찰한다. 집에서 거울을 보며 머
리 모양과 미소를 점검하는 것과 똑같이 여기에서 그는 그들
의 눈을 들여다보며 자기가 하는 말이 단호하고 남자답고 엄
격한지 살핀다.

그는 늘 거울의 벽에 둘러싸여 그 너머를 보지 못한다.

왜냐하면 성숙함이란 나뉘는 것이 아니기 때문이다. 완전
히 성숙하거나 아니면 성숙하지 않거나 한 것이다. 다른 데서
그가 어린아이라면 배심원 일이나 교수들에 관한 보고서를
쓰는 일도 그저 도피의 한 변주에 지나지 않을 것이다.

5

왜냐하면 매순간 그녀로부터 벗어나려 시도하지만 성공하지 못하니까 말이다. 그는 아침과 저녁을 그녀와 함께 먹고 잠들기 전 인사와 아침 인사를 한다. 아침이면 그는 그녀의 손으로부터 장바구니를 받아 든다. 엄마는 이 가사의 상징물이 교수들의 사상 감독관에게 어울리지 않는다는 생각을 하지 못하고 그에게 시장을 봐 오라고 시킨다.

보라. 그는 앞의 3부 서두에서와 같은 거리에 있다. 거기에서 마주 오는 낯선 여자 앞에서 그가 얼굴을 붉히는 것을 우리는 보았다. 그로부터 몇 해가 흘렀으나 그는 여전히 얼굴을 붉히며, 엄마가 보낸 가게에서 흰 블라우스를 입은 아가씨를 똑바로 쳐다보는 것을 두려워한다.

이 아가씨, 새장 같은 좁은 계산대에 갇혀 하루 여덟 시간을 보내는 이 아가씨가 그는 미치도록 좋다. 부드러운 윤곽, 천

천히 움직이는 몸동작, 계산대에 묶여 있다는 것, 이 모든 것
이 그에게는 자신과 신비롭게 가깝고 미리 운명 지어진 것처
럼 보인다. 사실 그는 그 이유를 안다. 이 아가씨는 약혼자를
총살로 잃은 그 하녀와 닮았던 것이다. "슬픔 아름다운 얼굴."
그리고 아가씨가 앉아 있는 계산대도 그 욕조, 전에 그 하녀가
들어가 목욕하는 것을 보았던 그 욕조와 비슷했다.

6

그는 책상에 몸을 숙이고 시험 생각에 떨고 있다. 고등학교에서 시험이 두려웠던 것처럼 대학에서도 그는 시험이 두렵다. 늘 A만 있는 성적표를 어머니에게 갖다 드려 왔고 또 절대 어머니를 속상하게 하고 싶지 않기 때문이다.

그러나 대기는 혁명의 노래로 가득 메아리치고 창문마다 손에 망치를 든 힘찬 남자들의 그림자가 어른거리는데 프라하의 그 비좁은 방 안은 얼마나 견딜 수 없이 숨 막히겠는가!

때는 1922년, 러시아 대혁명 이래 아직 오 년도 지나지 않았는데 그는 교과서를 들여다보며 시험 때문에 벌벌 떨어야 하다니! 한심한 운명 아닌가!

마침내 그는 교과서를 치우고 (벌써 밤이 깊었다.) 쓰고 있던 시를 생각한다. 그것은 아름다운 삶을 꿈꾸고 꿈을 성취함으로써 그 꿈을 죽이고자 하는 노동자 얀에 대한 시다. 한쪽 손

에는 망치를 들고 다른 팔은 연인에게 내준 모습으로 그는 수
많은 동지들 속에서 행군하며 혁명을 하러 간다.
　　그리고 그 법과 대학생은 (아, 물론 그는 이르지 볼케르다.) 책
상 위에서 피를 본다. 피가 아주 많다. 왜냐하면

　　커다란 꿈들을 죽일 때에는
　　수많은 피가 흐르니

　　하지만 남자가 되고자 한다면 피를 두려워해서는 안 됨을
알고 있으므로 그는 피를 두려워하지 않는다.

7

가게는 6시에 닫는다. 그는 아가씨가 계산대를 떠나 가게에서 나오는 순간을 숨어서 지켜보기 위해 맞은편 길 한구석으로 가서 자리를 잡는다. 그녀는 늘 6시가 조금 지나면 나온다. 그는 그것을 안다. 그리고 언제나 같은 가게의 다른 판매원 아가씨와 같이 나온다는 것도 안다.

이 친구는 훨씬 덜 예쁜데, 그가 보기에는 거의 못생긴 것 같다. 이 아가씨는 계산대 아가씨와 정반대다. 계산대 아가씨는 갈색 머리인데 이 아가씨는 빨간 머리다. 계산대 아가씨는 통통한 편인데 이 아가씨는 말랐다. 계산대 아가씨는 조용한데 이 아가씨는 시끄럽다. 계산대 아가씨는 신비롭게 가까이 느껴지는데 이 아가씨는 반감이 인다.

아가씨들 둘이 가게에서 혹시 따로 나오지 않을까, 그러면 갈색 머리 아가씨에게 말을 붙여 볼 수 있지 않을까 하는 희망

에 그는 그 관찰 장소에 자주 가 보곤 했다. 하지만 그런 기회
는 전혀 오지 않았다. 하루는 두 아가씨를 따라가 보았다. 그녀
들은 길을 몇 번 건너 임대용 건물로 들어갔다. 그는 문 앞에
한 시간 가까이 머물러 있었으나 둘 중 누구도 나오지 않았다.

8

그녀는 그를 보러 지방에서 프라하로 올라와, 그가 쓴 시들을 읽어 주는 것을 듣는다. 그녀는 느긋하다. 그녀는 아들이 언제나 자기 것임을 안다. 여자도 세상도 그를 자신에게서 뺏어 가지 않았다. 오히려 여자와 세상이 시라는 마법의 원 속으로 들어왔는데, 그것은 바로 그녀 자신이 아들 주위에 둘러놓은 원이고, 은밀하게 그녀가 지배하는 원이다.

그는 할머니, 즉 그녀의 어머니를 추억하며 쓴 시를 읽어 주는 중이다.

저는 싸우러 갑니다
할머니
이 세상의 아름다움을 위해

볼케르 부인은 느긋하다. 자기 아들은 시 속에서 싸우러 가고, 망치를 들고 있고, 연인에게 한쪽 팔을 잡혀 있어도 된다. 문제될 것이 없다. 왜냐하면 그는 어머니와 할머니, 집의 부엌, 그녀가 가르친 모든 가치를 자기 시 속에 모두 담아 놓았기 때문이다. 세상 사람들이 모두 그가 손에 망치를 들고 달리는 모습을 보라고 하라! 아니, 그녀는 그를 잃고 싶지 않다. 하지만 그녀는 겁낼 것이 없음을 아주 잘 안다. 세상에 정면으로 자신을 드러낸다는 것, 그것은 세상 속으로 가 버린다는 것과 전혀 같지 않다.

그러나 시인 역시 이러한 차이를 안다. 그리고 시라는 집 안이 얼마나 슬픈지는 그만이 안다.

9

오직 진정한 시인만이 말할 수 있다. 시인이지 않고자 하는 거대한 열망이 어떤 것인지, 귀를 때리는 침묵이 온통 군림하는 이 거울의 집을 떠나고자 하는 열망이 어떤 것인지.

꿈의 나라에서 쫓겨나
군중 속에서 피신처를 찾네
그리하여 나는 나의 노래를
욕으로 바꾸어 부르리

그러나 프란티셰크 할라스*가 이 시를 썼을 당시 그는 광장의 군중 속에 있지 않았다. 그가 책상에 몸을 숙이고 시를 쓰

---

* (원주) František Halas, 체코의 시인(1905~1952).

던 그 방은 고요했다.

그리고 그가 꿈의 나라에서 추방되었다는 것도 전혀 사실이 아니다. 시에서 그가 말하던 군중이 바로 그의 꿈의 나라였다.

그는 또한 자기 노래를 욕으로 바꾸어 부르기에 이르지도 못했으며, 오히려 바로 그 욕이 언제나 노래로 탈바꿈되곤 했다.

자, 그러니 거울의 집에서는 진정 도망칠 수 없는 것일까?

10

나는 그러나
나 자신을
길들였지
난 짓밟았어
바로 내 노래의
목을

블라디미르 마야콥스키가 이렇게 썼고, 야로밀은 이 말을 이해한다. 시의 언어는 그에게, 어머니의 장롱 속에 있어야 마땅한 레이스 같은 느낌이다. 몇 달 전부터 그는 시를 쓰지 않았고 쓰고 싶지도 않았다. 그는 도망 중이었다. 엄마를 위해 장을 보러 가는 건 사실이지만 책상 서랍을 열쇠로 잠가 둔다. 벽에 붙여 놓았던 현대 미술 복제품들도 모두 떼어 버렸다.

그 대신 그는 무엇을 붙였을까? 카를 마르크스의 사진일
까?

전혀 아니다. 텅 빈 벽에 그는 아버지 사진을 걸었다. 1938년,
슬픈 징집의 시기에 찍은 사진으로 아버지는 장교 복장을 하
고 있었다.

야로밀은 이 사진을 좋아했다. 자신이 거의 알지 못했고 이
제 기억에서 희미하게 지워져 가는 한 남자를 보여 주는 사
진. 그래서 그는 더욱더 이 남자, 축구선수였고 군인이었고 포
로였던 이 남자가 그리웠다. 그는 이 남자가 너무나 보고 싶
었다.

11

대학의 대형 강의실은 발 디딜 틈 없이 사람들로 가득 찼고 시인 몇이 연단에 앉아 있었다. 푸른 셔츠 차림에 (당시 청년 연맹 회원들이 그런 복장이었다.) 머리카락이 어마어마하게 부풀어 오른 한 청년이 연단 앞에 서서 말했다.

시의 역할이 혁명의 시기만큼 큰 때는 없습니다. 시는 혁명에게 목소리를 주었고 혁명은 그 대가로 시를 고독에서 해방해 주었습니다. 오늘날 시인은 사람들이 자신의 말을 듣고 있음을, 특히 젊은이들이 자기 말을 듣고 있음을 압니다. 왜냐하면 "젊음과 시와 혁명은 하나이자 같은 것"이기 때문입니다!

첫 번째 시인이 일어나 시를 낭송했다. 한 아가씨가 옆 선반에서 일하는 자기 애인이 게으름뱅이에다 작업 목표도 달성하지 못해서 그와 헤어진다는 내용의 시였다. 하지만 그 애인은 여자 친구를 잃고 싶지 않고 그래서 자기도 열심히 일하여 전투적 노동자의 붉은 깃발이 그의 선반에 꽂히게까지 되었다는 시였다. 그런 다음 또 다른 시인들이 일어나 평화와 레닌, 스탈린, 희생된 반파시스트 투쟁가들, 작업량을 초과 달성하는 노동자들에 대한 시들을 낭송했다.

<h1 align="center">12</h1>

젊은이들은 젊다는 사실이 주는 엄청난 힘을 짐작도 하지 못하지만 시 낭송을 위해 방금 일어난 이 시인(육십 대쯤 되었다.)은 안다.

들기 좋은 선율 같은 목소리로 그는 선언한다. 세계의 젊음과 함께하는 이는 젊다, 그리고 세계의 젊음, 그것은 사회주의다. 미래에 몸을 던지는 자, 그리고 뒤돌아보지 않는 자는 젊다.

다시 말해서, 이 육십 대 시인의 생각에 따르면, 젊음이란 단어는 사람의 나이를 지칭하는 것이 아니라 나이를 넘어서서 나이와 상관없이 정립된 어떤 가치를 지칭하는 것이었다. 그가 우아하게 각운을 맞춰 선언한 이런 생각에는 적어도 목표가 두 개 있었다. 먼저 젊은 청중의 기분을 맞추어 주었고, 또 그다음엔 마법과도 같이 그 시인을 주름 가득한 나이에서 해방해 젊은 남녀 학생들 곁에 그의 자리를 확보해 주었다.(그는 분명 사회주의 편이며 절대 뒤를 돌아보지 않을 것이므로.)

야로밀은 강당의 청중 속에서 시인들을 흥미롭게 지켜보았으나, 하지만 이제는 자신이 다른 쪽에 있으며 더 이상 그들 중 하나가 아닌 것처럼 바라보고 있었다. 그는 위원회에 보고하게 될 교수들의 말을 듣던 다른 때와 마찬가지로 차갑게 그들의 시 낭송을 들었다. 가장 그의 관심을 끈 것, 그것은 이제 막 자리에서 일어나 (아까의 육십 대 시인에 대한 감사의 박수 소리는 멈추고 조용했다.) 연단 중앙을 향해 가고 있는 유명한 시인이었다.(맞다. 동일한 인물. 선이 잘린 수화기 스무 개를 얼마 전에 소포로 받았던 그 인물이다.)

13

친애하는 선생님, 사랑의 계절입니다. 저는 열일곱 살입니다. 희망과 환상의 나이라고들 하지요. 제 시 몇 편을 선생님께 보내는 것은 제가 모든 시인을, 파르나소스 산의 훌륭한 시인 모두를 사랑하기 때문입니다. 이 시들을 보시고 너무 인상을 찌푸리지 말아 주십시오. 저, 선생님께서 제게 《크레도 인 우남(Credo in unam)》에 작은 자리 하나만 마련해 주신다면 저는 미칠 듯이 기쁘고 희망찰 것인데…… 저는 알려지지 않았습니다. 그게 뭐 중요한가요? 시인들은 형제입니다. 제 시는 믿음과 사랑과 소망을 담고 있습니다. 그것이 전부입니다. 친애하는 나의 선생님, 저를 좀 끌어올려 주십시오. 저는 아직 어리니까요. 제게 손을 내밀어 주시어……

아무튼 그는 거짓말을 하고 있다. 그는 열다섯 살 칠 개월이다. 아직 어머니를 벗어나기 위해 샤를빌에서 도망치지 않았다. 하지만 이 편지는 끊임없이 이어지는 수치스러운 주절거

림처럼, 나약함과 비굴함의 증거처럼 그의 머릿속에서 오래도록 울릴 것이다. 그리고 그는 이 사람, 이 친애하는 선생, 이 멍청한 늙은이, 테오도르 드 방빌이라는 이 대머리에게 복수하리라! 일 년 후 그는 그의 작품 전체를, 시마다 가득한 그 모든 창백한 히아신스와 백합 들을 잔인하게 비웃을 것이며, 등기로 따귀를 보내듯 빈정거리는 말들을 편지에 담아 보낼 것이다.

그건 그렇고 지금 이 순간을 보자면, 친애하는 선생은 자신을 노리는 증오를 아직 눈치도 못 채고, 파시스트에 짓밟혔다 그 폐허로부터 부활하는 러시아의 한 도시에 대한 시를 낭송하는 중이다. 그는 초현실주의적인 마술적 장식으로 그 도시를 치장해 놓았다. 소련 아가씨들의 가슴이 작은 색색 풍선들처럼 거리를 떠다닌다느니 하늘 아래 놓인 석유 등불이 이 하얀 도시를 밝히고 도시의 지붕 위에 천사와 같은 헬리콥터들이 내려앉는다느니 하는 것이었다.

14

　그 시인이 지닌 매력에 매료되어 청중은 박수갈채를 보냈다. 하지만 그런 정신없는 대다수의 청중 옆에는 생각하는 소수의 머리들이 있었고, 그들은 혁명적 청중이 거지처럼 굽실거리며 연단이 내주는 것을 기다려서는 안 된다는 것을 알고 있었다. 오히려 오늘날 구걸하는 쪽이 있다면 시가 바로 그렇다. 시가 사회주의 천국에 자신을 받아들여 달라고 간청한다. 하지만 이 천국의 문을 지키는 젊은 혁명가들은 엄격함을 보여야 한다. 왜냐하면 미래는 새로울 것이며 그렇지 않으면 미래가 아닐 것이므로, 또한 미래는 순수할 것이고 그렇지 않으면 오점으로 더러워진 미래가 될 것이므로.

　"무슨 저런 바보 같은 소리를 우리한테 집어삼키라는 거야!" 야로밀이 외치자 다른 이들도 합세했다. "그는 사회주의를 초현실주의하고 섞어 놓는다! 고양이와 말을 교미시키고 미래와 과거를 교미시키고 있다!"

시인은 강당에서 무슨 일이 벌어지고 있는지 분명하게 알아차렸지만 아주 자존심이 강했기 때문에 전혀 물러서려 하지 않았다. 그는 젊었을 때부터 편협한 부르주아 정신을 도발하는 데 익숙했고, 그래서 모든 이와 맞서서 혼자인 것에 조금도 개의치 않았다. 그는 얼굴이 붉게 상기되어 원래 골라 놓았던 것과 다른 것을 마지막 시로 낭송하기로 작정했다. 그것은 폭력적 은유들과 고삐 풀린 성적 이미지들로 가득한 시였다. 그가 낭송을 마치자 야유와 함성이 쏟아져 나왔다.

학생들은 입으로 삑삑 휘파람을 불어 대고, 그런 그들 앞에 한 늙은 남자, 그들을 좋아하기 때문에 여기에 온 한 남자가 서 있었다. 그들의 분노에 찬 반항에서 그는 자기 젊은 시절 섬광을 보았다. 그는 그들에 대한 우정 때문에 자신이 생각하는 바를 그들에게 말할 수 있는 권리가 있다고 믿었다. 1968년 봄, 파리에서의 일이다. 아! 그러나 학생들은 그의 주름 속에 자신들의 젊음의 섬광이 깃들어 있음을 전혀 간파할 능력이 없었고, 그 노학자는 자신이 사랑하는 이들에게 야유를 받으며 놀라서 멍하니 서 있었다.

15

시인은 소란을 가라앉히려고 손을 들어올렸다. 그러고는 그들이 청교도적 여교사나 교조주의적 사제들, 편협한 경찰들 같다고 소리 지르기 시작했다. 그들이 자유를 끔찍이 싫어하기 때문에 자기 시에 저항하는 것이라고 외쳤다.

노학자는 야유의 휘파람 소리를 들으며 생각에 잠긴다. 자신도 젊었을 때 무리에 둘러싸여 있었고, 즐겨 야유의 휘파람 소리를 냈었다고, 그러나 무리는 오래전에 흩어졌고 이제 자신은 혼자라고.

시인은, 자유는 시의 의무이며 은유 또한 싸워서 지켜야만 하는 가치가 있는 것이라고 외쳤다. 자신은 고양이와 말을 교미시킬 것이며 현대 예술과 사회주의를 교미시킬 것이라고, 그리고 그것이 돈키호테 같은 짓이라면 자신은 돈키호테가 되고 싶다고, 왜냐하면 사회주의란 자신에게는 자유와 기쁨의 시대이며 그렇지 않은 다른 사회주의는 모두 거부한다고 외쳤다.

노학자는 시끌벅적한 젊은이들을 지켜보다가 문득, 이 강당에서 자유의 특권을 지닌 이는 자신뿐이며 그것은 자신이 나이가 들었기 때문임을 깨닫는다. 사람이 자기 무리의 의견을, 대중과 미래의 의견을 무시할 수 있는 것은 오로지 나이 들었을 때뿐이다. 나이 든 사람은 이제 가까이 다가온 죽음과 더불어 혼자이며, 죽음에는 눈도 귀도 없으며, 그러니 죽음한테 잘 보일 필요가 없다. 이제 마음 내키는 대로 할 수 있고 말할 수 있다.

그들은 휘파람을 불어 대며 답변할 수 있는 발언권을 요구했다. 야로밀 차례가 되어 그가 일어났다. 그는 눈이 멀었고 뒤에는 군중이 있었다. 그는 오로지 혁명만이 현대적인 것이고, 퇴폐적인 에로티시즘과 불가해한 시적 이미지들은 낡아빠진 시의 놀음에 지나지 않으며 민중은 알지도 못하는 것일 뿐이라고 말했다.

그가 그 저명한 시인에게 물었다.

“무엇이 현대적인가요? 알아들을 수 없는 당신 시들인가요 아니면 새로운 세상을 건설하고 있는 우리들인가요?”

그러고는 자기가 즉각 답했다.

“절대적으로 현대적인 유일한 것, 그건 사회주의를 건설하는 민중입니다.”

이 말에 강당은 우레와 같은 박수 소리로 진동했다.

노학자가 소르본 대학의 복도를 따라 멀어져 가며 벽에서

현실주의자가 되라, 불가능을 요구하라, 그리고 좀 더 가서는 인간
의 해방은 완전할 것이며 그렇지 않다면 해방이 아니다 같은 말들
을 바라보는 동안에도 이런 박수 소리가 울리고 있었다. 그리
고 또 좀 더 가서는 이런 말도 있었다. 절대 후회란 없으리.

16

　대형 강의실의 의자들은 벽 쪽으로 밀어 놓여 있고 바닥에는 붓이며 물감 병들이 여기저기 흩어져 있는데 정치학 대학원생들 몇이 5월 1일 행렬을 위한 구호 문구를 기다란 깃발에다 그려 넣고 있다. 이 구호의 저자이자 편집자인 야로밀은 그들 뒤에 버티고 서서 수첩을 들여다본다.

　아니, 그런데! 우리가 연도를 착각했는가? 그가 동지들에게 불러 주는 구호들은 학생들이 들고일어난 소르본 대학에서 야유와 조롱을 뒤집어쓴 노학자가 조금 전 벽에서 읽었던 바로 그 구호들이다. 하지만 우리가 착각한 것이 전혀 아니다. 야로밀이 긴 깃발에 새기게 한 구호들은 이십 년 후 파리의 학생들이 소르본 대학과 낭테르 대학, 상시에 대학의 벽마다 휘갈겨 놓을 구호들과 정확하게 동일하다.

　그는 어떤 깃발에 꿈은 현실이다라고 쓰라 하고, 또 다른 데

다가는 현실주의자가 되라, 불가능을 요구하라라고 쓰게 했다. 또 그 옆에는 우리는 항구적 행복의 상태를 공포한다. 또 그다음에는 교회는 그만. (이 구호가 그는 특히 마음에 든다. 딱 두 단어인데 이천 년 역사를 내던져 버리니 말이다.) 그리고 또 자유의 적에게 자유란 없다. 그러고도 또 권력에게 상상력을! 그다음 또 미온적인 자에게 죽음을! 또 정치, 가정, 사랑 속에 혁명을!

학생들은 이 글자들을 그려 넣고 야로밀은 언어의 총사령관처럼 그들 사이를 이리저리 위풍당당하게 오간다. 그는 자신이 어디에 쓸모 있다는 것이 기쁘고 자기의 언어 감각이 이곳에서 실제로 소용될 수 있다는 것이 기쁘다. 그는 시는 죽었으나(예술은 죽었다라고 소르본 대학의 벽이 선포하고 있다.) 죽었다가 다시 무덤에서 일어나 선전의 예술, 깃발과 도시의 벽 위에 새겨진 구호의 예술(시는 거리에 있다라고 오데옹의 벽이 선포하고 있으니)이 되었다는 것을 알고 있다.

17

“《루데 프라보》* 봤나? 1면에 노동절을 위한 구호 목록이 백 개 있더군. 당 중앙위원회 선전부에서 만들었다는데. 그런데 마음에 드는 게 하나도 없었나?”

야로밀 앞에는 당 지부위원회 소속의 오동통한 한 청년이 서 있는데, 그는 1949년 노동절 축제 조직을 위한 대학위원회 의장으로 자신을 소개했다.

“꿈은 현실이다. 이건 말이야, 가장 조잡한 종류의 이상주의야. 교회는 그만. 나도 전적으로 동의하겠어, 동지. 하지만 지금으로선 당의 종교 정책과 반대되는 거야. 미온적인 자에게 죽음을. 이건 뭐 사람들에게 죽인다고 협박해도 된다는 것 같잖아! 권력에게 상상력을이라니, 이게 뭔 소리야? 사랑 속

---

* (원주) Rudé pravo, 체코슬로바키아 공산당의 일간지.

에 혁명을. 이게 무슨 의미인지 좀 말해 줄래? 자유로운 사랑
과 부르주아적 결혼을 대비하겠다는 건가 아니면 일부일처제
하고 부르주아의 문란한 생활을 대비하겠다는 건가?”

야로밀은 혁명은 모든 면에서, 가정과 사랑을 포함하여 삶
전체를 변화시킬 것이라고, 그렇지 않다면 혁명이 아닐 것이
라고 단호하게 말했다.

“그럴 수도 있지.” 오동통한 청년이 인정한다. “하지만 그걸
더 잘 표현할 수 있잖아. 사회주의 정책을 위하여, 사회주의
가정을 위하여! 이렇게 말이야. 이게《루데 프라보》에 나온 구
호라고. 머리를 그렇게 쥐어짤 필요가 없었다니까!”

18

삶은 다른 곳에. 학생들은 소르본 대학교 벽에 이렇게 썼다. 그렇다. 그는 그것을 잘 알며, 바로 그래서 런던을 떠나 아일랜드로, 민중이 들고 일어난 그곳으로 가는 것이다. 그의 이름은 퍼시 비시 셸리, 스무 살, 시인이며 실제 삶 속으로 들어갈 수 있는 통행증 구실을 하게 될 수많은 선언문과 전단을 가져가고 있다.

실제 삶은 다른 곳에 있기 때문이다. 학생들은 보도의 포석을 뜯어내고, 차를 뒤집어엎고, 바리케이드를 세운다. 이들이 세상 속으로 뛰어드는 방식은 아름답고 시끄러우며, 불꽃으로 환히 밝혀지고 최루탄 폭발로 화답받는다. 파리 코뮌의 바리케이드를 꿈꾸기만 하고 샤를빌에서 거기로 갈 수 없었던 랭보의 운명은 얼마나 더 고통스러웠겠는가! 그러나 1968년, 수천의 랭보들이 자기 바리케이드를 세우고 들고 일어나 세

상의 옛 주인들과 그 어떤 타협을 맺는 것도 거부한다. 인간의
해방은 완전할 것이며 그렇지 않으면 해방이 아니리라.

　거기에서 1킬로미터 떨어진 센 강 반대편에서 세상의 옛 주
인들은 여전히 그들의 삶을 살아가고, 라틴 구역의 소요는 그
들에게 저 멀리 있는 일일 따름이다. 꿈은 현실이다라고 학생
들은 벽에다 써 놓았지만 오히려 진실은 그 반대같이 보인다.
그 현실, (바리케이드, 잘린 나무들, 붉은 깃발들) 그것은 꿈이었다.

19

하지만 현실이 꿈인지 꿈이 현실인지 그 순간엔 결코 알지 못한다. 현수막을 들고 줄지어 선 학생들은 기꺼이 거기 모인 것이었으나, 오지 않으면 곤란을 겪을 수 있다는 것 또한 알았다. 프라하에서 1949년은 학생들에게 꿈이 더 이상 꿈이기만 한 것은 아닌 묘한 과도기였다. 그들 환희의 외침은 아직은 그래도 스스로 원해서 나왔으나 이미 의무적이 되고 있었다.

행렬은 거리들을 가로질러 행진하고 야로밀은 그 옆에서 걷고 있었다. 그는 깃발에 새긴 구호를 담당했을 뿐만 아니라 동지들이 박자에 맞춰 구호를 외치도록 하는 일도 책임지고 있었다. 그는 이제 직접 근사한 선동 표어들을 만들어 내지는 않고 단지 중앙선전부가 추천한 선전 문구들을 수첩에 옮겨 적기만 했다. 마치 교회 행렬 속 신부처럼 그가 큰 소리로 구호를 외치면 동지들은 그를 따라 외쳤다.

20

행렬은 벌써 성 벤체슬라우스 광장 누대 앞을 지났고, 거리 한 모퉁이에 즉석 오케스트라가 나타나자 푸른 셔츠를 입은 젊은이들이 춤을 추기 시작한다. 여기에서는 모두가 형제이며 조금 전까지 서로 몰랐던 사이라 해도 상관없다. 그러나 퍼시 셸리는 불행하다. 시인 셸리는 혼자다.

그가 더블린에 있은 지 몇 주나 되고 벌써 선언문 수천 장을 돌렸으며 경찰도 이미 그를 잘 알지만 아일랜드 사람 단 한 명과도 관계를 맺지 못했다. 삶은 언제나 그가 있는 곳 아닌 다른 데 있다.

바리케이드라도 있고 총성이라도 울렸다면! 야로밀은 이 성대한 행진은 그저 위대한 혁명 시위를 잠시 흉내 낸 것일 따름이라는 생각, 어딘가 느슨하고 스르르 사라져 버릴 덧없는 일이라는 생각이 든다.

그런데 이때, 계산대에 갇혀 있는 그 아가씨가 떠오르며 우수 어린 끔찍한 욕망이 엄습한다. 망치로 유리창을 부수고, 장보러 온 아주머니들을 헤치고 나가 계산대 문을 열어젖히고, 구경꾼들이 놀라서 쳐다보는 가운데 그 갈색 머리 아가씨를 탈출시켜 데리고 나오는 자신이 보인다.

그는 또한 둘이서 사람들로 가득한 거리를 정답게 꼭 껴안고 나란히 걸어가는 상상을 한다. 그런데 갑자기 그들 주위를 빙빙 돌던 춤이 더 이상 춤이 아니라 다시 바리케이드가 되고, 때는 1948년, 1870년, 1945년이 되고, 그들은 파리, 바르샤바, 부다페스트, 프라하, 빈에 있고, 그것은 또다시 이 바리케이드에서 저 바리케이드로 뛰어넘어 역사를 가로지르는 영원한 군중이 되며, 그리고 그는 그 군중들과 함께 뛰어오르며 사랑하는 여인의 손을 잡고 있다.

21

자기 손안에 아가씨의 따뜻한 손을 느끼고 있는데 문득 그 사람이 눈에 들어왔다. 그 사람, 몸집이 건장한 그 사람이 맞은편에서 오고 곁에는 한 아가씨가 걷고 있었다. 그녀는 전차 선로 사이에서 춤추는 여자들 대부분과 달리 푸른 셔츠를 입고 있지 않았다. 마치 패션쇼의 요정처럼 우아했다.

건장한 그 남자는 무심한 시선으로 주위를 둘러보며 매번 인사에 답하곤 했다. 그가 야로밀 근처 몇 발짝 앞으로 왔을 때 그들의 시선이 마주쳤는데, 야로밀은 한순간 당황하여 (유명 인사를 알아보고는 인사를 건넨 다른 사람들과 마찬가지로) 고개를 숙였고 그 남자도 인사를 했다. 하지만 (모르는 사람에게 인사할 때 그렇듯) 무심한 눈빛이었고 옆에 있던 여자도 그저 무심히 목례를 했다.

아, 그 여자는 너무나도 아름다웠다! 그리고 절대적으로 실

제였다. 그리고 지금까지 야로밀 곁에 꼭 붙어 있던 그 계산대
와 욕조의 아가씨는 이 현실의 몸이 발산하는 빛 속에 희미해
지기 시작하더니 사라져 버렸다.

그는 자신의 그 치욕스러운 고독 속에서 보도에 멈추어 섰
고, 뒤로 돌아 그들에게 증오에 찬 시선을 보냈다. 그렇다. 그
였다. 그 친애하는 선생님, 수화기 스무 개의 수신자였다.

22

서서히 도시에 저녁이 내리고 야로밀은 그녀를 만나고 싶었다. 그는 뒷모습이 그녀같이 보이는 여자들을 따라가 보았다. 수많은 사람 속에 잃어버린 한 여인을 찾아 헤매는 이 헛된 추적에 자신을 온전히 다 바치는 일이 그는 아름답게 여겨졌다. 그러고 나서 그는 언젠가 그녀가 들어가는 것을 보았던 건물 근처를 맴돌기로 작정했다. 그녀를 만날 가능성은 거의 없었지만 엄마가 잠자리에 들기 전에 집에 들어가고 싶지가 않았다.(집은 그에게 밤에만, 어머니가 잠들고 아버지의 사진이 깨어나는 때에만 견딜 만했다.)

그는 노동절의 깃발과 꽃 들이 그 기쁨의 흔적을 남기지 않은 교외의 한 잊힌 거리에서 이리저리 왔다 갔다 했다. 건물 정면의 창들에 불이 켜졌다. 보도 아래 지하의 한 창문에도 불이 들어왔다. 거기에 그가 아는 아가씨가 있는 게 아닌가!

아, 그건 아니다. 갈색 머리 계산원은 아니었다. 그녀의 동료, 빼빼 마른 빨간 머리였다. 그녀는 블라인드를 내리려고 창가로 다가왔다.

그는 실망으로 온 마음이 쓰라려 견딜 수가 없었는데, 그녀가 자기를 봤다는 것을 깨달았다. 그는 얼굴이 빨개졌고, 예전에 슬픔에 빠진 그 예쁜 하녀가 목욕을 하다가 열쇠 구멍 쪽으로 눈길을 보냈던 날 그가 했던 행동과 정확히 똑같은 행동을 했다.

그는 도망쳤다.

23

1949년 5월 2일 저녁 6시였다. 여점원들이 우르르 가게에서 나오는데 예기치 않던 일이 일어났다. 빨간 머리가 혼자 나온 것이었다.

그는 길모퉁이로 숨으려 했지만 이미 늦어 버렸다. 빨간 머리는 그를 발견하고 다가왔다. "저녁에 창문으로 사람들을 엿보는 일 같은 건 하는 게 아니라는 거 아세요?"

그는 얼굴이 빨개져서는 얼른 이야기를 끝내려고 했다. 갈색 머리 아가씨가 가게에서 나올 때 빨간 머리가 있어서 또 기회를 다 망쳐 버릴까 봐 두려웠다. 하지만 빨간 머리는 대단히 말이 많았고 조금도 야로밀을 놓아줄 생각을 하지 않았다. 그녀는 심지어 그에게 집에 데려다 달라고 제안하기까지 했다.(아가씨를 집에 바래다주는 게 창문으로 엿보는 것보다 훨씬 바람직한 일이죠라고 그녀는 말했다.)

야로밀은 가게 문 쪽을 절망적으로 바라보았다. 마침내 그
는 물었다. "친구분은 어디 있어요?"

"잠꼬대해요? 벌써 며칠 전에 떠났는데."

그들은 빨간 머리네 집까지 함께 걸었다. 야로밀은 두 아가
씨가 시골에서 올라왔고 같은 데서 일하며 함께 살았다는 것
을 알게 되었다. 그런데 갈색 머리 아가씨는 결혼을 하게 되어
프라하를 떠났다고 했다.

건물 앞에서 걸음을 멈추었을 때 아가씨가 말했다. "우리
집에 잠깐 들어올래요?"

놀라고 당황한 채 그는 그녀의 작은 방으로 들어갔다. 그다
음 일이 어떻게 돌아가는 건지 그가 알아차리지도 못한 채 그
들은 껴안았고, 키스했고, 다음 순간 침대에 앉아 있었다.

모든 것이 너무도 빠르고 너무도 간단했다! 이제 어렵고 결
정적인 임무를 완수하게 된다는 생각을 할 틈도 주지 않은 채
빨간 머리는 그의 다리 사이에 손을 집어넣었고, 그러자 그는
맹렬한 기쁨을 느꼈으니, 그것은 자기 몸이 세상에서 가장 정
상적으로 반응했기 때문이다.

24

"당신 정말 근사해. 정말 근사해." 빨간 머리가 그의 귀에 속삭였다. 그는 베개에 머리를 푹 파묻은 채 그녀 곁에 누워 있었다. 그는 황홀한 기쁨으로 가득했다. 잠시 침묵이 흐른 후 그에게 이런 말이 들려왔다. "나 전에 여자를 몇 명이나 가져 봤어?"

그는 어깨를 으쓱하고는 일부러 미소를 지었다.

"말 안 해 줄 거야?"

"맞혀 봐."

"다섯에서 열 정도?" 노련한 여자의 감으로 그녀가 말했다.

그는 온 마음이 뿌듯하게 자랑스러웠다. 그녀하고만 잔 것이 아니라 그녀가 말한 그 다섯 명이나 열 명의 여자하고 잔 것만 같았다. 그녀는 단지 그를 동정에서 벗어나게만 해 준 것이 아니라 한꺼번에 어른 남자의 단계로 훌쩍 뛰어넘게 해 준 것이었다.

그는 감사의 마음을 담아 그녀를 바라보았고 그녀의 벗은 몸은 그를 환희로 가득 차게 했다. 도대체 어떻게 그녀가 매력적이라고 생각하지 못했던 것일까? 그녀의 가슴에는 정말 확실한 두 개의 유방이 있고 배 아래에는 정말 확실한 보드라운 털이 있지 않은가?

"넌 옷을 입은 것보다 벗은 게 백배는 더 예뻐." 그는 이렇게 말하며 그녀의 아름다움에 찬사를 보냈다.

"오래전부터 나를 원했어?" 그녀가 그에게 물었다.

"그렇지. 너를 원했어. 잘 알잖아."

"그래. 알아. 네가 가게에 올 때 알아차렸지. 가게 앞에서 나를 기다리곤 했던 거 알고 있어."

"그래."

"내가 혼자가 아니어서 말도 못 걸었지. 하지만 그래도 난 네가 언젠가 여기에 나랑 같이 있게 될 거라는 거 알고 있었어. 나도 너를 원했으니까."

25

그는 아가씨를 바라보며 그녀의 마지막 말이 그냥 자기 마음에서 스러져 가게 두었다. 그렇다. 이렇게 된 것이다. 그러니까 자신이 죽도록 외로워하고, 회합과 행렬에 필사적으로 참여하고, 달리고 또 달리던 그 모든 시간 동안, 어른으로서의 자신의 삶이 여기에 이미 모두 준비되어 있었던 것이다. 축축한 습기로 벽이 얼룩진 이 지하 방과 이 평범한 여인이, 자신의 몸으로 마침내 그를 군중과 온전히 하나로 이어 줄 이 여인이 그를 기다리고 있었던 것이다.

섹스를 할수록 나는 더 혁명을 하고 싶고, 혁명을 할수록 나는 더 섹스를 하고 싶다라는 말이 소르본 대학교 어느 벽에 있었는데, 야로밀도 빨간 머리의 몸속에 두 번째로 들어갔다. 성숙함은 완전해야지 아니면 성숙이 아니다. 이번에 그는 그녀를 오래도록 그리고 근사하게 사랑해 주었다.

　그리고 퍼시 비시 셸리는, 야로밀처럼 얼굴이 여자애 같고 자기 나이보다 어려 보였던 그는, 삶은 다른 곳에 있다는 것을 알았기 때문에 더블린의 거리를 이리저리 뛰어다녔고, 달리고 또 달렸다. 그리고 랭보도 또한 슈투트가르트로, 밀라노로, 마르세유로, 아덴으로, 그다음 하라로, 그리고 다시 뒤돌아 마르세유로 끊임없이 달렸으나 결국 그에게는 다리가 하나만 남게 되었고 하나의 다리만으로는 달리기가 어렵다.

　그는 다시 자기 몸이 아가씨의 몸에서 미끄러져 나오게 했고, 그녀 옆에 길게 누운 자신을 보며, 두 번의 사랑의 행위 다음이 아니라 몇 달 전부터 지속되어 오던 기나긴 달리기 이후에 이렇게 쉬고 있는 것이라 생각했다.

1

야로밀이 달리고 있는 동안 세상은 변했다. 볼테르가 볼트를 발견한 사람이라고 믿었던 이모부는 (이 시대의 다른 수천 상인들처럼) 하지도 않은 사기 혐의로 기소되었고, 가게 두 개는 압수되었으며 (이제 국가 소유가 되었다.) 수년간 감옥에 있게 되었다. 그의 아들과 부인은 계급의 적으로 간주되어 프라하에서 추방되었다. 그들 둘은 모두 야로밀이 집안의 적 편에 섰다는 데 대해 어머니를 결코 용서하지 않겠노라 마음먹고 얼음같이 차가운 침묵 속에 집을 떠났다.

시청에서 일 층 방들을 배당받게 된 세입자들이 집으로 이사왔다. 그들은 궁색한 지하 방에 살다가 왔는데, 누군가가 이토록 넓고 쾌적한 집을 소유했었다는 사실 자체를 부당하게 여겼다. 그들은 여기에 살러 온 것이 아니라 지난 역사의 부당함을 바로잡기 위해 왔다고 생각했다. 그들은 한 마디 말도 없이 정원을 차지했고, 석회 벽토가 떨어져 자기네 아이들이 놀 때 다칠 위험이 있으니 얼른 고쳐 달라고 엄마에게 요구했다.

할머니는 늙었다. 그녀는 기억을 잃었고 어느 날 (의식하는 이 거의 없이) 화장터에서 연기로 탈바꿈했다.

그러니 아들이 품에서 벗어나는 것을 보며 엄마가 더욱더 견디기 힘들어 했던 것은 당연하다. 그는 그녀의 마음에 들지 않는 공부를 했고, 시를 어느 정도 써 모으면 그녀에게 읽어 보라고 보여 주던 일도 멈추었다. 서랍을 열어 보려 하면 잠겨 있었다. 마치 뺨을 맞은 것만 같았다. 엄마가 자기 물건을 뒤진다고 야로밀이 의심한 것이다! 그러나 그녀가 야로밀이 모르는 비상 열쇠로 서랍을 열어 보니 일기장에 새로 쓴 것도 없고 새로운 시도 없었다. 그러고 나서 그녀는 방 벽에 제복 차림의 남편 사진이 걸려 있는 것을 보게 되었고, 예전에 자신이 작은 아폴론 동상에게 배 속 아이에게서 남편의 모습을 지워 달라고 기도했던 것이 떠올랐다. 아! 죽은 남편과 또다시 아들을 놓고 다투어야 한단 말인가?

앞서 4부의 끝부분에서 야로밀이 빨간 머리의 침대에 누워 있던 그날 밤으로부터 한 일주일쯤 후에, 엄마는 다시 한 번 그의 서랍을 열었다. 일기장에는 무슨 말인지 모르겠는 짤막한 말들이 있었지만 그녀는 그보다 훨씬 더 중요한 것을 발견했다. 바로 아들의 새로운 시들이었다. 그녀는 아폴론의 리라가 또다시 남편의 제복을 누르고 승리했다고 생각하고 말없이 흐뭇함에 잠겼다.

그의 시들을 읽고 나서 그녀는 더욱더 흐뭇하게 감명을 받았는데, 왜냐하면 이 시들이 정말로 마음에 들었기 때문이다. (정말 처음이었다!) 이 시들은 각운이 맞추어져 있었고 (사실 마음속 깊은 곳에서 엄마는 각운이 맞지 않는 시란 시가 아니라고 늘 생각했다.) 게다가 아주 이해가 잘 되었으며 예쁜 말들로 가득했다. 늙은이들이니, 땅속에서 분해되는 육신이니, 늘어진 배와 눈가의 눈곱이니 하는 것들은 이제 없었다. 거기엔 꽃 이름들이 나오고 하늘과 구름이 나오고 또한 엄마라는 단어와 여러 번 마주치게 되었다.(이것은 야로밀의 시에 전혀 없던 새로운 것이었다!)

잠시 후 야로밀이 집에 돌아왔다. 계단을 오르는 그의 발소리가 들리자 그 모든 고통의 세월들이 그녀의 눈에 치밀어 올라와 그녀는 울음이 터지는 것을 참을 수가 없었다.

"왜 그래요, 엄마? 세상에, 왜 그래요?" 그가 이렇게 묻자 그녀는 느껴 본 지 오래된 다정함이 그 목소리에 담겨 있음을 알아차렸다.

"아니야, 야로밀. 아니야." 그녀는 아들이 관심을 보이자 감정이 복받쳐 더 크게 흐느껴 울며 대답했다. 다시 한 번 그녀에게서는 여러 종류의 눈물이 흘러내렸다. 버림받았으므로, 슬픔의 눈물. 아들이 자신을 소홀히 했으므로, 질책의 눈물. (새 시들의 선율적인 구절들을 보면) 마침내 아들이 자기에게 돌아오려 하는 것 같으므로, 희망의 눈물. 그가 그냥 어정쩡하게 서서는 머리카락이라도 좀 쓰다듬어 주지도 않고 있으므로, 노여움의 눈물. 마음이 약해지게 만들어 자기 곁에 그를 붙잡아 두려는 책략의 눈물.

잠시 어색하게 우물쭈물하다가 그는 결국 엄마의 손을 잡았다. 아름다운 순간이었다. 엄마는 울음을 그쳤고 수많은 말들이 조금 전 눈물만큼이나 풍성하게 흘러나왔다. 그녀는 괴로운 일들을 모두 이야기했다. 남편 없이 혼자인 생활, 외로움, 주인을 오히려 내쫓으려 드는 세입자들, 그녀와 연을 끊어버린 ("그것도 너 때문에, 야로밀!") 언니 등에 대한 이야기를 다 하고 그다음 가장 중요한 이야기가 나왔다. 이 끔찍한 고독 속에서 그녀에게 세상에 단 하나뿐인 유일한 존재가 등을 돌리고 있다는 것이었다.

"아니, 그게 무슨 말이에요. 전 엄마에게 등을 돌리지 않았어요."

이렇게 쉬운 대답을 그녀는 받아들이지 못했고, 씁쓸하게 웃으며 말했다. 뭐라고, 등을 돌리지 않았다고? 늦게야 집에 들어오고, 하루 종일 한마디도 나누지 않은 채 지낸 것이 여러 날이고, 어쩌다 말을 하게 되어도 엄마 말을 안 듣고 딴생각을 하고 있다는 것을 잘 안다. 그렇다. 엄마를 낯선 사람 대하듯 하고 있다.

"아니, 엄마, 절대 아니에요!"

또다시 그녀는 씁쓸하게 웃었다. 낯선 사람 대하듯 하지 않는다고? 그러면 증거를 대야겠구나! 마음을 상하게 한 증거를 대야겠어! 그녀는 언제나 그의 사생활을 존중해 왔는데 말이다. 그가 아주 어릴 때 벌써 그녀는 그가 자기만의 방을 따로 써야 한다고 식구 모두에 맞서 주장했었다. 그런데 이게 무슨 모욕인가? (아주 우연히 방에서 가구의 먼지를 털다가) 야로밀이 책상 서랍을 열쇠로 잠가 놓은 것을 알고 그녀가 어떤 느낌이 들었는지 그는 상상도 못 할 것이다. 누구 때문에 그는 서랍을 열쇠로 잠가 놓은 것인가? 정말로 그는 그녀가 분별없는 관리인 아줌마처럼 자기 물건을 뒤지리라고 생각한 것인가?

"아니, 엄마, 그건 오해예요. 그 서랍은 이제 쓰지도 않아요. 열쇠로 잠겨 있는 건 어쩌다 그냥 그렇게 된 거예요."

엄마는 아들이 거짓말을 하고 있다는 것을 알았지만 그건 중요하지 않았다. 거짓말보다 훨씬 더 중요한 건 화해를 제안하는 것으로 보이는 공손한 목소리였다. "그래, 야로밀, 네 말을 믿고 싶다." 엄마는 이렇게 말하며 그의 손을 잡았다.

잠시 후 야로밀의 시선 속에서 그녀는 문득 자기 얼굴이 눈물로 얼룩져 있음을 의식하고 욕실로 갔는데, 거울에 비친 자기 모습을 보고는 아연실색했다. 눈물범벅인 얼굴은 끔찍해 보였다. 퇴근할 때 그대로 회색 원피스 차림인 것까지 자책이 됐다. 그녀는 얼른 찬물로 세수를 하고 분홍색 실내복으로 갈아입고는 부엌으로 가서 포도주 한 병을 들고 왔다. 그러고 나서 그녀는 이 서글픈 세상에 다른 아무도 없는데 우리가 이제 다시 서로에게 믿음을 가져야 한다며 많은 말을 쏟아 놓기 시작했다. 그녀는 이 주제에 대해 길게 이야기해 나갔고, 자신에게 고정된 야로밀의 시선이 다정하게 느껴지고 또 자기 말에 수긍하는 것같이 여겨졌다. 그래서 그녀는 야로밀이 이제 대학생인 만큼 사적인 비밀도 틀림없이 있을 것이고 자신은 그것을 존중한다는 말도 꺼냈다. 다만 그녀는 야로밀이 사귀는 여자 친구가 엄마와 아들 사이의 관계를 흐려 놓지 않기를 바랄 뿐이라고 했다.

야로밀은 조신하게 이야기를 잘 들었다. 얼마 전부터 엄마를 피했던 것은 자신의 슬픔이 고독과 어둠을 필요로 했기 때문이었다. 그러나 빨간 머리의 육체라는 햇빛 찬란한 해안가에 다다른 이래로 그는 빛과 평화를 희구했다. 엄마와의 불화는 그를 거북하게 했다. 감정적 차원의 동기 외에 실질적인 이유도 있었다. 빨간 머리에겐 독립된 방이 있는데 야로밀은 어머니 집에 살고, 그러니 자신의 사적인 생활을 영위하자면 오로지 독립해서 사는 그 아가씨에게만 의존해야 했다. 이런 불균형에 대해 마음이 불편했던 차에 엄마가 분홍색 실내복 차림으로 옆에 와서 앉아 술잔을 앞에 놓고, 함께 자기 권리에 대해 잘 협의해 볼 수 있는 기분 좋은 젊은 여자 같은 느낌을 주는 것이 그는 기뻤다.

그는 엄마에게 하나도 숨길 것이 없다고 말하고 (엄마는 목이 메어 왔다.) 빨간 머리 아가씨 이야기를 하기 시작했다. 물론 그는 엄마가 장을 보러 가는 가게에서 그녀를 본 적이 있다는 말은 하지 않았지만 그래도 그녀가 열여덟 살이며 대학생이 아니라 (거의 공격적인 어조로) 자기 손으로 스스로 벌어서 생활하는 아주 소박한 아가씨라는 것은 밝혔다.

엄마는 포도주를 잔에 따르고 일이 잘 되어 간다고 생각했다. 닫혔던 입을 떼고 아들이 묘사해 준 아가씨의 초상이 그녀의 걱정을 가라앉혀 주었다. 이 아가씨는 아주 젊고 (그녀가 상상했던 나이 든 변태적인 여자의 끔찍한 모습이 다행히 사라졌다.) 너무 많이 배우지도 않았고 (그러니 엄마는 그 아가씨의 영향력을 겁넬 필요가 없었다.) 또 야로밀이 거의 의심스러울 만큼 강력하게 그 아가씨가 소박하고 착하다는 점을 강조하는 것을 보니 아마도 아주 예쁘지는 않은 모양이었다.(그러므로 그녀는 아들이 그 아가씨를 좋아하는 것이 그리 오래가지 않으리라고 은근히 흐뭇해하며 추측할 수 있었다.)

야로밀은 엄마가 빨간 머리 아가씨에 대해 별 반감이 없다고 느끼며 기분이 좋았다. 그는 엄마와 빨간 머리, 자신의 유년기 천사와 성인기 천사, 이 두 사람과 함께 식탁에 둘러앉은 모습을 상상해 보았다. 그 모습은 마치 평화처럼, 집과 세상 사이의 평화, 두 천사의 날개 아래 깃든 평화처럼 그렇게 아름다워 보였다.

그래서 엄마와 아들은 아주 오랜만에 다시 행복한 친밀감을 맛보았다. 그들은 많은 이야기를 나누었지만 야로밀은 머릿속에서 자신의 실질적인 작은 목표를 계속 생각하고 있었다. 여자 친구를 데려올 수 있고, 원하는 만큼 마음대로 오래 같이 있을 수 있는 자기 방을 가질 권리. 왜냐하면 그는 진정한 성인이란 누구의 간섭이나 통제 없이 자기 마음대로 할 수 있는 닫힌 공간을 소유한 사람이라고 이해했기 때문이다. 그는 엄마에게 (조심스럽고도 완곡하게) 이런 이야기를 꺼냈다. 자기가 주인이라고 여겨지면 집에 있는 것이 더 좋을 것 같다고.

그러나 포도주 기운이 아른거리는 가운데에서도 엄마는 여전히 경계를 늦추지 않는 암호랑이였다. "무슨 말이니, 야로밀? 그럼 네가 주인이라고 느껴지지 않는다는 거야?"

야로밀은 집이 좋긴 하지만 누구든 마음대로 데려올 수 있는 권리를 가지고 싶다고, 빨간 머리 아가씨가 주인집에서 누리는 독립성을 똑같이 자기도 가지고 싶다고 대답했다.

엄마는 야로밀이 이렇게 해서 자신에게 커다란 기회를 제공하고 있다는 것을 깨달았다. 그녀에게는 따라다니는 남자가 여러 명 있었으나 야로밀의 비난이 두려워 거부할 수밖에 없는 처지였다. 그러니 야로밀에게 자유를 주는 대가로 그녀 자신도 약간의 자유를 얻을 수 있지 않겠는가?

하지만 야로밀이 아이 때부터 쓰던 방에 여자를 데려올 수도 있다는 생각을 하자 견딜 수 없는 역겨움이 엄습했다. "어머니와 집주인은 다르다는 걸 알아야지." 그녀는 언짢은 기색으로 이렇게 말하며 그와 동시에 자신이 이렇게 해서 다시 여자로 살기를 의도적으로 스스로 금지해 버렸다는 것을 알았다. 아들의 성생활이 불러일으키는 역겨움이 그녀 자신의 몸이 자기 삶을 살고자 하는 욕망보다 더 강하다는 것을 깨달았고, 그런 자신을 발견하며 아연실색했다.

야로밀은 자기 목표를 끈질기게 밀고 나가느라 어머니의 기분은 짐작도 못 했고, 쓸데없는 다른 근거들을 대 가며 이미 진 싸움을 계속 이어가고 있었다. 잠시 후 그는 엄마의 얼굴에 눈물이 흘러내리고 있다는 것을 알았다. 유년의 천사의 마음을 다치게 했구나 싶은 걱정스러운 마음으로 그는 입을 다물었다. 어머니의 눈물이라는 거울에 비치자 자신의 독립 요구는 갑자기 당돌하고 건방진 행동으로, 심지어 부끄러움도 모르는 외설스러운 행동으로 보였다.

엄마는 절망했다. 아들과의 사이에 다시 심연이 벌어지는 것이 보였다. 아무것도 얻지 못하고 또다시 모든 것을 잃게 되다니! 그녀는 얼른 생각했다. 아들하고의 이 귀한 이해의 끈을 완전히 끊지 않기 위해 무엇을 해야 할지. 그녀는 눈물을 펑펑 쏟으며 그의 손을 잡고 말했다.

"아, 야로밀, 화내지 마라. 네가 얼마나 변했는지를 보면 정말 속이 상해. 얼마 전부터 넌 너무도 많이 변했어."

"제가 어디가 변했어요? 전혀 변한 거 없어요, 엄마."

"아니야. 넌 변했어. 나를 제일 괴롭게 하는 게 뭔지 말해 줄게. 그건 이제 네가 시를 쓰지 않는다는 거야. 그렇게 아름다운 시를 쓰던 네가 이젠 한 글자도 쓰지 않는다는 것이 정말 속상하다."

야로밀이 얼른 뭐라고 대답하려 했으나 그녀는 그럴 틈을 주지 않고 말을 이었다. "엄마를 믿어. 내가 조금 아는데, 넌 엄청나게 재능이 있어. 그건 네 소명이야. 그걸 저버려선 안 된다. 넌 시인이야, 야로밀. 넌 시인이라고. 그런데 네가 그걸 잊고 있는 걸 보면 정말 괴롭다."

야로밀은 거의 열광하며 엄마의 말을 듣고 있었다. 맞다. 유년의 천사가 그 누구보다도 자기를 잘 이해하고 있는 것이다! 그 역시 더 이상 아무것도 쓰지 않고 있다는 생각에 마음이 괴롭지 않았던가?

"엄마, 다시 쓰기 시작했어요. 시를 쓴다니까요. 보여 드릴게요."

"거짓말 마라, 야로밀." 엄마가 슬프게 고개를 저으며 대답했다. "나를 속이려 들지 마라. 네가 쓰지 않고 있다는 거 다 알아."

“아니에요. 써요. 쓴다고요.” 야로밀은 이렇게 외치고 자기 방으로 달려가 서랍을 열고 시들을 가져왔다.

그리하여 엄마는 몇 시간 전에 야로밀의 책상 앞에 무릎을 꿇고 앉아 읽었던 그 시들을 보았다.

“아, 야로밀, 아름다운 시구나! 아주 많이 발전했어, 아주 많이. 넌 시인이야. 그래서 난 정말 행복하다…….”

2

모든 정황으로 미루어 보건대, '새로운 것'에 대한 야로밀의 엄청난 열망(이 '새로운 것'의 신앙)은 다름 아니라 아직 겪어 보지 못한 그 상상할 수 없는 짝짓기가 동정의 소년에게 불러일으키는 열망, 추상적으로 그려 본 짝짓기에 대한 열망일 따름이었던 것 같다. 빨간 머리 아가씨의 육체라는 기슭에 처음으로 도달했을 때 그는 마침내 절대적으로 현대적이라는 말이 무슨 뜻인지 알 것 같다는 이상한 생각이 떠올랐다. 절대적으로 현대적이라는 것, 그것은 빨간 머리의 육체의 기슭에 누워 있는 것이었다.

그는 너무도 행복하고 온몸에 열광이 가득 차올라서 그 아가씨에게 시를 읊어 주고 싶었다. 그는 외우고 있는 모든 시 (자기 시와 다른 사람들 시)를 생각해 보았지만 (참 기가 막히게도) 그 어떤 것도 빨간 머리의 마음에 들지 않으리라는 것을 깨달았고, 빨간 머리 같은 군중 속의 아가씨가 이해하고 좋아할 수 있을 만한 시만이 절대적으로 현대적인 것이라는 생각이 들었다.

그것은 갑작스러운 현시 같은 것이었다. 무엇 때문에 자기 노래의 목을 짓밟아 누른단 말인가? 무엇 때문에 혁명을 위해 시를 포기한단 말인가? 이제 진짜 삶의 (그가 진짜라고 하는 것은 군중과 육체적 사랑과 혁명 구호들이 하나로 융합되어 생기는 치열하고 충만한 느낌 같은 것이었다.) 기슭에 도달한 지금 그는 이 삶에 자기 전부를 내주고 그리하여 그 삶의 악기가 되기만 하면 되는 것이었다.

그는 시로 가득 찬 느낌이 들었고 빨간 머리 아가씨의 마음에 들 시를 쓰려고 해 보았다. 그건 그리 간단하지 않았다. 이제까지는 운(韻)이 없는 시를 쓰다가 정형시의 기술적 어려움에 부닥친 것인데, 왜냐하면 빨간 머리 아가씨는 시란 운이 맞은 것이라 여길 것이 분명했기 때문이다. 승리를 구가하는 혁명 또한 그런 견해이기도 했다. 이 시기에 그 어떤 자유시도 발표된 적이 없었음을 기억하자. 현대시 전체가 부패한 부르주아지의 산물로 고발되었고, 자유시야말로 시의 부패를 가장 명백히 보여주는 것이었다.

승리에 찬 혁명이 운이 맞은 시를 좋아한 것은 그저 우연한 취향일 뿐이었을까? 아마 아닐 것이다. 운과 운율에는 마술적인 힘이 있다. 형태가 없는 세상은 정형적 시구로 이루어진 시 속에 들어가면 순식간에 투명하고 규칙적이고 밝고 아름다워진다. 어떤 시 속에서 죽음(mort)이라는 단어가 정확한 장소,

즉 선행 구절이 뿔(cor)이라는 음이 울린 장소에 놓이면 죽음은 질서의 선율적 요소가 된다. 그리고 시가 죽음에 저항한다 하더라도 그 죽음은 자동적으로, 적어도 아름다운 저항의 주제로서는 정당화된다. 뼈, 장미, 관, 상처 등 시 속의 모든 것이 발레로 변하고, 시인과 독자는 그 발레의 무용수가 된다. 춤을 추는 이들은 물론 그 춤에 반대할 수 없다. 시를 통하여 인간은 존재와의 조화를 나타내며, 운과 운율은 이 조화에 이르는 가장 거칠고 투박한 수단이다. 그러므로 이제 막 승리를 거둔 혁명은 새로운 질서의 거칠고 투박한 긍정을, 따라서 운으로 가득한 시를 필요로 하지 않겠는가?

"나와 함께 횡설수설하라!" 비테즈슬라프 네즈발은 이렇게 독자에게 외치고, 보들레르는 "항상 취해 있어야…… 한다…… 포도주에, 시에, 미덕에, 당신 취향대로……."라고 외친다. 서정시는 도취이고, 인간은 세상과 보다 쉽게 섞이기 위해 도취한다. 혁명은 연구되거나 관찰되기를 원하는 것이 아니라 사람들이 혁명과 하나가 되길 원한다. 바로 그런 의미에서 혁명은 서정적이며 서정시가 혁명에게 필요한 것이다.

혁명은 분명 야로밀이 예전에 쓰던 시와는 다른 시를 추구한다. 예전에 그는 자신의 자아가 펼치는 평화로운 모험들과 아름답고 기이한 특성들을 들여다보며 도취하곤 했다. 하지만 이제 그는 세상의 소란스러운 팡파르에 자리를 내주기 위해 헛간을 비우듯 자신의 영혼을 비웠다. 그는 혼자만 알 수 있었던 특이한 것들의 아름다움을 내주고 모두가 이해할 수 있는 보편적인 것들의 아름다움과 바꾸었다.

그는 현대 예술이 (배교자로서 오만하게) 무시하는, 지나간 옛날의 아름다운 것들을 꼭 되살리고 싶었다. 일몰, 장미, 풀잎 위 이슬, 별, 석양, 멀리서 울리는 멜로디, 엄마, 향수 같은 것들. 아, 이런 세상은 얼마나 아름답고, 가깝고, 이해하기 쉬운가! 야로밀은 오랜 세월을 떠돌다가 떠났던 집으로 돌아오는 탕자처럼 놀라움과 감동을 안고 이곳으로 돌아왔다.

아, 단순하다는 것, 완전히 단순하다는 것, 민요처럼, 어린애들 술래잡기 노래처럼, 시냇물처럼, 사랑스러운 빨간 머리 아가씨처럼, 그렇게 단순하다는 것!

영원한 아름다움의 원천에 있다는 것! 저 멀리, 은, 무지개, 사랑하다 같은 단어들, 너무도 많은 비난을 받은 아! 같은 짧은 단어까지 사랑한다는 것!

야로밀은 또한 어떤 동사들에도 매료되었다. 특히 뛰다, 가다처럼 앞으로 나아가는 단순한 움직임을 나타내는 동사들이 있었지만 그보다 항해하다, 날다 같은 동사가 더 그랬다. 레닌의 생일 기념으로 쓴 시에서 그는 강물에 사과나무 가지 하나를 던져 (강물에 화관을 던지는 민중의 옛 관습과 이어지므로 그는 이 동작이 황홀하게 좋았다.) 물결이 그 가지를 레닌의 나라에 실어 가 주게 했다. 보헤미아에서 러시아로 흘러가는 강은 단 하나도 없으나 시는 강물의 흐름이 바뀌는 마법의 지대다. 다른 시에서 그는, 세상은 언젠가 산맥을 넘나드는 전나무 향기처럼 자유로워지리라라고 썼다. 또 다른 시에서는 너무도 강한 재스민 향, 그래서 허공을 떠다니는 보이지 않는 배가 되는 향기 이야기를 했다. 그는 이 향기의 배를 타고 멀리, 저 멀리, 마르세유까

지, (《루데 프라보》에 나왔던 것처럼) 노동자들이 (그는 이들의 동지
이자 형제이길 바랐다.) 파업을 개시한 그 마르세유까지 가는 상
상을 했다.

또한 바로 그래서 움직임을 나타내는 가장 시적인 도구, 날
개가 그의 시들 속에 수없이 많이 나왔다. 그 시에서 밤은 소리
없는 날갯짓으로 가득했다. 욕망, 슬픔, 심지어 증오까지, 그리
고 물론 시간 역시, 이 모든 것에 날개가 있었다.

이 모든 말 속에 숨어 있는 것, 그것은 끝없는 포옹에 대
한 욕망이었다. 이 표현 속에는 실러의 저 유명한 시구, Seid
umschlungen, Millionen, diesen Kuss der Ganzen Welt!가 되살아나
는 듯하다. 끝없는 포옹은 단지 공간만이 아니라 시간도 포함
하고 있었다. 여정의 목적지는 단지 파업 중인 마르세유일 뿐
아니라 또한 미래, 저 머나먼 기적의 섬이었다.

예전에 야로밀에게 미래란 무엇보다 알 수 없는 신비였다.
알지 못하는 모든 것이 거기에 감추어져 있었다. 바로 그래서
그것은 그의 마음을 끌었고 동시에 두렵게 했다. 그것은 확실
한 것의 반대였고 익숙한 내 집의 반대였다.(그렇기 때문에 야로
밀은 마음이 괴롭던 시절에, 더 이상 미래가 없기에 행복한 노인들의 사
랑을 꿈꾸었던 것이다.) 그런데 혁명이 미래에 반대 의미를 부여
했다. 미래는 더 이상 신비가 아니었다. 혁명가는 미래를 훤히
알고 있었다. 팸플릿과 책, 강연, 연설 들을 통해 그것을 알았
다. 미래는 우리를 두렵게 하는 것이 아니라 오히려 불확실성
으로 이루어진 현재 속에 확실성을 부여해 주는 것이었다. 아
이가 어머니 품을 찾듯 혁명가가 미래에서 안식처를 찾는 것

은 바로 그 때문이었다.

야로밀은 아주 깊은 밤, 생각이 많은 회합 위로 새벽 여명이 돋아나는 시간에 지역 사무실 소파에 누워 잠들어 있는 상임 공산당원에 대한 시를 썼다.(그 시절에는 투쟁하는 공산당원이라는 개념은 회합 중인 공산당원의 이미지로밖에는 표현할 길이 없었다.) 창 아래에서 울리는 전차 종소리는 그의 꿈속에서 낭랑하게 울리는 종소리, 전쟁이 완전히 끝났으며 전 세계가 노동자들의 것임을 알리는 세상의 모든 종소리가 되었다. 그는 기적 같은 마법이 자신을 먼 미래로 데려다 놓았음을 깨달았다. 그가 들판 어딘가에 서 있는데 한 여자가 트랙터를 타고 (포스터들마다 미래의 여자는 트랙터를 타고 있는 것으로 그려졌다.) 다가와서는, 깜짝 놀라며 그에게서 이제껏 한 번도 본 적이 없는 그런 남자, 노동에 혹사당한 옛 남자, 그녀가 (노래를 부르며) 기쁨 속에 밭을 일굴 수 있도록 자신을 희생했던 남자를 알아보았다. 그녀는 환영의 인사를 하려고 트랙터에서 내려 "여기가 당신 집이고 이것이 당신의 세상이에요⋯⋯."라고 말하고 그에게 보답을 하고자 했다.(세상에, 이 젊은 여자가 일에 지친 이 노병에게 어떻게 보답을 할 수 있었을까?) 그때 전차들이 거리에서 아주 크게 경적을 울리기 시작했고 사무실 구석의 비좁은 소파에서 쉬고 있던 그 남자는 잠에서 깨어나⋯⋯.

새로 쓴 시가 이미 꽤 많이 있었지만 그는 만족스럽지 않았다. 이제까지 자신과 어머니만 봤기 때문이다. 그는 그 시들을 모두 《루데 프라보》 편집부에 보내 놓고 아침마다 그 신문을 샀다. 그러던 어느 날 마침내 3면 오른쪽 상단에, 시 제목 아

래 진하게 인쇄된 자기 이름과 다섯 연으로 된 4행시를 발견
했다. 그날 바로 그는《루데 프라보》를 빨간 머리의 손에 쥐여
주며 잘 보라고 했다. 그 아가씨는 한참을 들여다보아도 별다
른 것을 찾아내지 못했고 (평소 시에는 신경을 쓰지 않아서 시 옆에
나오는 이름에도 별 주의를 기울이지 않았다.) 그래서 결국 야로밀
이 손가락으로 그 시를 짚어 주어야 했다. 그녀는 말했다.

"시인인 줄 몰랐네."라며 감탄의 눈길로 그녀는 그를 바라
보았다.

야로밀은 아주 오래전부터 시를 써 왔다고 말하고 주머니
에서 원고 상태의 시 몇 편을 꺼냈다.

빨간 머리가 그 시들을 읽었고, 야로밀은 한동안 시 쓰기를
중단했는데 그녀를 알게 되고부터 다시 시작했노라고 말했
다. 그녀를 만난 것은 시를 만난 것과 같다고.

"정말?" 아가씨는 이렇게 물었고, 야로밀이 그렇다고 하자
그를 자기 품에 끌어안고 키스를 했다.

"정말 희한한 건 말이야." 야로밀은 이어서 말했다. "네가 요
즘 내가 쓰는 시의 여왕이기만 한 게 아니라 널 알기 전에 쓴
시들에서도 그렇다는 거야. 널 처음 봤을 때 난 내 예전 시들
이 다시 살아나서 여자로 변하는 것 같은 느낌이었어."

그는 이상하다는 듯 못 미더워하는 그녀의 얼굴을 골똘히
바라보다가 몇 해 전에 긴 산문시 하나를 쓴 적이 있다는 이야
기를 해 주기 시작했다. 자비에라는 청년이 등장하는 일종의
환상적 이야기라고. 썼다고? 아니, 정말 쓴 건 아니었다. 그보
다는 그의 모험들을 꿈꾸었던 것이고 언젠가 그 모험 이야기

를 쓰고 싶었다고.

자비에는 다른 사람들과는 완전히 다르게 살았다. 자비에는 잠을 자고 꿈을 꾸었다. 그는 꿈속에서 잠을 자고 또 다른 꿈을 꾸었고, 이 꿈속에서 다시 잠을 잤으며 또다시 다른 꿈을 꾸었다. 그리고 이 꿈에서 깨어나 먼젓번 꿈속에 있게 되었다. 이런 식으로 그는 꿈에서 꿈으로 건너갔으며 연이어 여러 삶을 살았다. 그는 여러 삶 속에 거주했고 한 삶에서 다른 삶으로 건너다녔다. 자비에처럼 산다는 것은 근사하지 않은가? 단 하나의 삶에 갇히지 않는다는 것은? 유한한 운명이긴 하나 그래도 여러 삶을 지니고 있다는 것은?

"그래, 좋을 거 같네……." 빨간 머리가 말했다.

또 야로밀은 가게에서 그녀를 봤을 때, 자비에의 가장 커다란 사랑을 정확히 바로 그렇게, 가녀리고 빨간 머리에 살짝 주근깨가 있는 얼굴……로 상상했기 때문에 까무러치게 놀랐다는 말도 해 주었다.

"못생겼지!" 빨간 머리가 말했다.

"아니야! 난 네 붉은 주근깨와 빨간 머리카락을 사랑해! 내 고향이고 내 조국이고 내 오랜 꿈이기 때문에 사랑한다고!"

빨간 머리는 야로밀에게 키스를 했고 그는 이어서 말했다. "모든 이야기가 이렇게 시작된다고 상상해 봐. 자비에는 연기가 자욱한 외곽 지대 거리를 거닐기를 좋아했어. 지하층 창문 앞을 지나가다가 멈추어 서서 생각했지. 아름다운 여인이 이 창문 너머에 살고 있을지 모른다고. 하루는 그 창문에 불이 들어와 있었고 그는 그 안에 부드럽고 가녀리고 머리카락이 붉은 한 아가씨를 발견했지. 그는 참을 수가 없었어. 반쯤 열려 있던 창의 덧문을 활짝 열어젖히고 안으로 뛰어넘어 들어간 거야."

"하지만 넌 뛰어서 도망갔잖아!" 빨간 머리가 깔깔 웃었다.

"그래, 난 도망쳐 버렸지." 야로밀이 인정했다. "똑같은 꿈을 다시 꿀까 봐 두려웠기 때문이야! 꿈에서 이미 겪은 상황에 갑자기 놓이는 게 어떤지 알아? 너무나 무서워서 확 달아나고 싶어진다고!"

"그래." 빨간 머리가 흐뭇한 마음으로 수긍했다.

"그러니까 그는 여자를 보려고 안으로 뛰어넘어 들어갔는데 잠시 후 남편이 오고, 그래서 자비에는 그 남편을 육중한 떡갈나무 장롱 속에 가두는 거야. 남편은 해골로 변한 채 아직까지도 거기에 있지. 그다음 자비에는 여자를 아주 멀리 데리고 가. 내가 이제 너를 데리고 가는 것처럼."

"넌 나의 자비에야." 빨간 머리는 감사의 마음을 담아 야로밀의 귀에 속삭였다. 그리고 자자, 자비오, 자비슈 등으로 그 이름의 변주를 지어내어 그를 이 모든 애칭들로 부르며 오래오래 그에게 입 맞추었다.

3

 야로밀이 빨간 머리 아가씨의 반지하방에 찾아갔던 수많은 날들 중에서 우리는 그녀가 목부터 밑단까지 재봉선이 있고 그 위에 하얀색 큰 단추들이 달린 원피스를 입고 있던 날을 특별히 언급하고자 한다. 그 단추들은 단지 장식으로 달린 것이었으므로 야로밀이 단추들을 풀려고 들자 아가씨는 웃음을 터뜨렸다.

 "잠깐만. 내가 혼자 벗을게." 그녀가 말하고 목덜미에서 지퍼 고리를 잡으려고 두 팔을 들어올렸다.

 야로밀은 서툰 모습을 보인 게 기분이 상해서 어떻게 여는 것인지 원리를 파악하자 얼른 자신의 실패를 수정하고자 했다.

 "아냐, 아냐, 나 혼자 벗을게, 그냥 놔둬!" 아가씨는 이렇게 말하고 그의 앞에서 뒷걸음쳐 물러나며 웃었다.

 그는 우스꽝스럽게 보일까 봐 더 우기지는 못했지만 그러

면서도 동시에 아가씨가 혼자 옷을 벗고 싶어 하는 것에 심하
게 마음이 언짢았다. 그가 생각하기에 사랑이 담긴 옷 벗는 행
위와 그냥 보통 옷 벗는 행위 사이의 차이는 바로 여자의 옷이
연인에 의해 벗겨진다는 데에 있는 것이었다.

그에게 이런 관념을 심어 준 것은 경험이 아니라 문학과 그
속에 나오는 암시적인 문장들, 그는 여인의 옷을 벗길 줄 알았다
라거나 또는 그는 능란한 솜씨로 그녀의 블라우스 단추를 풀었다
같은 암시적인 문장들이었다. 단추를 풀고 지퍼를 내리고 스
웨터를 벗겨 내느라 허둥대고 조급해하는 손짓이 선행하지
않는 육체적 사랑을 그는 상상할 수 없었다.

그는 항변했다. "지금 병원에 와서 혼자 옷을 벗는 게 아니
잖아." 하지만 아가씨는 이미 원피스를 다 벗고 속옷만 입고
있었다.

"병원에? 왜?"

"그래. 꼭 병원에 온 것처럼 하잖아."

"그래, 맞아." 아가씨가 말했다. "꼭 병원에 온 것 같네."

그녀는 브래지어를 끌러 내고 작은 가슴을 야로밀 눈앞에
드러낸 채 버티고 서 있었다. "의사 선생님. 여기 심장 근처에
콕 찌르는 통증이 있어요."

야로밀이 상황 파악을 못 하고 그녀를 바라보자 그녀는 사
과하는 투로 말했다. "죄송해요. 선생님. 보통 환자들을 자리
에 누운 상태로 진찰하실 테죠." 하며 그녀는 침대에 누웠고
그런 다음 말을 계속했다. "여기 좀 봐 주세요. 제 심장에 무슨
문제가 있나요?"

야로밀은 게임에 응하는 수밖에 도리가 없었다. 그는 아가씨의 가슴에 고개를 숙이고 가슴에 귀를 갖다 댔다. 귓바퀴가 말랑하고 둥근 젖가슴에 닿았고 규칙적인 심장 박동 소리가 들렸다. 그는 의사가 비밀스레 문이 닫힌 진찰실에서 빨간 머리 아가씨를 진찰할 때 그녀의 가슴에 아마 이렇게 접촉했겠구나 생각했다. 고개를 들어 아무것도 입지 않은 그녀를 바라보는데 가슴이 쓰려 왔다. 자신이 그녀를, 다른 남자, 의사가 바라보듯 보고 있었기 때문이다. 그는 이 괴로운 게임을 끝내기 위해 빨간 머리의 가슴에 (의사가 아닌 야로밀이 하는 식으로) 얼른 두 손을 얹었다.

빨간 머리는 항의했다. "아니, 선생님, 뭐하시는 거예요? 이러시면 안 되죠. 이건 진찰이 아니잖아요!" 여기에서 야로밀은 폭발했다. 낯선 손이 여자 친구의 몸에 닿았을 때 얼굴에 떠오른 표정을 보았던 것이다. 그녀가 상당히 경박한 어조로 항의하는 것을 보고 그는 그녀를 후려치고 싶었다. 그런데 그 순간, 그는 자신이 성적으로 흥분했음을 알아차렸고, 아가씨의 팬티를 확 벗겨 냈고, 그녀와 하나로 합쳐졌다.

그 흥분은 너무도 광대하여서 야로밀의 질투에 찬 분노는 그 속에 빠르게 녹아들었다. 여자의 헐떡임 소리(이 찬란한 헌사)와 이제 그들만의 은밀한 순간과 영원히 함께하게 될 "자자, 자비오, 자비슈!"라는 말이 귓가에 들려왔기에 더욱더.

잠시 후 그는 그녀 곁에 평화롭게 누워 그녀의 어깨에 다정하게 키스했고 편안하고 좋은 기분이 되었다. 그런데 이 얼빠진 친구는 아름다운 한순간으로는 만족할 수가 없었다. 아름

다운 한순간은 아름다운 영원의 메신저여야만 그에게 의미가
있었다. 더러워진 영원으로부터 떨어져 나온 아름다운 한순
간이란 그에게는 거짓일 따름이었다. 그러므로 그는 그들의
영원성이 아무 오점 없는 것임을 확신하고 싶었고, 그리하여
공격적이라기보다는 오히려 애원하는 어조로 물었다. "그런
데 이거 그냥 안 좋은 장난 같은 거라고 말해 줘. 이 진찰 어쩌
고 하는 이야기 말이야."

"당연하지!" 아가씨가 말했다. 하긴 이렇게 바보 같은 질문
에 뭐라 답할 수 있겠는가? 그런데 야로밀은 이 물론이지에 만
족할 수가 없었다. 그는 계속 말했다.

"내 손 말고 다른 손이 널 만지는 걸 견딜 수가 없을 것 같
아. 견딜 수가 없을 거라고." 이렇게 말하며 그는 마치 이 가슴
을 아무도 건드릴 수 없다는 데에 자신의 행복이 전부 달려 있
는 것처럼 아가씨의 초라한 가슴을 어루만졌다.

이 말에 아가씨는 (아주 순진무구하게) 깔깔 웃으며 말했다.
"그럼 내가 병이 나면 어떻게 하라고?"

병원 진료를 전혀 받지 않기도 힘든 일이며 자기 태도가 옳
지 않다는 것도 야로밀은 알고 있었다. 하지만 자기 손 아닌
다른 손이 아가씨의 가슴을 건드린다면 자신의 세상 전체가
무너져 내리리라는 것 또한 알고 있었다. 그래서 그는 또 그
말을 했다.

"하지만 난 견딜 수가 없을 거야. 알겠어? 견딜 수 없을 거
라고."

"그럼 병이 나면 난 어떻게 해야 해?"

그는 나무라는 투로 가만히 말했다. "여자 의사를 찾아볼 수 있는 거잖아."

"내게 선택권이라도 있는 것 같네! 어떻게 하는지 알잖아." 이번에는 그녀가 분개하며 대답했다. "의사를 지정해 주잖아. 누구한테나 다 똑같아! 사회주의 의료 체제가 어떤 건지 모른다는 거야? 선택권이 없어. 그냥 따라야 한다고! 그, 산부인과 진찰 같은 것도……."

야로밀은 심장이 멎는 것 같았지만 그냥 아무것도 아닌 듯 말했다. "어디 안 좋은 데라도 있어?"

"아니, 예방 검진. 암 때문에. 의무적으로 해야 해."

"입 다물어. 그런 얘기 듣고 싶지 않아."라고 말하며 그는 그녀의 입을 손으로 막았다. 너무 거칠게 그래서 그는 자기가 때린 줄 알고 빨간 머리가 화를 낼까 봐 덜컥 겁이 났다. 그런데 아가씨는 그저 순하게 자기를 쳐다보고 있었고, 그래서 야로밀은 어쩌다 그렇게 거칠게 나왔던 자기 행동을 고칠 필요가 없었다. 기분이 괜찮아서 그는 이렇게 말했다.

"잘 알아 두기 바라는데, 다시 한 번 누가 널 건드리잖아, 그럼 난 너한테 다시는 손 안 대."

그는 여전히 아가씨의 입에 손을 대고 있었다. 여자를 거칠게 다루는 것이 처음이었는데 그건 참 황홀한 기분이었다. 그 다음 그는 마치 목을 조르듯 두 손으로 그녀의 목을 감았다. 손가락 아래 가녀린 목이 느껴졌고 꽉 누르기만 하면 숨이 막히겠구나 생각했다.

"누가 널 건드리면 네 목을 조를 거야." 그는 여전히 아가씨

의 목을 두 손으로 감고 있었고 그 손의 감각 속에서, 그녀가
존재하지 않게 될 수도 있다는 느낌을 즐겼다. 적어도 바로 이
순간만큼은 빨간 머리가 정말로 자기 것이라는 생각이 들었
고, 이렇게 근사한 강력한 힘을 느끼는 것에 도취되었으며, 그
느낌은 너무도 아름다워서 다시 한 번 사랑을 하기 시작했다.

사랑의 행위 동안 그는 여러 번 그녀를 거칠게 안았고, 목에
손을 올려놓았고 (사랑의 행위 중에 여자의 목을 조르면 근사할 것
이라 생각했다.) 여러 번 깨물기도 했다.

그런 다음 그들은 둘이 나란히 누워 있기는 했지만 화가 난
청년의 마음을 다 녹여 주기에는 아마 사랑의 행위가 너무 짧
았던 것 같다. 빨간 머리는 목 졸려 죽지 않고 살아서, 산부인
과 진찰을 받으러 가는 벌거벗은 몸으로 곁에 누워 있었다.

그녀는 그의 손을 쓰다듬었다. "나한테 나쁘게 그러지 마."

"내 손 아닌 다른 손이 건드린 몸뚱어리는 역겹다고 했잖아."

아가씨는 야로밀이 장난을 하고 있는 것이 아님을 깨달았
다. "아이고 참, 그냥 장난이었어!"

"장난 아니었어! 사실이었지."

"사실 아니었어."

"맞아! 그건 사실이었고 어쩔 수 없다는 거 알아. 산부인과 진
찰은 의무 사항이고 넌 거기 가야 해. 비난 안 해. 그런데 다른
손이 건드린 몸이 난 역겨워. 나도 어쩔 수 없는데 그냥 그래."

"정말 맹세하는데 진짜 그런 건 아무것도 없어. 어릴 때 말
고 한 번도 아픈 적도 없었어. 병원에 전혀 안 가. 산부인과 진
찰 받으러 오라는 안내장 받고도 그냥 버렸어. 한 번도 가 본

적도 없다니까.”

“안 믿어.”

그녀는 그를 믿게 하려고 애를 써야 했다.

“또 오라고 하면 어떡할 건데?”

“걱정 마, 허술하고 엉망인걸 뭐.”

그는 그녀의 말을 믿긴 했지만 씁쓸한 마음은 실질적이고 논리적인 설명으로 풀어지지 못했다. 단지 병원 진찰 문제만이 아니었다. 문제의 근원, 그것은 그녀가 그의 손에서 벗어난다는 것, 그녀를 완전히 소유할 수 없다는 것이었다.

“너무나 사랑해.”라고 그녀가 말했으나 그는 이 짧은 순간을 신뢰할 수 없었다. 그는 영원을 원했다. 그는 적어도 빨간 머리 아가씨의 인생이라는 조그만 영원이라도 가지고 싶었지만 자신이 그것을 가지지 못함을 알고 있었다. 그녀를 처음 알게 되었을 때 그녀가 처녀가 아니었다는 것이 기억났다.

“다른 사람이 널 건드린다는 생각도 견딜 수 없고 이미 누가 널 건드렸다는 생각도 견딜 수가 없어.” 그가 말했다.

“아무도 날 건드리지 않을 거야.”

“하지만 누가 널 이미 건드렸잖아. 그게 역겨워.”

그녀가 그를 품에 안았다.

그가 밀쳐 냈다.

“나 전에 몇 명이나 알았어?”

“딱 한 사람.”

“거짓말 마!”

“정말이야. 딱 한 사람밖에 없었어.”

"사랑했어?"

그녀가 머리를 저었다.

"어떻게 사랑하지도 않는 남자랑 잘 수가 있어?"

"날 괴롭히지 마."

"대답해! 어떻게 그럴 수 있었느냐고!"

"괴롭히지 마. 사랑하지 않았고 끔찍했어."

"뭐가 끔찍했는데?"

"자꾸 묻지 마."

"왜 묻지 말라 그래!"

그녀는 울음을 터뜨렸고, 마을의 나이 든 남자였으며 비열한 놈이었고 자기 마음대로 그녀를 다루었으며 ("자꾸 묻지 마, 아무것도 묻지 마.") 기억에 떠올릴 수조차 없다고 울면서 말했다. ("날 사랑한다면 다시는 그 사람 존재도 떠올리게 하지 마!")

그녀가 너무나도 많이 울어서 야로밀은 자신이 화가 났다는 것을 잊어버렸다. 눈물은 더러워진 것을 씻어 내는 훌륭한 세정제다.

그는 나중에는 그녀를 쓰다듬으며 말했다. "울지 마."

"넌 나의 자비슈야." 그녀가 말했다. "넌 저 창문으로 들어와서 그 사람을 장롱 속에 가뒀고, 이제 거기엔 해골만 남을 거고, 넌 날 멀리, 아주 멀리 데려갈 거야."

그들은 서로 끌어안고 키스했다. 아가씨는 다른 손길이 자기 몸에 닿는 것을 견딜 수 없을 것이라고 그에게 단언했고 그는 그녀를 사랑한다고 맹세했다. 그들은 다시 사랑을 나누기 시작했다. 영혼이 맨 가장자리까지 가득 채운 몸으로 다정하게 사랑을 나누었다.

그러고 나서 그녀는 "넌 나의 자비슈야."라고 말하며 그를
어루만졌다.

"그래. 널 멀리, 안전한 곳으로 데려갈 거야." 그는 이렇게
말하며 곧 자기가 그녀를 어디로 데려갈지 깨달았다. 그에겐
그녀를 위한, 평화의 푸른 베일이 드리운 텐트, 저 위로 미래
를 향해 새들이 날아가고 마르세유의 동맹파업자들을 향해
향기가 몰려가는 그런 텐트가 있었다. 그에겐 그녀를 위해, 그
의 유년의 천사가 지켜 주는 집이 있었다.

"있잖아, 우리 어머니께 널 소개할 테야." 이렇게 말하는데
그의 눈에는 눈물이 가득했다.

4

일 층을 차지하고 있던 가족은 그 집 어머니의 배가 점점 불러 오자 의기양양해졌다. 셋째 아이가 태어나려는 참이었던 것인데, 하루는 야로밀의 어머니를 그 집 아버지가 불러 세워서는 두 명이 다섯 명과 똑같은 면적을 차지하고 있는 것은 부당하다고 말했다. 이 층 방 세 개 중 하나를 자기에게 넘겨주면 어떻겠느냐는 것이었다. 엄마는 그것은 불가능하다고 답했다. 그러자 세입자는, 그런 상황에서는 시청에서 집에 있는 방 여러 개가 공평하게 분배되었는지 확실하게 검토해 주어야만 할 것이라고 대답했다. 엄마는 아들이 이제 곧 결혼할 것이며, 그렇게 되면 이 층에 곧 세 명이 되고 어쩌면 넷이 될지도 모른다고 똑 부러지게 말했다.

그래서 야로밀이 며칠 후에 여자 친구를 소개하고 싶다고 알렸을 때 그녀에게는 아주 마침 잘된 일 같았다. 최소한 그녀

가 아들 결혼 이야기를 한 것이 거짓말은 아니라는 것을 세입
자들이 확인할 수 있을 테니 말이었다.

하지만 잠시 후 엄마가 장을 보러 가곤 하는 가게에서 그 아
가씨를 본 적이 있다고 그가 실토했을 때 그녀는 놀라고 언짢
은 표정을 숨길 수가 없었다.

"그녀가 가게 점원이라고 언짢아하시지는 않길 바라요." 그
는 전투적인 어조로 말했다. "제가 전에 그녀가 근로자라고,
소박한 여자라고 말씀 드렸잖아요."

그 멍청하고 기분 나쁘고 안 예쁜 여자애가 자기 아들이 사
랑하는 여자라는 것을 인정하는 데 엄마에게는 잠시의 시간
이 필요하긴 했으나 그래도 나중에는 자제력을 찾았다. "나보
고 너무 뭐라 하지 마라. 놀랐는데 어떡하니." 그녀는 이렇게
말했고 아들이 앞으로 마련해 놓은 모든 것을 견뎌 낼 태세를
갖췄다.

그리하여 그 방문이 거행되었다. 세 시간에 걸친 고통스러
운 시간이었다. 세 사람 모두 잔뜩 긴장했으나 그래도 끝까지
그 시련을 겪어 냈다.

야로밀이 어머니와 단둘이 있게 되자 다급하게 물었다. "어
때요, 엄마 마음에 들었어요?"

"아주 마음에 들었어. 왜 그 애가 내 마음에 들지 않겠니?"
그녀는 이렇게 대답했는데 자기 어조가 그 반대를 분명하게
말해 주고 있음을 아주 잘 알고 있었다.

"그러니까 마음에 안 들었다는 거네요?"

"아주 마음에 들었다니까."

"아니요. 엄마 목소리를 보면 마음에 안 들었다는 게 훤히 보여요. 생각하는 거 하고 다른 말을 하고 있어요."

빨간 머리는 여러 실수를 저질렀고 (어머니에게 먼저 악수를 청했고, 식탁에 먼저 앉아 버렸고, 커피잔을 자기가 먼저 입으로 가져갔다.) 무례한 행동(어머니의 말을 끊었다.)과 눈치 없는 행동(어머니에게 몇 살이냐고 물었다.)도 많이 했다. 엄마가 이런 실수들을 나열하기 시작했는데 그러다 보니 아들에게 저속하게 보일까 걱정이 되었고 (야로밀은 예의범절을 지나치게 중시하는 것을 프티부르주아 근성이라고 비판했다.) 그래서 얼른 덧붙였다.

"물론 고치지 못할 건 전혀 아니지. 그 아이를 좀 더 자주 집에 데려오면 되지 뭐. 우리 집 같은 환경에 있으면 그 아이도 좀 세련돼지고 교양도 익힐 거야."

하지만 빨간 머리에다 싹싹하지도 못한 그 보기 흉한 몰골을 정기적으로 봐야 한다는 생각을 하자마자 그녀는 또다시 견딜 수 없는 역겨움을 느꼈는데, 그래도 그녀는 위로하는 목소리로 이렇게 말했다.

"그래, 물론 그 아이가 그런 걸 탓할 수는 없지. 그 아이가 태어난 환경이나 일하는 환경을 상상해 봐야 해. 난 그런 가게에서 점원으로 있고 싶지 않다. 모두가 제 맘대로 아무렇게나 대하고, 모든 사람 비위를 다 맞춰 줘야 하고. 가게 주인이 유혹하면 거절할 수도 없어. 물론 그런 환경에선 남녀 관계가 뭐 그리 대단한 일로 여겨지지도 않지."

그녀가 아들의 얼굴을 들여다보니 아들은 얼굴이 벌게지고 있었다. 불타오르는 질투의 물결이 야로밀의 몸을 가득 채우고 있었고 엄마 자신마저 이 파도의 열기가 느껴지는 것 같았다.(분명 그것은 과연 몇 시간 전 그가 빨간 머리를 소개했을 때 그녀가 자신에게서 느꼈던 그 불타는 파도와 똑같은 것이었으며, 그리하여 그들은, 어머니와 아들은, 이제 서로 통하는 항아리 속에 똑같이 산성 액체가 흐르고 있는 것처럼 그렇게 마주하고 있었다). 다시 아들의 얼굴은 어린아이 같아지고 온순해졌다. 불현듯 그녀 앞에는 더 이상 독립적인 낯선 남자가 서 있는 것이 아니라 괴로워하는 사랑스러운 자식, 그리 오래지 않은 예전에 안식처를 찾아 그녀에게로 달려오면 그녀가 달래 주던 그 아이가 있었다. 이 찬란한 광경으로부터 그녀는 눈을 뗄 수가 없었다.

하지만 잠시 후 야로밀은 자기 방으로 물러가고, 그녀는 (얼마간 그렇게 혼자 있다가) 자기도 모르게 문득 주먹으로 자기 머리를 치면서 "그만, 그만해, 질투하지 마, 그만해, 질투하지 마."라고 소리 죽여 자신을 꾸짖고 있었다.

그래도 하여간 엎질러진 물이었다. 하늘하늘한 푸른 베일의 텐트, 유년의 천사가 지켜 주는 조화의 텐트는 다 넝마가 되고 말았다. 어머니와 아들에게는 질투의 시대가 시작되고 있었다.

남녀 관계가 대수로운 일로 여겨지지 않는다고 했던 엄마의 말이 야로밀의 머리에서 끊임없이 울려 댔다. 빨간 머리의 동료들 — 같은 가게의 남자 점원들 — 이 그녀에게 저속한 이야기들을 떠들어 대는 모습, 듣는 자와 말하는 자 사이에 슬쩍 스치듯 일어나는 음란한 접촉을 눈앞에 그려 보니 그는 끔찍하게 괴로워졌다. 가게 주인이 그녀에게 몸을 비비는 모습, 그녀의 가슴을 슬쩍 건드리는 모습, 엉덩이를 탁 치는 모습이 떠오르며, 이런 접촉들이 자기에게는 모든 것을 의미하는데, 그것이 그리 대단한 일로 여겨지지 않는다는 생각에 미칠 듯이 분노가 솟구쳤다. 언젠가 그가 그녀 집에 있는데 그녀가 화장실 문을 잠그지 않은 것을 알게 된 적이 있었다. 그는 그녀가 가게에서 화장실에 있을 때 낯선 사람이 불쑥 들어와 변기에 앉아 있는 모습을 보는 것을 상상하고는 그녀에게 난리를 쳐 댔다.

그가 빨간 머리에게 자신의 질투심을 털어놓으면 그녀는 아주 달콤한 애정 표현과 맹세로 간신히 그를 달래 놓곤 했다. 하지만 자기 방에서 혼자가 되면 금세 그는 빨간 머리가 자기를 달랠 때 했던 말이 진실이라고 보장해 줄 수 있는 것이 이 세상에 아무것도 없다고 곱씹어 생각했다. 하기는 자기가 그녀에게 거짓말을 하도록 몰아붙인 게 아니었을까? 그 바보 같은 병원 진찰 건에 대해 그렇게 격렬하게 반응해서 이제 그녀가 자기 생각을 아예 그에게 말하지 못하도록 만든 것은 아닐까?

서로 애무하는 것이 즐겁던 시절, 그녀가 아주 자연스럽고 태연하게 그를 동정의 미궁 밖으로 데리고 나와 주었기에 감사의 마음으로 가득했던 그 시절, 그들 사랑이 시작되었던 처음의 그 행복했던 시절은 끝났다. 이제 그는 처음엔 그녀에게 고마워했던 바로 그것에 대해 잔인한 분석을 가하고 있었다. 그녀 집에 처음 갔던 날 자신을 그렇게 황홀하게 흥분시켰던 그녀의 대담한 그 손길을 그는 수도 없이 다시 생각했다. 이제 그는 그것을 의심에 찬 눈으로 살펴보고 있다. 어쨌든 그녀가 평생 처음 그런 식으로 손을 댄 사람이 자기, 야로밀일 수는 없다고 그는 생각했다. 만난 지 삼십 분 만에 그녀가 대뜸 그렇게 음탕한 손길을 보냈다면 그 손짓은 분명 그녀에게는 아주 사소하고 기계적인 것임에 틀림없었다.

끔찍한 생각이었다. 그녀에게 다른 남자가 있었다는 생각을 이미 했던 것은 사실이지만 그것은 오로지 그녀의 이야기가 시종일관 쓰라리고 고통스러운 관계, 그녀는 단지 피해를 입은 희생자일 뿐인 그런 관계를 떠올리게끔 해 주었기 때문이다. 이 생각은 그에게 연민을 불러일으켰고 연민은 그의 질투를 조금 희석해 주었다. 하지만 아가씨가 이 음탕한 손짓을 익힌 것이 그 관계에서라면 그것은 완전히 망가진 관계일 수는 없었다. 어쨌든 이 손짓 속에는 너무도 많은 기쁨이 새겨져 있으며, 그 뒤에는 하나의 사랑 이야기 전부가 드리워 있지 않은가!

그 이야기는 꺼내려고 생각만 해도 너무나 괴로운 주제였다. 자기보다 먼저 그녀의 애인이었던 이에 대해 소리 내어 말한다는 사실 자체가 그에게는 커다란 고통이었다. 그런데도 그는 끊임없이 머릿속에 맴도는 이 손짓의 기원을 (빨간 머리가 좋아해서 다시 그 경험이 반복되곤 했다.) 우회적인 여러 길을 통해 찾아내려 시도했다가, 나중에는 결국 불현듯 솟아난 커다란 사랑이 마치 벼락처럼 한순간에 이 여인을 모든 금기와 부끄러움으로부터 해방해 준 것이며, 또한 그녀가 바로 그렇게 순수하고 순진무구하기 때문에 헤픈 여자인 양 대뜸 남자에게 자신을 내맡긴 것이라 생각하며 마음을 가라앉혔다. 그보다 더 좋은 경우는, 사랑이 그녀에게서 너무도 강력한 뜻밖의 영감을 한껏

샘솟게 해 주어서 그녀가 즉흥적으로 하게 된 행동이 부도덕한 여자가 노련하게 행동하는 것과 유사해 보일 수도 있었다는 것이다. 사랑의 정령은 윙크 한 번으로 모든 경험을 대신해 준다. 이런 추론이 그에게는 아름답고도 예리해 보였다. 그렇게 바라보자 그의 여자 친구는 사랑의 성녀가 되었다.

얼마 후 하루는 학교 친구가 그에게 말했다. "야, 내가 어제 너 봤는데, 같이 있던 사람 누구야? 미인은 아니더라!"

그는 베드로가 그리스도를 부인했던 것처럼 자기 여자 친구를 부인했다. 그는 그저 우연히 알게 된 사람이라고 했다. 별것 아니라는 투였다. 하지만 베드로가 그리스도에게 충실했듯이 야로밀도 마음속 깊은 곳에서는 자기 여자 친구에게 충실했다. 거리를 같이 거니는 횟수를 제한하고 그녀와 함께 있는 것을 아무도 보지 않은 것에 마음 놓곤 했던 것이 사실이긴 하지만 그러면서도 동시에 마음속으로 그는 그 학교 친구가 한 말을 부정했고 그 친구에게 혐오감을 느꼈다. 그러면서 즉시 그는 자기 여자 친구가 허름한 싸구려 옷을 입고 있다는 생각에 가슴이 뭉클해졌는데, 거기에는 자기 여자 친구의 매력(소박함과 가난함의 매력)이 담겨 있는 것만이 아니라 무엇보다 특히 자기 자신의 사랑이 지닌 특별한 매력이 담겨 있는 것이었다. 그는 근사하고 완벽하고 우아한 사람을 사랑하기는 어렵지 않다고 생각했다. 이런 사랑은 우연한 아름다움이 우리에게 저절로 불러일으키는 무의미한 반응에 지나지 않는다. 하지만 위대한 사랑은 바로 완벽하지 않은 존재, 완벽하지 않은 만큼 더 인간적인 존재로부터 사랑하는 존재를 창조하기를 열망한다.

어느 날 그가 (아마도 진 빠지는 다툼 끝에) 그녀에게 사랑한다고 다시 한 번 선언하자 그녀가 말했다. "근데 네가 나한테서 뭘 보는 건지 모르겠어. 나보다 훨씬 예쁜 여자들이 수두룩하잖아."

그는 화를 내면서 예쁜 것과 사랑은 아무 상관도 없다고 설명했다. 그녀에게서 자기가 사랑하는 것, 그것은 다른 이들이 보기 싫다고 하는 모든 것이라고 힘주어 말했다. 일종의 열광 상태에서 그는 나열까지 하기 시작했다. 그녀의 작은 가슴은 초라하고 빈약한 데다가 커다란 젖꼭지는 쭈글쭈글해서 찬탄보다는 연민을 불러일으킨다고 했다. 주근깨도 있고 머리카락은 빨갛고 몸은 깡말랐는데 바로 그렇기 때문에 자기는 그녀를 사랑한다는 것이었다.

빨간 머리는 현실(빈약한 가슴, 빨간 머리)은 너무 잘 알았고 야로밀의 생각은 잘 이해하지 못했기 때문에 울음을 터뜨렸다.

반면에 야로밀은 자신의 생각에 완전히 도취되었다. 예쁘지 못한 것을 괴로워하는 이 아가씨의 눈물에 그는 혼자서 마음이 따스해졌고 영감에 휩싸였다. 그는 그녀가 이제 이렇게 울지 않아도 되게 하고 자신의 사랑을 확실히 믿게 하기 위해 자기 삶 전부를 바치겠노라 생각했다. 이렇게 대단하게 감정이 고양되자 이제 빨간 머리의 첫 번째 연인은 그가 그녀에게서 사랑하는 결점들 중 하나에 지나지 않게 되었다. 참으로 놀라운 의지와 사고의 성과였다. 그도 그것을 알고 있었고, 그래서 시 한 편을 쓰기 시작했다.

아! 내가 늘 생각하는 그 여인 이야기를 해 주오,(이 구절은 후렴처럼 반복되었다.) 세월이 어떻게 그녀를 늙어 가게 하는지 말해 주오,(그는 또다시 그녀를 전부, 인간으로서 그녀가 영원할 수 있는 만큼 영원히 전부 가지고 싶었다.) 어린 시절 그녀가 어땠는지 말해 주오,(그는 그녀의 미래뿐만 아니라 과거까지 더불어 가지고 싶었다.) 예전 그녀의 눈물을 내가 마시게 해 주오,(그리고 특히 그녀의 슬픔과 함께, 그것이 그를 자신의 슬픔에서 해방해 주리니.) 그녀의 청춘을 사로잡은 사랑들, 그 사랑들이 그녀에게서 만진 모든 것, 시들게 한 모든 것을 이야기해 주오, 나 그것을 사랑하리니, (그리고 또 조금 뒤에는) 모두 썩어 사라진 옛 사랑까지, 나 마시고 취하지 못할 것 그녀 몸에 아무것도 없네 그녀 영혼에 아무것도 없네…….

야로밀은 자기가 써 놓은 것에 도취되었다. 거대한 푸른빛 조화의 텐트 대신에, 모든 모순이 제거된 인위적인 공간, 어머니가 아들, 며느리와 함께 평화의 식탁에 함께 앉은 그 인위적인 공간 대신에, 또 다른 어떤 완전한 집, 더욱 엄혹하면서도 진정한 절대성의 집을 찾아냈기 때문이다. 절대적인 순수와 평화는 존재하지 않는다 해도, 화학 반응이 일어나는 용액 속에서처럼 불순하고 낯선 모든 것이 다 용해되는 그런 무한한 감정, 그런 절대성은 존재하기 때문이었다.

그는 이 시에 열광하고 도취되었다. 행복한 사회주의 시대와 아무런 공통점도 없으니 그 어떤 신문에서도 받아 주지 않으리라는 것을 잘 알면서도. 하지만 그는 자신을 위해 그리고 빨간 머리를 위해 그 시를 썼다. 그가 그녀에게 그 시를 읽어 주었을 때 그녀는 눈물이 날 만큼 감동했지만 동시에, 자기가 못

생겼다는 말도 나오고, 자기 몸을 만졌던 어떤 사람 이야기, 이제 늙어 가게 되리라는 말도 나와서 또다시 겁이 나기도 했다.

이 아가씨의 의구심이 야로밀은 전혀 거북하지 않았다. 오히려 그는 그런 모습을 보고 싶어 하고 음미하고 싶어 했으며, 그 이야기에 머무르고 싶어 하고 오래오래 반박하고 싶어 했다. 하지만 그 아가씨는 시 주제에 대해 너무 오래 토론하고자 하는 의향이 없었고 그래서 다른 이야기를 하기 시작하곤 했다.

그녀의 보잘것없는 가슴이나 그녀를 만진 낯선 손들은 어찌어찌하여 용서한다 해도 그가 그녀에게 용서할 수 없는 한 가지가 있었다. 말이 많다는 것이었다. 그러니까, 그가 자신의 열정, 감성, 뜨거운 피와 더불어 자기의 모두가 담긴 글을 읽어 주면 그녀는 잠시 후 명랑하게 다른 이야기를 하기 시작하는 식인 것이다.

그렇다. 그는 얼마든지 자신의 사랑이라는 용액 속에 그녀의 모든 결점을 다 녹여 사라지게 할 준비가 되어 있었으나 단 조건이 하나 있었다. 그녀 자신이 그 용액 속에 가만히 드러누워 있을 것, 절대 이 사랑의 욕조 아닌 다른 데 있지 않을 것, 절대 생각만으로라도 이 욕조에서 나가려고 시도하지 않을 것, 야로밀이 하는 생각과 말의 수면 아래 완전히 잠겨 있을 것, 그의 우주 속에 완전히 잠겨 있을 것, 그녀의 몸이든 정신이든 단 한 부분이라도 다른 세상 속에 머무르지 말 것 등이었다.

그런데 이러지를 못하고 그녀는 또 떠들어 대기 시작한 것이고, 그냥 이야기도 아니고 자기 집안 이야기를 하는 게 아닌가! 야로밀은 그녀에게서 그 가족이 제일 싫었는데, 그 집안에 대해 뭐라 반박을 할 수가 없지만 (아무런 죄도 없는 가족, 게다가 민중에 속하는 가족이었다.) 그래도 하고 싶었기 때문에, 또 자기가 준비해서 사랑의 용액으로 채워 놓은 욕조에서 빨간 머리가 자꾸만 빠져나오는 것이 바로 그 가족을 생각하면서이기 때문이었다.

그래서 그는 또다시 그녀의 아버지 이야기,(하도 일을 해서 몸이 다 곯아 버린 늙은 농부) 형제자매 이야기,(이건 가족이 아니라 차라리 토끼굴이라고 야로밀은 생각했다. 자매 둘에 형제 넷이라니!) 그리고 특히 그중 한 오빠 이야기를 (이름이 얀이고 정말 웃기는 녀석인 것 같은데, 1948년 전에 반공산주의자인 한 장관의 운전기사 노릇을 했다.) 들어야 했다. 이건 그냥 어떤 가족이 아니었다. 그것은 우선 그에게 적대적인 낯선 환경이었고, 빨간 머리 아가씨는 살갗에 붙은 고치처럼 그것을 간직하고 있었으며, 그 고치는 그에게서 그녀를 멀어지게 하고 그녀가 아직 전부, 절대적으로 그의 것이 되지 못하게 만드는 것이었다. 그리고 얀이라는 오빠, 그는 딱히 빨간 머리의 오빠라기보다 우선 그녀를 십팔 년 내내 곁에서 지켜봤던 남자, 그녀에 대해 수십 가지 내밀한 세세한 것들을 알고 있는 남자, 같은 화장실을 썼던 남자,(그녀는 몇 번이나 문 잠그는 것을 잊었을까!) 그녀가 여자가 되어 가던 시절을 기억하는 남자, 분명 그녀가 발가벗은 것을 여러 번 보았을 남자……였다.

너는 내 것이어야 하고 바퀴 위에서 죽어야 하네, 내가 원한다면. 병들고 질투에 사로잡힌 시인 키츠는 파니에게 이렇게 썼고, 자기 방으로 돌아간 야로밀도 마음을 진정시키기 위해 시를 썼다. 그는 죽음에 대해, 모든 것이 가만히 진정되는 저 위대한 포옹에 대해 생각했다. 그는 강인한 남자들, 위대한 혁명가들의 죽음을 생각했고, 공산당원들의 장례식에서 불릴 장송곡의 가사를 쓰고 싶다는 생각이 들었다.

죽음. 기쁨이 의무였던 이 시기에 이것은 거의 금지된 주제였으나 야로밀은 죽음이 통상적인 음울함에서 벗어날 수 있는 특별한 관점을 자신이 발견할 수 있다고 생각했다.(죽음에 대한 아름다운 시들을 이미 쓴 적이 있었고 자기 나름대로 그는 죽음의 아름다움에 대한 전문가였다.) 그는 죽음에 대한 사회주의적인 시를 쓸 수 있다고 느꼈다.

그는 한 위대한 혁명가의 죽음을 생각했다. 저 산 너머 저무는 태양처럼 투쟁가는 숨을 거두네…….

그리고 그는 '묘비명'이라는 시를 썼다. 아! 죽어야 한다면, 내 사랑, 너와 함께이길, 그리고 다만 타오르는 불길 속에서이길, 빛과 열기로 화한 불길 속에서…….

5

시는 모든 진술이 진리가 되는 영역이다. 시인은 어제 삶은 눈물처럼 허망하다라고 말하고 오늘은 삶은 웃음처럼 즐겁다라고 말하는데 다 맞는 말이다. 오늘은 모든 것은 끝나고 침묵 속으로 빠져든다라고 말하고 내일은 그 무엇도 끝나지 않고 모든 것이 영원히 울린다라고 말하는데 이 두 구절은 모두 진실이다. 시인은 그 무엇도 증명할 필요가 없다. 유일한 단 하나의 증거는 강렬한 그의 감정 속에 있다.

서정시의 천재는 무경험의 천재다. 시인은 세상에 대해 거의 아는 게 없지만 그에게서 솟아나오는 말들은 수정처럼 뚜렷한 아름다운 조합을 이룬다. 시인은 성숙한 사람이 아니어도 그 시는 원숙한 예언, 그 자신도 접근하지 못하는 예언을 담고 있다.

아, 내 물속의 사랑이여! 엄마는 야로밀이 처음 쓴 이 시를 읽고 (거의 부끄러워하며) 아들이 자기보다 사랑에 대해 더 많이 알고 있다고 생각했다. 그녀는 마그다를 열쇠 구멍으로 들여 다본 이야기라는 것은 짐작도 못 했고, 물속의 사랑이란 그녀에게 무언가 더 일반적인 것, 사랑의 신비로운 범주, 아니 불가해한, 그 의미는 예언의 의미를 추측하듯 그렇게 추측될 수밖에 없는 그런 것이라고 여겨졌다.

시인의 미숙함은 웃음을 불러일으킬지도 모르나 또한 우리를 감동시키는 무언가가 있다. 시인의 말 속에는 마음에서 솟아오른 어떤 물방울 하나, 그의 시를 아름답게 반짝 빛나게 해 주는 물방울 하나가 있다. 그러나 이 물방울, 이것을 시인의 마음속에서 끄집어내기 위해 실제 체험은 전혀 필요하지 않은데, 우리는 차라리 요리사가 샐러드에 레몬 즙을 짜 넣는 것과 같이 시인이 때로 자기 마음을 꽉 짜는 것이라고 생각한다. 야로밀은 사실 파업 중인 마르세유 노동자들은 별로 신경도 쓰지 않았는데, 그들을 향한 자신의 사랑에 대한 시를 쓰면서 정말로 감동을 했고 그래서 자신의 말에 이러한 감정의 물기가 푹 스며들게 적셔 주었으며 그리하여 그 말들은 피와 살을 지닌 진실이 되었던 것이다.

시인은 자신의 시로 자화상을 그린다. 하지만 그 어떤 초상도 시인을 그대로 보여 주지는 않으며, 시인은 시로 자기 모습을 고친다고 말할 수도 있다.

고친다? 그렇다. 그는 자기 윤곽이 희미한 것이 괴로워서 초상의 표정을 더 풍부하고 확실하게 만든다. 그는 자신이 희미하고 의미 없고 아무것도 아닌 것같이 보인다. 시에서 사진처럼 그려진 자기 초상이 얼굴 윤곽선을 진하게 나타내 주길 바란다.

그는 자신의 삶이 아무 사건 없이 빈약하기 때문에 자화상을 더 극적으로 만든다. (그의 시 속에서 구체화된) 감정과 꿈의 세계는 종종 소란스럽고 격정적인 모습을 보이며, 자신에게 허락되지 않은 행동과 모험들을 대체한다.

그러나 이런 초상의 모습을 띄기 위해서는, 이 가면을 쓰고 세상으로 들어가기 위해서는, 초상이 바깥에 드러나야 하고 시가 발표되어야 한다. 야로밀의 작품 여러 편이 이미《루데 프라보》에 실리긴 했지만 그는 아직 만족하지 못했다. 그는 시에 편지를 동봉하여 알지도 못하는 편집자에게 마치 친근한 사이인 듯 이야기를 했다. 편집자가 답장을 해 주어서 친분이 트이기를 바랐기 때문이다. 그런데 (그것은 거의 굴욕적이었다.) 시는 실어 주면서도 그들은 살아 숨 쉬는 존재로서의 그와 친분을 맺는다거나 자기네들 속에 그를 받아들이는 일 같은 것은 안중에도 없었고 편집자는 한 번도 그의 편지에 답장을 하지 않았다.

학교 친구들에게서도 그의 시들은 기대했던 반응을 일으키지 못했다. 연단에 올라 시를 낭송한다거나 잡지에 빛나는 사진이 실린다거나 하는 엘리트 현대 시인에 속했더라면 어쩌면 동기생들에게 관심의 대상이었을지도 모른다. 하지만 일간지 한 면 어느 구석에 실린 시 몇 편은 겨우 몇 분 주의를 끌 뿐이었으며, 앞으로 정치나 외교직으로 나갈 학우들이 보기에 야로밀은 묘하게 흥미로운 인물이 아니라 별 흥미 없게 묘한 인물이었다.

그런데 야로밀은 하염없이 영광을 갈망했으니! 모든 시인과 마찬가지로 그는 영광을 갈망했다. 오! 영광이여, 오! 강인한 신이여! 아, 그대 위대한 이름이 내게 영감을 주고 그리하여 나의 시가 그대를 얻을 수 있게 하라! 빅토르 위고는 이렇게 간절히 청했다. 나는 시인이다, 나는 위대한 시인이다, 또한 언젠가 온 우주 전체로부터 사랑받으리라, 나는 이 말을 반드시 해야 한다, 바로 이렇게 나는 내 미완의 장려한 무덤 앞에서 기원해야 한다. 이르지 오르텐은 미래의 영광을 생각하며 이렇게 자신을 위로했다.

찬탄에 대한 강박적 욕망은 단지 (예를 들어 수학자나 건축가의 경우 그렇게 해석될 수 있는 것처럼) 서정시인의 재능에 부수적으로 따라붙는 결점일 뿐인 것이 아니라 아예 시적 재능의 본질 그 자체에 속하며 서정시인을 구별해 주는 징표다. 왜냐하면 시인이란 시의 영사막에 포착된 자기 얼굴이 사랑받고 찬미받기를 바라는 의도로 세상에 자신의 자화상을 내보이는 자이기 때문이다.

내 영혼은 기이하고 과민한 향을 지닌 이국의 꽃이다. 내게는 커다란 재능이, 어쩌면 천재성 역시 있다. 이르지 볼케르는 일기장에 이렇게 썼으며, 야로밀은 신문 편집자의 침묵에 역겨움을 느끼고서 시 몇 편을 골라 가장 권위 있는 문학잡지에 보냈다. 얼마나 멋진 일인가! 보름 후 그는 답장을 받았다. 그의 시를 관심 있게 보았으며 잡지 편집실로 한번 들러 주기를 바란다는 것이었다. 그는 예전에 여자들과 데이트를 준비할 때처럼 정성 들여 이 면담을 준비했다. 그는 편집자들에게 가장 심원

한 의미에서 자기 자신을 보여 주리라 작정했고, 자신이 정확히 누구인지, 시인으로서 자신이 누구인지, 사람으로서 자신이 누구인지, 자기 계획은 어떤 것인지, 자신이 어디로부터 왔는지, 자신이 극복한 것이 무엇인지, 좋아하는 것이 무엇인지, 싫어하는 것이 무엇인지 정의하려 시도했다. 마침내 그는 연필과 종이를 집어 자신의 여러 입장과 견해, 자신의 발전 단계들을 핵심적인 면들을 중심으로 적었다. 그는 종이 여러 장에 그런 것들을 적었고, 그러던 어느 날 문을 두드리고 안으로 들어갔다.

안경을 쓴 왜소한 남자 하나가 사무실에 앉아 있다가 그에게 무슨 일이냐고 물었다. 야로밀은 자기 이름을 댔다. 그 편집자는 다시 한 번 그에게 무슨 일로 왔느냐고 물었다. 야로밀은 다시 한 번 (더 또박또박 그리고 더 크게) 자기 이름을 말했다. 편집자는 야로밀에게 만나게 되어 반갑다고, 하지만 무슨 일로 왔는지 알았으면 좋겠다고 말했다. 야로밀은 편집부에 자기 시를 보냈는데 한번 들러 달라는 답장을 받았다고 말했다. 편집자는 시 담당은 자기 동료인데 현재 부재중이라고 말했다. 야로밀은 자기 시가 언제쯤 실릴지 알고 싶은데 무척 아쉽다고 말했다.

그 편집자는 참다 참다 인내심을 잃고 말았고, 자리에서 일어나 야로밀의 팔을 잡고 커다란 서류 수납장으로 데려갔다. 그는 수납장을 열고 선반에 정리된 높은 종이 더미들을 그에게 가리켰다. "친애하는 동지, 우리는 매일 평균 열두 명의 새로운 작가들의 시를 받아요. 그럼 일 년이면 얼마가 되죠?"

"머릿속으로 계산이 안 되네요." 편집자가 재차 묻자 야로밀은 당황해하며 말했다.

"시인이 되겠다는 사람이 한 해에 4380명이야. 외국에 가고 싶나?"

"그럴 수도 있겠지요." 야로밀이 말했다.

"그러면 시를 계속 써." 편집자가 말했다. "조만간 우리가 시인들을 수출하리라고 난 확신하거든. 다른 나라들은 조립공들이나 엔지니어, 밀이나 석탄을 수출하지만 우리, 우리에게 넘쳐나는 주요 자원, 그건 서정시인이지. 체코의 시인들은 개발도상국들의 시를 창건하게 될 게야. 우리 시인들을 보내고 그 대가로 우리는 코코넛과 바나나를 얻을 수 있을 거라고."

며칠 후 엄마는 야로밀에게 공립 학교 수위 아들이 집으로 그를 찾아왔었다고 말했다. "경찰서로 자기를 좀 보러 오라고 하더구나. 그리고 신문에 네 시들이 실린 거 축하한다고 전해 달라더라."

야로밀은 기뻐서 얼굴이 상기되었다. "걔가 정말 그랬어요?"

"그럼. 가면서 정확히 이렇게 말했어. '시 축하한다고 말씀 좀 해 주세요. 잊지 마시고, 꼭 부탁드려요.'"

"너무 기뻐요. 정말 너무 기뻐요." 야로밀은 특별히 더 힘주어 말했다. "바로 그 친구 같은 사람들을 위해 제가 시를 쓰는 거예요. 편집자들 보라고 쓰는 게 아니라고요. 목수는 다른 목수들을 위해 의자를 만드는 게 아니라 사람들을 위해 만드는 거죠."

어느 날 그가 커다란 국가안보국 건물 입구 안으로 발을 디디고, 권총으로 무장한 경비에게 자기 이름을 알리고, 복도에서 기다리고, 옛 동창이 계단을 내려와 반갑게 맞아 주어 악수를 하게 된 것은 바로 이렇게 해서였다. 그다음 그들은 그의 사무실로 갔고, 수위 아들은 네 번째 다시 말했다. "야, 내가 유명 인사랑 학교를 같이 다녔다는 걸 몰랐네. 그 친구가 맞나 아닌가 매번 그러다가 나중엔 그렇게 흔한 이름은 아니잖아 싶었어."

그러고는 그는 복도로 나가 사진 몇 장과 (경찰견이나 무기, 낙하산 등을 가지고 경찰관들이 훈련하는 모습이 나와 있었다.) 회람 두 개가 붙어 있는 큰 게시판으로 야로밀을 데려갔는데, 그 모든 것들 중앙에 야로밀의 시가 실린 신문을 오린 조각이 꽂혀 있었다. 오려 낸 가장자리에 빨간 색연필로 예쁘게 테두리가 둘러져 있고 온 게시판을 압도하는 느낌이었다.

"어때?" 수위 아들이 묻자 야로밀은 아무 말도 하지 않았다. 하지만 흐뭇했다. 자기 시가 자신과 독립적으로 자기 고유의 삶을 살고 있는 것을 보는 것은 처음이었다.

수위 아들은 그의 팔을 잡고 다시 사무실로 데려갔다. "경찰도 시를 읽을 거라고는 생각 안 했지?" 그가 웃으며 말했다.

"그런 게 어딨어?" 자기 시가 노처녀들이 아니라 허리에 권총을 찬 남자들에게 읽힌다는 생각에 감격해서 야로밀이 말했다. "경찰들이 왜 못 읽어. 요즘 경찰하고 부르주아 공화국 용병들하고는 다르지."

"넌 경찰하고 시는 안 어울린다고 생각할지도 모르지만 그렇지 않아." 수위 아들이 자기 의견을 말했다.

그에 이어 야로밀도 자기 생각을 피력했다. "그리고 요즘 시인들도 예전 시인들 같지 않아. 이젠 떠받들어져서 버릇 나빠지고 약해 빠진 여자 같은 시인이 아니라고."

그리고 수위 아들도 여전히 자기 생각을 이어 갔다. "우리 직업이 너무 험하기 때문에 (어느 정도인지 넌 알 수도 없어.) 바로 그래서 가끔 무언가 섬세한 것이 필요한 거야. 그런 게 없다면 여기서 해야만 하는 일을 견딜 수 없는 그런 날들이 있거든."

그다음 그는 (업무가 방금 끝났으니) 맞은편 카페로 가자고 해서 자리를 옮겨 맥주 두세 잔을 마셨다. "야, 정말 장난이 아니야." 맥주잔을 들고 그가 계속 이어서 말했다. "저번에 그 유대인 이야기 했던 거 생각나냐? 지금 감옥에 있어. 그 자식 아주 한심한 놈이야."

마르크스주의 청년 회합을 이끌던 그 갈색 머리 남자가 잡혀 들어갔다는 것을 야로밀은 물론 몰랐다. 검거가 이루어지고 있다는 것을 어렴풋이 짐작한 것은 사실이지만 수많은 사람들이 체포되고 그 가운데 공산주의자들도 포함되어 있다는 것, 잡혀 들어간 사람들이 고문을 당한다는 것, 그들의 죄목 대부분이 날조된 것이라는 것 등은 알지 못했다. 그러니 그는 이 소식에 아주 단순하게 깜짝 놀라는 반응을 보였는데, 거기에는 그 어떤 견해도 표시되지 않았으나 그럼에도 너무 놀랍고 안됐다는 느낌이 묻어나왔고, 그래서 수위 아들은 단호하게 못 박아 두어야 했다. "이런 일에 감상은 금물이야."

야로밀은 수위 아들이 또다시 자기에게서 멀어지고 있음을, 또다시 자기보다 저 앞에 서 있음을 깨달으며 몸서리쳤다. "내가 그 친구를 동정한다고 이상하게 생각하진 마. 당연한 거잖아. 하지만 네 말이 맞아, 감상은 큰 대가를 치르게 할 수 있지.”

“엄청나게 큰 대가를.” 수위 아들이 말했다.

“아무도 잔인해지고 싶어 하진 않아.” 야로밀이 말했다.

“아, 그럼.” 수위 아들도 수긍했다.

“하지만 잔인한 자들을 향해 잔인할 수 있는 용기를 지니지 못한다는 것은 가장 심한 잔인한 짓일 거야.” 야로밀이 말했다.

“그렇지.” 수위 아들이 동의했다.

“자유의 적들에게 자유란 없는 거야. 잔인한 일이지. 알아. 하지만 그래야만 해.”

“그래야 하지.” 수위 아들이 수긍했다. “내가 해 줄 말이 많지만 할 수가 없어. 너한테 아무 말도 해서는 안 돼. 전부 기밀이거든. 집사람하고도 내가 하는 일 이야기를 할 수 없어.”

“알아. 이해해.” 야로밀은 이렇게 말하며 또다시 이런 남성적인 직업과 이런 기밀과 아내를 가진 동창이 부러웠고 또한 아내 앞에서 기밀을 지니고 있어야 한다는 것, 그 아내는 그것을 받아들여야만 한다는 것이 부러웠다. 그는 그의 진짜 삶, 자기는 아무리 해도 다가가지 못하는 (갈색 머리 남자가 왜 잡혀갔는지 전혀 영문을 모르고, 그저 단 하나, 그래야만 했다는 것밖에 알지 못했다.) 잔인한 아름다움(또한 아름다운 잔인함)을 지닌 그 진짜 삶이 부러웠으며, 그 자신은 아직 들어가지 못한 (동갑인 옛 동창 앞에서 다시 한 번 쓰라리게 깨닫는다.) 그 진짜 삶이 부러웠다.

야로밀이 이렇게 부러움에 잠겨 생각에 빠져 있는 동안 수위 아들은 그의 두 눈을 들여다보고 있다가 (입술을 살짝 벌리고 멍청하게 미소 짓고 있었다.) 벽 게시판에 꽂아 놓은 그 시를 낭송하기 시작했다. 그는 시 전문을 다 외우고 있었고 한 군데도 틀리지 않았다. 야로밀은 (동창이 줄곧 시선을 떼지 않고 그를 주시하고 있었다.) 어떤 태도를 취해야 할지 몸 둘 바를 몰랐고 얼굴이 화끈거렸지만 (동창이 순박하게 시를 낭송하는 것은 좀 우스꽝스러운 감이 있었다.) 그래도 그가 느낀 흐뭇한 자부심은 거북함보다 한없이 더 강했다. 수위 아들이 그의 시를 알고 좋아하지 않는가! 그의 시들은 그러니까 남자들의 세계에, 그를 대신해서, 그에 앞서서, 마치 그의 전령인 것처럼, 앞선 척후병들인 것처럼 들어가 있지 않은가! 행복한 자기만족의 눈물로 그의 두 눈이 흐려졌다. 창피해서 그는 고개를 숙였다.

수위 아들은 낭송을 마치고도 여전히 야로밀의 눈을 응시했다. 그러더니 프라하 인근의 아름다운 대저택에서 청년 경관들을 대상으로 연례 연수회가 열리는데 때로 야회에 흥미로운 인사들을 초청하여 토론을 벌이곤 한다고 말해 주었다. "일요일에는 시인도 몇 명 초청하려고 해. 시의 대향연을 열기 위해서 말이야."

잠시 후 다시 맥주 한 잔씩을 더 마시고 야로밀이 말했다.

"시의 밤을 조직하는 게 바로 경찰이라는 게 정말 근사하네."

"경찰이 그런 거 하면 안 되나? 왜 안 돼?"

"물론이지, 왜 안 되겠어?" 야로밀이 말했다. "경찰과 시는 어쩌면 사람들이 생각하는 것보다 서로 잘 어울리는 걸 거야."

"어울리지 않을 이유가 뭐야?" 수위 아들이 말했다.

"그러게 말이야." 야로밀이 말했다.

"그럼, 그렇지." 수위 아들은 이렇게 말하고 야로밀도 초대 시인 속에 들었으면 좋겠다는 것이었다.

야로밀은 아니라고 하다가 결국은 기꺼이 받아들였다. 자, 그리하여 문학은 그의 시에 (허약한) 손을 내밀듯 말듯 주저하였으나 이제 그에게 (거칠고 강력한) 손을 내밀고 있는 것은 바로 삶 그 자체였다.

6

수위 아들과 마주하여 맥주 한 잔을 앞에 놓고 앉아 있는 야로밀을 잠시 다시 들여다보자. 그의 뒤에는 저 멀리 유년의 닫힌 세계가 펼쳐져 있고, 앞에는 옛 동창으로 구현된 행동의 세계, 그가 두려워하면서 간절히 원하는 낯선 세계가 있다.

이 장면은 미성숙의 근원적 상황을 나타낸다. 서정성은 이 상황에 맞서기 위한 시도다. 안전한 유년의 닫힌 공간에서 추방되면서 사람은 세상 속으로 들어가기를 욕망하지만 또한 동시에 그 세상이 무섭기 때문에 자신의 시로 인공적인 대체 세상을 만들어 내는 것이다. 그는 행성들이 태양 둘레를 돌듯 자기 시들이 자신의 주위를 돌게 한다. 그는 그 무엇도 낯설지 않은 작은 우주, 여기에서는 모든 것이 자신의 영혼만으로 만들어져 있으므로 태중 아이처럼 편안하게 느낄 수 있는 작은 우주의 중심이 된다. 여기에서 그는 바깥에서는 그토록 어려운 것을 모두 이루어 낼 수 있다. 여기에서 그는 대학생 시절 볼케르처럼 혁명을 하기 위해 프롤레타리아 군중과 함께 행진할 수 있으며, 또한 동정의 랭보처럼 사랑에 빠진 자신의 아가씨들을 때릴 수도 있으니, 왜냐하면 이 군중과 아가씨들은 낯선 세상의 적대적인 재료로 만들어진 것이 아니라 자기 자신의 꿈으로 만들어졌으며, 따라서 그들은 그 자신이고, 자신이 구축해 놓은 세상의 통일성을 깨트리지 않기 때문이다.

당신은 한 아이에 대한 이르지 오르텐의 아름다운 시를 아마 알 것이다. 그 아이는 어머니의 몸속에서는 행복했으나 세상에 태어나는 것을 가혹한 죽음, 빛과 무서운 얼굴들로 가득한 죽음으로 느끼며, 그래서 뒤로, 어머니 안으로, 매우 감미로운 그 향기 속으로 되돌아가고 싶어 한다.

아직 성숙하지 못한 젊은이는 어머니 몸 안에서 자기 혼자 가득 채우고 있던 이 우주의 안전함과 단일성에 대한 향수를 오랫동안 마음속에 품고 있으며, 또한 이타성의 망망대해 속 한 방울 물처럼 흔적도 없이 자신을 집어삼키는 어른들의 상대성의 세상 앞에서 불안을 (또는 분노를) 느낀다. 그렇기 때문에 젊은이들은 열렬한 일원론자이며 절대성의 메신저인 것이다. 그렇기 때문에 시인은 자신의 시로 자신만의 우주를 엮어 나간다. 그렇기 때문에 젊은 혁명가는 단 하나의 사상으로 주조된 근본적으로 새로운 세상을 요구한다. 그렇기 때문에 그들은 사랑에서도 정치에서도 타협을 인정하지 않는다. 반항하는 학생은 역사를 통틀어 전부가 아니면 아무것도 아니라고 부르짖으며, 스무 살 빅토르 위고는 진창길에서 약혼녀 아델 푸셰

가 발목이 드러나게 치마를 들어 올리는 것을 보고 화가 나서
펄펄 뛴다. 난 옷보다는 정숙한 게 훨씬 중요한 것 같아. 나중에 그
는 엄격한 편지에서 그녀를 이렇게 비난하고는 또 위협한다.
어떤 건방진 녀석이 감히 당신을 쳐다봐서 내가 그 친구 따귀를 때리
는 일이 벌어지게 하고 싶지 않으면 내가 지금 하는 말 명심해야 해!

이렇게 비장한 위협 소리를 들으면 어른들의 세상은 웃음
을 터뜨린다. 시인은 연인의 발목이 저지른 배신에, 그리고 군
중의 웃음소리에 상처를 받고, 그리하여 시와 세상의 갈등의
드라마가 시작된다.

어른들의 세상은 절대성이란 환상에 지나지 않음을, 인간
의 그 무엇도 위대하거나 영원하지 않음을, 남매가 한방에서
자는 것이 지극히 정상임을 잘 안다. 하지만 야로밀은 얼마나
속을 태우고 있는가! 빨간 머리는 오빠가 프라하에 와서 일주
일간 자기 집에 묵을 거라고 그에게 알렸다. 그녀는 그동안 자
기 집에 오지 말라고 요구하기까지 했다. 더 이상 참을 수가
없어서 그는 큰 소리로 항의한다. 아무리 그래도 어떤 놈 때문
에 (그는 경멸적으로 오만하게 그를 어떤 놈이라고 불렀다.) 일주일
내내 여자 친구를 포기한다는 건 받아들일 수 없지 않나!

“나한테 뭘 비난하는 거야?” 빨간 머리가 말을 받았다. “난
너보다 나이도 적은데 우리는 항상 내 집에서 보잖아. 너희 집
에선 절대 못 보잖아!”

야로밀은 빨간 머리의 말이 옳다는 걸 알았고 그래서 더 부
아가 치밀었다. 그는 다시 한 번, 자신이 얼마나 수치스럽게 독
립적이지 못한지 깨달았고, 그리하여 분노에 눈이 먼 채 그날

로 엄마에게 가서는, 다른 데서는 단둘이 있을 수 없으므로 여자 친구를 집에 데려오겠노라고 (전에 없이 단호하게) 통보했다.

어머니와 아들, 이 둘은 어쩌면 이리도 닮았는가! 두 사람 다 비슷하게 단일성과 조화의 일원론적 이상향에 대한 황홀한 향수를 품고 있다. 그는 어머니 배 속의 '감미로운 향기'를 되찾고 싶어 하고, 그녀는 (아직도 여전히) 이 '감미로운 향기'이고 싶어 한다. 아들이 점점 성숙해 가면서 그녀는 아들 주위에 자신을 펼쳐 아들을 공기처럼 꼭 껴안고 싶어 했다. 그녀는 그의 의견을 전부 자기 의견으로 맞아들였다. 현대 예술을 찬미했고, 공산주의로 전향했으며, 아들의 영광을 믿었고, 오늘 이렇게 말하고 내일 다른 말을 하는 교수들의 위선에 분개했다. 그녀는 하늘처럼 늘 그의 주위에 있고 싶었고 그와 자신의 몸이 하나의 물질로 이루어진 것이기를 바랐다.

그런데 어떻게 그녀가, 조화로운 단일성을 받드는 자가, 이질적인 물질로 이루어진 다른 여자를 받아들일 수 있을 것인가?

야로밀은 어머니의 표정에서 거부의 뜻을 읽고는 더 완강해졌다. 그가 '감미로운 향기' 속으로 돌아가고 싶어 하고 옛날 어머니의 우주를 찾고 있었던 것은 맞지만 이미 오래전부터 더 이상 그것을 어머니에게서 찾지 않았다. 잃어버린 어머니를 찾는 이 탐색에서 그를 가장 거북하게 했던 것이 바로 그의 어머니였다.

그녀는 아들이 양보하지 않으리라는 것을 깨닫고 굴복했다. 야로밀은 처음으로 자기 방에서 빨간 머리와 단둘이 있게 되었는데 둘 다 그렇게 긴장하지만 않았더라면 틀림없이 좋았을 것이다. 엄마는 분명 극장에 가고 없었지만 실제로는 계속 그들과 함께 있었다. 그들은 자기들이 하는 말을 그녀가 다 듣고 있는 것만 같았다. 평소보다 그들은 훨씬 낮은 목소리로 말을 했다. 야로밀이 빨간 머리를 안았지만 그녀 몸은 굳어 있었고 더 이상 하지 않는 것이 낫겠다는 것을 깨달았다. 그들은 어머니가 돌아올 시간을 알리는 시곗바늘의 움직임에 계속 눈길을 주면서 거북하게 이런저런 이야기를 나누었다. 실제로 어머니 방을 지나지 않고 야로밀의 방에서 나가기는 불가능했는데 빨간 머리는 무슨 일이 있어도 그녀를 보고 싶지 않았다. 그래서 그녀는 몹시 기분이 나빠진 야로밀을 남겨두고 어머니가 오기 삼십 분 전에 일어나서 나갔다.

야로밀은 이날의 실패로 낙담하기는커녕 결심을 더 굳게 다졌다. 그는 집안에서 자기가 참을 수 없는 위치에 있음을 깨달았다. 자신은 자기 집이 아니라 어머니 집에 살고 있는 것이었다. 이 사실을 확인하면서 그는 아주 완강하게 맞섰다. 다시 여자 친구를 초대했고, 이번에는 쾌활하게 수다를 떨며 맞이해서 지난번에 그들을 마비시켰던 불안감을 극복하려 했다. 탁자 위에 포도주까지 한 병 놓아두었는데, 그들은 평소 술을 잘 마시지 않았기 때문에 금세 정신이 몽롱해져서는 어디에나 드리운 어머니의 그림자를 잊어버리기에 이르렀다.

일주일 내내 그녀는 야로밀이 원하는 대로, 그가 원하는 것보다 더 늦게 집에 돌아왔다. 그녀는 그가 요구하지 않은 날에도 집을 비웠다. 선의에 의한 것도 아니었고 그렇다고 지혜롭게 생각하여 물러서서 준 것은 더더욱 아니었다. 그것은 시위였다. 집에 늦게 들어옴으로써 그녀는 아들의 방약무인함을 모 범적인 방식으로 고발하고 싶었으며, 아들이 이 집의 주인이 고 그녀는 그저 용인되는 존재일 뿐이며 일터에서 지쳐 돌아 온 후 안락의자에 앉거나 자기 방에서 책을 읽을 권리조차 없 는 것처럼 군다는 것을 드러내고 싶었다.

집을 비우는 그 기나긴 오후와 저녁나절 동안 불행히도 그 녀는 찾아갈 남자가 한 명도 없었다. 전에 그녀를 따라다녔던 그 직장 동료도 아무래도 소용이 없자 지쳐서 그만둔 지 이미 오래였기 때문이다. 그래서 그녀는 영화관도 가고 극장에도 갔으며, 기억에서 반쯤 사라졌던 몇몇 친구들과 다시 연락을 하려고도 해 보았고(거의 성공하지 못했다.) 부모와 남편을 잃고 자기 아들로부터 집에서 내쳐진 여자 같은 쓰라린 심정이 되 어 도착적 쾌감을 느꼈다. 캄캄한 어느 영화관에 앉아 있던 어 느 날, 저 멀리 화면에서 낯선 사람 둘이 키스를 했고 그녀의 뺨 위로 눈물이 흘러내렸다.

하루는 그녀가 평소보다 좀 늦게, 상처 받은 표정으로 아들 의 인사에 응답도 하지 않을 태세로 집에 돌아왔다. 자기 방으 로 들어가 문을 닫는데 바로 피가 머리 위로 확 치밀어 올랐 다. 야로밀의 방에서, 그러니까 겨우 몇 미터 떨어진 곳에서, 아들의 헐떡이는 숨소리가, 그리고 그 숨소리에 섞여 여자의 신음 소리가 들려오고 있었다.

그녀는 그 자리에 못 박힌 듯 꼼짝하지 못하면서도 동시에, 바로 곁에서 그들을 보고 있는 느낌에다 (그리고 그 순간 그녀는 정말로 머릿속에서 분명하고도 뚜렷하게 그들이 눈앞에 보였다.) 그건 절대로 견딜 수 없었기 때문에, 이렇게 가만히 서서 그 신음 소리를 듣고 있을 수는 없다는 것을 알고 있었다. 그녀는 미칠 듯한 분노에 사로잡혔으며, 발을 구를 수도, 소리를 지를 수도, 가구를 부술 수도, 야로밀의 방에 들어가 그들을 후려칠 수도 없이, 그저 여기 꼼짝 못 하고 서서 그들이 내는 소리를 듣고 있는 것 외에는 달리 어쩔 도리가 전혀 없었으므로, 자신의 무력함을 깨달으며 그 분노는 더욱더 격렬해졌다.

그런데 그 순간, 그녀에게 남은 아주 적은 명철한 이성이 문득 광적인 어떤 영감이 떠오르는 가운데 이 분노의 발작과 한테 어우러졌다. 그리하여 빨간 머리가 옆방에서 다시 신음 소리를 냈을 때 엄마는 걱정을 가득 담은 목소리로 소리쳤다.

"야로밀, 아니, 이런, 네 친구가 왜 그러니?"

옆방에서 나던 신음 소리가 뚝 그쳤고 엄마는 약을 넣어 놓는 장으로 달려갔다. 그녀는 조그만 병 하나를 꺼내 야로밀의 방문으로 달려왔다. 그녀는 손잡이를 잡았다. 문은 열쇠로 잠겨 있었다. "세상에, 무슨 일이야? 걱정되잖아. 아가씨한테 무슨 일 있니?"

야로밀은 나뭇잎처럼 떠는 빨간 머리의 몸을 품에 안은 채 말했다. "아니, 아무 일도……."

"친구가 경련을 일으킨 거니?"

"네, 그거예요."

"문 열어 봐라. 약 좀 가져왔다." 엄마는 이렇게 말하고 잠긴 문의 손잡이를 다시 잡았다.

"잠깐만." 아들은 이렇게 말하고 얼른 일어났다.

"그거 끔찍하지, 경련 말이야." 엄마가 말했다.

"잠깐만요." 야로밀은 이렇게 말하고 서둘러 바지와 셔츠에 팔다리를 꿰었다. 그리고 아가씨 위에 이불을 덮었다.

"복통인 모양이지?" 문에다 대고 엄마가 물었다.

"네." 야로밀은 이렇게 대답하며 약병을 받으려고 문을 살짝 열었다.

"좀 들어가게 해 주지 그러니." 엄마가 말했다. 묘한 광기가 그녀를 떠밀었다. 그녀는 물러서지 않고 방 안으로 들어갔다. 처음 그녀의 눈에 띈 것은 브래지어 하나가 의자에 걸쳐져 있는 모습과 여자 속옷들이었다. 그다음 아가씨가 보였다. 그녀는 어디가 아팠던 것처럼 정말로 아주 창백한 얼굴로 이불 속에 몸을 웅크리고 있었다.

이제 그녀는 더 이상 물러설 수가 없었다. 그녀는 아가씨 곁에 가서 앉았다. "무슨 일이에요? 집에 들어오는데 신음 소리가 들리더라고요……. 가엾어라." 그녀는 설탕 조각 위에 약 스무 방울을 떨어뜨렸다. "하지만 내가 이거 잘 알아요, 경련 말이에요. 자, 이거 먹어요. 금세 좋아질 거예요." 그러면서 그녀가 빨간 머리의 입에 설탕 조각을 가져가자 그 아가씨는 조금 전에 야로밀의 입술을 향해 그랬듯이 설탕 조각을 향해 순순히 입술을 내밀고 받아먹었다.

그녀는 분노에 도취된 상태에서 아들의 방으로 뛰어들었으나 이제 분노는 사라지고 도취만 남아 있었다. 그녀는 이 자그마한 입이 부드럽게 열리는 것을 바라보며 문득 빨간 머리 아가씨의 몸에서 이불을 확 잡아채 자기 앞에 알몸이 다 드러나게 해 버리고 싶은 끔찍한 욕망에 사로잡혔다. 빨간 머리와 야로밀 사이에 형성된 이 닫힌 세계, 둘만의 이 작은 세계를 깨부수고 싶은 욕망. 야로밀이, 그 아이가 만지는 것을 만지고 싶은 욕망. 그것을 자기 것이라고 외치고 싶은 욕망. 자신의 공기와 같은 품 안에 이 두 육체를 끌어안고 싶은 욕망. 너무도 아슬아슬하게 가려진 그들의 나체 (야로밀이 바지 속에 입는 운동 팬티가 바닥에 놓여 있는 것을 그녀의 시선은 놓치지 않았다.) 사이로 스르륵 끼어 들어가고 싶은 욕망. 그들 사이로 스르륵, 도도하게, 그리고 마치 정말로 복통 문제인 듯 아무것도 모르는 것처럼, 그렇게 미끄러져 들어가고 싶은 욕망. 가슴을 다 드러내고 젖을 먹이던 시절 자신이 야로밀과 함께했던 것처럼 그들과 함께하고 싶은 욕망. 이렇듯 애매모호한 순진성을 가교로 삼아 그들의 놀이와 애무에 끼어들고 싶은 욕망. 그들의 벌거벗은 몸을 둘러싼 하늘 같은 것이었으면, 그들과 함께였으면…….

잠시 후 그녀는 자기 자신의 혼란스러운 상태에 겁이 났다. 그녀는 아가씨에게 깊이 심호흡을 하라고 권하고는 얼른 자기 방으로 물러갔다.

7

문이 잠긴 소형 버스 한 대가 경찰서 건물 앞에 서 있고 시인들은 운전기사를 기다리고 있었다. 그중에는 이 토론의 밤 행사를 조직한 경찰관 두 명도 있고 야로밀도 물론 있었다. 그는 시인들 가운에 몇몇 얼굴을 (예를 들어 얼마 전에 학교 회합에서 젊음에 관한 시를 읽었던 그 육십 대 시인) 알아보았지만 말을 건넬 엄두는 나지 않았다. 며칠 전 마침내 그의 시 가운데 다섯 편이 문학잡지에 실렸기 때문에 불안한 마음이 좀 가라앉긴 했다. 시인으로 불릴 수 있는 공식적인 확인을 받은 셈이었다. 혹시 몰라서 그는 상의 안주머니에 그 잡지를 넣어 가지고 갔는데 그 바람에 한쪽 가슴은 남자같이 납작하고 다른 쪽 가슴은 여자처럼 불룩했다.

운전기사가 도착하고 시인들은 (야로밀을 포함하여 열한 명이었다.) 버스에 올랐다. 한 시간쯤 달린 후 쾌적한 휴가지 풍경 같은 곳에 버스가 멈추자 시인들이 내렸고, 이 모임을 조직한 경찰 둘이 그들에게 강과 정원, 저택 등을 보여 주었으며, 강의실들과 또 조금 후 대대적인 회합이 벌어질 대강당 등을 둘러보게 했고, 연수생들이 사는 삼 인용 침실을 구경시켰으며 (뭔가를 하다가 느닷없이 사람들이 들이닥치자 연수생들은 방 정돈 상태를 점검하는 공식 검열 앞에서처럼 일사분란하게 시인들에게 차려 자세를 취했다.) 그런 다음 마침내 그들을 소장 집무실로 데려 갔다. 샌드위치에다가 포도주 두 병, 제복 차림 소장, 그리고 마치 이 모든 것으로는 충분하지 않다는 양, 말할 수 없이 아름다운 아가씨 하나가 그들을 기다리고 있었다. 한 사람씩 소장과 악수를 하고 이름을 웅얼거린 다음 소장이 그 아가씨를 소개했다. "이분은 우리 영화 모임을 주재하는 분입니다." 그러고 나서 그는 시인 열한 명(돌아가며 그 아가씨와 악수를 나눈)에게 인민의 경찰에는 여러 클럽이 있어서 강도 높은 문화 활동에 참여하고 있다고 설명했다. 연극회도 있고 합창단도 있으며 최근에는 이 아가씨, 영화 예술 대학 학생이자 감사하게도 젊은 경찰들을 기꺼이 도와주겠다고 나선 이 아가씨의 주재 아래 영화 모임도 설립되었다. 하여간 이들은 이곳에서 최고의 조건을 지니고 있는 것이었다. 훌륭한 카메라, 모든 종류의 영사기, 그리고 특히 열성적인 청년들(이들이 영화에 더 관심이 있는지 모임 주재자에 더 관심이 있는지 소장은 말하기 힘들었지만)이 있으니 말이었다.

시인들 모두에게 악수를 한 후 그 영화학도 아가씨는 커다란 영사기 곁에 서 있던 두 청년에게 신호를 보냈다. 시인들과 소장은 눈부신 조명 아래서 샌드위치를 먹었다. 소장은 대화를 최대한 자연스럽게 보이려고 무진 애를 썼는데 아가씨가 이런저런 지시들을 내리고 그에 따라 영사기들이 움직이는 바람에 자꾸 중단되었고 그러다가 또 카메라가 돌아가며 내는 소리에 끊어지기도 했다. 잠시 후 소장이 시인들에게 와 주셔서 감사하다는 인사를 하고, 시계를 쳐다보며 청중들이 애타게 기다리고 있다고 말했다.

"자, 시인 동무들, 자리에 앉으시지요." 진행을 맡은 경찰관이 이렇게 말하고 종이에 쓰인 이름들을 읽어 내려갔다. 시인들이 줄지어 서자 그 경찰관이 신호를 보냈고 그들은 무대로 올라갔다. 긴 탁자에 각 시인마다 의자 하나와 명찰이 붙은 자리가 있었다. 시인들이 자리에 앉자 강당(만원을 이룬)에는 박수 소리가 울려 퍼졌다.

야로밀은 대중 앞에서 그렇게 무대 위를 걸어가는 것이 처음이었다. 그는 도취감에 사로잡혔고 그 느낌은 모임이 끝날 때까지 떠나지 않았다. 하여간 모든 것이 근사한 조합이었다. 시인들이 자기에게 정해진 자리에 앉자 진행자가 탁자 끝에 놓인 연단으로 다가가 시인 열한 명에게 환영사를 하고 그들을 소개했다. 이름이 불리면 시인이 하나씩 일어나 인사를 했고 강당 사람들은 박수를 보냈다. 야로밀도 일어나서 인사를 했는데, 박수 소리에 어찌나 정신이 아득해졌는지 수위 아들이 첫째 줄에 앉아서 알은척하는 것도 곧바로 알아보지 못했다. 잠시 후 자기도 알아봤다는 신호를 보내고 나니 사람들이 다 보는데 무대 위에서 그런 몸짓을 한 것이, 자기가 꾸며 냈지만 아주 자연스러워 보여 매력적으로 느껴졌고, 그래서 마치 무대가 자기 안방처럼 편한 사람인 양 모임 내내 친구에게 여러 번 신호를 보냈다.

시인들 자리는 알파벳 순서로 되어 있어서 야로밀은 그 육십대 시인 옆에 앉아 있었다. "아니, 이게 웬일이에요. 당신인지 전혀 몰랐네요. 최근에 잡지에 시를 실었죠?" 야로밀이 정중하게 미소 짓자 그 시인은 다시 말했다. "이름을 기억해 두었지요. 정말 훌륭한 시들이에요. 그 시들을 읽으며 참 기뻤어요." 그런데 그때 진행자가 다시 나와서 시인들에게 알파벳 순서로 마이크 앞으로 나와 차례대로 최신 작품 몇 편을 낭송해 달라고 청했다.

그리하여 시인들은 마이크 앞으로 나가 시를 낭송했고, 박수를 받으며 자기 자리로 돌아갔다. 야로밀은 불안 초조 속에 자기 차례를 기다렸다. 말을 더듬으면 어쩌나, 목소리가 제대로 안 나오면 어쩌나, 모든 것이 두려웠다. 그러나 차례가 되어 자리에서 일어난 그는 무엇엔가 홀린 것 같았다. 생각할 시간조차 없었다. 시를 읽기 시작하자 바로 자신감이 들었다. 그리하여 첫 번째 시 낭송 후에 터져 나온 박수 소리는 이제까지 강당에 울린 박수 소리 중 가장 길었다.

이 박수 소리가 야로밀을 더 대담하게 만들어 두 번째 시를 읽을 때는 처음보다 더 자신 있게 해냈고, 바로 곁에서 영사기 두 대가 켜져 눈부신 조명이 퍼부어지고 10미터 떨어진 데서 카메라가 돌아가기 시작했어도 전혀 거북해하지 않았다. 그는 아무것도 눈치채지 못한 척하면서 시 낭송을 머뭇거리지도 않았고, 종이에서 눈을 들어 강당의 불특정한 어느 한곳만이 아니라 전적으로 특정한 한 지점, (카메라 근처) 그 예쁜 영화학도 아가씨가 서 있는 지점을 응시하기까지 했다. 잠시 후 다시 박수가 터져 나오고 야로밀은 또 다른 시 두 편을 읽었으며, 카메라 돌아가는 소리를 듣고 영화학도 아가씨의 얼굴을 보았다. 그러고 나서는 인사를 하고 자리로 돌아갔다. 그 순간 그 육십 대 시인이 자리에서 일어나 장엄한 포즈로 머리를 뒤로 젖히며 두 팔을 벌렸다가 야로밀의 어깨를 꽉 잡았다. "당신은 시인이오, 당신은 시인이야!" 그리고 박수가 멎지 않고 계속 이어지자 그는 자기가 객석을 향해 돌아서서 손을 들어 올리고 머리 숙여 인사했다.

열한 번째 시인이 낭송을 끝내자 진행자가 단상에 올라 시인들 모두에게 감사의 말을 전하고는, 잠시 후에 관심이 있는 분들은 다시 이 강당으로 와서 시인들과 토론의 시간을 가질 수 있다고 알렸다. "이 토론은 의무는 아닙니다. 관심 있는 분들만 참석하시기 바랍니다."

야로밀은 도취되어 있었다. 모두가 그에게 악수를 청하고 주위에 몰려들었다. 시인 중 한 사람은 출판사 편집자라고 밝히며 야로밀이 아직 출판한 시집이 없다는 데에 깜짝 놀라며 하나 내라고 했다. 다른 시인 하나는 학생연맹에서 주최하는 한 회합에 참가해 달라고 친근하게 청했다. 그리고 물론 수위 아들 또한 그의 곁으로 와서 어릴 때부터 아는 사이임을 만천하에 분명히 드러내며 잠시도 그를 떠나지 않았다. 그다음 소장이 직접 다가와 말했다. "오늘은 분명 가장 젊은 이분에게 승리의 월계관이 돌아가는 듯싶군요.”

그런 다음 다른 시인들을 향해 돌아서서, 시 낭송 직후에 옆방에서 시작될 경찰 학교 연수생들의 무도회에 참석해야 하는 탓에 토론에 참여하지 못하게 되어 대단히 유감이라고 밝혔다. 경찰관들이 소문난 돈 후안들이어서 인근 마을들의 많은 아가씨들이 이 무도회에 몰려왔노라고 그는 탐욕스러운 미소를 지으며 덧붙였다. “에, 또한 동무들, 여러분의 아름다운 시에 감사드리며 이번이 마지막이 아니길 바랍니다.” 그는 시인들과 악수를 하고 옆방으로 갔는데 거기에서는 춤추러 오라는 초대처럼 벌써 팡파르 소리가 들려오고 있었다.

조금 전까지 우레와 같은 박수 소리가 울려 퍼지던 강당에는 흥분에 들뜬 시인들 몇 명만이 단상 말미에 남아 있었다. 진행자가 단상에 올라가 공지했다. “친애하는 동무들, 이제 휴식 시간은 끝났고 다시 초대 손님들 말씀을 듣겠습니다. 시인 동무들과의 토론에 참여하고자 하시는 분은 자리에 앉아 주시기 바랍니다.”

시인들은 다시 단상 위 자기 자리로 돌아갔고 여남은 사람들이 그 아래 텅 빈 강당의 첫째 줄에 그들과 마주 보고 와서 앉았다. 그중에는 수위 아들, 버스로 그들을 데려온 진행자 두 사람, 나무 의족을 하고 목발을 짚은 노신사 한 사람, 눈에 덜 띄는 다른 사람 몇 명, 그리고 또한 여자 둘이 있었다. 한 여자는 쉰 살가량 들어 보였고,(아마도 타이피스트인 듯) 다른 여자는 그 영화학도 아가씨로 촬영을 마치고 이제 그 커다랗고 평온한 눈으로 시인들을 응시하고 있었다. 벽을 넘어 옆방에서 점점 더 낭랑하게 유혹적으로 팡파르가 들려오고 무도회의 웅성거림이 커져 가는 만큼 강당의 시인들에게는 예쁜 여자의 존재가 더욱더 눈에 띄고 자극적이었다.

마주 보고 두 줄로 앉은 사람들은 거의 수가 같았고 축구팀을 연상시켰다. 야로밀은 지금의 이 침묵이 대전을 앞둔 침묵이라고 생각했다. 그런데 이 침묵이 벌써 거의 삼십 초 전부터 이어졌으니 열한 명의 시인이 선취점을 잃은 것이라 여겼다.

하지만 야로밀은 자기 팀 동료들을 과소평가한 것이었다. 그중 여럿은 실제로 수많은 공개 토론회에 참여했으며 그래서 그것이 그들의 주요 활동 영역이자 전문 분야이자 예술이 되었다. 이 역사적 사실을 상기해 보자. 이 시기는 토론과 회합의 시대였다. 온갖 기관들과 이런저런 모임들, 당 위원회들과 청년연맹들이 마구잡이로 화가나 시인, 천문학자, 경제학자 등을 불러 저녁 모임을 조직했다. 이런 모임을 조직한 사람들은 그러고 나면 그 활동들을 기획한 데 대해 마땅히 점수가 주어지고 보상을 받았는데, 왜냐하면 시대는 혁명적 활동을 요구하는데 그것이 바리케이드에서 행해질 수가 없으니 회합들과 토론회들 속에서 꽃피워져야 했기 때문이다. 그리고 또한 온갖 화가들이나 시인들, 천문학자들, 경제학자들 역시 이런 저녁 모임에 기꺼이 참여하곤 했으니, 그렇게 하여 자신들이 편협한 전문가가 아니라 혁명적인, 그리고 민중과 연대한 전문가들임을 보여 줄 수 있었기 때문이다.

시인들은 그래서 청중이 할 질문들을 훤히 알고 있었고, 그 질문들이 놀라우리만큼 규칙적인 확률로 나타난다는 것도 매

우 잘 알았다. 그들은 누군가 분명히 이런 질문을 하리라는
걸 알았다. 동무는 어떻게 글을 쓰게 되었나요? 또 다른 누군
가는 이렇게 물을 것도 알았다. 몇 살에 첫 번째 시를 썼나요?
또한 제일 좋아하는 작가는 누군가요?라는 질문도 나올 것이
며, 청중 가운데 어떤 이는 마르크스 사상을 잘 안다는 것을
과시하고 싶어서, 사회주의 리얼리즘을 어떻게 정의하겠소?
라고 물으리라는 것도 예상해야 하고, 질문에 그치지 않고 앞
으로 첫째, 토론에 함께한 이들의 직업에 대하여, 둘째, 젊은
이들에 대하여, 셋째, 자본주의 시절의 힘든 삶에 대하여, 넷
째, 사랑에 대하여서도 써 달라고 요청하리라는 것도 알고 있
었다.

처음 삼십 초간의 침묵은 그러니까 당황스러움에서 나온
것이 아니었다. 오히려 시인들이 매번 똑같이 이어지는 그 과
정을 너무 잘 알아서 별 신경을 쓰지 않았기 때문이다. 그게
아니면 혹은 그들이 이런 모임에 함께 활동했던 적이 한 번도
없었고 또 모두들 다른 사람에게 첫 화살의 특전을 주려 했기
때문에 잘 조정이 되지 않았던 것이었다. 육십 대 시인이 결국
말을 시작했다. 그는 아주 자연스럽고도 힘 있게 이야기를 이
어 가다가 십 분간의 이 즉흥 연설 후에 맞은편 청중들에게 거
리낌 없이 질문을 하라고 권했다. 이렇게 해서 마침내 시인들
은 이 즉석 팀플레이에서 달변과 능란한 솜씨를 펼칠 수 있게
되었고 그다음에는 완전무결하게 일사천리였다. 그들은 서로
교대하여 순서를 이어 가고, 적절하게 서로서로를 보완해 주
고, 진지한 답변과 소소한 일화를 금방금방 섞어서 이어 갈 줄

알았다. 물론 모든 핵심적인 질문들이 제기되었고 핵심적인 답변들이 주어졌다.(언제 어떻게 처음 시를 쓰게 되었느냐는 질문에 그 육십 대 시인이 고양이 밋추가 없었다면 결코 시인이 되지 않았을 것이다, 왜냐하면 자기가 다섯 살 때 첫 시의 영감을 준 것이 바로 그 고양이이기 때문이다라고 이야기하는 것을 그 누가 흥미롭게 듣지 않았겠는가? 그러고 나서 그는 그 시를 읊었고, 진담인지 농담인지 맞은편 청중이 헷갈려 하자 자기가 먼저 얼른 웃음을 터뜨려 시인들과 청중 모두 한참 동안 유쾌하게 웃었다.)

그리고 물론 경고도 있었다. 수위 아들이 직접 일어나 말을 많이 했다. 시의 밤이 아주 멋졌고 시들이 모두 일급이었다는 거 맞다, 하지만 누군가 오늘 들었던 (한 시인이 약 세 편의 시를 낭송했다고 치면) 최소 서른세 편의 시 중에 직접적으로든 간접적으로든 경찰청 대원들을 주제로 한 시가 단 한 편도 없다는 것을 생각해 보았는가? 그렇지만 경찰이 이 나라 인민의 삶에서 서른세 번째보다 더 밑에 자리 잡고 있다고 주장할 수 있겠는가?

그다음 오십 대 여자가 일어나 야로밀의 동창이 한 말에 전적으로 동감이긴 하나 자신의 질문은 완전히 다른 질문이라고 했다. 요새는 왜 그렇게 사랑에 대한 시가 없느냐 하는 것이었다. 청중 속에서 웃음을 꾹 참는 소리가 들렸고 오십 대 여자는 계속 말했다. 사회주의 체제에서도 사람들은 사랑을 하고 사랑에 대한 것을 즐겨 읽는다.

육십 대 시인이 일어서더니 머리를 뒤로 젖히고는 저 여성 동무 말이 전적으로 옳다고 말했다. 사회주의 체제에서는 사랑한다는 것이 얼굴을 붉힐 일인가? 그게 무슨 나쁜 짓인가? 자기는 나이 많은 남자지만 얇은 여름옷을 입은 여자들을 보면 젊고 매혹적인 몸이 눈앞에 그려지고, 그쪽으로 돌아다보지 않을 도리가 없다고 고백하는 게 부끄럽지 않다. 열한 명의 질문자들이 음탕한 공범같이 웃어 대자 이 시인은 한층 고무되어 말을 이어 갔다. 이 젊고 예쁜 여인들에게 자기가 무엇을 바쳐야 하겠는가? 아스파라거스와 망치 같은 것? 그리고 그 여인들을 집에 초대하면 화병에 낫을 꽂아 두어야 하나? 절대 아니다, 자신은 그들에게 장미를 바친다. 사랑의 시는 여인들에게 바치는 이 장미와 같은 것이다.

맞아요, 맞아요, 시인의 말을 열렬히 긍정하면서 오십 대 여자가 열광하자 그 사람은 안주머니에서 종이를 하나 꺼내더니 긴 사랑의 시를 읊어 나가기 시작했다.

맞아요, 맞아요, 정말 멋있어요 하며 오십 대 여자가 지지하고 나섰지만, 그다음 진행자 중 하나가 일어나, 이 시는 확실히 아름답다, 하지만 사랑 시도 분명 사회주의 시인에 의해 씌었다는 것이 명백해야 한다고 말했다.

그렇지만 어떤 점에서 그게 명백할 수가 있지요? 장엄하게 뒤로 젖힌 노시인의 머리와 그의 시에 홀려 여전히 넋이 빠져 있는 오십 대 여자가 물었다.

그러는 동안 다른 사람들은 모두 한마디씩 했지만 야로밀은 내내 입을 다물고 있었는데 이제는 자기도 말을 해야 할 차례라는 것을 알고 있었다. 지금이 그때다 싶었다. 오래전부터 많이 생각해 본 질문이었다. 그렇다, 화가네 집을 드나들고,

현대 예술과 새로운 세상에 대한 그의 연설을 얌전하게 경청하던 그 시절부터. 오, 저런! 또 그 화가가 야로밀의 입을 통해 자기 생각을 피력하고 있지 않은가! 야로밀의 입에서 나오는 것이 또 그 화가의 말과 목소리 아닌가!

그는 무슨 말을 했을까? 지난 시대의 사회에서 사랑이란 돈 걱정, 사회적인 고려, 편견 들로 너무나도 왜곡되어 있어서 사실 사랑이 전혀 사랑 자체일 수 없고 그저 그 그림자에 지나지 않을 정도였다. 오로지 새로운 시대만이 돈의 위력과 편견들의 영향을 말끔히 쓸어내 버림으로써 사람을 온전히 사람답게 만들고 사랑을 과거 그 어느 때보다 더 위대하게 만들어 줄 수 있다. 사회주의의 사랑 시는 그러므로 이 위대한 해방의 감정의 표현인 것이다.

야로밀은 자기가 한 말에 만족스러워하며 영화학도 아가씨의 커다란 눈, 조금도 움직이지 않고 자신을 바라보고 있는 그 검은색 두 눈을 보았다. 그는 "위대한 사랑", "해방의 감정"이라는 단어들이 자기 입에서 흘러나와 마치 돛단배처럼 저 커다란 두 눈의 항구로 들어가는 것이라 생각했다.

그런데 그의 말이 끝나자 시인 하나가 냉소를 지으며 말했다. "정말로 하인리히 하이네보다 당신 시에서 사랑의 감정이 더 강력하다고 믿는 건가요? 또는 빅토르 위고의 사랑이 당신에게는 너무 작아 보이나요? 마하나 네루다*에게서 사랑이 돈과 편견들로 인해 훼손되어 있던가요?"

———————

* (원주) Karel Hynek Macha와 Jan Neruda, 19세기 체코의 시인들.

뜻밖의 난관이었다. 야로밀은 뭐라 대답해야 할지 알 수 없었다. 그는 얼굴을 붉히며, 자신의 몰락을 목도하고 있는 맞은편의 커다란 검은 두 눈을 보았다.

야로밀의 동료가 제기한 이 비꼬는 질문에 반가워하며 오십 대 여자가 말했다. "동무들은 사랑을 뭘 어떻게 바꾸겠다는 건가요? 사랑은 세상의 마지막 날까지 언제나 늘 그대로일 거라고요."

또다시 진행자가 끼어들었다. "아, 그건 아니죠, 동무. 분명 아닙니다."

"아니, 내 말은 그게 아니고요." 얼른 그 시인이 말했다. "어제의 사랑 시와 오늘날의 사랑 시의 차이는 감정의 강도에 있는 게 아니라는 거죠."

"그럼 어디에 있나요?" 오십 대 여자가 물었다.

"그러니까 옛날에 사랑은 아무리 위대한 사랑이라 해도 언제나 도피의 수단, 혐오스러운 사회적 삶에서 벗어나는 수단이었어요. 반면에 오늘날 인간에게 사랑은 자신의 사회적인 의무들, 일, 투쟁 등 자신이 더불어 일체를 이루는 것들과 연결되어 있습니다. 바로 이 점에 오늘날 사랑의 새로운 아름다움이 있는 거죠."

맞은편 열에서는 야로밀의 동료가 내린 이 판결에 동의를 표명했으나 야로밀은 불쾌한 웃음을 터뜨렸다. "이봐요, 그 아름다움은 전혀 새로운 게 아니랍니다. 고전 작가들 역시 그들의 사회적 투쟁과 사랑이 완벽한 조화를 이루는 삶을 영위하지 않았나요? 셸리의 저 유명한 시에 나오는 연인은 둘 다 혁명가이며 장작더미 위에서 함께 산화했어요. 혹시 이게 당신이 사회적 삶에서 절연된 사랑이라 부르는 건가요?”

최악인 것은, 조금 전 동료의 반박에 무어라 답할지 몰랐던 야로밀처럼 이번에는 그 동료가 답을 못 하고 있는데, 이는 과거와 현재 사이에 차이가 없고 새로운 세상이 존재하지 않는다는 인상(용납할 수 없는 인상)을 줄 위험이 있다는 것이었다. 아닌 게 아니라 오십 대 여자가 일어나더니 의문스럽다는 미소를 머금고 물었다. “그러면 대체 어제의 사랑과 오늘날 사랑의 차이는 어디에 있다는 건지 말씀 좀 해 주세요.”

모두가 막다른 골목에 이른 바로 이 결정적인 순간에 나무다리를 하고 목발을 짚은 사람이 끼어들었다. 지금까지 내내 그는 뭔가 초조한 기색이긴 했어도 토론에 집중하며 앉아 있었다. 이제 그는 자리에서 일어나 의자에 힘주어 기대어 서서 말했다. “친애하는 동무들, 제 소개를 하겠습니다.” 그가 이렇게 말하자 그쪽 열에서 즉각, 그럴 필요 없다, 누군지 잘 안다, 소리치며 강력하게 반발했다. 하지만 그는 그들의 말을 막았다. “당신들한테 소개한다는 게 아니고 우리가 토론에 초청한 동무들한테 한다는 거지.”라고 말하고는 자기 이름을 말해도 시인들한테 별 의미가 없을 테니 간략하게 살아온 내력을 이야기하겠노라고 했다. 자신은 서른두 해째 이 저택의 경비를 맡고 있다. 이곳에 여름 별장이 있던 실업가 코크바라 시절부터 벌써 여기에 있었다. 전쟁 중에 그 실업가가 체포되고 저택이 게슈타포의 휴가용 별장으로 쓰이던 동안에도 여기에 있었다. 전쟁 후에 저택은 기독교 당에 넘어갔다가 지금은 경찰이 여기에 자리를 잡았다. "그러니까 내가 다 보니까, 공산당 정부만큼 노동자들을 잘 챙겨 주는 정부는 없더란 말이에요." 그런데 물론 오늘날도 모든 것이 완벽하지는 않았다. "실업가 코크바라 시절에도 그렇고 게슈타포 시절에도, 기독교도들 시절에도 말이죠, 버스 정류장이 언제나 저택 맞은편에 있었거든요." 그렇다, 아주 편리했고 저택 지하에 있는 자기 숙소에서 버스 정류장까지 여남은 걸음만 가면 되었다. 그런데 200미터나 먼 곳에다가 정류장을 옮겨 놓은 것이다! 항의할 수 있는 데다가는 다 항의를 했다. 전부 전혀 소용없었다. "말 좀 해 보시오." 그는 목발로 바닥을 쾅 내리치며 말했다. "왜 저택이 이제 노동자들 것이 된 지금, 정류장이 그렇게 먼 데 있어야 하느냐고요?"

첫째 열 사람들은 (어떤 이들은 못 참아 하며, 어떤 이들은 어딘지 재미있어 하며) 버스가 이제는 그사이 건설된 공장 앞에 선다고 벌써 백번은 그에게 설명해 주었노라고 답했다.

나무 다리를 한 사람은, 자기도 그건 아는데 버스가 두 군데 서게 하라고 제안했다고 대답했다.

첫째 열 사람들은 200미터마다 버스가 서는 건 바보 같은 노릇이라고 그에게 대답했다.

"바보 같은"이라는 말이 나무 다리를 한 사람의 감정을 상하게 했다. 그는 자기에게 그런 식으로 말할 권리는 아무에게도 없다고 선언했다. 그는 목발로 바닥을 내리쳤고 얼굴이 붉게 달아올랐다. 게다가 그건 사실도 아닌 것이, 200미터 떨어진 데에 충분히 버스 정류장들이 있을 수 있었다. 다른 버스

노선에는 그렇게 가까운 정류장들이 있다는 것을 그는 아주 잘 알고 있었다.

진행자 하나가 일어나(전에도 여러 차례 이렇게 해야 했었다.) 그렇게 근접한 거리에 정류장 설치를 단호하게 금하는 체코슬로바키아 도로 운송사의 법령을 또박또박 읊어 주었다.

나무 다리를 한 사람은 절충안을 제안했다고 답했다. 저택과 공장 딱 중간에 정류장을 놓을 수도 있을 것이었다.

하지만 사람들은 그에게, 그렇게 되면 공장 노동자들과 경찰 모두에게 정류장이 멀어질 거라고 지적했다.

논쟁은 이십 분이나 계속되는데 시인들이 좀 끼어들려고 해 봐야 소용이 없었다. 청중은 자기들이 속속들이 아는 주제에 열광해서 그들에게 발언권을 넘겨주지 않았다. 자기 동료들의 저항에 진력이 나서 나무 다리를 한 사람은 화난 모습으로 의자에 다시 앉았고 마침내 장내가 잠잠해졌으나 금세 옆방에서 새 나오는 팡파르 소리에 침범당하고 말았다.

그다음 한참 동안 아무도 아무 말도 하지 않았고, 그러자 결국 진행자 중 하나가 자리에서 일어나 시인들에게 이곳에 와서 흥미로운 토론을 해 준 것에 대해 감사를 드린다는 인사말을 했다. 초대 손님들을 대표하여 육십 대 시인이 일어나 (늘 그렇듯이) 이 토론은 초대해 주신 분들, 감사의 마음을 전하고 싶은 이분들에게보다도 분명 자신들, 시인들에게 훨씬 더 도움이 되는 것이었다고 말했다.

옆방에서 가수의 목소리가 들려왔고, 청중은 화를 좀 풀어 주려고 나무 다리를 한 사람 주위로 몰려들었으며, 시인들은

자기들끼리만 남아 있었다. 얼마 후 수위 아들이 진행자 둘과
함께 그들에게 다가와 소형 버스까지 데리고 갔다.

8

 프라하로 돌아가는 버스 안에는 시인들 외에 그 아름다운 영화학도 아가씨도 타고 있었다. 시인들은 그녀를 둘러싸고 관심을 끌기 위해 저마다 최선을 다하고 있었다. 불행히도 야로밀은 이 게임에 참여하기에는 너무 먼 좌석에 앉아 있었다. 그는 자신의 빨간 머리 아가씨를 생각했고, 그녀가 구제불능으로 못생겼다는 것을 돌이킬 수 없이 확실하게 깨달았다.

 잠시 후 소형 버스가 프라하 중심가 어딘가에 멈추었고 시인들 몇이 술집에 다시 들렀다 가기로 결정했다. 야로밀과 영화학도 아가씨도 그들과 거기에 갔다. 그들은 커다란 탁자에 앉아 이야기를 나누며 술을 마셨고, 그러다가 술집에서 나왔을 때 영화학도 아가씨가 자기 집으로 가자고 제안했다. 하지만 이제 몇 명 남지 않고 단지 야로밀, 육십 대 시인, 출판사 편집인뿐이었다. 그녀가 세 들어 사는 현대식 주택 일 층의 예쁜 방 안락의자에 자리를 잡고 앉아 그들은 다시 술을 마시기 시작했다.

노시인은 타의 추종을 불허할 만큼 열렬하게 영화학도 아가씨에게 온통 매달려 있었다. 그는 그녀 곁에 앉아 그녀의 아름다움을 찬미하고, 시들을 읊어 주고, 그녀의 매력에 바치는 즉흥 송가를 짓고, 때로 그녀 발치에 무릎을 꿇고서 두 손을 잡기도 했다. 출판사 편집인은 거의 비슷하게 타의 추종을 불허할 만큼 열렬히 야로밀에게 매달렸다. 물론 그의 아름다움을 찬미한 것은 아니나 그는 수도 없이 계속 당신은 시인이오, 정말 시인이야!라고 말했다.(말이 나왔으니 말인데, 시인이 어떤 사람을 시인이라 칭할 때에는, 우리가 엔지니어를 엔지니어라 칭하거나 농부를 농부라 칭하는 것과 같지 않으니, 왜냐하면 농부는 땅을 경작하는 사람이지만 시인은 시를 쓰는 사람이 아니라 — 이 단어를 기억하자! — 시를 쓰기 위해 선택된 사람이며, 그래서 오로지 시인만이 다른 사람에게서 이 은총의 접촉을 확실히 알아볼 수 있기 때문으로, 그것은 — 랭보의 이 편지를 기억하자. — 모든 시인은 형제들이며 오로지 형제만이 다른 형제에게서 가족의 비밀스러운 징표를 알아볼 수 있는 법이기 때문이다.)

영화학도 아가씨는 무릎을 꿇고 앉은 육십 대 시인을 앞에 두고 두 손은 그가 열심히 쓰다듬는 희생물로 내어준 채 야로밀에게서 시선을 떼지 않았다. 야로밀은 곧 그것을 눈치채고 황홀해져서 자기도 그녀에게서 시선을 떼지 않았다. 그것은 멋진 사각형이었다. 노시인은 영화학도를 바라보고, 편집인은 야로밀을, 야로밀과 영화학도는 서로를 바라보고 있었다.

이 시선의 기하학은 단 한 번, 편집인이 야로밀의 팔을 잡고 그 방 옆에 있는 발코니로 데려갔을 때만 끊어졌다. 편집인은 그에게 난간 너머로 마당에 오줌을 누자고 했다. 야로밀은 편집인이 소형판 시집을 내주겠다고 한 약속을 잊지 말기를 바랐으므로 기꺼이 그가 하자는 대로 했다.

그 둘이 발코니에서 돌아오자 무릎을 꿇고 있던 노시인이 자리에서 일어나 이제 가야 할 시간이라고 말했다. 그는 이 아가씨가 원하는 건 자신이 아니라는 게 훤히 보인다고 했다. 그러고는 편집자에게 (이 사람은 훨씬 덜 주의 깊고 덜 세심했다.) 이제는 서로를 원하는 이 두 사람, 그리고 오늘밤의 왕자와 공주─노시인은 그들을 이렇게 불렀다.─이므로 단둘이 있을 자격이 있는 이 두 사람을 놓아주자고 했다.

편집인도 드디어 상황이 어떻게 돌아가는지 깨닫고 나갈 태세를 취하는데 벌써 노시인이 그의 팔을 잡아끌어 현관문으로 향했고, 야로밀은 이제 그 아가씨, 검은 머리를 늘어뜨리고 두 눈은 그에게 고정한 채 다리를 꼬고 큰 안락의자에 앉아 있는 그녀와 단둘이 있게 되리라는 것을 알았다.

이제 막 연인이 되려 하는 두 존재의 이야기는 너무나 늘 변함없는 것이어서 우리는 그 일이 일어난 시대를 거의 잊을 수도 있다. 이런 연애담을 이야기하는 것은 얼마나 기분 좋은 일인가! 그것을 잊는다는 것, 그 무용한 일들을 하게 하려고 짧은 우리 삶의 수액을 다 소진한 그것, 역사를 잊는다는 건 얼마나 근사할 것인가!

그러나 여기에서 역사의 유령이 문을 두드리고 이야기 속으로 들어온다. 그것은 비밀 경찰이나 갑작스러운 혁명의 모습으로 들어오지 않는다. 역사는 단지 극적인 삶의 절정을 향해 갈 뿐만 아니라 마치 더러운 물처럼 일상의 삶을 적신다. 우리의 이야기에 그것은 팬티의 모습을 하고 들어온다.

지금 우리가 이야기하고 있는 시대에 야로밀의 나라에서는 우아함이란 정치적 범죄 행위였다. 그 시절 (그러니까 전쟁이 끝난 지 몇 년 되지 않았고 아직 모든 것이 궁핍했다.) 사람들의 복장은 몹시 보기 흉했다. 그러므로 이 엄격한 시대는 속옷의 우아함을 단연코 범죄적인 사치라고 여겼던 것이다! 당시 판매되던 (풍성하게 무릎까지 내려오고 배 위에 우스운 구멍이 장식된) 팬티가 너무 보기 흉해서 괴로운 남자들은 운동용, 즉 운동장이나 체육관용 짧은 면 반바지를 대신 입었다. 참 기이한 일 아닌가. 당시 보헤미아에서 남자들은 축구선수 복장을 하고 연인의 침대에 들어가고, 운동장에 가듯이 연인의 집에 갔으나, 우아함의 관점에서 보면 썩 나쁘지 않았다. 체조복에는 운동복 고유의 어떤 우아함이 있었고 밝은 색깔―파랑, 초록, 빨강, 노랑―이었던 것이다.

옷 관리를 어머니가 모두 맡아 해 주었기 때문에 야로밀은 의복에 신경을 쓰지 않았다. 어머니는 옷도 골라 주고 속옷도 골라 주고 그가 감기에 걸리지 않도록 그리고 충분히 따뜻한 팬티를 입도록 살폈다. 그녀는 그의 속옷 서랍에 팬티가 몇 개 정리되어 있는지 정확히 알았고 야로밀이 그날 어떤 것을 입었는지 척 보기만 해도 알았다. 서랍에 팬티가 한 개도 빠짐없이 그대로 있는 것을 보면 그녀는 당장 화가 치밀었다. 그녀는 운동복은 팬티가 아니라 체육관에서 입는 거라고 여겼기 때문에 야로밀이 운동복을 입는 것을 용납하지 못했다. 야로밀이 팬티는 너무 보기 흉하다고 항의를 하면 그녀는 속으로 은근히 짜증이 난 채, 팬티 차림을 아무한테도 보여 주지 않을 텐데 뭘 그러느냐고 대답했다. 그래서 야로밀은 빨간 머리 아가씨네 집에 갈 때면 반드시 속옷 서랍에서 팬티 하나를 꺼내 책상 서랍 속에 감추고 몰래 운동복을 입곤 했다.

그런데 그날, 그는 시의 밤이 자신에게 무엇을 예비해 놓았는지 미처 알지 못했고, 그래서 끔찍하게 흉하고, 두껍고, 낡고, 우중충한 회색 팬티를 입고 있었던 것이다!

그건 그리 복잡한 문제가 아니라고, 가령 그 모습이 보이지 않게 불을 끄면 된다고 당신은 말하리라. 아, 안타깝게도 방에는 분홍빛 갓을 씌운 전등 하나밖에 없었고, 이 전등은 불이 밝혀진 채 두 연인의 애무를 비춰 주려고 애타게 기다리고 있는 것 같았으며, 야로밀은 무슨 말을 해서 아가씨가 불을 끄도록 해야 할지 떠올릴 수가 없었다.

아니면 아마도 당신은 야로밀이 그 추한 팬티와 바지를 한꺼번에 벗을 수도 있다고 지적할 것이다. 그런데 야로밀은 그런 식으로 옷을 벗은 적이 전혀 없어서 팬티와 바지를 한꺼번에 벗을 수도 있다는 것을 상상조차 하지 못했다. 그렇게 느닷없이 홀딱 벗게 되는 것은 두려웠다. 그는 언제나 하나씩 하나씩 옷을 벗었고, 운동복을 입은 채 빨간 머리를 애무했으며, 흥분 상태가 되어서야 그것을 벗었다.

그리하여 그는 검은색 커다란 두 눈 앞에서 공포에 사로잡힌 채 서 있다가, 자기도 가 봐야겠다고 말했다.

　노시인은 거의 화를 냈다. 그는 그에게 여자를 모욕하면 안 된다고 말하고는 아주 작은 소리로 그를 기다리고 있는 쾌락에 대해 묘사해 주었다. 하지만 그런 말은 그의 팬티가 얼마나 참담한지 더욱더 분명히 확신시켜 주기만 할 따름이었다. 그는 찬란한 검은 눈을 바라보며 비통한 가슴을 안고 현관문으로 물러나왔다.

　길에 나서자마자 후회가 엄습했다. 그는 그 찬란하게 아름다운 아가씨의 모습을 지울 수가 없었다. 그리고 노시인은 (편집자와는 전차 정거장에서 헤어지고 이제 그들 단둘이 캄캄한 거리를 걷고 있었다.) 그가 그 아가씨를 모욕했고 바보같이 굴었다고 끊임없이 비난하며 그를 괴롭혔다.

　야로밀은 그 아가씨를 모욕하고 싶지 않았지만, 자기는 여자 친구를 정말 사랑하고 그녀도 자신을 미칠 듯이 사랑한다고 그 시인에게 말했다.

　당신 정말 순진하네라고 노시인이 말했다. 당신은 시인이오, 당신은 삶의 연인이야, 다른 여자하고 잔다고 당신 여자 친구에게 무슨 해를 끼치는 게 아니라니까. 삶은 짧고 잃어버린 기회는 다시 찾을 수 없다오.

　듣기 괴로운 말이었다. 야로밀은 노시인에게 대답했다. 자기 생각에는, 우리의 모든 것을 다 쏟아붓는 단 하나의 위대한 사랑이 천 개의 일시적인 사랑보다 더 가치 있다고. 자신은 여자 친구에게서 모든 여자를 다 소유하는 것이라고. 자기 여자 친구는 너무도 여러 모습을 하고 있고 자신의 사랑은 너무도 무한해서, 돈 후안이 여자 천세 명과 더불어 겪어 볼 수 있는 것보다 더 예기치 못한 모험들을 그녀와 더불어 경험할 수 있다고.

노시인이 걸음을 멈추었다. 야로밀의 말이 그를 감동시킨 것이 역력했다. "어쩌면 당신이 옳을지도 몰라요." 그가 말했다. "다만 나는 늙은이고 옛날 세상에 속하지. 내가 털어놓겠는데, 나 유부남이지만, 내가 당신이었다면 그 여자네 집에 미치게 남고 싶었을 거요."

야로밀이 한 사람에게만 충실한 사랑의 위대함에 대해 자기 생각을 이야기하자 노시인은 머리를 뒤로 젖혔다. "아, 당신이 어쩌면 옳을지도 몰라, 친구, 아니 당신이 확실히 옳아. 나도 위대한 사랑을 꿈꾸지 않았던가? 단 하나의 유일한 사랑을? 우주처럼 무한한 사랑을? 그런데 친구, 난 그걸 낭비했다오, 그 옛날 세상, 돈과 창녀들의 세상에서, 위대한 사랑에는 유죄 판결이 내려졌었으니까."

그들은 둘 다 취해서 노시인이 젊은 시인의 어깨에 팔을 두르고 걷다가 전차 선로 한가운데서 같이 멈춰 섰다. 노시인은 허공에 팔을 들어 올리고 외쳤다. "옛날 세상이여, 사라져라! 위대한 사랑이여, 만세!"

야로밀은 그것을 웅장하고 보헤미안적이고 시적이라고 생각했고, 그래서 그들 둘은 프라하의 어두운 거리에서 그렇게 열광적으로 오래도록 외쳤다. "옛날 세상이여, 사라져라! 위대한 사랑이여, 만세!"

그러고 나서 노시인은 길에서 야로밀 앞에 무릎을 꿇더니

그의 손에 입을 맞추었다. "친구, 자네의 젊음에 경의를 표하
네! 나의 노쇠가 자네의 젊음에 경의를 표하는 거지, 오로지
젊음만이 세상을 구할 것이니!" 그러고는 잠시 침묵하더니 야
로밀의 무릎에 머리를 갖다 대며 매우 우수에 찬 목소리로 덧
붙였다. "또한 자네의 그 위대한 사랑에도 경의를 표하네."

마침내 그들은 헤어졌고 야로밀은 자기 집 자기 방으로 돌
아왔다. 그리고 그의 눈앞에, 자기 스스로 금지한 그 아름다운
여인의 모습이 다시 나타났다. 자신을 벌주고 싶은 욕망에 떠
밀려 그는 거울을 들여다보았다. 흉측하고 낡아 빠진 팬티 차
림의 자신을 보려고 바지를 벗었다. 그는 우스꽝스러운 자신
의 흉한 모습을 증오심을 품고 오래도록 지켜보았다.

그다음 그는 자신이 증오심을 품고 생각하고 있는 것이 자
기 자신이 아님을 깨달았다. 그는 어머니를 생각하고 있었다.
그에게 속옷을 정리해 주는 어머니, 운동복 입는 걸 감추고 책
상 서랍에 팬티를 숨겨 놓아야 하게 만드는 어머니, 양말 하나
하나와 셔츠 하나하나까지 모두 아는 어머니를 생각하고 있
었다. 그는 자기 목에 아예 박혀 있는 목줄에서 길게 이어진
줄 끝을 잡고 있는 어머니를 증오심을 품고 생각하고 있었다.

9

그날 저녁부터 그는 빨간 머리에게 전보다 더 잔인해졌다. 이 잔인성은 물론 사랑이라는 화려한 외투를 두르고 있었다. 어떻게 그녀는 요즈음 그가 가장 전념하는 것을 이해하지도 못한단 말인가? 어떻게 그녀는 그의 기분이 어떤지도 모른단 말인가? 그의 깊은 마음속이 어떤지 전혀 짐작도 못 할 정도로 그녀는 그렇게 그에게 낯선 사람이란 말인가? 그가 그녀를 사랑하는 것처럼 그녀가 그를 정말로 사랑한다면 그녀는 그의 마음을 적어도 짐작은 해야 할 것 아닌가! 어떻게 그녀는 그가 관심도 없는 것들에 관심을 가지는가? 어떻게 그녀는 끊임없이 자기 형제 이야기, 또 다른 형제 이야기, 자매 이야기, 또 다른 자매 이야기를 계속 해 대는가? 그러니까 그녀는 야로밀에게 큰 걱정이 있다는 것도, 그가 그녀의 동참과 이해를 필요로 한다는 것도, 자신의 자기중심적인 늘 똑같은 수다는 그에게 필요 없다는 것도 다 느끼지 못한단 말인가?

물론 아가씨는 자신을 변호했다. 예를 들면 왜 자신의 가족 이야기를 하면 안 되는가? 야로밀은 자기 가족 이야기를 안 하는가? 자기 어머니가 야로밀의 어머니보다 더 나쁜가? 그리고 그녀는 (그날 이후 처음으로) 그의 어머니가 불쑥 야로밀 방으로 쳐들어와서는 물약을 묻힌 설탕 조각을 자기 입에 처넣었던 것을 그에게 상기시켰다.

야로밀은 어머니를 증오했고 또 사랑했다. 그녀 앞에서 그는 즉각 어머니를 변호했다. 그녀를 보살펴 주려 한 게 뭐가 잘못인가? 그건 어머니가 그녀를 좋아하고 또 가족으로 받아들인다는 것을 보여 줄 따름이다.

빨간 머리는 깔깔 웃었다. 야로밀의 어머니는 사랑의 신음 소리와 복통 때문에 내는 한숨 소리를 혼동할 정도로 멍청하지는 않다. 야로밀이 기분 상해서 입을 다물고 있자 아가씨는 그에게 사과를 하지 않을 수 없었다.

하루는 그들이 거리를 걸으며, 빨간 머리가 그의 팔짱을 끼고 둘 다 끈질기게 입을 꾹 다물고 (그들은 서로 비난을 하지 않을 때면 서로 아무 말이 없었고, 말없이 있지 않을 때면 서로 비난을 해 댔다.) 가고 있는데, 갑자기 맞은편에서 오고 있는 예쁜 여자 둘이 야로밀 눈에 띄었다. 하나는 젊고 하나는 좀 더 나이가 들었다. 젊은 여자가 더 우아하고 더 아름다웠지만 (야로밀이 깜짝 놀라게도) 나이 든 여자 또한 매우 우아하고 놀라울 만큼 예뻤다. 야로밀은 두 여자를 알고 있었다. 젊은 여자는 그 영화 학도였고 나이 든 여자는 그의 어머니였다.

그는 얼굴이 빨개지며 인사를 했다. 두 여자도 그에게 인사를 했는데 (엄마는 일부러 더 과장되게 쾌활한 척하면서) 이 못생긴 여자애와 같이 있는 모습을 보인 것이 야로밀에게는 마치 자신의 그 흉측한 팬티 차림을 영화학도 아가씨에게 들킨 것과 같았다.

집에 와서 그는 엄마에게 영화학도 아가씨를 어디서 알게 되었느냐고 물었다. 그러자 엄마는 장난스러운 애교를 부리며 꽤 오래전부터 알고 지낸다고 답했다. 야로밀은 계속 물었지만 엄마는 여전히 답을 피했다. 마치 남자는 자기 연인에게 사소하고 은밀한 어떤 것에 대해 자꾸 물어보고, 여자는 더 궁금하게 만들려고 답을 미루는 모양새였다. 하지만 결국 엄마는 성격 좋은 그 아가씨가 이 주일 전쯤 집으로 찾아왔었다고 알려 주었다. 그녀는 야로밀의 시가 아주 대단하다고 생각했고, 그래서 그에 대한 단편 영화 하나를 찍고 싶어 했다. 경찰청 클럽 후원으로 제작될 아마추어 영화이며, 그래서 상당히 많은 관객이 이미 확보된 셈이라고 했다.

"그런데 왜 엄마를 찾아왔어요? 왜 저한테 직접 말하지 않았대요?" 야로밀이 놀라며 말했다.

그녀는 그를 번거롭게 하고 싶지 않았던 모양이고, 또 야로밀의 어머니를 통해 최대한 많은 것을 알고 싶어 했다. 하기는 어머니가 자기 아들에 대해 아는 만큼 누가 그런 것을 더 많이 알겠는가? 그리고 그 아가씨는 어찌나 괜찮은 사람인지 어머니에게 시나리오를 같이 만들자고 청했다. 그렇다. 그들은 그 젊은 시인에 대해 공동으로 시나리오를 구상했다.

"둘 다 왜 나한테는 아무 말도 안 했어요?" 어머니와 영화학
도 아가씨가 이렇게 엮인 데 대해 본능적으로 언짢아 하며 야
로밀이 물었다.

"운이 나쁘게 너와 맞닥뜨린 거지. 우리 둘은 너를 깜짝 놀
라게 해 주자고 했거든. 네가 어느 날 집에 들어서면서 영화
제작진하고 카메라를 발견하게 되는 거였지."

야로밀이 뭘 할 수 있었겠는가? 어느 날 집에 돌아왔고, 몇
주 전 집에 가 본 적이 있는 그 아가씨와 악수를 했고, 바지 안
에 빨간색 운동복을 입었는데도 그날 저녁과 똑같이 비참한
느낌에 빠졌다. 경찰 연수원에서 열렸던 시의 밤 이래로 그 끔
찍한 팬티들을 절대 입지 않았는데도, 영화학도 아가씨 앞에
서자마자 여전히 그 역할을 하는 누군가가 있었다. 어머니와
함께 거리에서 그녀를 맞닥뜨렸을 때는 흉측한 팬티처럼 여
자 친구의 빨간 머리카락이 자신을 휘감은 모습을 드러내 보
였다. 그리고 이번에는 그 어릿광대 같은 팬티가 어머니의 애
교스러운 말들과 호들갑스러운 수다로 대치되었다.

영화학도 아가씨는 (아무도 야로밀의 의견은 묻지도 않았다.) 문
서 자료들과 어린 시절 사진들을 찍을 텐데, 영화 전체가—그
들 둘이 그에게 지나가는 말로 알려 주었던 것처럼—시인 아
들에 대한 어머니의 이야기로 구상되었으므로 사진들에 대해
어머니가 설명을 할 것이라고 말했다. 그는 어머니가 무슨 말
을 할 건지 물어보고 싶었지만 듣기가 겁났다. 그는 얼굴이 빨
개졌다. 방에는 야로밀과 두 여인 외에도 남자 세 명이 카메라
한 대와 커다란 영사기 두 대를 맡고 있었다. 그는 이 남자들

이 자기를 관찰하며 적의를 품은 냉소를 짓고 있다는 느낌이 들었다. 그는 입을 뗄 수가 없었다.

"정말 멋진 어릴 때 사진들을 가지고 계시네요, 전부 다 쓰고 싶어요." 가족 앨범을 넘기며 영화학도 아가씨가 말했다.

"화면에 잘 받을까요?" 엄마가 전문가처럼 묻자 영화학도 아가씨는 전혀 걱정할 것 없다고 안심시켰다. 그다음 그녀는 야로밀에게, 영화 첫 장면은 이 사진들 조합으로 구성될 것이고, 엄마가 화면에 나오지는 않은 채 사진에 대한 추억들을 이야기할 것이라고 설명했다. 그런 다음 엄마가 나오고, 그다음에야 시인이 모습을 보일 것이었다. 생가에 있는 시인, 집필 중인 시인, 정원에서 꽃에 둘러싸인 시인, 그리고 끝으로 가장 즐겨 찾는 자연 속에 있는 시인. 바로 그곳, 드넓은 풍경 한가운데, 가장 좋아하는 장소에서 그가 시를 낭송하고, 그것으로 영화가 끝날 것이었다.("내가 가장 좋아하는 장소라니 그게 뭐예요?" 그가 불퉁스럽게 물었다. 그는 자기가 가장 좋아하는 장소라는 것이 프라하 인근의 그 낭만적인 풍경, 굴곡이 많고 바위들이 솟아 있는 그곳이라는 것을 알게 되었다. "뭐라고요? 난 거기 무지 싫어해요." 그가 이렇게 답했지만 아무도 진지하게 받아들이지 않았다.)

야로밀은 이런 시나리오가 마음에 들지 않았고 그래서 자기가 직접 손을 좀 대고 싶다고 말했다. 그는 상투적인 것이 상당히 많다고 지적했다.(한 살짜리 어린애 사진들을 보여 주는 건 좀 우습지 않은가!) 더 흥미로운 주제들도 있는데 다루어 보면 아마 유용할 것이라고 주장했다. 두 여자가 그에게 생각하고 있는 것이 무엇이냐고 묻자 그는 그 자리에서 대번에 말할 수는 없고 영화 촬영을 좀 기다렸으면 좋겠다고 대답했다.

그는 무슨 일이 있어도 영화 촬영을 미루고 싶었으나 요구를 관철하지 못했다. 엄마는 그의 어깨를 감싸안으며 자신의 협력자, 갈색 머리 아가씨에게 말했다. "이거 봐요! 얘는 이렇게 끝없이 불평이라니까요! 한 번도 만족하는 법이 없어……." 그런 다음 그녀는 야로밀의 얼굴에 다정하게 다가가 "그렇지 않니?"라고 말했다. 야로밀이 아무 대답도 없자 그녀는 다시 말했다. "그렇지 않니? 우리 아기는 늘 불만이지? 그래요, 해야지!"

영화학도 아가씨는 불만이 작가의 덕목이긴 하나, 이번 경우 작가는 그가 아니라 자신들 두 여자이며, 모든 위험을 감수할 준비가 되어 있다고 말했다. 그가 자기 뜻대로 시를 쓰도록 자신들이 가만히 있는 것처럼 그 또한 그녀들 생각대로 영화를 만들게 놔두기만 하면 된다는 것이었다.

그리고 엄마가 덧붙이기를, 엄마와 영화학도 아가씨 모두 야로밀에 대해 최대한 호의적으로 영화를 구상하였으므로 영화가 혹여 자기에게 해가 될까 걱정하지 않아도 된다는 것이었다. 엄마는 사람을 홀리는 어조로 이런 말을 했는데, 홀리려는 대상이 새로 친구가 된 아가씨가 아니라 야로밀이라고 하기가 힘들었다.

하여간 엄마는 누구를 홀리려 하고 있었다. 야로밀은 그녀가 그러는 것을 한 번도 본 적이 없었다. 그녀는 바로 그날 아침에 미용실에 다녀왔는데 더 젊어 보이게 머리를 한 것이 역력했다. 그녀는 평소보다 더 크게 말하고, 끊임없이 웃고, 이제껏 배운 모든 재치 있는 표현들을 다 동원했고, 영사기 옆에 서 있는 사람들에게 커피를 갖다주며 집 안주인 역할을 한껏 만끽했다. 그녀는 너그럽게 야로밀의 어깨를 감싸안고 그를 늘 불만인 아기로 취급하면서,(이렇게 해서 그를 사춘기로, 유년기로, 아기 요람으로 되돌려 놓기 위하여) 그러는 동시에 눈동자가 검은 영화학도 아가씨에게 마치 친구에게 하듯 (그리하여 그녀와 같은 연배에 놓이기 위하여) 눈에 띄게 친근한 태도로 말을 건네는 것이었다.(아, 이들 둘이 우리에게 선사하는 이 멋진 광경, 그들은 마주 보고 서로를 밀어내고 있다. 그녀는 그를 아기 요람으로 밀어 넣고, 그는 그녀를 무덤 속으로 밀어 넣고 있으니, 아, 이들 둘이 우리에게 선사하는 이 멋진 광경이란…….)

야로밀은 포기했다. 두 여자가 이미 기관차처럼 돌진해 버렸고 자신에겐 그들의 웅변에 저항할 능력이 없다는 것을 알았다. 영사기와 카메라 옆의 세 남자를 보며 그는 저 사람들은 자신이 발을 헛디디면 바로 휘파람을 불어 대기 시작할 냉소적인 관중이라고 생각했다. 그래서 그는 거의 나지막한 소리로 말을 했는데, 반면에 두 여자는 관중에게 다 들리도록 큰 소리로 대답했으니, 그들에겐 관중이 있는 게 이득이고 그에게는 불이득이 되는 탓이었다. 그리하여 그는 하자는 대로 따르겠다고 말하고 방으로 물러가려 했다. 하지만 그들은 (여전히 홀리는 말투로) 그냥 거기 있으라고 했다. 자기들이 작업하는데 함께 있어 준다면 기쁘겠다고 말했다. 그래서 그는 몇 분 정도 카메라맨이 앨범에서 이런저런 사진들을 촬영하는 것을 바라보다가 자기 방으로 돌아가 책을 읽거나 일을 하는 척했

다. 혼란스러운 생각들이 머릿속에서 이어졌다. 너무도 전적
으로 자신에게 불리한 이 상황 속에서 어떤 이점을 찾아보려
고 애를 쓰다 보니 어쩌면 영화학도 아가씨가 자기에게 접근
하려고 영화 촬영 생각을 하게 되었는지도 모른다는 생각이
들었다. 자기 어머니는 단지 잘 참고 돌아가야 할 장애물일 따
름이라고 생각했다. 이 우스꽝스러운 촬영을 자신에게 유리
하게 활용할 방법을 찾기 위해, 즉 영화학도 아가씨의 방을 멍
청하게 떠났던 날 밤 이래로 자신을 괴롭혀 온 실패를 만회할
방법을 찾기 위해, 그는 마음을 진정하고 심사숙고하려 애썼
다. 둘 사이 시선의 마주침이, 영화학도 아가씨네 집에서 자신
을 그토록 매혹했던 그 미동조차 없는 긴 응시가 단 한 번만이
라도 다시 반복되도록, 그는 어색한 걸 꾹 참고서 옆방에 촬영
이 어떻게 진행되고 있나 가끔 들여다보았다. 그러나 이번에
는 영화학도 아가씨가 그저 무심하게 자기 일에 몰두해 있었
고, 둘의 시선은 어쩌다 스치듯 마주칠 뿐이었다. 그리하여 그
는 그런 시도는 포기하고, 일이 끝난 뒤 아가씨에게 집에 데려
다 준다고 제안하리라 작정했다.

　세 남자가 승합차에 카메라와 영사기를 실으러 내려가자
그가 방에서 나왔다. 그리고 어머니가 아가씨에게 말하는 걸
들었다. "이리 와, 내가 데려다 줄게. 가는 길에 뭘 좀 먹을 수
도 있을 거야."

　그가 자기 방에 틀어박혀 지내는 사이, 오후 나절 같이 일하
면서 두 여자는 말을 놓게 되었단 말인가! 그 사실을 알게 되
자 그는 마치 코앞에서 애인을 빼앗긴 기분이었다. 그는 냉랭

하게 아가씨와 작별 인사를 했고, 두 여자가 나가고 나자 자기도 집을 나서 빨간 머리가 사는 건물을 향해 화급하게, 화가 나서 씩씩거리며 달려갔다. 그녀는 집에 없었다. 그가 점점 더 침울해지는 기분으로 거의 삼십 분이나 집 앞을 왔다 갔다 하고 있을 때 마침내 그녀의 모습이 보였다. 아가씨의 얼굴에 깜짝 놀라며 반가워하는 기색이 떠올랐고 야로밀의 얼굴에는 잔인한 비난의 표정이 떠올랐다. 어떻게 집을 비운단 말인가! 어떻게 그가 올지도 모른다는 생각을 안 한단 말인가! 어딜 갔다 이렇게 늦게 오는가?

그녀가 문을 닫자마자 그는 옷을 확 잡아채 벗겼다. 그런 다음 그는 자기 아래 누운 여자가 눈이 검은 그 여인이라 상상하며 섹스를 했다. 빨간 머리의 신음 소리가 들리는 동시에 그에게 그 검은 눈이 보였기 때문에 그는 이 신음 소리가 검은 눈의 것 같은 느낌이 들었으며, 그 때문에 그는 너무 흥분하여 연이어 여러 번 섹스를 했지만 한 번도 몇 초 이상 가지는 못했다. 빨간 머리 아가씨에게 이런 건 평상시와 너무 달라서 웃음이 터져 나왔다. 그런데 그날 야로밀은 빈정거림에 특별히 민감했고, 그래서 빨간 머리의 웃음 속에 들어 있는 우정 어린 너그러움을 간파하지 못했다. 그는 기분이 상해서 그녀의 양쪽 뺨을 때렸다. 그녀는 울음을 터뜨렸다. 이는 야로밀에게 마음을 진정시켜 주는 향유와 같았다. 그녀는 울고 그는 그녀를 때렸다. 우리가 울게 만든 여자의 눈물, 그것은 구원이다. 그것은 우리를 위해 십자가에서 죽어 가는 예수 그리스도다. 야로밀은 잠시 빨간 머리가 눈물 흘리는 광경을 음미하고, 그다음 그녀의 얼굴에 입 맞추며 그녀를 위로하고, 상당히 평온해진 마음으로 집으로 돌아갔다.

이틀 후 촬영이 재개되었다. 다시 승합차가 멈추었고, 세 남자가 (그 적대적인 관중이) 내렸고, 그들과 더불어 예쁜 아가씨, 그가 그저께 밤 빨간 머리네 집에서 신음 소리를 들었던 그 아가씨도 내렸다. 그리고 물론 엄마, 점점 더 젊어지는 엄마, 요란한 소리를 내며 쾅쾅 울리고, 깔깔 웃고, 오케스트라에서 빠져나와 혼자 독주하는 그런 악기와 닮은 엄마가 있었다.

이번에는 카메라 렌즈가 직접 야로밀을 향했다. 그에게 친근한 환경에서, 책상에 앉아서, 정원에서 (야로밀이 정원을 좋아하고, 화단이며 잔디, 꽃들을 좋아하는 모양이었기에) 그의 모습을 보여 주어야 했다. 그의 어머니 — 그에 관한 긴 설명을 녹화했음을 기억하자. — 와 함께 있는 그의 모습도 보여 주어야 했다. 영화학도 아가씨는 모자를 정원의 벤치에 앉게 하고, 야로밀에게 자연스러움을 잃지 말고 어머니와 이야기를 계속 나누라고 시켰다. 자연스럽게 하는 연습이 한 시간이나 이어졌는데 엄마는 한순간도 활기를 잃지 않고 열심이었다. 그녀는 계속 무슨 말인가를 했고 (영화에서는 그들이 하는 말은 들리지 않고 소리 없는 대화에 어머니의 설명이 따를 것이었다.) 야로밀의 표정이 그리 밝지 않다는 걸 알고는 야로밀 같은 아들, 언제나 그렇게 떨고 긴장하는, 소심하고 외톨이인 아들의 어머니 노릇이 쉽지가 않다고 말하기 시작했다.

그러고 나서 그들은 승합차에 타고 프라하 인근의 낭만적인 장소, 야로밀이 잉태되었던 — 그의 어머니는 그렇게 확신했다. ─그 장소에 갔다. 그녀는 너무 얌전한 체하는 사람이라 무엇 때문에 이 풍경이 자신에게 그토록 소중한지 아무에게 도 절대 말한 적이 없었다. 그녀는 말을 하고 싶은 동시에 하고 싶지 않았고, 그래서 모든 사람 앞에서 어색하고도 모호하게, 이 풍경은 자신에게 늘 개인적으로 사랑의 장소, 최고의 관능적 경치를 의미했다고 말했다. "저 땅이 얼마나 물결치듯 구불구불한지 좀 보세요, 꼭 여인 같잖아요, 여인의 곡선들, 모성적 형태! 그리고 이 바위들을 좀 보세요, 따로 모여 있는 저 우뚝 솟은 거대한 바위들! 저기 가파르게 수직으로 우뚝 솟은 바위들 속에 뭔가 남성적인 것이 있지 않아요? 남자와 여자의 풍경 아니에요? 에로틱한 풍경 아닌가요?"

야로밀은 반발하고 싶었다. 그들의 영화는 바보짓이라고 말해 주고 싶었다. 좋은 안목이 뭔지 아는 사람의 자존심이 속에서 불끈 솟아 올라오는 느낌이었다. 아무 소용없는 소동을 일으킬 수도 있을 테고, 아니면 적어도 블타바 강 물놀이 때처럼 도망쳐 버릴 수도 있을 테지만 이번에는 그럴 수가 없었다. 영화학도 아가씨의 검은 눈이 있었고, 그 눈 앞에서 그는 무력했다. 그 눈을 두 번째로 잃을까 그는 두려웠다. 그 눈이 그의 퇴로를 차단했다.

잠시 후 사람들은 그를 커다란 바위 옆에 세워 놓고 그 앞에서 제일 좋아하는 시를 낭송하라 했다. 엄마는 흥분의 절정에 달했다. 여기 온 게 얼마나 오랜만인가! 아주 여러 해 전 어느 일요일 아침, 젊은 엔지니어와 사랑을 나누었던 바로 그곳, 정확히 바로 그곳에 지금 자기 아들이 서 있는 것이었다. 마치 여러 해 뒤에 버섯처럼 그가 거기에 자라난 듯이.(아, 그랬다, 마치 부모가 씨를 흘린 바로 그곳에서 버섯처럼 아이들이 세상에 오는 듯이!) 엄마는 이 기이한, 이 아름다운, 이 비현실적인 버섯이 떨리는 목소리로 불꽃 속에서 죽고 싶다는 시를 읊는 모습을 바라보며 도취되어 넋을 잃었다.

야로밀은 자기가 낭송을 아주 못하고 있다는 걸 느꼈지만 달리 어떻게 할 수가 없었다. 떨리지 않는다고, 지난번 경찰 연수원에서는 당당하고 근사하게 잘 낭송했었다고 속으로 아무리 되뇌어도 소용없이, 여기에선 자기도 어쩔 수 없었다. 이 터무니없는 풍경 속, 이 터무니없는 바위 앞에 떡하니 서서, 프라하에 사는 사람이 개를 데리고 나오거나 여자 친구와 산책하려고 여기 올지도 모른다는 생각으로 공포에 질려 (이십 년 전 자기 어머니와 똑같은 두려움을 품고 있지 않은가!) 그는 집중을 할 수도 없었고, 지금 하고 있는 말도 간신히 아주 어색하게 내놓았다.

그녀들 둘은 연이어 여러 번 시를 다시 낭송시키다가 결국 포기하고 말았다. "계속 저렇게 긴장할 거야." 엄마가 한숨을 내쉬었다. "전에 고등학교 때도 작문 시간마다 떨었다니까. 겁을 집어먹고 떨어서 몇 번이나 내가 억지로 학교에 보냈는지 몰라!"

영화학도 아가씨는 촬영 후 나중에 배우가 시 낭송하는 것을 녹음하면 되니까 야로밀은 그냥 바위 앞에 서서 소리 내지 말고 입만 열면 된다고 말했다.

그는 그렇게 했다.

“이런, 빌어먹을!” 영화학도 아가씨가 이번에는 짜증을 참지 못하고 그에게 소리질렀다. “시 낭송을 하는 것처럼 입을 똑바로 벌려야죠, 아무렇게나가 아니라. 당신 입술 모양대로 배우가 낭송을 할 거잖아요!”

그리하여 야로밀은 바위 앞에 서서 입을 열었다 닫았다 했고,(시키는 대로 똑바로) 마침내 카메라가 돌아갔다.

10

그저께는 가벼운 겉옷 차림으로 바깥에서 카메라 앞에 섰었는데 오늘은 두꺼운 외투를 입고 목도리에 모자를 써야 했다. 그사이 눈이 내렸다. 그들은 그녀의 집 앞에서 6시에 만나기로 했다. 하지만 6시 15분이 되었는데 빨간 머리는 오지 않았다.

몇 분 늦는 것이 그리 대단한 일은 분명 아니다. 하지만 요 며칠간 온갖 굴욕을 겪은 야로밀은 지극히 사소한 모욕도 견딜 수가 없었다. 그는 사람들로 가득한 거리에서 건물 앞을 서성거려야 했으니, 지나는 사람마다 그가 서둘러 오지 않는 누군가를 기다리고 있다는 것을 알 수 있었고, 그래서 공개적인 참패를 당하고 있는 셈이었다.

그는 시계를 제대로 쳐다보지도 못했는데, 그런 웅변적인 몸짓은 자신이 헛되이 애인을 기다리고 있는 사람임을 만천하에 고하는 것이 될까 두려워서였다. 그는 외투 소매를 살그머니 잡아당겨 시계 밑에 밀어 넣고 시곗바늘을 슬쩍 보았다. 6시 20분이라는 것을 확인하고 그는 거의 확 돌아 버릴 것 같았다. 아니 어떻게, 그는 매번 약속 시간 전에 오고, 그녀, 더 멍청하고 더 못생긴 그녀가 언제나 늦게 온단 말인가?

마침내 그녀가 도착했고 돌처럼 굳은 야로밀의 얼굴을 보았다. 그들은 집으로 들어가 앉았고 아가씨가 변명을 늘어놓기 시작했다. 그녀는 친구네 집에서 오는 길이라고 했다. 그보다 더 나쁜 걸 찾아낼 수는 없었다. 물론 그 무엇도 그녀를 정당화해 주지는 못했을 테지만 하물며 야로밀에게 사소함의 화신이라 할 친구네 집이라니. 그는 빨간 머리에게 친구와 노는 게 그렇게 중요하다는 걸 잘 알겠으니 다시 거기에 가 보라고 말했다.

아가씨는 일이 잘못 돌아간다는 것을 깨달았다. 그녀는 친구하고 아주 심각한 이야기를 했다고 했다. 그 친구가 남자친구와 헤어지려 한다는 것이었다. 너무 슬픈 상황인 것 같았고, 친구가 울었고, 빨간 머리 아가씨는 달래 주고 싶었고, 위로도 해 주지 않고 그냥 일어설 수가 없었다.

야로밀은 그녀가 친구의 눈물을 닦아 주려 했다니 참으로 너그럽기 그지없다고 말했다. 하지만 야로밀이 그녀를 떠나면, 왜냐하면 그는 멍청한 친구의 멍청한 눈물이 자기보다 더 중요한 여자는 계속 만나지 않을 거니까, 그러면 빨간 머리 아가씨의 눈물은 누가 닦아 줄까?

아가씨는 점점 더 상황이 안 좋아진다는 것을 깨달았다.

그녀는 야로밀에게 미안하다고, 잘못했다고, 용서해 달라고
했다.

그러나 아무리 먹어도 허기가 채워지지 않을 그의 굴욕에
게 그건 너무 약소했다. 그는 그런 변명이 자신의 확신, 즉 빨
간 머리 아가씨가 사랑이라 부르는 것은 사랑이 아니라는 확
신을 바꿔 놓지는 못한다고 답했다. 아니, ─ 다른 말을 하지
못하게 미리 막으면서 그는 말했다. ─ 자기가 편협해서 이렇
게 사소한 듯 보이는 일에 극단적인 결론을 내리는 게 아니었
다. 정확히 바로 이런 작은 일들이 빨간 머리가 야로밀에 대해
지니고 있는 감정의 바탕을 드러내 보여 주는 것이었다. 저 용
납할 수 없는 가벼움, 야로밀이 마치 자기 여자 친구나 가게
손님, 길거리에서 마주치는 행인인 것처럼 대하는 저 천연덕
스러운 무심함! 그녀는 이제 더 이상 뻔뻔스럽게 그를 사랑한
다고 절대 말하지 마라! 그녀의 사랑은 사랑의 초라한 모조품
에 지나지 않았다!

아가씨는 일이 최악으로 돌아가고 있다는 것을 알았다. 그
녀는 야로밀의 증오에 찬 슬픔을 입맞춤으로 막으려 해 보았
다. 그는 거의 난폭하게 그녀를 밀쳐 버렸다. 그 참에 그녀는
바닥에 무릎을 꿇고 넘어져서 그의 배에 머리를 꼭 갖다 댔다.
그는 잠시 망설이다 그녀를 일으켜 세우고는 냉랭하게 자기
몸에 손대지 말라고 말했다.

알코올처럼 머리로 솟구쳐 오르는 분노는 아름다웠고 그를
매혹했다. 그것은 아가씨에 의해 반사되어 그에게로 돌아오
고 그리하여 그 자신에게 상처를 주기에 더욱더 그를 매혹했

다. 빨간 머리 아가씨를 밀쳐 냄으로써 세상에서 단 하나뿐인 자기 여자를 밀쳐 내 버리는 것임을 그 스스로 알고 있었으므로 그것은 자기 파괴적인 분노였다. 그는 분명 자신의 분노가 정당하지 못하며 그녀에게 부당하게 대하고 있다는 것을 느꼈다. 하지만 그걸 아는 탓에 어쩌면 더욱더 잔인해졌는데, 왜냐하면 그를 끌어당기는 것, 그것은 바로 심연이었기 때문이다. 고독의 심연, 자기 비난의 심연. 그는 자기 여자 친구가 없으면 불행하리라는 (혼자이리라는) 것을, 자신에 대해 만족스러워하지도 않으리라는 것을 (자신이 부당했음을 잘 알 터였다.) 알고 있었지만, 그래도 이 찬란한 분노의 도취 앞에서는 어쩔 도리가 없었다. 그는 여자 친구에게 방금 자신이 한 말은 지금 이 순간만이 아니라 앞으로 계속 유효하니 이제 절대 그녀 손이 자기 몸에 닿는 것을 원하지 않노라 선언했다.

아가씨가 야로밀의 분노와 질투에 맞닥뜨린 것이 처음은 아니었다. 하지만 이번에는 그의 목소리에서 거의 광적인 집요함을 간파했다. 그녀는 야로밀이 저 이해할 수 없는 광분을 잠재우기 위해 무슨 짓이든 할 수 있다는 것을 느꼈다. 그래서 그녀는 거의 마지막 순간에, 거의 심연으로 떨어지기 직전 벼랑 끝에서 이렇게 말했다. "제발, 화내지 마. 그렇게 화내지 마, 내가 거짓말했어. 친구네 간 게 아니었어."

그는 그 말에 당황했다. "그럼 어디 갔었어?"

"너 엄청 화날 거야, 싫어하는 사람이니까, 하지만 나도 어쩔 수가 없어, 꼭 가 봐야만 했단 말이야."

"그러니까 누구네 갔었냐고?"

"오빠네. 우리 집에 묵었던 오빠."

그는 격분했다. "그치하고 노상 그렇게 처박혀 있을 필요가 뭐가 있는 거야?"

"화내지 마, 오빤 나한테 아무것도 아냐, 너한테 비하면 오빠는 전혀 아무것도 아냐, 하지만 날 좀 이해해 줘, 어쨌거나 그래도 오빠잖아, 열다섯 해 동안 같이 컸어. 오빠가 떠난대. 아주 오래. 작별 인사는 해야 했어."

오빠와 나눴다는 그런 감상적인 작별 인사가 그는 언짢았다. "오빠가 어디를 가는데 그렇게 한참 작별 인사를 하다가 다른 건 다 까맣게 잊어버린 거야? 어디 한 일주일 출장이라도 가나? 아니면 시골에 일요일 보내러 가?"

아니, 그는 시골에 가는 것도 출장 가는 것도 아니었다. 그보다 훨씬 더 중대한 일이고, 그녀는 야로밀이 불같이 화를 낼 것이기 때문에 말할 수가 없었다.

"그러니까 네가 나를 사랑한다고 하는 게 이거란 말이지? 내가 용납하지 않는 무언가를 나한테 숨기는 거? 네가 나한테 숨기는 비밀이 있는 거?"

그렇다, 아가씨는 서로 사랑한다는 것은 서로에게 모든 것을 다 이야기한다는 것임을 아주 잘 알았다. 하지만 야로밀이 자기를 좀 이해해 주어야 했다. 그녀는 무서워서, 그냥 너무 무서워서……

"무섭다니, 대체 무슨 일이야? 무서워서 말을 못 한다니 네 오빠가 어딜 간다는 거야?"

야로밀은 정말로 눈치채지 못했나? 무슨 일인지 정말 짐작

못했나?

그렇다, 야로밀은 짐작 못 했다.(그리고 그 순간 그의 분노는 호기심 뒤에서 한 발짝 비틀거렸다.)

아가씨는 결국 털어놓았다. 그녀의 오빠가 몰래 숨어서 불법으로 국경을 넘기로 작정했다. 내일이면 벌써 외국에 있을 것이었다.

뭐라고? 그녀의 오빠가 우리 젊은 사회주의 공화국을 저버리려 한다고? 그녀의 오빠가 혁명을 배반하려 한다고? 그녀의 오빠가 이민자가 되고자 한다고? 그러니까 그녀는 그것이, 이민자가 무엇을 의미하는지 모른단 말인가? 그러니까 그녀는 모든 이민자는 자동적으로, 우리나라를 무너뜨리려는 외국 정보국 요원이 된다는 것을 모른단 말인가?

아가씨는 동의하고 인정했다. 야로밀은 그녀가 십오 분 늦은 것보다 그녀 오빠의 반역을 훨씬 더 쉽게 용서해 줄 것이라고 그녀의 본능이 일러 주었다. 바로 그래서 그녀는 동의했고, 야로밀이 말한 것을 모두 인정한다고 말했다.

"내 말에 동의한다니 그게 무슨 말이야? 오빠를 말렸어야지! 붙들었어야지!"

물론 그녀는 오빠를 말리려고 해 보았다. 마음을 돌리도록 할 수 있는 건 다 했다. 이제 야로밀은 왜 그녀가 늦게 왔는지 아마 이해가 갈 것이었다. 이제 야로밀은 아마 그녀를 용서할 수 있을 것이었다.

야로밀은 그녀에게 늦은 건 용서한다고 했다. 하지만 외국으로 떠나려 하는 오빠에 대해서는 그녀를 용서할 수 없었다.

"네 오빠는 바리케이드 저쪽에 있어. 나 개인의 적인 거야. 전쟁이 터지면 네 오빠는 나를 쏠 거고 나는 그를 쏠 거야. 무슨 말인지 알겠어?"

"그래, 알아." 빨간 머리 아가씨는 이렇게 말하고, 자신은 언제나 그와 같은 편에 있을 것이라 다짐했다. 그의 편에, 절대 다른 어떤 이의 편도 아닌 그의 편에.

"네가 어떻게 내 편이라고 말할 수가 있어? 정말로 내 편이었다면 절대 네 오빠가 떠나게 내버려두지 않았을 거야!"

"내가 어떻게 할 수 있었는데? 내게 오빠를 붙잡을 힘이라도 있는 것처럼."

"즉시 나를 찾아왔어야지. 그러면 내가 어떻게 해야 할지 알았을 거 아니야. 그런데 넌 그러지 않고 거짓말을 했어! 친구네 집에 있었다고 했단 말이야! 넌 날 속이려고 했어! 그리고는 지금 내 편이라고 하고 있어."

그녀는 그에게 자신은 정말로 그의 편이며 무슨 일이 일어나든 그럴 것이라 맹세했다.

"네 말이 정말이라면 넌 경찰을 불러야 했어."

경찰이라니, 아니 어떻게? 아무리 그래도 자기 오빠를 경찰에 고발할 수는 없지 않은가? 아무리 그래도 그럴 수는 없었다!

야로밀은 이런 반론을 견딜 수 없었다. "그럴 수는 없다니, 뭐가 그럴 수 없어? 네가 경찰을 부르지 않는다면 내가 직접 부를 거야."

아가씨는 또다시 오빠는 그래도 오빠이며, 오빠를 경찰에 고발한다는 건 생각할 수도 없는 일이라고 주장했다.

"그러니까 넌 나보다 오빠를 더 생각한단 말이지?"

분명코 아니다! 하지만 그것이 오빠를 고발하러 갈 이유는 되지 않았다.

"사랑은 전부 아니면 무를 뜻해. 사랑은 전부거나 아니면 사랑이 아니거나 그런 거야. 나는, 난 이쪽이고 그 사람은 저쪽이야. 너는, 넌 나와 같이 있어야지 어딘가 중간에, 우리 사이에 있어서는 안 돼. 그리고 네가 나와 함께 있다면 넌 내가 하는 일을 해야 하고 내가 원하는 것을 원해야 해. 나에게 혁명의 운명이란 나 개인의 운명이야. 누군가 혁명에 맞서 행동한다면 그 사람은 나에게 맞서 행동하는 거야. 내 적이 너의 적이 아니라면, 그러면 넌 내 적인 거야."

아니, 아니, 그녀는 그의 적이 아니었다. 그녀는 모든 것에 있어서, 모든 면에서 그와 함께이고 싶었다. 그녀도 역시 사랑은 전부 아니면 무를 뜻한다는 것을 잘 알았다.

"그래, 사랑은 전부 아니면 무를 뜻해. 진정한 사랑 옆에서는 모든 게 희미해지고 나머지 모든 건 아무것도 아니야."

그렇다, 그녀도 전적으로 동의하고, 그것이 정확하게 바로 그녀가 느끼는 것이었다.

"진정한 사랑은 나머지 세상 사람들이 뭐라 하든 완전히 귀머거리가 되고, 바로 그것으로 사랑을 알아볼 수 있는 거야. 그런데 너는, 넌 언제나 사람들이 말만 하면 귀를 기울이고, 노상 다른 사람들에게 신경이 뻗쳐 있고, 하도 남 생각으로 가득하니까 나는, 나는 아주 짓밟아 뭉개는 거지."

절대 아니다, 결코 그렇지 않다, 그녀는 그를 짓밟아 뭉개려 하지 않았다, 그게 아니라 해를 끼치기가, 오빠에게 너무 큰 해를 끼치기가, 그러면 아주 큰 대가를 치르게 될 텐데, 그러기가 두려웠다.

"그다음에는? 그가 비싼 대가를 치르게 된다면 그건 정당한 거야. 혹시 오빠가 무서워? 오빠하고 절연하게 될까 봐 겁나? 너희 가족하고 절연하게 될까 봐 무서워? 너 평생 가족한테 꼭 붙어 있고 싶은 거야? 네 그 소름 끼치는 편협함을 내가 얼마나 혐오하는지, 너 사랑이라곤 할 줄도 모르는 끔찍한 사람인 거 내가 얼마나 혐오하는지 안다면!"

아니, 그녀가 사랑할 줄 모르는 사람이라는 것은 옳지 않았다. 그녀는 온 힘을 다하여 그를 사랑했다.

"그래, 넌 네 온 힘을 다해 날 사랑하지." 그가 씁쓸하게 대답했다. "하지만 네겐 사랑할 힘이 없어. 넌 그걸 절대 못 해!"

또다시 그녀는 그렇지 않다고 단언했다.

"너 나 없이 살 수 있어?"

그녀는 그럴 수 없을 거라고 맹세했다.

"너 내가 죽으면 살 수 있어?"

아니, 아니, 아니.

"너 내가 너 버리면 살 수 있어?"

아니, 아니, 아니. 그녀는 고개를 저었다.

그가 무엇을 더 요구할 수 있었겠는가? 그의 분노가 가라앉고 그 뒤로 커다란 혼란만이 남았다. 불현듯 그들의 죽음이 함께 있었다. 언젠가 한 사람이 다른 한 사람에게 버림받으면 죽겠노라 서로에게 약속하는 감미로운, 아주 감미로운 죽음. 감정이 복받쳐 목멘 소리로 그가 말했다. "나도 너 없이 살 수 없을 거야." 그러자 그녀도 그 없이 살 수 없으며 살지 않으리라 다시 말했고, 그들은 둘 다 이 문장을 또 말하고 또다시 말하고, 하도 오래 반복한 나머지 나중에는 온통 혼미한 최면 상태에 빠져들고 말았다. 그들은 서로 옷을 벗겨 내고 사랑을 나누었다. 문득 그의 손바닥에 빨간 머리의 얼굴에 흐르는 눈물이 느껴졌다. 그것은 경이로웠다. 한 여자가 그를 위해 사랑의 눈물을 흘리는 것, 그것은 그에게 아직 한 번도 일어나지 않은 일이었다. 이 눈물은 그에게, 남자가 그저 남자로 만족하고자 하지 않고 자기 본성의 한계를 넘어서길 갈망할 때 그 속에 용해되어 버리는 물질이었다. 그는 남자가 눈물의 중개로 자신의 물질적 본성에서, 자신의 한계에서 벗어나고, 저 멀리의 것들과 일체를 이루어 광막한 무한이 되는 것 같았다. 그는 손을 적시는 눈물에 굉장히 감동했고 문득 자신도 울고 있음을 느꼈다. 그들은 사랑을 나누며 온몸과 얼굴이 푹 젖었고, 사랑을 나누며 실은 서로에게 녹아들었으며, 체액이 섞여 마치 두 줄기 강물처럼 하나로 모여들어 흘렀고, 그들은 눈물 흘리고 사랑을 나누며 지금 이 순간 세상의 바깥에 있었으며, 마치 땅에서 일어나 하늘을 향해 올라가는 호수와 같았다.

　잠시 후 그들은 평화롭게 나란히 누워 또다시 오래오래 다정히 서로 얼굴을 쓰다듬었다. 아가씨의 빨간 머리카락은 그로테스크한 실처럼 엉겨 붙어 있었고 얼굴은 빨갰다. 그 보기 흉한 모습에 야로밀은 자신의 시, 그녀의 모든 것을 다 마시고 싶다고 썼던 그 시를 떠올렸다. 그녀의 옛 사랑들, 그녀의 못생긴 얼굴, 달라붙은 그녀의 빨간 머리, 지저분한 그녀의 주근깨 자국들, 이 모든 것을. 그는 그녀에게 사랑한다고 다시 말했고 그녀도 같은 말을 했다.

그리고 그는 서로 죽음을 맹세함으로써 자신을 황홀하게 해 주는 그 완전한 충족감의 순간을 포기하고 싶지 않았으므로 다시 한 번 이렇게 말했다. "정말이야, 난 너 없이 살 수 없을 거야, 너 없이 살 수 없을 거야."

"나도 네가 없다면 엄청나게 슬플 거야. 엄청나게."

그는 즉각 경계 태세를 취했다. "그러니까 넌 하여간 나 없이 살아가는 게 상상이 된다는 거네?"

아가씨는 이 말 뒤에 놓인 덫을 짐작하지 못했다. "엄청나게 슬플 거야."

"하지만 살 수는 있을 거고."

"네가 날 떠나면 내가 어쩌겠어? 하지만 엄청나게 슬플 거야."

야로밀은 자신이 오해의 피해자임을 깨달았다. 빨간 머리는 그에게 죽음을 약속한 것이 아니었다. 그녀가 그 없이 살 수 없다고 말했던 것은 그저 연애의 속임수, 말로 꾸민 장식, 은유일 뿐이었다. 그 바보 같은 가엾은 아가씨는 상황이 어떻게 돌아가고 있는 건지 전혀 파악하지 못했다. 그녀는 그에게, 절대적인 기준, 전부 아니면 무, 삶 아니면 죽음밖에 모르는 그에게 슬픔을 약속했다. 신랄한 야유를 가득 담아 그는 그녀에게 물었다. "얼마 동안이나 슬플 건데? 하루? 아니면 일주일 동안이나?"

"일주일?" 그녀가 씁쓸하게 말했다. "아니, 자비슈, 일주일
이라니…… 그보다 훨씬 오랫동안이지!" 그녀는 몇 주일로 자
신의 슬픔을 잴 수 없으리라는 것을 몸의 접촉으로 보여 주기
위해 그에게 몸을 바싹 붙였다.

그리고 야로밀은 생각에 잠겼다. 그녀의 사랑은 정확히 얼
마만 한 가치가 나가는가? 몇 주일의 슬픔? 좋다. 그러면 슬픔
이란 무엇인가? 약간의 우울, 약간의 의기소침. 그리고 일주
일간의 슬픔이란 무엇인가? 사람이 멈추지 않고 계속 슬퍼하
는 것은 아니다. 그녀는 하루 몇 분 동안, 저녁 몇 분 동안 슬플
것이다. 다 합하면 몇 분이 되나? 그녀의 사랑은 슬픔 몇 분간
의 무게가 나가는 건가? 그는 슬픔 몇 분의 가치로 평가되는
건가?

야로밀은 자신의 죽음을 떠올려 보고, 빨간 머리의 삶, 무심
하고 변함없는 삶, 그의 비 - 존재 위로 냉랭하고도 유쾌하게
벌떡 일어서는 그녀의 삶을 떠올려 보았다.

그는 질투로 격앙된 대화를 다시 시작하고 싶지 않았다. 왜
기분이 안 좋아 보이느냐고 묻는 그녀의 목소리가 들렸으나
그는 대답하지 않았다. 이 다정한 목소리는 아무 소용없는 향
유였다.

그는 일어나서 옷을 입었다. 그는 그녀에게 나쁘게 대하지
도 않았다. 그녀는 계속 왜 기분이 안 좋으냐고 물었고, 대답
대신 그는 서글프게 그녀의 얼굴을 쓰다듬었다. 그리고 나서
그는 눈을 똑바로 쳐다보며 말했다. "경찰서에 직접 가겠어?"

그녀는 그들이 나눈 황홀한 섹스가 오빠에 대한 그의 분노를 완전히 가라앉혀 주었다고 생각하고 있었다. 별안간 야로밀의 질문을 받자 그녀는 무슨 대답을 해야 할지 알 수 없었다.

그가 (슬프게 그리고 차분하게) 다시 물었다. "경찰서에 직접 가겠어?"

그녀는 어물어물 얼버무렸다. 그러지 말라고 그를 설득하고 싶었지만 분명히 그렇게 말하기가 겁났다. 그렇지만 그렇게 얼버무리는 말의 의미는 명백했고, 그래서 야로밀은 말했다. "가고 싶지 않은 거 이해해. 그러면 내가 맡도록 하지." 그리고 다시 한 번 (동정하는, 서글픈, 실망한 몸짓으로) 그녀의 얼굴을 어루만졌다.

그녀는 당황해서 무슨 말을 해야 할지 몰랐다. 그들은 작별 키스를 했고 그는 떠났다.

다음 날 아침 그가 잠에서 깼을 때 엄마는 벌써 나가고 없었다. 아침 일찍, 아직 그가 자는 동안 그녀는 셔츠와 넥타이, 바지, 웃옷, 그리고 물론 팬티까지 의자 위에 내놓아 두었다. 이십 년 전부터 이어져 온 이 습관을 끊기란 불가능해서 야로밀은 늘 수동적으로 그것을 받아들여 왔다. 하지만 그날은 길게 늘어지는 바짓가랑이에다가, 소변을 누라는 대대적인 초청인 듯 배 위로 커다란 구멍이 뚫린 옅은 베이지색 팬티가 의자 위에 개켜 놓인 것을 보고 그는 아주 대단한 분노에 사로잡혔다.

그렇다. 그날 아침 그는 결정적인 위대한 날을 맞으러 일어나듯 자리에서 일어났다. 그는 팬티를 집어 들고 두 손을 앞으로 뻗어 살펴보았다. 거의 애증을 느끼며 그는 그것을 관찰했다. 그러더니 그는 한쪽 다리 끝을 이로 꽉 물었다. 그리고 같은 쪽을 오른손으로 잡더니 난폭하게 확 잡아당겼다. 천이 북뜯기는 소리가 들렸다. 그다음 그는 찢어진 팬티를 바닥에 던졌다. 그는 그것이 거기 그대로 있기를, 엄마가 그것을 보기를 바랐다.

그러고 나서 그는 노란색 운동복 반바지에 다리를 꿰어 넣고, 자신을 위해 준비된 셔츠와 넥타이, 바지, 웃옷을 차려입고 집을 나섰다.

그는 (경찰서처럼 중요한 건물에 들어가고자 하는 사람은 누구나 반드시 그렇게 해야 하듯이) 수위실에 신분증을 제출하고 계단을 올라갔다. 그가 어떻게 걸어가는지, 한 걸음 한 걸음 어떻게 재듯이 걷고 있는지 보라! 그는 마치 어깨 위에 자신의 운명 전체를 지고 있는 것처럼 걷고 있다. 그는 건물 위층이 아니라 자기 삶의 위층, 아직 보지 못했던 것을 이제 내다보게 될 위층으로 가기 위해 계단을 오른다.

모든 것이 그에게 우호적이었다. 사무실에 들어서자 동창생 얼굴이 눈에 띄었는데 그 친근한 친구의 얼굴이었다. 그 얼굴은 기분 좋게 깜짝 놀라며 반가운 미소를 띠고 그를 맞아 주었다.

야로밀이 이렇게 찾아와 주니 무척 기쁘다고 수위 아들이 말하자 야로밀의 영혼은 커다란 기쁨을 맛보았다. 그는 친구가 권하는 의자에 앉았고, 처음으로 이 친구와 남자 대 남자로 마주하고 있다는 느낌이 들었다. 동등하게 일대일로. 거칠고 강인한 남자 대 남자로.

그들은 잠시 친구들끼리 하는 이런저런 이야기를 나누었으나 야로밀에게 그것은 막이 오르기를 애타게 기다리는 동안의 감미로운 서곡에 지나지 않았다. "아주아주 중대한 이야기를 하나 전할 게 있어." 그는 심각한 목소리로 말했다. "곧 서방으로 몰래 넘어가려는 남자 하나를 알고 있는데 말이야. 무슨 조처를 취해야 해."

수위 아들은 즉시 촉각을 곤두세우고 야로밀에게 여러 질문을 했다. 그는 신속하고 정확하게 질문에 대답했다.

"아주 심각한 일이야." 잠시 후 수위 아들이 말했다. "내가 무슨 결정을 내릴 수 없겠어."

그런 다음 그는 야로밀을 데리고 긴 복도를 지나 다른 사무실에 가서 사복 차림의 나이 지긋한 한 남자에게 그를 소개했다. 그를 친구라고 소개했기 때문에 그 사복 차림 남자는 야로밀에게 친근하게 미소를 지어 보였다. 그들은 비서를 불러 진술서를 작성했다. 야로밀은 모든 것을 정확히 진술해야 했다. 여자 친구의 이름. 그녀가 어디서 일하는지. 그녀의 나이. 어디서 그녀를 알았는지. 그녀가 어떤 집안 출신인지. 그녀의 아버지와 형제자매들이 어디서 일하는지. 그녀가 언제 그에게 자기 오빠가 서방으로 넘어가려 한다고 알려 주었는지. 그녀의 오빠가 어떤 사람인지. 야로밀이 그에 대해 무엇을 아는지.

야로밀은 자기 여자 친구가 자주 오빠 이야기를 해 줘서 알고 있는 것이 꽤 많았다. 바로 그래서 그는 이 모든 일이 지극히 심각한 일이라 판단한 것이며, 너무 늦어 버리기 전에 지체 없이 자신의 동지들, 투쟁의 동지들, 자신의 친구들에게 알린 것이었다. 왜냐하면 자기 여자 친구의 오빠는 우리 체제를 증오하기 때문이었다. 이 얼마나 슬픈 일인가! 여자 친구의 오빠는 매우 가난한, 매우 보잘것없는 집안 출신이면서도 한동안 부르주아 정치인의 기사로 일을 하다 보니 아주 뼛속까지, 우리의 체제를 전복하고자 음모를 꾸미는 사람들 편이 되고 말았다. 그렇다. 여자 친구가 자기 오빠의 견해를 매우 정확히 묘사해 주었기 때문에 그는 그 사실을 확실히 증언할 수 있었다. 그 친구는 얼마든지 공산주의자들에게 총을 쏠 사람이었다. 야로밀은 그 사람이 이민자 대열에 끼게 되었을 때 어떤 짓을 할지 쉽게 상상할 수 있었다. 야로밀은 그 사람이 가진 단 하나의 열정이란 바로 사회주의를 무너뜨리는 것임을 알고 있었다.

세 남자는 비서에게 진술서 받아쓰게 하는 일을 사나이답게 간결하게 마무리 지었고, 나이 든 남자가 수위 아들에게 지체 없이 필요한 조처를 취하라고 말했다. 사무실에 둘만 남자 그는 야로밀에게 협조해 주어 고맙다고 치하했다. 그는 그에게 모든 국민이 그처럼 그렇게 경계를 늦추지 않고 주의 깊다면 우리 사회주의 조국은 천하무적이 될 것이라고 말했다. 그리고 그는 또한 이번이 마지막 만남이 아니면 좋겠다는 말도 했다. 우리 체제 도처에 적이 있다는 것을 야로밀도 아마 모르지 않을 것이었다. 야로밀은 대학에서 학생들과도 교류가 있고 아마 문학하는 사람들도 알고 지내리라 싶었다. 그렇다. 우리도 그 사람들 대부분이 건실한 사람들이라는 것을 알지만 아마도 그들 가운데 불순분자도 꽤 있을 것이었다.

야로밀은 이 경찰관의 얼굴을 열심히 쳐다보았다. 그 얼굴은 그에게 아름다워 보였다. 깊은 주름이 새겨 있고 거칠고 남자다운 삶의 증표를 지니고 있었다. 야로밀도 역시 그를 다시 보게 되면 정말 좋을 것이라 했다. 그는 다른 건 아무것도 바라지 않았다. 그는 자기 자리가 어디인지 알았다.

그들은 악수를 나누고 서로 미소를 건넸다.

야로밀은 이 미소(이 근사한, 주름진 사나이의 미소)를 가슴에 담고 경찰서 건물을 나섰다. 그는 현관 앞 넓은 계단을 내려와 차가운 아침 해가 도시 지붕들 위로 떠오르는 것을 보았다. 그는 차가운 공기를 들이마셨고, 자기 안에 남성성이 가득 차올라 피부의 모든 구멍을 통해 분출하여 노래하고 싶어 하는 것을 느꼈다.

처음에 그는 바로 집에 돌아가서 책상에 앉아 시를 쓰려고 생각했다. 하지만 몇 걸음 걷다가 돌아섰다. 혼자 있고 싶지가 않았다. 그는 한 시간 만에 자기 모습이 거칠게 굳고, 걸음걸이도 단단해지고, 목소리도 더 저음이 된 것 같았으며, 그래서 이렇게 변신한 자기 모습을 어디든 내보이고 싶었다. 그는 학교로 가서 보이는 사람마다 말을 걸었다. 분명 아무도 그에게 달라졌다고 말한 사람은 없었지만 태양은 계속 빛났고 도시 굴뚝들 너머로 아직 쓰이지 않은 시 한 편이 둥실 떠다녔다. 그는 집으로 돌아와 자기 방에 틀어박혔다. 종이 몇 장에 끼적

였으나 그리 만족스럽지 않았다.

그래서 그는 펜을 내려놓고 잠시 생각을 하는 게 낫겠다 싶었다. 그는 남자가 되기 위해 청년이 넘어서야 하는 문턱에 대해 생각했다. 그는 이 문턱의 이름을 알 것 같았다. 그 이름, 그것은 사랑이 아니고 ‘의무’라 불리는 것이었다. 그런데 의무에 대해서는 시를 쓰기가 어려웠다. 이 준엄한 단어가 어떤 상상력을 타오르게 하겠는가? 그러나 야로밀은 바로 이 단어가 일깨운 상상이야말로 새롭고, 이제껏 들어 본 적 없고, 놀라운 것이 되리라는 것을 알았다. 왜냐하면 그는 낡은 의미에서의 의무, 바깥에서 지정되고 부과된 의무가 아니라, 사나이가 스스로 만들어 내고 스스로 자유롭게 선택하는 의무, 자발적이며 또한 남자의 용기와 영광인 의무를 생각하고 있는 것이기 때문이었다.

이렇게 완전히 새로운 자신의 초상화를 그리다 보니 야로밀의 마음은 자부심으로 가득 차올랐다. 이렇게 놀랍게 변신한 자신의 모습을 또 한 번 내보이고 싶어서 그는 자신의 빨간 머리 아가씨에게로 달려갔다. 벌써 6시였으니 그녀는 한참 전에 돌아와 있어야 했다. 그런데 집주인 아주머니 말이 그녀가 아직 가게에서 돌아오지 않았다는 것이었다. 한 삼십 분 전에 벌써 남자 둘이 와서 세 들어 사는 그 아가씨를 찾았는데 아직 안 왔다고 답해 주었다고 했다.

야로밀은 시간이 남아돌았으므로 빨간 머리 아가씨네 집 앞 거리를 왔다 갔다 맴돌았다. 잠시 후 그는 자기처럼 왔다 갔다 하고 있는 두 남자를 발견했다. 야로밀은 아마 집주인이 말한 그 사람들인가 보다고 생각했다. 그다음 그는 맞은편에서 오고 있는 빨간 머리를 보았다. 그녀의 눈에 띄고 싶지 않아서 그는 어느 건물 대문에 몸을 숨기고, 여자 친구가 집 쪽으로 빠르게 걸어 안으로 사라지는 것을 보았다. 그다음 이번에는 두 남자가 안으로 들어가는 것이 보였다. 그는 뭔가 이상하다 싶어 그 자리에서 꼼짝하지 못하고 지켜보기만 했다. 한일 분쯤 지났을까, 그들 셋이 건물에서 나왔다. 그때서야 그는 건물 근처에 자동차가 세워져 있는 것을 알아보았다. 두 남자와 아가씨가 거기에 탔고, 차가 출발했다.

야로밀은 그들이 틀림없이 경찰관이겠구나 싶었다. 그런데 간담이 서늘해지는 두려움에 더하여, 그날 아침 자신이 해낸 일이 실제 행동이며 그 탓에 여러 일들이 맞물려 돌아가기 시작했다는 생각을 하자 아연실색하면서도 흥분되는 느낌이었다.

다음 날 그는 여자 친구가 직장에서 돌아오는 길에 만나려고 그 집으로 달려갔다. 그러나 집주인은 두 남자가 데려간 후 빨간 머리가 돌아오지 않았다고 말해 주었다.

그는 가슴이 메었다. 다음 날 아침 그는 즉시 경찰서로 갔다. 지난번처럼 수위 아들이 그에게 매우 다정하게 대해 주었다. 그는 야로밀과 악수를 하고 그에게 계속 유쾌한 미소를 지었으며 그가 자기 여자 친구가 아직 집에 돌아오지 않았는데 무슨 일이 생긴 거냐고 묻자 걱정하지 마라고 말했다. "너 우리한테 굉장히 중요한 정보를 줬어. 그자들을 잘 요리해 봐야지." 그의 미소는 웅변적이었다.

다시 한 번 야로밀은 차갑고 햇살 가득한 아침에 경찰서 건물을 나섰고, 다시 한 번 얼음같이 차가운 공기를 들이마시며 자신이 훌쩍 큰 듯싶고 운명으로 꽉 채워진 느낌이 들었다. 그러나 그것은 이틀 전과 같은 느낌은 아니었다. 왜냐하면 이번에는 처음으로, 자기 행동이 자신을 비극 속으로 들어가게 만들었다는 생각을 했기 때문이다.

그랬다. 그는 현관의 넓은 계단을 내려오며 속으로─그대로 옮기면, ─ 나는 비극 속으로 들어간다라고 말했다. 그자들을 잘 요리해 봐야지라던 그 허물없고도 위협적인 말이 계속 귀에 들려왔고, 이 말들이 그의 상상에 불을 지폈다. 그는 자기 여자 친구가 지금 낯선 남자들 손아귀에 있고 그들 처분에 맡겨져 있으며 위험에 처했음을, 그리고 며칠씩 이어지는 심문이란 분명 장난이 아니라는 것을 깨달았다. 동창생이 갈색 머리 유대인과 경찰관들의 험한 일에 대해 이야기해 주었던 것이 떠올랐다. 이런 모든 생각과 이미지들이 그를 뭐랄까 어떤 포근하고 향기롭고 고상한 물질로 가득 채웠고, 그는 자신이 점점 커지고 있는 느낌, 마치 이동하는 슬픔의 기념비처럼 길을 가고 있는 느낌이 들었다.

그다음 그는 이틀 전에 쓴 시가 왜 아무런 가치도 없는지 이제야 알겠다고 생각했다. 왜냐하면 그때는 자신이 무슨 일을 해낸 것인지 아직 알지 못했기 때문이다. 지금에서야 비로소 그는 자신의 행동을 이해하고, 자기 자신과 자신의 운명을 이해한 것이었다. 이틀 전만 해도 아직 그는 의무에 대한 시를 쓰고자 했다. 그러나 이제 그는 더 많은 것을 알고 있었다. 의

무의 영광은 사랑의 머리가 베이며 태어나는 것임을.

야로밀은 자기 자신의 운명에 매혹되어 거리를 걸었다. 집으로 돌아오니 편지 한 통이 와 있었다. 다음 주 어느 날 어느 시간에 작은 저녁 모임을 가지려 하는데 당신이 관심 있어 할 만한 사람들을 만나게 될 테니, 참석해 준다면 매우 기쁘겠다. 편지는 영화학도 아가씨의 이름으로 와 있었다.

이 초대가 그 어떤 확실한 것도 약속해 주지 않음에도 야로밀에게 엄청난 기쁨을 가져다주었으니, 왜냐하면 거기에서 그는 영화학도 아가씨가 이미 잃어버린 기회가 아니라는 증거, 그들의 이야기가 아직 끝나지 않았다는 증거, 게임은 이제 계속되리라는 증거를 보았기 때문이다. 자기 상황의 비극성을 깨달은 바로 그날 이 편지가 도착했다는 것은 대단히 상징적이라는, 애매하고 기이한 생각이 그의 머리에 떠올랐다. 그는 분명치 않으면서도 뭔가 흥분되는 느낌 속에, 지난 이틀간 자신이 겪은 모든 것이 자신에게 마침내 갈색 머리 영화학도 아가씨의 빛나는 아름다움에 맞설 만한, 그리고 그녀의 사교 모임에 자신 있게, 두려움 없이, 남자답게 참석할 만한 자격을 주는 것만 같았다.

그는 그 어느 때보다 행복했다. 그는 시가 가득 차오르는 느낌으로 책상에 앉았다. 아니, 사랑과 의무를 대립해 놓는 것은 옳지 않아, 이게 바로 옛날식 문제 이해야라고 그는 생각했다. 사랑과 의무, 사랑하는 여자와 혁명, 아니, 아니, 이런 게 전혀 아니다. 그가 빨간 머리를 위험에 처하게 했다면, 그것은 사랑이 그에게 중요하지 않음을 의미하는 것이 아니었다. 왜냐하면 야로밀은 앞으로의 세상이 바로 남자와 여자가 그 어느 때보다 서로 사랑할 수 있는 세상이기를 바라기 때문이었다. 그랬다. 그런 것이었다. 야로밀은 다른 남자들이 자기 여자를 사랑하는 것보다 자기 여자 친구를 더 사랑했기 때문에, 바로 그래서 그녀를 위험에 빠뜨렸던 것이다. 사랑이 무엇인지, 사랑의 미래 세상이 무엇인지 알고 있었기 때문에, 바로 그 이유 때문에. 미래의 세상을 위해 구체적인 (빨간 머리에 상냥하고 조그맣고 수다스러운) 한 여자를 희생한다는 것은 확실히 끔찍한 일이지만, 그러나 그것은 아마도 아름다운 시들에 값하는, 하나의 위대한 시에 값하는 우리 시대 유일의 비극이었으니!

그리하여 그는 책상에 앉아 시를 썼고, 그러다가 자리에서 일어나 방 안을 서성이며 지금 쓰고 있는 것은 이제껏 자신이 쓴 것 중에 가장 위대하다고 생각했다.

황홀한 도취의 밤, 그가 상상할 수 있는 모든 사랑의 밤보다 더 황홀한 도취의 밤, 어릴 때부터 써 온 자기 방에 혼자 있으면서도 황홀한 도취의 밤이었다. 엄마가 옆방에 있는데 야로밀은 며칠 전에 그녀를 혐오했었다는 것도 완전히 잊어버렸다. 엄마가 문을 두드리고 뭐 하느냐고 묻자 그는 심지어 다정하게 엄마 하고 부르며 "오늘 내 평생 가장 위대한 시를 쓰고" 있으니 고요와 집중을 찾을 수 있도록 도와 달라고 부탁했다. 엄마는 미소 (모성적이고, 주의 깊고, 이해심 많은 미소를) 지으며 그가 혼자 조용히 있을 수 있도록 해 주었다.

시간이 지나 그는 침대에 누웠고, 지금 이 순간에 자신의 빨간 머리 아가씨가 경찰관, 조사관, 교도관 등 남자들에게 둘러싸여 있겠다고 생각했다. 그들이 그녀를 마음대로 할 수도 있겠다고. 교도관이 문에 난 감시 구멍으로 그녀가 배변통에 앉아 소변을 보는 것을 지켜볼 수도 있겠다고.

그는 이런 극단적인 가능성들을 거의 믿지 않았지만 (아마 심문을 하고 곧 풀어 줄 것이었다.) 상상은 억제가 되지를 않았다. 지치지도 않고 계속해서 그는 그녀가 감방에 있는 모습, 배변통에 앉아 있는 모습, 낯선 이가 그녀를 지켜보는 모습, 조사관들이 그녀의 옷을 벗겨 내는 모습을 상상했다. 그런데 한 가지 사실이 그를 아연실색하게 했다. 이 모든 모습들을 상상해도 전혀 질투가 느껴지지 않지 않는가!

그대는 나의 것이어야 하며, 내가 원하면 바퀴 위에서 죽어야 하네! 존 키츠의 외침이 수세기의 공간을 가로지른다. 무엇 때문에 야로밀이 질투를 하겠는가? 빨간 머리는 지금 그의 것이고, 그 어느 때보다 더 그에게 속해 있다. 그녀의 운명은 그의 창조다. 그녀가 통 위에서 소변을 볼 때 그녀를 바라보는 것은 바로 그의 눈이다. 그녀를 만지는 교도관들의 손은 바로 그의 손바닥이다. 그녀는 그의 희생물이며, 그녀는 그의 작품이며, 그녀는 그의 것, 그의 것, 그의 것이다.

야로밀은 질투하지 않는다. 그는 남자들의 사나이다운 잠 속으로 빠져들었다.

6부　　또는 사십 대 남자

1

우리 이야기의 1부는 약 십오 년 정도지만 5부는 훨씬 더 긴데도 겨우 일 년에 해당한다. 그러니까 이 책에서 시간은 실제 삶의 리듬과 반대로 흐른다. 점점 느려진다.

그 이유는 우리가 시간의 흐름 속, 야로밀의 죽음이 위치한 지점에 세워 놓은 관망대에서 야로밀을 바라보고 있기 때문이다. 우리에게 그의 유년은 저 멀리 달과 해가 한데 섞이는 곳에 있다. 우리는 그가 어머니와 함께 저 멀리 안개 자욱한 곳으로부터, 옛날 그림의 전경처럼 모든 것이 다 보이는, 나뭇잎 하나하나와 그 잎맥까지 분간되는 관망대 근처로 다가오는 것을 보았다.

당신이 선택한 직업과 결혼으로 당신 삶이 결정되듯이, 이 소설도 마찬가지로 야로밀과 그의 어머니만 보이는 우리의 관망 지점, 그 앞에 펼쳐지는 전망에 의해 규정되며, 다른 인물들은 오로지 두 주인공과 함께 나타날 때에만 볼 수 있다. 우리는 당신이 당신 운명을 선택한 것처럼 우리 관망대를 선택했으며, 우리 선택 또한 마찬가지로 되돌릴 수 없다.

하지만 누구나 단 하나 유일한 자신의 삶 외에 다른 삶들을 살아 볼 수 없음을 아쉬워한다. 당신 또한 실현되지 못한 당신의 모든 잠재적 삶들, 당신의 모든 가능한 삶들을 살아 보고 싶을 것이다.(아! 실현 불가능한 자비에!) 우리의 소설은 당신과 같다. 우리의 소설 역시 다른 소설들, 그렇게 될 수도 있었으나 그렇게 되지 않은, 다른 소설들이고 싶다.

가능하지만 세워지지 않은 다른 관망대를 우리가 끊임없이 꿈꾸는 것은 바로 그 때문이다. 가령 우리가 화가의 삶이나 수위 아들의 삶 또는 빨간 머리 아가씨의 삶에 관망대를 놓았다고 가정해 보라. 사실 우리가 그들에 대해 무엇을 아는가? 실상 누구에 대해서도 아무것도 알지 못한 저 야로밀이라는 바보보다 더 아는 것도 없지 않은가! 이 소설이 저 짓눌린 수위 아들의 행로를 따라갔다면, 그 속에 끼워 넣어진 그의 학교 동창 시인이 삽화적인 인물로 한두 번만 나온다면 어땠을까! 또는 화가의 이야기를 따라갔다면, 그리고 그가 먹물로 배에 그림을 그려 준 자기 정부에 대해 정확히 어떻게 생각했는지 우리가 알 수 있게 되었다면 어땠을까!

사람은 결코 자기 삶에서 나올 수가 없다면, 소설은 훨씬 자유롭다. 우리가 신속히 몰래 관망대를 해체하여 다른 곳에 아주 잠시만이라도 옮겨 놓는다고 가정해 보라! 예를 들어 야로밀의 죽음 저 너머에! 예를 들어 더 이상 아무도, 정말 아무도

(그의 어머니 또한 몇 년 전에 죽었고) 야로밀의 이름을 기억하지 않는 오늘날까지…….

아, 이런, 우리가 관망대를 여기까지 옮겨 놓는다면! 그리고 경찰 연수원에서 야로밀과 함께 단상에 앉아 있던 시인 열 명을 방문해 본다면! 그날 저녁 그들이 읊었던 시들은 어디에 있을까? 아무도, 정말 아무도 기억하지 못한다. 그리고 시인 자신들도 기억하기를 거부할 것이다. 왜냐하면 그들은 그것을 부끄러워하므로……. 이제 그들 모두 부끄러워하므로…….

결국 그 먼 시간으로부터 지금 남아 있는 것은 무엇인가? 오늘날 모든 사람에게 그것은 정치 재판과 박해, 블랙리스트에 오른 책들, 합법적인 살인의 시대다. 하지만 그 시대를 기억하는 우리는 증언해야 한다. 그 시기는 단지 공포의 시대이기만 한 것이 아니라 서정의 시대이기도 했다. 살인 집행인과 더불어 시인이 맹위를 떨쳤다.

　남자와 여자들이 갇혀 있던 감옥의 바깥벽 전체가 시로 도배되었고, 그 벽 앞에서 사람들은 춤췄다. 오, 아니, 죽음의 무도가 아니었다. 이곳에서는 순진무구가 춤췄다. 피 흘리는 미소를 띤 순진무구.

　조악한 시의 시대였을까? 완전히 그렇지는 않다. 맹목적 순응주의로 그 시대에 대해 썼던 소설가는 탄생과 더불어 이미 죽은 작품들을 썼다. 하지만 서정시인, 똑같이 맹목적으로 그 시대를 찬양했던 서정시인은 때로 아름다운 시를 남기기도 했다. 왜냐하면, 또 한 번 다시 말하자면, 시의 마술적 장 안에서는 배후에 직접 체험된 감정의 힘만 있다면 모든 주장이 진실이 되기 때문이다. 그리고 시인들은, 머리에서 연기가 피어올라 감옥 위 허공이 무지개 빛깔로, 기적 같은 무지개 빛깔로 물들 정도로 강렬하게 자신의 감정들을 체험했으니…….

　아니, 우리는 절대 우리의 관망대를 현재로 옮겨 놓지 않을 것이니, 왜냐하면 그 시대를 묘사하고 거기에 새로운 거울을 제공하는 일은 우리에게 별로 중요하지 않기 때문이다. 우리가 이 시대를 선택한다면 그것은 그 초상을 그리고자 하기 때문이 아니라, 단지 우리에게는 그 시대가 랭보와 레르몬토프에게 던져진 최고의 함정, 시와 젊음에게 던져진 최고의 함정으로 보였기 때문이다. 그리고 소설이란 주인공에게 던져진 함정이 아니고 무엇이겠는가? 그 시대를 그리는 일은 저 멀리 휙! 우리가 주목하는 것, 그것은 시를 쓰는 젊은이!

　우리가 야로밀이라는 이름을 부여한 이 젊은이, 우리가 그를 절대 시야에서 완전히 잃어버려서는 안 되는 것은 바로 그래서다. 그렇다, 잠깐 우리의 소설을 버려두자, 우리 관망대를 야로밀의 삶 너머로 옮겨 가서 완전히 다른 인물, 전혀 다르게 빚어진 인물의 생각 속에 위치시켜 보자. 그러나 그의 죽음 이후 두세 해보다 더 멀어지지는 말고 야로밀이 아직 모든 이에게 잊히지는 않은 시기에 머물도록 하자. 이 소설의 현재 6부를, 그것이 나머지 이야기에 대해 갖는 관계가 대정원의 별채가 대저택에 대해 갖는 관계와 같이 되도록 구성해 보자.

별채는 몇십 미터 정도 떨어져 있고 독립된 건물이며, 대저택에는 이 별채가 없어도 된다. 하지만 별채의 창문은 열려 있어서 대저택 사람들의 목소리가 항상 희미하게 들려온다.

3

    별채와 비교한 이 소설의 6부는 한 작은 아파트에서 진행된다. 아무렇게나 활짝 열어 둔 붙박이 벽장이 있는 현관, 공들여 윤기 나게 닦은 욕조가 놓인 욕실, 식기들이 흐트러져 있는 작은 부엌, 침실이 있다. 침실에는 아주 커다란 침대 겸 소파 하나, 그 맞은편에 큰 거울 하나, 벽마다 빙 둘러선 책장들, 유리 액자에 넣은 판화 몇 점,(복사본 그림들과 골동품 조각상들) 안락의자 두 개와 긴 탁자, 지붕과 굴뚝 들이 내다보이는 안뜰로 난 창문이 있다.

    오후가 끝나 가는 무렵, 아파트 주인이 막 돌아온 참이다. 그는 가방을 열고 구겨 넣은 작업복을 꺼내 벽장에 건다. 그는 침실로 들어가 창을 활짝 연다. 햇살 가득한 봄날, 상쾌한 미풍이 방으로 들어오고, 그는 욕실로 가서 욕조에 뜨거운 물을 받으며 옷을 벗는다. 그는 자기 몸을 살펴보고 만족스러워한다. 이 사람은 사십 대쯤 되었지만 육체노동을 한 이래로 아주 몸 상태가 좋다. 머리는 훨씬 가볍고 팔은 훨씬 강인하다.

이제 그는 욕조 안에 누워 있는데, 가장자리에 널빤지 하나를 걸쳐 놓아서 욕조가 탁자 역할도 한다. 그의 앞에 책들이 놓여 있고 (특이하게도 고대 저자들을 좋아하는 이 성향!) 절절 끓는 물속에서 그는 몸을 덥히고 책을 읽는다.

그러다가 얼마 후 초인종 소리가 들린다. 짧게 한 번, 그리고 길게 두 번, 그리고 쉬었다가 다시 짧게 한 번.

그는 예기치 않은 방문으로 방해받는 것을 싫어했고, 그래서 연인이나 친구들과 누군지 알아볼 수 있는 신호를 약속했다. 하지만 지금 이 신호는 누구를 알리는 것이었더라?

그는 자기가 이제 나이가 들어 가고 기억력이 나빠졌다고 생각했다.

"잠깐만요!" 그는 외쳤다. 그는 욕조에서 나와 몸을 닦고 화급히 목욕 가운을 걸치고 문을 열러 나갔다.

4

겨울 외투를 입은 한 아가씨가 문 앞에서 기다리고 있었다.

그는 즉시 그녀를 알아보았고 너무 놀라서 할 말을 찾지 못했다.

"그들이 절 풀어 줬어요." 그녀가 말했다.

"언제?"

"오늘 아침에요. 당신이 일 끝나고 오길 기다렸어요."

그는 그녀가 외투 벗는 것을 도와주었다. 무겁고 낡은 밤색 외투였다. 그는 그것을 옷걸이에 걸쳐 외투걸이에 걸었다. 아가씨는 사십 대 남자가 잘 아는 원피스를 입고 있었다. 그는 그녀가 마지막으로 그를 보러 왔을 때 이 원피스를, 그렇다, 이 원피스와 이 외투를 입고 있었던 것이 기억났다. 삼 년 전 어느 겨울날이 이 봄날 오후에 갑자기 불쑥 나타난 것이었다.

아가씨 또한 그날 이후 자기 삶은 그렇게 많은 것이 변했는

데 이 방은 그대로인 것에 놀랐다. "여기는 모든 게 전하고 같
네요." 그녀가 말한다.

"그래, 모든 게 전하고 같지." 사십 대 남자가 그렇다고 하
며, 그녀가 늘 앉곤 하던 안락의자에 그녀를 앉게 했다. 그러
고는 서둘러 질문을 쏟아 냈다. 배고프지? 정말, 밥 먹었어?
언제 먹었어? 여기서 나가면 어디로 갈 거야? 부모님 댁에 갈
거야?

그녀는 부모님 댁에 가야 하리라고, 조금 전에 역에 갔었다
고, 하지만 망설이다가 여기로 왔다고 말했다.

"잠깐만, 나 옷 좀 입고 올게." 그가 말했다. 아직 목욕 가운
바람인 것을 방금 알아차렸던 것이다. 그는 현관으로 가서 문
을 닫았다. 옷을 입기 전에 그는 수화기를 들었다. 번호를 돌
리고 여자 목소리가 응답하자 그는 오늘 시간이 없을 것 같다
고 말하며 사과를 했다.

그는 방에서 기다리는 아가씨에 대해 그 어떤 의무도 없었
다. 하지만 그는 그녀가 통화 내용을 듣는 것을 원치 않았고
숨죽인 목소리로 말했다. 그리고 말을 하면서 옷걸이에 걸린,
서글픈 음악으로 현관을 가득 채우고 있는 그 무거운 밤색 외
투를 바라보고 있었다.

5

　그가 그녀를 마지막으로 본 것이 삼 년 전이었고 오 년쯤 전에 그녀를 알았다. 그에겐 그녀보다 훨씬 예쁜 애인들이 많았지만 이 아가씨에겐 아주 귀한 자질이 있었다. 그가 그녀를 만났을 때 이 아가씨는 겨우 열일곱 살이었다. 그녀는 유쾌하고 즉흥적이었으며 에로틱한 면에서 천부적 소질이 있었고 온순했다. 그녀는 그의 눈빛을 읽고 정확히 그대로 했다. 십오 분 후에 그녀는 그의 앞에서 감정에 대해 이야기해서는 안 된다는 것을 깨달았고, 그가 아무런 설명도 할 필요 없이 순순히 그가 집에 오라고 하는 날에만 (겨우 한 달에 한 번) 왔다.

　사십 대 남자는 레즈비언을 좋아하는 자기 성향을 감추지 않았다. 하루는 육체적 사랑의 황홀경 속에서 아가씨가 그의 귀에 속삭였다. 수영장 탈의실에 어떤 여자가 있는데 들어갔다가 그녀와 사랑을 나누었다고. 그 이야기는 아주 사십 대 남자 마음에 들었고, 나중에 그 이야기가 있을 법하지 않다는 것을 깨달았을 때는, 아가씨가 그렇게 열심히 자신을 즐겁게 해주려 한 것에 더욱 감동을 받았다. 아가씨는 게다가 이야기를 지어내는 것에만 열중한 것이 아니었다. 그녀는 사십 대 남자를 자기 친구들에게 즐겨 소개했고, 갖가지 에로틱한 유희를 고안해 내고 조직했다.

그녀는 사십 대 남자가 자기에게만 충실할 것을 요구하지 않을 뿐만 아니라 여자 친구들이 다른 사람과 진지하게 사귀고 있을 때 더 안심한다는 것을 알아차렸다. 그래서 그녀는 과거와 현재의 자기 남자 친구들에 대해 가리지 않고 순진무구하게 다 이야기해 주었는데 사십 대 남자는 흥미로워하고 재미있어 했다.

지금 그녀는 그의 맞은편 안락의자에 앉아 (사십 대 남자는 얇은 바지와 스웨터를 입었다.) 말했다. "감옥에서 나오면서 말들을 봤어요."

6

"말? 어떤 말?"

새벽에 감옥 문을 넘어서면서 그녀는 승마 클럽 기수들과 마주쳤다. 그들은 마치 그 동물과 일체가 되어 인간이 아닌 거대한 하나의 몸을 이룬 것처럼 안장에 꼿꼿이 앉아 있었다. 아가씨는 그들의 발치에서 땅에 납작하게 붙은 것 같았고, 자신이 작고 무의미하게 느껴졌다. 멀리, 그녀의 머리 위로부터 말들의 입김과 사람들 웃음소리가 그녀에게 다가왔다. 그녀는 벽에 바짝 붙어 서 있었다.

"그다음에 어디로 갔어?"

그녀는 전차 종점으로 갔다. 아직 이른 시간이었지만 벌써 태양이 뜨거웠다. 그녀는 무거운 외투를 입고 있었고 지나가는 사람들 시선이 겁났다. 그녀는 전차 정거장에 사람들이 있을까 봐 그리고 사람들이 자신을 뜯어볼까 봐 두려웠다. 하지만 정거장에는 다행히 할머니 한 분밖에 없었다. 다행이었다. 할머니 한 분만 있는 것은 위안의 향유 같았다.

"그러고는 바로 우선 우리 집으로 오겠다는 생각을 했어?"

그녀의 의무는 자기 집으로, 부모님 댁으로 가는 것이었다. 그녀는 역에 갔고, 창구에 줄을 섰지만 자기 차례가 되어 표를 사야 하자 도망을 쳤다. 그녀는 가족을 생각하자 떨렸다. 그러고 나서 그녀는 허기를 느꼈고, 그래서 살라미 한 조각을 샀다. 그녀는 공원에 앉아 4시가 되기를, 사십 대 남자가 일터에서 돌아오기를 기다렸다.

"먼저 우리 집으로 와 줘서 기뻐. 나한테 먼저 와 줘서 고마워." 그는 말했다.

"그런데 기억나나?" 잠시 후 그가 덧붙였다. "절대 다시는 오지 않겠다고 했지."

"안 그랬어요." 아가씨가 말했다.

그가 미소 지었다.

"그랬어." 그가 말했다.

"아니에요."

7

그것은 물론 사실이었다. 그날, 그녀가 찾아왔던 날, 사십 대 남자는 곧바로 술을 넣어 두는 장을 열었다. 그가 코냑 두 잔을 따르려 하자 아가씨는 고개를 저었다. "아니요, 아무것도 안 마실래요. 당신하고 이제 절대 안 마셔요."

사십 대 남자는 놀랐고, 아가씨는 계속 말했다. "여기 이제 다신 안 올 거고, 오늘은 단지 그 말을 하러 온 거예요."

사십 대 남자가 계속 놀라워하자 그녀는, 사십 대 남자도 잘 알고 있는 자기 남자 친구를 진심으로 사랑하며 더 이상 그를 속이고 싶지 않다고 말했다. 그녀는 사십 대 남자에게 자기를 이해해 달라고, 원망하지 말아 달라고 부탁하러 온 것이었다.

사십 대 남자는 지극히 다양한 연애를 즐기고 있었지만 근본적으로 목가적인 인물이었고, 자신의 수많은 연애 관계들이 평온하고 질서 있도록 신경 쓰며 조심했다. 수많은 별이 수

놓인 그의 사랑이라는 하늘에서 그 아가씨는 간헐적이며 보
잘것없는 별처럼 공전하고 있었던 것이 사실이지만, 그러나
아무리 작은 별 하나라 해도 갑자기 자기 자리에서 떨어져 나
가면 우주의 조화를 불쾌하게 깨뜨릴 수 있는 법이다.

그리고 또한 그는 그녀가 통 이해를 못 하는 것이 화가 났
다. 자신은 늘 그녀에게 사랑하는 남자 친구가 있어 좋다는 것
을 밝혀 왔기 때문이다. 그 남자 친구 이야기를 해 달라고 청
하기도 하고 그녀가 그에게 어떻게 행동해야 하는지 조언을
해 주기도 했다. 그는 그 남자 친구가 무척 재미있었고, 그래
서 아가씨가 받아 오는 시들을 서랍 속에 잘 넣어 두기까지 할
정도였다. 자기 주위에 구체화되는 세상, 욕조의 뜨거운 물에
서 관찰하는 세상이 그에게 흥미롭기도 하고 역겹기도 한 것
처럼, 이 시들은 그에게 역겨우면서도 동시에 흥미로웠다

그는 냉소적인 호의로 두 연인을 지켜볼 의향이었는데 아
가씨가 그렇게 느닷없는 결정을 하니 배은망덕하다는 생각이
들었다. 그가 그런 자기 마음을 드러내 보이지 않을 만큼 충분
히 통제를 못 했고, 아가씨는 마음 상한 그의 모습을 보며 자
기 결심을 정당화하기 위해 장황하게 말을 늘어놓았다. 그녀
는 자기 남자 친구를 사랑한다고, 그에 대해 진실하고 싶다고
강력하게 말했다.

그리고 지금 그녀는 사십 대 남자의 맞은편에 (같은 의자에,
같은 옷을 입고) 앉아 전혀 그런 말을 한 적이 없다고 주장하고
있다.

8

그녀는 거짓말하는 것이 아니었다. 그녀는 있는 그대로와 마땅히 그러해야 하는 것을 구분하지 않는, 그리고 자기 마음의 욕망과 진실을 같은 것이라 여기는 그런 예외적 영혼에 속했다. 그녀는 분명 사십 대 남자에게 했던 말을 기억했다. 그렇지만 그녀는 또한 자기가 그 말을 하지 말았어야 한다는 것을 알았고 그래서 지금 기억의 실제 존재 권리를 거부하는 것이었다.

그러나 분명 그녀는 잘 기억했다. 그날 그녀는 사십 대 남자의 집에서 의도했던 것보다 많이 늦었고 그래서 약속 시간에 늦게 도착했다. 그녀의 남자 친구는 극도로 화를 냈고 그녀는 그의 분노에 걸맞은 변명을 내세워야 용서받을 수 있으리라 느꼈다. 그래서 그녀는 오빠가 몰래 서방으로 넘어가려 한다고, 그래서 오빠와 오래 있게 되었다고 말을 지어냈다. 그가 자기에게 오빠를 고발하라고 강요할 줄은 짐작도 못 했다.

그래서 다음 날 일이 끝나고 바로 조언을 구하러 사십 대 남자 집에 달려갔다. 사십 대 남자는 이해심 깊고 우정 어린 모습을 보여 주었다. 그는 그녀에게 계속 거짓말을 밀고 나가라고, 그리고 극적인 싸움 끝에 오빠가 결국 서방으로 넘어가길 포기한다고 맹세했다고 남자 친구를 납득시키라고 조언했다. 오빠가 몰래 서방으로 넘어가지 않게 설득한 그 싸움의 과정을 그녀가 어떻게 묘사할지, 그리고 그의 영향과 개입이 없었다면 아마 오빠는 벌써 국경에서 체포되었든지 아니면 누가 알겠는가, 어쩌면 국경 수비대의 총에 맞아 벌써 죽었을지도 모르니 그가 간접적으로 자기 가족의 구원자가 되었다는 것을 암시하기 위해 그녀가 무슨 말을 해야 할지, 그녀에게 정확하게 일러 주었다.

"그때 그날 남자 친구하고 이야기가 어떻게 끝났어?" 그가 지금 그녀에게 물었다.

"이야기 못 했어요. 여기서 집으로 돌아가는 길에 체포됐거든요. 그 사람들이 집 앞에서 기다리고 있더라고요."

"그럼 그때 이후로 그 친구에게 한 번도 다시 이야기를 못 한 거야?"

"네."

"그 친구한테 무슨 일이 있었는지는 분명 알고 있겠지."

"아니요."

"정말 모른단 말이야?" 사십 대 남자가 깜짝 놀랐다.

"전 아무것도 몰라요."

아가씨는 아무것도 알고 싶지 않은 듯 관심 없어 하며 어깨를 으쓱했다.

"그 사람 죽었어." 사십 대 남자가 말했다. "너 체포되고 얼마 후에 죽었지."

9

그것은, 그녀는 그것은 몰랐다. 곧잘 죽음의 척도로 사랑을 재곤 했던 남자 친구의 비장한 말들이 저기 아주 멀리에서 그녀에게 들려왔다.

"자살했나요?" 갑자기 용서할 마음이 들려 하며 그녀가 부드러운 목소리로 물었다.

사십 대 남자는 미소 지었다. "전혀 아냐. 그냥 아주 진부하게 병들어 죽었어. 그 어머니는 이사를 했고. 그 집에서 그 사람들 흔적도 못 찾을 거야. 묘지에 커다란 검은색 비석 하나만 남았어. 무슨 위대한 작가 무덤 같다니까. 그 어머니가 거기다 여기 시인이 잠들다…… 하는 비명을 새기게 했고, 이름 아래엔 그 시절에 네가 나한테 가져다준 비문 있잖아, 그 친구가 불꽃 속에서 죽고 싶다고 했던 그 비문이 새겨 있지."

그들은 입을 다물었다. 아가씨는 자기 남자 친구가 자살을 한 것이 아니라 아주 진부하게 병들어 죽었다는 것을 생각하고 있었다. 감옥을 나오면서 그녀는 그를 절대 다시 보지 않으리라 굳게 결심했는데, 그러나 그가 이제 세상에 존재하지 않으리라고는 생각하지 않았다. 그가 이제 이 세상에 없다면 삼 년간 감옥살이의 이유 또한 더 이상 존재하지 않는 것이고, 이 모든 것이 그저 하나의 악몽, 난센스, 현실적인 어떤 것일 뿐이었다.

"저기. 우리 저녁 식사 준비하자. 와서 나 좀 도와줘." 그가 그녀에게 말했다.

그들은 둘이 같이 부엌에서 빵을 썰었다. 버터를 바르고 그 위에 햄과 살라미 조각들을 올려놓았다. 그리고 깡통 따개로 정어리 통조림을 열었다. 어디서 포도주 한 병도 나왔다. 그들은 부엌 선반에서 잔 두 개를 꺼냈다.

그녀가 사십 대 남자의 집에 올 때면 으레 그렇게 하곤 했던 습관이었다. 정형화된 삶의 한 조각이 달라지지 않고 변함없이 자신을 여전히 기다리고, 오늘 힘들이지 않고 거기로 들어갈 수 있음을 확인한다는 것은 위안을 주었다. 그녀는 이것이 자기가 지금까지 체험한 것 중 가장 아름다운 삶의 한 조각이라는 생각이 들었다.

가장 아름다운? 왜일까?

그것은 그녀가 안전하다는 느낌을 받는 삶의 한 조각이었다. 이 남자는 그녀에게 잘해 주었고 아무것도 요구하지 않았다. 그녀는 그에게 죄의식도 없고 아무런 책임도 없었다. 그녀는 마치 우리가 한순간 운명의 테두리 바깥으로 나가 있게 될 때 안전한 상태에 놓이는 것처럼 그의 곁에서 언제나 안전했다. 그녀는 여기에서, 연극 1막의 막이 내리고 막간 휴식이 시작될 때의 등장인물처럼 안전했다. 다른 등장인물들도 이제 가면을 벗고 아무 걱정 없이 이야기를 나눈다.

사십 대 남자는 오래전부터 자신의 인생이라는 연극 바깥에서 살고 있다고 느껴 왔다. 전쟁 초기에 그는 아내와 함께 몰래 영국으로 나가 영국 공군에서 전쟁을 치렀고 런던 공습 때 아내를 잃었다. 그 후 그는 프라하에 돌아와 군대에 남았는데, 거의 야로밀이 대학 정치학과에 진학하기로 결심한 무렵, 그의 상관들은 그가 전쟁 기간 중 자본주의 영국과 너무 긴밀한 접촉을 맺었으며 사회주의 군대에 있기에는 충분히 안전한 인물이 아니라고 판단했다. 그래서 그는 역사에, 그리고 역사가 보여 주는 극적인 공연들에 등을 돌린 채, 자기 자신의 운명에 등을 돌린 채, 자기 자신에게만, 자신의 사적인 여가 생활과 책들에만 몰두한 채, 한 공장 작업대에 있게 되었다.

삼 년 전에 이 아가씨는 그에게 작별 인사를 하러 왔었다. 남자 친구는 평생을 약속해 주는데 그는 그저 잠깐의 휴식만을 줄 뿐이기 때문이었다. 그리고 지금 그녀는 그의 앞에 앉아 햄과 빵을 먹고, 포도주를 마시고, 사십 대 남자가 자신에게 막간을 허락해 주어서 자기 안에 서서히 감미로운 고요가 피어나는 것을 느끼며 한없이 행복해한다.

그녀는 갑자기 편안해졌고 굳었던 혀가 풀렸다.

11

식탁에는 이제 빵부스러기가 놓인 빈 접시와 반쯤 빈 포도
주 병만 남았고, 그녀는 (솔직하게, 과장 없이) 감옥 이야기, 수
감자와 간수 들 이야기를 했는데, 언제나 그러듯이 자기가 재
미있다고 생각하는 자잘한 일들을 한참 이야기하다가 또 그
녀의 그 비논리적이면서도 매력적인 수다의 흐름 속에 그 일
들을 서로 연결했다.

그렇지만 오늘 그녀의 수다에는 새로운 것이 있었다. 예전
에 그녀의 문장들은 순박하게 핵심을 향해 나아갔던 데 반해
오늘은 단지 무언가 근본적인 것을 피하기 위한 핑계같이 보
였다.

그런데 무엇의 근본을? 조금 후 사십 대 남자는 짐작이 될
것 같았고, 이렇게 물었다. "오빠는 어떻게 됐어?"

"몰라요……." 아가씨가 말했다.

“그들이 풀어 줬나?”

“아니요.”

사십 대 남자는 아가씨가 왜 기차역 매표소에서 도망을 쳤으며 왜 집에 돌아가기를 두려워했는지 이제 알 수 있었다. 그녀는 죄 없는 희생자이기만 한 것이 아니라 자기 오빠와 온 가족의 불행을 초래한 죄인이기도 하기 때문이었다. 그는 그들이 심문 과정에서 그녀가 자백하도록 하기 위해 어떻게 했을지, 그리고 어떻게 그녀가 자기 딴에는 피한다고 하면서 점점 더 의심스러운 새 거짓말들 속으로 매몰되어 갔을지 상상할 수 있었다. 죄를 꾸며 내서 오빠를 고발한 것이 자기가 아니라, 아무도 들어 본 적도 없는 그리고 이제는 이 세상 사람도 아닌 어떤 청년이라고 그녀가 부모님께 어떻게 설명을 할 것인가?

아가씨는 말이 없었고, 사십 대 남자는 마음속 연민의 물결이 점점 더 커지는 것 같다가 결국은 압도되어 버렸다. “오늘은 부모님 댁에 가지 마라. 시간이야 많잖아. 우선 생각을 좀 해 봐야 해. 원한다면 여기 있어도 돼.”

그런 다음 그는 그녀에게 몸을 숙여 얼굴에 손을 얹었다. 쓰다듬지는 않고 그저 다정하게 오래오래 손을 대고만 있었다.

이 몸짓은 너무나도 어질고 따뜻한 마음을 표현해서 아가씨의 뺨 위로 눈물이 흘러내리기 시작했다.

12

사랑했던 아내가 죽은 후로 그는 여자의 눈물을 아주 싫어했다. 여자들이 자기네 삶의 드라마에 그를 배우로 집어넣을 수도 있다는 생각이 그를 두렵게 하는 것처럼, 여자의 눈물은 그를 두렵게 했다. 그런 눈물에서 그는 운명이 없는 자신의 평화로운 삶에서 자기를 끌어내려고 온몸을 조이는 촉수를 보았다. 그는 눈물이 혐오스러웠다.

그래서 그는 좋아하지 않는 물기가 손에 느껴지자 깜짝 놀랐다. 하지만 이어서 이 눈물의 힘에 이번에는 저항할 수 없다는 것을 확인하며 훨씬 더 심하게 깜짝 놀랐다. 사실 이것은 사랑의 눈물이 아니며, 자신을 향한 것이 아니고, 책략도, 무슨 협박 수단도, 소동을 부리는 것도 아니라는 것을 그는 알았다. 그 눈물은 그냥 다만 그렇게 눈물로 흘러내리는 데 족할 뿐이며, 사람에게서 보이지 않게 슬픔이나 기쁨이 새어나오듯 아가씨의 눈에서 흐르는 것임을 그는 알았다. 그 눈물의 무구함에 맞서 그는 아무런 방패도 가지지 못했다. 그의 영혼 가장 깊은 곳까지 마음이 흔들렸다.

그는 그들이 알고 지낸 기간 내내 자신도 그녀도 서로에게 한 번도 나쁘게 한 적이 없다는 생각을 했다. 그들은 늘 서로를 먼저 배려했다. 서로에게 한순간의 안락함을 베풀어 주었고 그 이상 아무것도 바라지 않았다. 그리고 그는 아가씨가 체포된 뒤 그녀를 구하기 위해 자기가 할 수 있는 모든 것을 다 했다고 생각하며 그때 정말 자신이 잘했다 싶었다.

그는 의자에서 그녀를 일으켜 세웠다. 손가락으로 얼굴의 눈물을 닦아 주고 그녀를 다정하게 품에 안았다.

13

이 순간의 창 저 너머에, 저 멀리 어딘가에, 삼 년 전에, 우리가 내버려둔 이야기 속에서, 죽음이 초조하게 안절부절못하고 있다. 뼈가 앙상한 그 실루엣이 조명을 밝힌 무대 위에 이미 들어와 있고, 아주 멀리까지 자신의 그림자를 비추어 지금 아가씨와 사십 대 남자가 마주 서 있는 이 아파트가 어둑어둑한 명암에 휩싸인다.

그는 아가씨의 몸을 다정하게 껴안고, 그녀는 그의 품속에서 꼼짝하지 않고 그대로 몸을 웅크리고 있다.

그녀가 몸을 웅크리고 있다는 것, 그것은 무슨 말인가?

그것은 그녀가 그에게 자신을 내맡기고 있음을 뜻한다. 그녀는 그의 품에 안겨 있고 그대로 그렇게 있고 싶다.

그러나 그렇게 몸을 내맡기고 있다 해서 자신을 여는 것은 아니다. 그녀는 자신을 닫은 채, 다가갈 수 없게, 그의 품속에 안겨 있다. 그녀의 구부린 어깨는 가슴을 보호하고, 머리는 사십 대 남자의 얼굴을 향해 돌리지 않고 그의 가슴에 기대어 있다. 그녀는 그의 스웨터의 어둠을 들여다본다. 그녀는 자신 속에 갇힌 채, 봉인된 채, 마치 강철 금고처럼 그가 가슴속에 자신을 숨겨 주도록, 그의 품에 안겨 있다.

14

그는 눈물에 젖은 그녀의 얼굴을 자기 쪽으로 들어 올려 입
맞추었다. 관능적 욕망이 아니라 연민 어린 애처로움에 그렇
게 하게 된 것이지만, 어떤 상황들에는 우리가 벗어날 수 없는
자기 고유의 자동성이 있는 법이다. 그는 입을 맞추면서 혀로
그녀의 입술을 열려고 해 보았다. 되지 않았다. 아가씨의 입술
은 닫혀 있었다.

하지만 이상하게도 키스를 성공하지 못할수록 더욱더 그는
연민의 물결이 커지는 것을 느꼈으며, 그것은 자기 품에 안긴
아가씨가 저주를 받았고, 사람들이 그녀의 영혼을 뿌리째 뽑
아 버렸으며, 그렇게 영혼이 뽑혀 나간 후 이제 그녀에게는 오
로지 피 흘리는 상처만 남아 있음을 이해할 수 있기 때문이었
다.

그는 자기 품 안의 몸이 핏기 없고, 앙상하고, 초라한 것을

느꼈으나, 이제 밤의 어둠이 내리기 시작하며 그의 마음속 연민의 물결을 도와 그녀의 얼굴 윤곽과 자태의 명확성과 물질성을 사라지게 만들면서 모습을 희미하게 지웠다. 그리고 바로 그 순간, 그는 육체적으로 그녀를 원했다.

전혀 예상치 못한 일이었다. 관능성 없이 욕망이 일어나고, 성적 흥분 없이 흥분하다니! 그것은 아마도 어떤 신비로운 변환에 의해 육체적 욕망으로 변한 순수하게 어질고 따뜻한 마음이었으리라!

하지만 어쩌면 바로 이 욕망이 너무도 의외이고 이해할 수 없는 것이어서 그를 흥분에 사로잡히게 했는지도 모른다. 그는 그녀의 몸을 탐욕스럽게 애무하고 옷의 단추를 풀기 시작했다.

그녀는 저항했다. "안 돼요, 안 돼요! 제발, 이러지 마요! 하지 마요!"

15

말에는 그를 멈추게 할 힘이 없었으므로 그녀는 몸을 빼내 방 한구석으로 달려가 피했다.

"왜 그러는 거야? 무슨 일이야?"

그녀는 벽에 꼭 붙어 서서 말이 없었다.

그는 다가가 그녀의 얼굴을 쓰다듬었다. "나를 두려워하지 마. 나를 두려워할 필요 없어. 그리고 왜 그러는지 말해 봐. 무슨 일이 있었던 거야? 무슨 일이야?"

그녀는 그대로 서서 입을 다문 채 할 말을 찾지 못했다. 그러는데 감옥 문 앞을 지나는 것을 봤던 말들이, 기수와 더불어 두 개의 몸으로 보무당당한 하나의 존재가 된 커다랗고 건장한 짐승들이 그녀의 눈앞에 불쑥 떠올랐다. 그들 아래에서 그녀는 짐승으로서의 그 완벽함과 도저히 비교도 되지 않게 너무나도 낮아서, 근처에 있는 사물들, 예를 들어 나무둥치나 벽과 하나로 섞여 생명 없는 그 물질성 속으로 사라지고 싶었다.

그는 계속해서 자꾸 물었다. "왜 그러는 거야?"

"당신이 할머니나 할아버지가 아니어서 나빠요." 그녀가 마침내 말했다.

그러고 나서 그녀가 덧붙였다. "여기 오지 말았어야 했어요. 당신은 할머니도 할아버지도 아니니까요."

16

그는 아무 말 없이 그녀의 얼굴을 오래도록 어루만지고 나서(방은 벌써 어두워졌다.) 잠자리를 마련하는 것을 도와 달라고 했다. 그들은 아주 넓은 침대 겸 소파에 나란히 누웠고, 그는 여러 해 전부터 오랫동안 아무에게도 들려주지 않은 부드럽고 위안을 주는 목소리로 그녀에게 이야기를 했다.

육체적 욕망은 사라졌으나 지치지 않는 깊은 연민은 여전히 그대로 있었고 빛을 필요로 했다. 사십 대 남자는 머리맡 작은 전등을 켜고 아가씨를 바라보았다.

그녀는 누워서 잔뜩 경직된 채 천장을 쳐다보고 있었다. 그녀에게 무슨 일이 있었던 것일까? 그곳에서 사람들이 그녀에게 무슨 짓을 한 것일까? 때린 걸까? 협박을 한 걸까? 고문을 한 걸까?

그는 알지 못했다. 아가씨는 말이 없었고, 그는 그녀의 머리카락을, 이마를, 얼굴을 쓰다듬었다.

그는 그녀의 눈에서 공포가 사라지는 것이 느껴질 때까지 그녀를 쓰다듬었다.

그는 아가씨의 두 눈이 감길 때까지 그녀를 쓰다듬었다.

17

아파트 창문이 열려 있어 봄날 밤의 미풍이 방 안으로 들어온다. 머리맡 전등은 꺼졌고, 사십 대 남자는 가만히 아가씨 곁에 누워 신경이 곤두선 숨소리를 듣고, 그녀가 잠드는 것을 살그머니 지켜보고, 잠든 것이 확실해지자 이제 그녀의 서글픈 자유가 시작된 새로운 시대에 그녀에게 첫 번째 잠을 제공해 줄 수 있었다는 데 행복해하며 다시, 아주 가만히, 그녀의 손을 쓰다듬는다.

우리가 이번 장의 비유로 들었던 별채 창문 또한 여전히 열려 있으며, 절정에 달하기 조금 전에 우리가 버려두었던 이 소설의 향기와 소리가 여기까지 들려오게 한다. 멀리서 안절부절 발을 구르는 죽음의 소리가 들리는가? 죽음이여, 기다리라. 우리는 아직 여기, 이 모르는 사람의 아파트에 남아 다른 소설 속에, 다른 이야기 속에 숨어 있다.

다른 이야기 속에? 아니다. 사십 대 남자와 아가씨의 삶 속에서 그들의 만남은 하나의 이야기라기보다 오히려 그들의 이야기들 중간의 막간이다. 이 만남은 뒤이어 그 어떤 사건도 낳지 않을 것이다. 그것은 이제 그녀의 삶이 될 긴긴 아귀다툼에 앞서 사십 대 남자가 아가씨에게 허락해 준 짧은 휴식의 순간에 지나지 않는다.

우리의 소설에서도 역시 이번 장은 고요한 휴지, 모르는 남자 하나가 문득 어질고 따뜻한 마음의 등불을 켠 휴지일 뿐이다. 이번 장에 해당하는 별채가 우리 시선에서 모습을 감추기 전에 이 등불을, 이 평화로운 등불을, 이 자비로운 빛을, 눈앞에 잠시 놓아두자.

1

　오로지 진정한 시인만이 시라는 거울의 집이 얼마나 서글 픈지를 안다. 유리창 너머에는 멀리서 울리는 총격 소리, 떠나 고 싶어 불타는 마음이 있다. 레르몬토프는 군복 단추를 여민 다. 바이런은 침대 머리맡 탁자 서랍에 권총을 넣어 둔다. 볼 케르는 자신의 시구절 속에서 군중과 더불어 행진한다. 할라 스는 저주를 시로 쓴다. 마야콥스키는 자기 노래의 목을 짓밟 는다. 찬란한 전투가 거울 속에서 맹위를 떨친다.

　하지만 조심하라! 시인들이 실수로 거울 집의 한계를 넘어 서면 죽음을 맞이하게 되느니, 그들은 총을 쏠 줄도 모르고, 또 쏜다 해도 자기 머리나 맞히기 때문이다.

　아아, 이 소리가 들리는가? 그들이 다가오고 있다. 말 하나 가 캅카스 산의 구불구불한 길 위를 달린다. 말을 탄 사람은 레르몬토프이며 권총으로 무장했다. 그리고 여기, 또 다른 발굽 소리가 들려오고 마차가 삐걱거리며 내달린다. 이번에는 푸슈킨이고, 그 역시 권총으로 무장했으며 결투를 치르러 가고 있다.

그리고 지금 우리는 무슨 소리를 듣는가? 전차. 힘없이 시끄럽게 털털거리는 프라하 전차. 이 전차 속에 교외에서 다른 교외로 가는 야로밀이 있다. 그는 짙은 색 양복과 넥타이에 외투를 입고 모자를 쓰고 있다.

2

어떤 시인이 자신의 죽음을 꿈꾸어 보지 않았겠는가? 어떤 시인이 그것을 상상해 보지 않았겠는가? 아! 죽어야만 한다면, 내 사랑, 그대와 함께이기를, 또한 오직 빛과 열기로 화한 불길 속에 서이기를……. 야로밀이 불길 속에서 자신이 죽으리라 상상하게 한 것이 단지 우연의 작용이라 생각하는가? 절대 그렇지 않다. 죽음은 하나의 메시지이기 때문이다. 죽음은 말한다. 죽는다는 행위에는 자기 고유의 의미론이 있으며, 한 사람이 어떤 방식으로, 그리고 어떤 요소 속에서 죽음을 맞이했는가를 아는 일은 중요하다.

1948년, 얀 마사리크는 자신의 운명이 역사라는 배의 단단한 선체에 부딪혀 깨어지는 것을 보고서, 프라하의 어느 궁전 높은 창문에서 투신하여 안뜰 바닥에 떨어져 온몸이 으스러졌다. 삼 년 후에는 시인 콘스탄틴 비블이 자기가 힘을 보태

건설한 세상의 얼굴에 경악하여, 같은 도시의 어느 건물 오 층
에서 길 위로 뛰어내려 이카로스처럼 흙이라는 요소에 의해
죽었고, 그 죽음을 통해 공기와 무거움 사이, 꿈과 각성 사이
의 비극적 불일치의 이미지를 보여 주었다.

　거장 얀 후스와 조르다노 브루노는 밧줄로도 칼로도 죽을
수 없었다. 그들은 오직 장작더미 위에서만 죽을 수 있었다.
그들의 삶은 그렇게 해서 작열하는 하나의 신호, 등대의 빛,
아득한 시간 저 멀리에서 타오르는 횃불이 되었다. 육신은 일
시적이나 생각은 영원하며, 불길로 타오르는 존재는 생각의
이미지이기 때문이다. 야로밀이 죽은 지 이십 년 후 프라하의
광장에서 자기 몸에 휘발유를 붓고 불을 붙인 얀 팔라흐가 만
약 물에 빠져 죽기를 선택했다면 국가의 양심을 요구하는 자
신의 외침을 울려 퍼지게 하기는 힘들었을 것이다.

　반면 불길 속의 오필리아는 생각할 수가 없고 물속이 아닌
다른 곳에서는 생을 마감할 수 없었던 것인데, 왜냐하면 깊디
깊은 물은 깊디깊은 인간의 영혼과 하나로 섞이기 때문이다.
물은, 자기 자신 속에서, 자신의 사랑 속에서, 자신의 감정 속
에서, 자신의 광기 속에서, 자신의 거울 속에서, 자신의 회오
리바람 속에서 길을 잃고 헤맨 이들을 몰살하는 요소다. 대중
가요에서 약혼자가 전쟁터에 나가 돌아오지 않아 아가씨들이
빠져 죽는 곳이 물속이다. 해리엇 셸리가 투신한 곳도 물속이
다. 파울 첼란이 빠져 죽은 곳은 센 강이다.

3

그는 전차에서 내려 눈 덮인 집으로, 지난날 어느 밤 아름다운 갈색 머리 아가씨를 혼자 두고 서둘러 도망쳐 나왔던 그 집으로 향해 갔다.

그는 자비에를 생각했다.

처음에는 야로밀, 자기 혼자밖에 없었다.

나중에 야로밀은 자신의 분신, 자비에를 만들어 내 그와 더불어 또 다른 삶, 꿈과 같고 모험에 찬 다른 삶을 지어냈다.

그리고 지금 여기, 꿈의 상태와 깨어 있는 삶의 상태, 시와 삶, 행동과 생각 사이의 모순이 없어지는 순간이 온 것이다. 그와 동시에 자비에와 야로밀 사이의 모순 또한 사라졌다. 그들 둘은 마침내 하나로 섞여 단 하나의 존재가 되었다. 꿈속 사람이 행동하는 사람이 되었고, 꿈속 모험이 삶의 모험이 되었다.

그는 그 집으로 다가가며 예전의 소심함이 다시 일어나는 것을 느꼈고, 목으로 뭔가 올라오는 느낌에 더 그런 것만 같았다.(어머니는 그가 이 저녁 모임에 나가는 것을 말렸는데, 그 말을 듣고 침대에 누워 있는 것이 더 나을 뻔했다.)

그는 문 앞에서 망설이다가 자신에게 용기를 주기 위해서 최근에 겪은 그 대단한 나날들을 모두 떠올려야 했다. 그는 빨간 머리를 생각했고, 그녀가 당한 심문을 생각했고, 경찰들, 그리고 자기 자신의 힘과 자기 자신의 의지로 자신이 진행되게 만들었던 사건들을 생각했고…….

"나는 자비에다, 나는 자비에다……." 이렇게 되뇌며 그는 초인종을 눌렀다.

4

모임에 온 사람들은 젊은 배우와 화가 들, 미술 대학 학생들로 이루어져 있었다. 집주인이 직접 파티에 참석했고 저택 방들을 모두 내주었다. 영화학도 아가씨는 여러 사람에게 야로밀을 소개하고 그의 손에 잔 하나를 들려 주며 여러 포도주들 중에서 직접 골라 마시라고 청하고는 그를 혼자 두고 다른 데로 가 버렸다.

야로밀은 정장 양복에 흰 셔츠와 넥타이 차림인 자신이 우스꽝스럽고 어색하게 느껴졌다. 주변 다른 사람들은 모두 꾸밈없고 자연스러운 차림이었고 몇몇 사람들은 스웨터 차림이었다. 그는 의자에서 다리를 떨고 있다가 마침내 결심했다. 양복 상의를 벗어 의자 등받이에 걸쳐 놓고, 셔츠 깃을 풀고 넥타이를 느슨하게 내렸다. 그러고 나니 좀 편안해지는 것 같았다.

사람들마다 주의를 끌려고 기를 쓰고 있었다. 젊은 배우들

은 마치 무대 위에 선 것처럼 행동하며 큰 목소리로 자연스럽
지 않게 이야기를 했고, 각기 자신의 재치나 독창적 의견을 부
각하려고 애썼다. 야로밀도 벌써 포도주를 몇 잔 비운 후여서
대화 표면 위로 머리를 내밀려고 노력을 기울였다. 몇 차례 자
기가 보기에 도발적으로 재기 넘친다고 생각되는 말을 하는 데
성공하기도 했고 몇 초 동안 다른 이들의 관심을 끌기도 했다.

5

라디오의 시끄러운 댄스 음악이 벽을 넘어 들려온다. 시청이 얼마 전부터 이 층 세 번째 방을 세입자 가족에게 배정해 주었다. 미망인이 아들과 함께 사는 방 두 개는 사방이 소음으로 둘러싸인 침묵의 조개껍질이다.

엄마에게 그 음악 소리가 들려온다. 그녀는 혼자서 영화학도 아가씨를 생각한다. 그녀를 처음 볼 때부터 야로밀과의 사이에 사랑이 싹틀 위험을 엄마는 멀리에서 감지했다. 그녀는 오로지 자기 아들을 지키기 위해 싸울 수 있을 만한 유리한 위치를 선점하고자 그녀와 친해지려고 시도한 것이었다. 그런데 지금 그녀는 자신의 노력이 아무 소용없었다는 것을 비참하게 깨닫는다. 영화학도 아가씨는 자기 파티에 그녀를 초대할 생각조차 하지 않았다. 그들은 그녀를 따돌린 것이었다.

하루는 영화학도 아가씨가 그녀에게 자신이 부유한 집안

출신이고 학업을 지속하려면 정치적 보호가 필요하기 때문에 경찰청이 주관하는 클럽에서 일을 한다고 털어놓은 적이 있었다. 그리하여 지금 엄마는 이 야심찬 아가씨가 모든 것을 자기에게 이득이 되게 이용할 수 있다는 생각이 퍼뜩 떠오른다. 엄마는 그녀가 야로밀과 가까워지기 위해 올라서는 발판에 지나지 않았던 것이다.

6

그리고 경쟁은 계속되었다. 저마다 관심의 중심이 되고자 했다. 누군가는 피아노를 치기 시작했고, 어떤 커플들은 춤을 추었고, 그 옆에 무리 지어 있는 사람들은 큰 소리로 웃고 떠들었다. 사람들은 누가 더 재치 있는 말을 잘하나 경쟁했고, 다른 사람을 능가해서 주목의 대상이 되려고 했다.

마르티노프, 큰 키에 잘생기고, 커다란 단검을 차고 여자들에 둘러싸여 거의 오페라 주인공같이 우아한 마르티노프 역시 거기에 있었다. 오, 그는 얼마나 레르몬토프의 심기를 불편하게 하는가! 선하신 하느님은 이런 얼간이에게 그렇게 아름다운 얼굴을 주고 레르몬토프에게는 짧은 다리를 주다니 정말 공정하지 못하시다. 하지만 이 시인에게 긴 다리는 없어도, 자신을 저 높이 올려 주는 풍자적인 재치는 있다.

그는 마르티노프 무리에게 다가가 기회를 살폈다. 그런 다

음 엉뚱하고 무례한 말을 던지고는 경악한 사람들을 지켜보
았다.

7

드디어 (한참 보이지 않다가) 그녀가 방에 다시 나타났다. 그녀는 그에게 다가와 그 커다란 검은 눈으로 그를 빤히 응시했다. "재미있으세요?"

야로밀은 이제 그 아름다웠던 순간, 그들이 아가씨의 침실에서 마주 앉아, 시선을 통해 서로에게 향해 있던 그 순간을 다시 체험하리라 생각했다.

"아뇨." 이렇게 대답하고 그는 그녀 눈을 빤히 쳐다보았다.

"지루하세요?"

"당신 때문에 여기 왔는데 계속 다른 데 가 계시네요. 같이 있지도 못할 걸 나를 왜 초대했어요?"

"아니, 여기 재미있는 사람들 많잖아요."

"그럴지도 모르죠. 하지만 나한테 그 사람들은 당신 옆에 있을 수 있기 위한 핑계일 뿐이에요. 당신에게 가려고 올라가는 계단일 뿐이라고요."

그는 자신이 아주 대담한 것 같았고 말을 유창하게 해서 만족스러웠다.

그녀는 소리 내어 웃었다. "오늘 저녁 여기 계단이 참 많네요."

"어쩌면 이 계단들 대신에 나를 당신 곁에 더 빨리 데려다 줄 비밀 계단을 당신이 보여 줄 수 있을지도 모르죠."

영화학도 아가씨는 미소 지었다. "그래 볼까요?" 그녀가 말했다. 그녀는 손을 잡고 그를 이끌었다. 그녀가 자기 침실 문으로 이어지는 계단으로 그를 데려가자 야로밀의 가슴은 더 세차게 두근거리기 시작했다.

괜한 일이었다. 그가 가 본 적 있는 그 침실에는 벌써 다른 손님들이 들어가 있었다.

8

옆방에서는 오래전에 라디오를 껐고, 캄캄한 밤이고, 어머니는 아들을 기다리고, 자신의 패배를 생각한다. 하지만 그다음, 이 전투에서는 패배했다 해도 계속해서 싸우리라 그녀는 생각한다. 그렇다. 이것이 정확히 그녀가 느끼는 것이다. 그녀는 싸우리라, 그녀는 누가 자기에게서 그를 빼앗아 가는 것을 허락하지 않으리라, 그녀는 자신이 그와 헤어지게 두지 않으리라, 그녀는 언제나 그를 동반하리라, 그녀는 그를 언제나 따르리라. 그녀는 안락의자에 앉아 있지만 이미 행군을 시작한 느낌이었다. 그에게로 가기 위해, 그를 되찾기 위해, 기나긴 밤을 가로질러 행군에 나선 느낌.

9

영화학도 아가씨의 침실은 이야기 소리와 담배 연기로 가득한데, 사람들 중 하나가 (삼십 대쯤 돼 보인다.) 야로밀을 한참 주의 깊게 바라보더니 마침내 말을 건넨다. "당신 이야기를 들어 본 것 같군요."

"제 이야기를요?" 야로밀이 반가워하며 물었다.

그 사람은 야로밀에게 어릴 때부터 그 화가네 집에 오던 소년이 당신 아니었느냐고 물었다.

야로밀은 공동 관계를 통해 이 낯선 사람들 무리와 더 긴밀한 관계를 맺을 수 있게 되는 것이 좋아서 얼른 그렇다고 했다.

"그런데 오래전부터 그 화가를 보러 가지 않았지요." 그 사람이 말했다.

"네. 오래됐죠."

"왜요?"

야로밀은 뭐라 답해야 할지 몰라 어깨를 으쓱했다.

"저는 이유를 알지요. 당신 일에 해가 될까 봐서겠죠."

야로밀은 웃어 보려고 했다. "내 일요?"

"당신은 시도 발표하고, 회합에서 낭송도 하고, 이 집에 초대한 아가씨가 자기 정치적 평판 좀 잘 꾸미려고 당신에 대한 영화도 만들고 하잖아요. 그 화가에겐 전시할 권리도 없는데 말이에요. 그가 언론에서 인민의 적으로 취급됐던 거 알아요?"

야로밀은 아무 말도 하지 않았다.

"알아요, 몰라요?"

"네, 들은 적 있어요."

"그의 그림들이 부르주아 쓰레기라네요."

야로밀은 아무 말도 하지 않았다.

"화가가 뭘 하는지 알아요?"

야로밀은 어깨를 으쓱했다.

"고등학교에서 내쫓겨서 지금 공사판 인부로 일해요. 자기 생각을 버리려고 하지 않아서죠. 그는 저녁에 인공조명으로밖에 그림을 그리지 못해요. 하지만 아름다운 작품을 그리죠. 당신은 기막힌 똥덩어리들을 써 내는데!"

10

그리고 또 엉뚱하고 무례한 소리, 그다음 또 엉뚱하고 무례한 소리, 하도 그래서 그 잘생긴 마르티노프가 결국 감정이 상한다. 그는 사람들이 다 있는 데서 레르몬토프를 질책한다.

뭐라고? 레르몬토프가 재치 있는 말은 좀 그만해야겠다고? 그가 사과를 해야 한다고? 아니, 절대!

그의 친구들은 그에게 주의를 주었다. 그런 바보 같은 일로 결투를 하는 것은 정신 나간 짓이다. 잘 타협해서 조정하는 것이 낫다. 레르몬토프, 너의 삶은 명예라는 그 하찮은 도깨비불보다 더 귀하다!

뭐라고? 명예보다 더 귀한 것이 있다고?

그래, 레르몬토프, 너의 삶, 너의 작품.

아니, 명예보다 더 귀한 것은 없다!

명예는 네 허영심의 허기일 뿐이다, 레르몬토프. 명예는 거

울의 환상이며, 명예는 내일이면 여기 존재하지 않을 이 무의
미한 관객을 위한 공연일 뿐!

그러나 레르몬토프는 젊고, 그가 살고 있는 순간순간들은
영원과 같으며, 그를 쳐다보고 있는 이 몇 신사 숙녀들은 세상
이라는 대강당이다! 그가 이 세상을 사나이답고 굳센 걸음으
로 걸어 나가느냐, 아니면 살아갈 자격도 없게 되느냐, 둘 중
하나인 것!

11

그는 자기 뺨 위로 굴욕의 흙탕물이 흐르는 것을 느꼈고, 이렇게 더러워진 얼굴로 그들 속에 단 한순간도 더 있을 수 없다는 것을 알았다. 그들은 그를 진정시키고 달래려고 해 보았지만 소용없었다.

"우리를 화해시키려고 해 봐야 소용없는 일입니다. 화해가 불가능한 경우가 있는 거거든요." 그가 말했다. 그런 다음 그는 자리에서 일어나 언쟁 상대를 향해 신경질적으로 돌아섰다. "개인적으로 그 화가가 막노동을 하고 인공조명으로 그림을 그린다는 건 유감스럽게 생각합니다. 하지만 객관적으로 생각해 보면 그가 촛불을 밝히고 그림을 그리든지 전혀 그리지 않든지 전혀 중요하지 않아요. 아무 상관없어요. 그 사람 작품 세계 전체가 오래전에 죽었거든요. 실제 삶은 다른 곳에 있어요! 완전히 다른 곳에! 그리고 바로 이런 이유 때문에 내가 그 화가 집에 가지 않게 된 거예요. 존재하지도 않는 문제를 가지고 그분하고 토론하는 거 관심 없거든요. 그분이 아주 아주 잘 지내시길 빌어요. 난 죽은 사람들에겐 전혀 반감 없거든요. 그들 위의 흙이 가볍기를 빌어요." 그는 자기 논쟁 상대를 집게손가락으로 가리키며 덧붙였다. "그리고 이 말은 당신에게도 하는데, 당신에게도 흙이 가볍기를 빕니다. 당신도 이미 죽었는데 그걸 알지도 못하거든요."

이번에는 남자가 일어나서 말했다. "시체하고 시인이 싸우면 어떻게 되나 한번 보면 재미있겠는데요."

야로밀은 피가 머리로 솟구치는 것 같았다. "해 보죠, 뭐." 이렇게 말하며 그가 상대를 치려고 주먹을 휘둘렀으나, 그 사람은 그의 팔을 잡아 세게 비틀며 빙 돌려서는 한 손으로는 목덜미, 다른 손으로는 바짓가랑이 가운데를 잡아 위로 들어올렸다.

"시인 선생을 어디다 갖다 놓나?" 그가 물었다.

조금 전까지 이 두 적을 화해시키려고 애쓰던 젊은 남자와 여자 들은 웃음을 참을 수가 없었다. 남자는 절망에 찬 연약한 물고기처럼 발버둥치는 야로밀을 이제 공중에 번쩍 들고서 방을 가로질러 갔다. 그는 그렇게 해서 그를 발코니 문까지 가져갔다. 그는 창문을 열고 발코니에 시인을 내려놓고 엉덩이를 걷어찼다.

12

권총 한 발이 발사되고 레르몬토프는 가슴에 손을 가져갔고, 야로밀은 발코니의 얼음장 같은 콘크리트 바닥에 떨어졌다.

오, 나의 보헤미아여, 그대는 그렇게나 쉽게 총성의 영광을 엉덩이를 걷어차는 익살로 바꿔 버리는구나!

그렇지만 야로밀이 레르몬토프의 패러디일 뿐이라고 해서 우리가 그를 비웃어야 할까? 화가가 가죽 코트를 입은 앙드레 브르통을 모방했다고 해서 우리가 화가를 비웃어야 할까? 앙드레 브르통 역시 자기가 닮고 싶어 했던 어떤 고귀한 것의 모방이 아니었는가? 패러디란 인간의 영원한 운명이 아닌가?

게다가 이 상황을 뒤집어 보는 것보다 더 쉬운 일도 없다.

13

권총 한 발이 발사되고 야로밀은 가슴에 손을 가져갔고, 레르몬토프는 발코니의 얼음장 같은 콘크리트 바닥에 떨어졌다.

그는 성대한 러시아 황제 근위장교 제복 차림으로 피를 흘리며 바닥에서 일어선다. 그는 끔찍하게 내팽개쳐졌다. 그의 추락에 엄숙한 의미를 부여해 줄 수 있을, 치유의 향유를 지닌 문학사 기술이 여기에는 없다. 여기에는 권총이 없어 총으로 그의 유치한 굴욕감을 지워 줄 수도 없다. 여기에는 단지 웃음소리뿐, 유리창 너머로 들려오는, 영영 그의 명예를 실추해 버리는 웃음소리뿐이다.

그는 난간으로 가서 아래를 내려다본다. 아, 하지만 발코니는 뛰어내리면 분명히 죽을 수 있겠다는 확신이 들 만큼 충분히 높지가 않다. 날은 춥고, 귀는 꽁꽁 얼었고, 발도 꽁꽁 얼었고, 그는 한쪽 발로 섰다가 다른 쪽 발로 섰다가 해 보지만 어찌해야 할지 모른다. 그는 발코니 문이 열릴까 봐, 거기에 비웃는 얼굴들이 나타날까 봐 두렵다. 그는 함정에 빠졌다. 그는 익살극의 함정에 빠졌다.

레르몬토프는 죽음은 두려워하지 않으나 웃음거리가 되는 것은 두려워한다. 그는 뛰어내리고 싶지만 뛰어내리지 않는다. 자살은 비극적이나 실패한 자살은 우습다는 것을 알기 때문이다.

(하지만 어떻게, 어떻게 그럴 수 있는가? 이 무슨 기이한 문장이란 말인가! 어떤 자살이 성공하든 실패하든 그것은 하나의 동일한 행위이며, 동일한 이유와 동일한 용기로 행해진 행위다. 그렇다면 여기에서 비극적인 것과 우스꽝스러운 것 사이의 차이는 어디에 있는가? 오로지 성공이라는 우연에? 비루함과 위대함을 구별 짓는 것은 무엇인가? 말해보라, 레르몬토프! 단지 부수적인 것들? 권총이냐 엉덩이 걷어차기냐? 단지 역사가 인간의 모험에 부과하는 배경?)

그만하자! 발코니에 서 있는 것은 야로밀이고, 그는 지금 흰 셔츠 차림에 느슨하게 푼 넥타이를 하고 추위에 덜덜 떨고 있다.

14

　모든 혁명가들은 불을 좋아한다. 퍼시 셸리도 불에 의한 죽음을 꿈꾸었다. 그의 위대한 시에서 연인들은 장작더미 위에서 함께 죽어 간다.

　셸리는 자기 자신과 아내를 그 속에 투영했으나 정작 그는 물에 빠져 죽었다. 그러나 그의 친구들이 마치 이러한 죽음의 의미론적 오류를 바로잡고자 한 듯, 물고기가 갉아 먹은 그의 시신을 화장하기 위해 바닷가에 커다란 장작더미를 세웠다.

　하지만 야로밀 역시, 죽음이 불길 대신 그에게 얼음을 퍼부음으로써 그를 비웃으려 한 것일까?

　왜냐하면 야로밀은 죽고 싶어 하므로. 자살이라는 생각이 종달새 소리처럼 그의 마음을 끈다. 그는 자기가 감기에 걸렸다는 것을, 이제 아프리라는 것을 알았지만 방으로 돌아가지 않았고, 더 이상 굴욕을 견딜 수 없었다. 그는 오로지 죽음의 포옹만이 자신을 진정시켜 줄 것이며, 그 포옹을 자신은 온몸과 마음으로 가득 채울 것이며, 그 안에서 자신이 마침내 위대함을 찾게 될 것임을 알았다. 그는 오로지 죽음만이 자신의 복수를 해 주고, 낄낄거리며 웃는 이들을 살인죄로 고발할 수 있다는 것을 알았다.

그는 발코니 창문 앞에 누워서 죽음의 작동이 더 쉬워지도록 추위가 바닥부터 자기 몸을 구워 내게 해야겠다고 생각했다. 그는 바닥에 앉았다. 콘크리트 바닥이 너무도 얼음장 같아서 몇 분 후 그는 엉덩이에 감각이 없어졌다. 그는 눕고 싶었지만 차갑게 언 바닥에 등을 댈 용기가 없어서 다시 일어났다.

얼음장 같은 추위가 그의 온몸을 감쌌다. 추위는 그의 가벼운 신발 안에, 바지 안에, 운동복 팬티 안에 들어와 있었고, 그는 셔츠 안으로 손을 넣었다. 야로밀은 이를 딱딱 부딪쳤고, 목이 아팠고, 침을 삼킬 수 없었고, 재채기를 했고, 오줌을 누고 싶었다. 그는 꽁꽁 얼어 마비된 손가락으로 바지 지퍼를 열었다. 그러고는 저 아래 땅에다 오줌을 누며 자기 신체 일부를 잡고 있는 손이 추위에 덜덜 떨고 있는 것을 보았다.

15

그는 콘크리트 바닥에서 고통으로 몸을 뒤틀었으나, 무슨 일이 있어도 유리문을 열고 아까 자기를 비웃었던 사람들이 있는 데로 가겠다고는 하지 않을 것이었다. 그런데 그는 뭘 하고 있었을까? 왜 사람들은 그를 찾으러 오지 않았을까? 그들은 그렇게 악했던 것일까? 아니면 그토록 취했던 것일까? 대체 얼마 전부터 그는 얼음장 같은 추위 속에서 이를 부딪치며 여기 있었던 것일까?

갑자기 방에 큰 전등이 꺼지고 연한 불빛만 남았다.

야로밀은 창으로 다가가 분홍빛 갓을 씌운 작은 스탠드 불빛으로 밝힌 소파를 보았다. 그는 한참을 들여다보다가 벌거벗은 두 사람의 몸이 서로 끌어안고 있는 것을 보았다.

그는 이가 딱딱 부딪쳤고, 덜덜 떨었고, 안을 바라보았다. 커튼이 반쯤 쳐 있어서 남자의 몸으로 뒤덮인 여자의 몸이 영

화학도 아가씨 것인지 확실히 구분하기 힘들긴 했지만 모든
정황이 분명 그렇다고 알려 주는 것 같았다. 그 여자의 머리카
락은 검고 길었다.

그런데 이 남자는 누군가? 세상에! 야로밀이 아는 사람이
다! 그는 이 장면을 이미 본 적이 있으니! 추위, 눈, 산속 오두
막, 불 밝힌 창에 기댄 자비에와 한 여자! 오늘부터 자비에와
야로밀은 동일한 한 사람이 되었어야 하지 않는가! 자비에가
어떻게 그를 배반할 수 있다는 말인가? 세상에, 어떻게 그가
그의 눈앞에서 그의 여자 친구와 사랑을 나눌 수 있다는 말인
가?

16

이제는 방이 캄캄했다. 더 이상 들리는 것도 보이는 것도 아무것도 없었다. 그리고 그의 머릿속에도 이제 아무것도 없었다. 분노도, 회한도, 굴욕도. 그의 머릿속에는 오로지 끔찍한 추위밖에 없었다.

그는 이곳에 있는 것을 더 이상 견딜 수가 없었다. 그는 유리문을 열고 안으로 들어갔다. 그는 아무것도 보고 싶지 않았고, 왼쪽도 오른쪽도 쳐다보지 않고 빠른 걸음으로 침실을 가로질러 나갔다.

복도에는 불빛이 있었다. 그는 계단을 내려가 상의를 벗어 놓았던 방문을 열었고, 현관에서 이곳까지 들어오는 희미한 불빛만이 숨소리를 크게 내며 자고 있는 몇몇 사람들을 희미하게 비추고 있었다. 그는 여전히 추위에 덜덜 떨었다. 그는 의자들을 더듬어 자기 상의를 찾았으나 발견하지 못했다. 그

는 재채기를 했다. 자던 사람 하나가 깨어나 조심하라고 주의
를 주었다.

　그는 현관으로 나갔다. 외투는 옷걸이에 걸려 있었다. 그
는 셔츠 위에 바로 외투를 입고 모자를 쓰고 그 집에서 뛰어
나갔다.

17

장례 행렬이 움직이기 시작했다. 선두에서 말이 관을 싣고 간다. 관 뒤에서 볼케르 부인이 걷고 있는데, 하얀 베개 귀퉁이가 검은 관 밖으로 비죽 빠져나온 것을 알아본다. 빠져나온 이 천 조각이 어떤 질책, 자기 어린 아들이 (아! 그는 스물세 살밖에 되지 않았으니!) 마지막 잠을 자는 침대가 제대로 정돈이 되지 않았다는 질책인 것만 같다. 그녀는 아들의 머리 아래로 이 베개를 잘 베어 주고 싶은 극복할 수 없는 욕망을 느낀다.

그다음 사람들은 화환들로 둘러싸인 관을 성당에 내려놓는다. 할머니는 조금 전 발작이 찾아온 참이어서 앞을 보려면 손가락으로 눈꺼풀을 들어 올려야 한다. 그녀는 관과 화환들을 점검한다. 화환 중 하나에 마르티노프의 이름이 적힌 리본이 달려 있다. "이거 내다 버려." 그녀가 명을 내린다. 그녀의 늙은 눈은, 눈꺼풀을 손가락으로 들어 올린 그 눈은 스물여섯 살

밖에 되지 않은 레르몬토프의 마지막 여행을 충실하게 보살
핀다.

<h1 style="text-align:center">18</h1>

야로밀은 (아! 그는 아직 스무 살도 되지 않았다.) 자기 방에 있는데, 열이 심하다. 의사는 폐렴이라 진단했다.

벽 너머 세입자들이 시끄럽게 싸우는 소리가 들리고, 미망인과 아들이 사는 두 방은 작은 침묵의 섬, 사방이 포위된 섬이다. 그러나 엄마에겐 옆방 소란이 들리지 않는다. 그녀는 오로지 약, 뜨거운 차, 습포만을 생각한다. 그가 어렸을 때 벌써 그녀는 벌겋게 달아올라 열이 펄펄 끓는 그를 죽은 자들의 왕국에서 다시 데려오기 위해 그 곁에서 며칠을 지새웠다. 이번에도 그녀는 똑같이 열심히, 오래도록, 충실하게 그를 보살핀다.

야로밀은 잠자고, 헛소리를 하고, 깨어나고, 다시 헛소리를 한다. 신열의 불길이 그의 몸을 핥는다.

그렇다면 그래도 불길인 것인가? 어쨌거나 그는 빛과 열기로 변할 것인가?

엄마 앞에 낯선 남자 하나가 서 있는데, 그 사람이 야로밀과 말을 하고 싶어 한다. 엄마는 거절한다. 남자는 그녀에게 빨간 머리 아가씨의 이름을 상기시킨다. "아드님이 그 여자 오빠를 고발했습니다. 지금 두 사람 다 체포됐어요. 아드님하고 이야기를 좀 해야 합니다."

그들은 어머니 방에서 마주 보고 서 있지만 지금 이 방은 그녀에게는 아들 방의 입구일 뿐이다. 그녀는 천국의 문을 지키는 무장한 천사처럼 그곳을 지킨다. 방문객의 목소리는 무례하고 그녀에게 분노를 일으킨다. 그녀는 아들의 방문을 연다. "자, 저 애한테 이야기해 보세요!"

낯선 사람은 열에 들떠 헛소리를 하는 청년의 붉은 얼굴을 보고, 엄마는 그에게 낮고 단호한 목소리로 말한다. "무슨 이야기를 하시려는 건지 모르지만 제 아들은 분명히 자기가 무

슨 일을 하는지 알고 있었어요. 저 아이가 한 일은 전부 노동
자 계급을 위한 겁니다.”

이 단어, 아들의 입에서 자주 들었으나 자신에게는 지금까
지 낯설었던 이 단어를 발음하면서 그녀는 무한한 힘이 솟는
느낌이 들었다. 이제 그녀는 그 언제보다도 더 강력하게 아들
과 결합되어 있었다. 그녀는 그와 더불어 단 하나의 유일한 영
혼, 단 하나의 유일한 지성을 이루었다. 그녀는 그와 더불어 단
하나의 유일한 우주, 하나의 재료로 조각된 우주를 이루었다.

20

자비에는 체코어 공책과 과학 교과서가 든 책가방을 들고 있었다.

"어디로 가려는 거야?" 여자가 소리쳤다.

자비에는 미소 지으며 창문을 가리켰다. 창문은 열려 있고, 태양은 빛나고, 저 멀리서 여기까지 모험으로 가득 찬 도시의 목소리가 들려오고 있었다.

"나를 데려간다고 약속했잖아!"

"오래전에 그랬지." 자비에가 말했다.

"나를 배신하고 싶어?"

"응. 널 배신할 거야."

야로밀은 숨도 고를 수가 없었다. 그는 단 하나만, 자신이 자비에를 한없이 증오한다는 것만을 느꼈다. 그는 최근까지도 자신과 자비에가 두 모습을 한 단 하나의 존재라고 생각했

지만, 이제는 자비에가 완전히 다른 어떤 사람이며 자신의 최
대 원수임을 깨닫는다.

자비에는 그에게 몸을 숙여 얼굴을 쓰다듬었다. "넌 아름다
워, 아름다운 여인이야……."

"나한테 왜 여자한테 말하듯이 말해? 미쳤어?" 야로밀이 외
쳤다.

하지만 자비에는 그만두지 않았다. "넌 정말 아름다워. 하
지만 난 널 배신해야 해."

그러고 나서 그는 휙 돌아서 열린 창문을 향해 갔다.

"난 여자가 아니야! 내가 여자가 아니라는 거 잘 알잖아!"
그 뒤에 대고 야로밀이 소리쳤다.

21

열이 일시적으로 좀 내려 야로밀은 주위를 둘러본다. 벽이 비어 있다. 액자에 든 장교 복장의 남자 사진이 사라졌다.

"아빠 어디 있어요?"

"아빠는 이제 여기 없어." 엄마가 다정한 목소리로 말했다.

"뭐라고요? 누가 사진을 들어냈어요?"

"내가. 얘야, 네 아빠가 우리 내려다보는 거 싫어. 우리 사이에 누가 끼어드는 게 싫다. 이제 네게 거짓말할 필요 없겠지. 네 아빠는 네가 태어나는 걸 원치 않았어. 네가 이 세상을 살아가길 결코 원치 않았단다. 내게 널 낳지 말라고 강요하려 했어."

야로밀은 뜨거운 신열로 기진맥진해서 질문을 하거나 이야기를 나눌 힘이 더 이상 없었다.

"내 예쁜 아기." 엄마의 목이 메어 목소리가 갈라졌다.

야로밀은 자기에게 말하고 있는 이 여인이 늘 한결같이 자신을 사랑했음을, 한 번도 자기를 떠난 적이 없음을, 자신이 한 번도 그녀를 잃을까 두려워한 적이 없음을, 그녀가 자신을 한 번도 질투하게 만든 적이 없음을 깨닫는다.

"난 예쁘지 않아요, 엄마. 엄마가, 엄마가 아름답죠. 너무나 젊어 보이세요."

그녀는 아들이 하는 말을 들으며 행복의 눈물을 흘린다. "내가 아름다운 것 같아? 그런데 넌, 넌 나를 닮았어. 나를 닮은 걸 넌 한 번도 인정하지 않으려고 했지. 하지만 넌 날 닮았고 난 그래서 좋단다." 그리고 그녀는 솜털처럼 노랗고 가느다란 그의 머리카락을 쓰다듬고 입 맞추었다. "네 머리카락은 천사의 머리카락이란다, 애야."

야로밀은 자신이 얼마나 피로한지 느낀다. 이제 더 이상 다른 여자를 찾으러 갈 힘이 없을 것 같고, 여자들은 모두 너무 멀리 있고, 여자들에게 이르는 길은 한없이 길다. "사실은 어떤 여자도 내 맘에 든 적 없었어요. 엄마뿐이에요, 엄마. 모든 여자들 중 엄마가 제일 아름다워요."

엄마는 울고 그에게 입 맞춘다. "그 온천 도시에서 휴가 보냈던 거 기억나니?"

"네, 엄마. 제가 제일 사랑한 건 엄마예요."

엄마는 행복의 커다란 눈물방울을 통해 세상을 본다. 그녀 주변 모든 것이 물기 속에 흐려진다. 형태의 속박에서 풀려난 사물들은 기뻐하고 춤춘다. "정말이야?"

"네." 열이 끓는 손으로 엄마의 손을 쥐고 야로밀이 말한다. 그리고 그는 지친다. 한없이 지친다.

22

벌써 볼케르의 관 위로 흙이 쌓인다. 벌써 볼케르 부인은 묘지에서 돌아온다. 벌써 랭보의 관 위로 돌이 자리를 잡았는데, 그의 어머니는, 전해지는 바에 의하면, 샤를빌의 가족묘를 다시 열게 했다고 한다. 검은 옷을 입은 저 엄격한 부인, 그 여인이 보이는가? 그녀는 어둡고 축축한 구멍을 점검하고, 관이 제자리에 놓여 있고 잘 닫혔는지 확인한다. 그래, 전부 제자리에 있다. 아르튀르는 거기 누워 있고 도망치지 않을 것이다. 아르튀르는 이제 절대 도망치지 않을 것이다. 전부 제자리에 있다.

23

아, 그럼 결국 물, 오로지 물인가? 불꽃은 없는가?

그는 눈을 떠서, 턱이 살짝 들어가고 머리카락은 가늘고 노란 얼굴이 자기를 내려다보고 있는 것을 보았다. 이 얼굴은 너무 가까이 있어서, 자신의 모습을 되비추는 우물 위로 몸을 뻗고 있는 것만 같다.

아니, 불꽃은 조금도 없다. 그는 이제 물에 빠질 것이다.

그는 물에 비친 자기 얼굴을 바라보았다. 그다음, 이 얼굴 위에서 그는 갑자기 커다란 공포를 보았다. 그리고 그것이 마지막으로 그가 본 것이었다.

옮긴이 방미경   프랑스 파리 10대학에서 프랑스 문학 박사 학위를 받았다. 옮긴 책으로
『플로베르』(편역), 플로베르의『마담 보바리』, 뤽 페리의『미학적 인간』,
쿤데라의『삶은 다른 곳에』,『농담』,『무의미의 축제』, 레일라 슬리마니의
『달콤한 노래』, 마르그리트 뒤라스의『히로시마 내 사랑』등이 있다.
현재 가톨릭대학교 프랑스어문화학과 교수로 재직 중이다.

밀란 쿤데라 전집   Milan Kundera   03

삶은 다른 곳에

1판 1쇄 펴냄 2011년 11월 25일
2판 1쇄 찍음 2026년 2월 20일
2판 1쇄 펴냄 2026년 3월 10일

지은이 밀란 쿤데라
옮긴이 방미경
발행인 박근섭 · 박상준
펴낸곳 (주)민음사

출판등록 1966. 5. 19. 제16-490호
주소   (135-887) 서울시 강남구 신사동 506번지
          강남출판문화센터 5층
대표전화 02-515-2000 | 팩시밀리 02-515-2007
홈페이지 www.minumsa.com

한국어 판 ⓒ (주)민음사, 2011, 2026. Printed in Seoul, Korea

ISBN 978-89-374-0463-4 (04860)
      978-89-374-0460-3 (세트)

잘못 만들어진 책은 구입처에서 교환해 드립니다.